공자

KOSHI
by INOUE Yasuhi

Copyright ⓒ 1989 The Heirs of INOUE Yasuhi

All rights reserved.
Originally published in Japan.
Korean translation rights arranged with The Heirs of INOUE Yasuhi, Japan
through THE SAKAI AGENCY and SHINWON AGENCY CO.

Korean Translation Copyright ⓒ 2013 Hakgojae

이 책의 한국어판 저작권은 (주)신원에이전시를 통해 저작권자와 독점 계약한 학고재에 있습니다.
저작권법에 의하여 한국 내에서 보호를 받는 저작물이므로 무단전재와 무단복제를 금합니다.

공자 孔子

이노우에 야스시 장편소설 / 양억관 옮김

학고재

차례

1장	007
2장	105
3장	167
4장	217
5장	271
옮긴이의 말	345

1장

1

 스승 공자가 세상을 떠난 뒤, 나 또한 다른 문하생들과 함께 저 도성의 북방 사수(泗水) 강변 공자묘 가까운 곳에 움막을 짓고 3년을 복상하였고, 그후 이 깊은 산골로 거처를 옮겨 겨우 입에 풀칠을 하며 지금까지 살았습니다. 세월은 참 빠르기도 합니다. 공자가 세상을 떠난 지도 어언 33년. 그동안 번잡한 세상과 인연을 끊고 살았던 까닭은 비록 이곳이 공자묘에서 멀리 떨어지긴 하였으나 이 목숨 다하는 날까지 돌아가신 스승을 모시고 싶었기 때문이지요. 무슨 일을 하든 스승 공자의 마음을 헤아리며 살아가는 날들이라오. 그것 말고 이 보잘것없는 몸으로 할 수 있는 일이 달리 뭐가 있겠습니까. 감히 세상을 위해 무슨 일을 해보자는 생각은 꿈에도 해보지 않았습니다.
 그렇지요, 말씀하신 대로 우리가 3년의 복상을 마치고 난 다음 자공

(子貢)이 3년을 더 복상했다는 소문을 들었는데, 누구라도 알 듯이 사실 자공이라면 충분히 그러고도 남을 테지요. 나를 포함하여 문하생 70여 명이 3년 상을 무사히 마치고 제 갈 길로 떠날 때 우리는 차례차례 자공을 찾아가 작별 인사를 나누었지요. 3년에 걸친 복상을 주재한 이도 자공이었고, 그의 경제적 원조가 없었더라면 3년 복상은 감히 엄두도 내지 못했을 것입니다.

자공의 집을 찾은 사람들은 모두 자공을 비롯해 서로를 끌어안고 눈물을 흘리며 이별을 슬퍼했습니다. 나도 그랬습니다만, 그때 벌써 창 너머 공자묘 곁에는 자공의 움막이 새로이 마련되어 있었지요. 자공 나이 마흔여섯. 그 나이에 다시금 3년을 모신다는 것이었습니다.

돌아가신 스승을 모시려는 자공의 자세에 나는 크게 감동하였으나, 내가 흉내 낼 일이 아니라고 생각했지요. 자로(子路)와 안회(顔回)가 세상을 떠난 지금, 자공 말고 누가 스승의 묘를 지키겠습니까.

자로, 안회, 두 선배의 이름을 여러분도 아신다니 정말 기쁜 일입니다. 자로는 예순셋을 일기로, 안회는 마흔한 살의 젊은 나이로 스승에 앞서 세상을 떠났습니다.

나는 안회보다 5년 연하지만, 어느덧 안회보다 30년, 자로보다 8년이나 더 살아서 지금은 일흔셋을 일기로 돌아가신 스승 공자의 나이와 비슷한 지경에 이르고 말았습니다. 쓸데없이 나이만 먹었으니 정말 부끄럽기 짝이 없습니다. 하나 이 또한 하늘이 정한 운명이 아닐까 합니다. 오로지 나에게 주어진 삶을 나름대로 보람 있게 살 생각입니다.

보시다시피 나는 속세를 떠난 은둔자가 되어 밭을 갈며 오로지 세

속의 때를 묻히지 않으리라는 일념으로 하루하루 살아갑니다. 그러나 너그러우신 공자는 이런 나를 결코 나무라지 않을 것입니다. 너는 그렇게 살도록 해라, 그런 공자의 말씀이 들려오는 것 같습니다. 사실은 공자께서도 지금의 나처럼 살고 싶지 않았을까요? 그것도 절실하게! 그런 공자의 마음이 손에 잡힐 듯 느껴집니다.

그렇지만 공자는 그렇게 하지 않았습니다. 아니, 할 수 없었습니다. 자나 깨나 이 어지러운 세상이 조금이라도 나아지도록, 하나라도 불행한 사람이 줄어들기를 고뇌하며 사람들 앞에서 가르침을 폈던 것입니다.

"이 흐트러진 세상에서 눈을 떼서는 안 된다. 무슨 일이 있어도 사람들이 살아가는 이 세상 밖으로 나가려 해서는 안 된다. 그렇지 않느냐. 사람으로 태어나 사람과 같이 살지 않고 누구와 같이 산단 말이냐. 새와 짐승과 같이 살 수야 없는 노릇이 아니냐."[1]

어쩐지 쓸쓸하게 울리는 공자의 목소리가 들려오는 것 같습니다. 스스로를 향해 외치는 공자의 목소리가 말입니다.

하지만 공자는 자신에게 요구하는 바를 제자들에게는 강요하지 않는 관대함을 보였습니다. "산에 들어가고 싶으면 들어가라. 그렇게 살면 된다. 그리고 자신을 더럽히지 않는 삶을 살아라. 그렇게 살면 되는 것이다." 그런 따스한 목소리를 들은 적이 있습니다.

천명(天命), 정말 어려운 질문입니다. 꾸밈없이 말씀드린다면, 공자

---

1 『논어(論語)』, '미자(微子)' 편. 이후의 모든 인용 출처도 『논어』다.

의 말씀 가운데서도 가장 어렵고 가장 무서운 말이 아닐까 합니다. 도대체 하늘(天)이란 무엇일까요?

"하늘이 무슨 말을 하더냐? 아무 말이 없어도 계절은 바뀌고 만물은 자라지 않느냐?"[2] 하고 공자는 말씀하셨습니다. 정말 그렇습니다. 하늘은 아무 말이 없습니다. 계절은 쉼 없이 바뀌고 만물은 자랍니다. 그러나 하늘은 아무 말도 하지 않습니다.

공자는 나이 쉰에 천명을 알았다 하셨습니다. 망명과 유세로 점철된 여행을 끝내고 노나라로 돌아와 여러 제자들 앞에서 그런 말씀을 하셨습니다. 만년의 말씀이었습니다. 공자의 그 말씀에 대한 질문인 것 같은데, 공자는 그렇게 말씀하실 때도 늘 그렇듯이, 거기에 관해 한마디 설명도 첨가하지 않았습니다. 제 나름대로 생각하라는 것이 아닐까 합니다.

공자가 세상을 떠난 뒤, 복상 후반기에 자공을 중심으로 생전에 남기신 말씀의 생명력에 대해 토론하고 이를 정확히 기록하는 작업을 실행했습니다. 때로 나 역시 참석하여 경청하였습니다.

그런 모임이 열리던 초기의 며칠 밤에 걸쳐 천명을 안다, 천명을 두려워한다, 천(天), 명(命), 그런 말이 오가는 자리에 앉았습니다. 당시 나는 아직도 공자를 잃은 슬픔을 떨치지 못하여 생전 공자가 남기신 말씀을 논하는 자리의 분위기와는 동떨어져 있었기 때문에 천명에 대한 해석이 어떤 결론에 이르렀는지는 모릅니다.

2 '양화(陽貨)' 편.

천명은 고사하고, 도대체 하늘이란 무엇일까요? 공자가 생각했던 하늘이란 과연 무엇이었을까요? 내가 이 깊은 산골에 들어온 지도 어언 30년 세월, 그동안 1년에 몇 번은 하늘에 대해 생각해보았습니다. 그리고 공자가 말한 천명이란 말 속으로 깊이 들어가 다람쥐 쳇바퀴 돌듯이 이리저리 헤매다가 결국은 원래 자리로 돌아오고 마는 사색에 잠기곤 했더랬지요. 천명이란 무엇인가, 이에 대해서는 내가 사색해온 과정을 밝힐 수 있을 뿐, 달리 설명할 방법이 없을 것 같습니다.

거기에 대한 대답은 잠시 뒤로 미루겠습니다. 한두 달 여유를 두고 생각을 정리한 다음에 하늘과 천명에 대한 생각을 밝히는 편이 무난하리라 생각합니다.

공자가 세상을 떠난 지도 어언 33년, 생전에 공자가 가르침을 폈던 서원에서 지금 여러분 같은 젊고 뛰어난 인재들이 다양한 관점에서 공자의 가르침을 연구하고 있다니 정말 기쁜 일입니다.

스승이 세상을 뜬 날이 바로 어제 같은데 어언 33년, 세월이 모든 것을 바꾸어버린 듯합니다. 만년의 제자들 가운데는 스승이 돌아가신 후 관직으로 나아가 제후를 모시는 사람도 있고, 은둔하여 모습을 드러내지 않는 사람도 있을 것입니다. 다들 제 나름의 길을 간 셈이지요. 만일 6년에 걸친 복상을 끝내고 자공이 그대로 노나라에 남았더라면 공문(孔門)의 사정도 많이 달려졌을 테지만, 자공은 원래 위(衛) 나라 사람, 게다가 나이도 쉰에 이르렀으니 고국으로 돌아갈 수밖에 없었을 테지요.

그후로 자하(子夏), 자장(子張), 자유(子游) 같은 만년의 제자들이 3년

상을 끝내고 한때는 공자의 강학당을 지키기도 했습니다. 몇 개의 파로 나뉘었다든지 '예(禮)'에 대한 해석과 주장으로 대립했다든지 하는 소문이 들려왔습니다. 그러나 언젠가부터 그런 사람들의 소문도 들려오지 않게 되었습니다.

아, 그렇게 되었군요. 자하는 고국 위로, 자장은 진(陳)으로, 자유는 오(吳)로 자신들의 고향으로 돌아갔다는 말씀이로군요. 젊다고는 하지만 나보다 고작 열 살 아래에 불과합니다. 때가 되어 귀향하는 것은 자연스런 일이 아니겠습니까. 그런 뛰어난 제자들에 의해 황하(黃河)와 회수(淮水) 저편의 중원 각지로 공자의 가르침이 퍼져나갔으니 정말 가슴 뿌듯한 일입니다.

어쨌든 공자 강학의 본거지였던 노의 도성에서 스승에 관한 모든 것이 제자들 손을 거쳐 이 시대를 책임지는 여러분에게 맡겨졌습니다. 세상을 떠난 스승 공자의 사상이 얼굴도 본 적이 없는 후학들의 노력으로 널리 퍼져나간다니 참으로 바람직한 일이지요.

아, 그랬군요. 공자의 말씀 하나라도 올바르게 간직하기 위해 모아서 정리하신다니! 그리고 말씀의 올바른 해석에 이르기까지! 참으로 존경스럽습니다. 생전에 공자를 곁에서 모시기만 했을 뿐, 이제껏 하릴없이 세월만 보낸 나 자신이 원망스럽습니다.

하지만 여기까지 찾아오셨으니 어떻게든 도움을 드리고 싶은 마음 간절합니다. 여러분이 던진 몇 가지 질문 가운데 오늘은 '공자 교단과 나의 관계'에 대해 이야기할 생각입니다. 공자 사상에 관련된 깊은 질문들은 다음에 오실 때까지 준비해둘 생각입니다.

잘 알고 계시겠지만 나는 다른 문하생과는 달리 도중에 교단에 들어가 공자를 모시게 된 사람입니다. 공자 만년의 몇 년 동안 누가 명하거나 권하지 않았지만 스스로 교단의 허드렛일을 하면서 시간이 나면 공자의 말씀을 들으려고 귀를 쫑긋 세우며 살았습니다. 내가 스스로 문하생이라고 하면 공자는 너그러운 미소를 머금으실 테지만, 다른 문하생들은 다소 당혹스러워할지도 모르겠습니다.

내 입장이 그러하니 우선은 나 자신에 대해 이야기하는 것이 도리가 아닐까 합니다. 어두워지기 전까지 이야기를 끝내겠습니다.

나는 채(蔡) 나라에서 태어났습니다. 고국 채에 대한 이야기도 몇 년 만에 펼쳐놓는 셈입니다. 고향 말이 나오면 모래 먼지가 날리는 흙벽돌 취락과 듬성듬성한 오동나무 숲, 그리고 숲 저편으로 유유히 흐르는 여수(汝水)가 눈앞에 어른거려 가슴이 찡해옵니다.

채라는 나라는 주(周) 무왕(武王)의 동생 채숙도(蔡叔度)가 은(殷)의 유민을 통치하기 위해 영수(潁水)와 여수 사이의 땅을 다스리면서 세워졌다 합니다. 당시 도성은 내가 태어나 자란 신채(新蔡)가 아니라, 같은 여수 변에 위치하긴 했으나 더 상류로 거슬러 올라가는 상채(上蔡)입니다.

이유는 모르겠으나 상채에 나라를 세운 채숙도는 무왕이 세상을 떠난 후 반란을 일으켰다가 실패하여 한때 나라가 없어질 위기에 처했습니다. 그러나 채숙도의 아들 호(胡)가 나라를 다시 일으켜 명맥을 이을 수 있게 되었습니다. 이렇게 볼 때 건국 초기부터 채라는 나라는 전란과 급변의 운명을 약속받은 게 아닌가 하는 생각이 듭니다.

어쨌든 상채를 도성으로 삼은 채나라도 처음에는 주 왕조를 모시는 중원 제후국의 하나로 존재했던 것입니다. 하나 이 역시 주 왕조가 융성할 때의 일이고, 이윽고 오와 초라는 강대국이 중원을 넘보는 시절에 이르러 채는 고난의 길을 걷지 않을 수 없었습니다.

중원의 모든 제후국이 고난의 가시밭길을 걸었지만, 채나라는 주로 남쪽에 위치한 오랑캐 나라 초의 침략으로 고난을 겪었습니다.

채나라가 상채에 도성을 세운 지 18대 500년이 흘렀습니다. 그동안 채나라를 감싸는 듯한 형상으로 발전한 대국 초로부터 받은 채의 수난은 이루 말로 다 할 수 없습니다. 그중에서도 13대 애후(哀候) 때는 초문왕(文王)의 갑작스런 침략에 크나큰 낭패를 당했더랬지요. 당시의 비참했던 채나라 민중의 처지가 아직도 이야기로 전해옵니다. 그로부터 18대 영후(靈候)에 이르러 초의 책략으로 애후가 암살당하면서 나라는 망하고 맙니다. 그러나 2년 뒤 평후(平候)가 신채로 수도를 옮겨 나라를 다시 일으키긴 하지만, 배후에는 초의 의도가 도사리고 있었습니다.

나라를 재건했다고는 하나 초의 속국이나 마찬가지였지요. 어린 시절부터 나는 그런 비참한 역사를 들으면서 자랐습니다.

어쨌든 채나라는 18대 500년에 달하는 상채의 막을 내리고 신채 시대로 접어드는데, 신채로 도성을 옮긴 것이 평후 2년(기원전 529), 내가 태어나기 13년 전의 일이었습니다.

어린 시절의 나는 옛 수도 상채가 얼마나 좋은 곳이었는지 회고하는 소리를 귀가 따갑도록 들으며 자랐습니다. 아무리 다난한 역사라고는 하지만 500년 도읍지였던 만큼 상채에는 급조된 신채에서 찾아볼 수 없는 옛 도시 특유의 분위기가 있었을 것입니다. 그러므로 신채에서 태어나 자란 나 같은 젊은이는 입버릇처럼 흘러나오는 어른들의 추억담에서 짙은 비애를 느꼈던 것이지요.

열두세 살쯤이었습니다. 딱 한 번, 어른들을 따라 여수 강변 쪽으로 올라가 나흘간 걸어 구도 상채의 땅을 밟아보았습니다. 헤아릴 수 없이 많은 집들, 미로처럼 얽힌 골목, 길가에 늘어선 점포들 사이로 오가는 수많은 사람들이 인상 깊었습니다. 신채로 도성이 옮겨진 다음 성내에서 이주한 사람들이 새로 조성한 시가지라 하였습니다.

그 거리에서 가까운 곳에 예전의 상채는 폐허가 된 채 버려져 있었습니다. 대평원 한가운데 자리 잡은 폐허…… 해자는 모두 메워졌고 군데군데 이가 빠진 성벽이 폐허를 감싸고 있었습니다.

우리는 성벽으로 올라가보았습니다. 저기 성벽 아래에는 무너진 흙벽돌집이 끝도 없이 펼쳐졌고, 키만큼 자란 잡초와 뒤엉켜 제멋대로 자란 떡갈나무, 은행나무, 회화나무, 버드나무 가지들만이 하늘을 찌를 듯이 늘어섰습니다. 예전 이곳에 살았던 사람들이 그리워하던 대로도 잡초에 묻혀 지금은 흔적조차 찾아볼 수 없었습니다. 어림잡아 보건대 상채의 폐허 규모는 신채 성읍의 두 배는 될 것 같았습니다.

병사들이 훈련을 받을 수 있을 만큼 넓은 성벽 위 회랑에 서서 눈 아래 펼쳐진 처참한 도성의 잔해를 망연히 내려다보는데 갑자기 이름 모를 철새 몇 무리가 제각기 진형을 갖추고 폐허의 하늘을 비스듬히 가르며 날아가는 것이었습니다. 오로지 자신들만이 살아 있는 존재임을 웅변하는 듯한 새 떼의 장관이 지금도 눈에 아른거립니다.

구도 상채의 모습을 본 덕분에 신채의 성읍도 충분히 자부심을 가져도 좋을 만큼 아름다운 내 고향이라고 생각할 수 있었습니다.

오랜 세월에 걸쳐 무슨 악연인지 끊임없이 초의 괴롭힘을 받아온 채나라이지만, 신채로 옮긴 이후에 단 한번 오와 동맹을 맺었다고나 할까요, 아니면 오의 압력을 받아 손을 잡았다고나 할까요, 아마도 당시의 정세 때문이었을 테지만, 오와 힘을 합하여 초나라를 친 적이 있었습니다. 그래서 백거(柏擧)에서 초의 주력을 쳐부수고 한수(漢水)를 건너 초의 도읍지 영(穎)으로 들어갔습니다. 소후(昭候) 13년, 신채로 천도한 지 23년이 지난 내 나이 열한 살 때의 일이었습니다.

말 그대로 불구대천 원수 초를 격파했다 하여 나라 전체가 이상한 흥분 상태에 빠져 있었던 그 시절이 여전히 뇌리에 생생합니다. 오랑캐 나라 초와 몇 백 년에 걸쳐 관계를 맺어왔는데, 주 왕조의 일족 희(姬) 성의 나라 채가 다소나마 울분을 풀 수 있었던 유일한 사건이 아닐까 합니다.

하지만 이처럼 꿈같은 시절의 일도 이윽고 초의 처절한 보복 공격으로 일장춘몽이 되고 맙니다. 그로부터 12년 후인 소후 25년(기원전 494)에 초의 대반격이 시작되었습니다. 초의 대군은 신채의 성읍을 포위하고 도성을 초의 땅으로 옮기라 요구하였습니다. 물론 채나라로서는 받아들일 수밖에 없는 요구였기에 나라는 혼란에 빠져들었습니다. 바로 그때 오가 개입했던 것입니다.

오는 초를 물리치고 하룻밤 사이에 신채의 성읍을 점령하고서는 머나먼 오의 땅 주래(州來)로 천도하라고 강요했던 것입니다. 너무도 갑작스럽고 이상한 천도는 내 나이 스물두 살 때의 일이었습니다.

천도란 단순히 도성을 옮기는 데 그치지 않고 나라를 바꾼다는 말과 같습니다만, 나라 전체가 통째로 옮겨가는 것은 아니었습니다. 백성의 반은 생활 터전을 옮기지 못하고 유민이 되어 신채에 머무를 수밖에 없었습니다.

그럼 채가 갑자기 주래라는 곳으로 나라를 옮기게 된 전후 사정을 초군의 공격 시점부터 좀 더 자세히 이야기해보겠습니다.

아까 말씀드렸다시피 갑작스럽게 초의 전차 군단이 신채의 성읍을 포위한 것은 소후 25년, 길고 긴 겨울이 끝나고 꽁꽁 얼어붙었던 여수의 물이 풀릴 즈음이었습니다. 초군은 아흐레에 걸쳐 밤낮을 가리지 않고 공사를 벌이더니 성문 앞에 폭 1장 높이 2장의 보루를 세웠습니다. 보루가 완성되자 성 안팎의 소통은 완전히 막히고 말았습니다. 이 외에도 동서남북으로 몇 개의 성문이 있는데, 이미 초의 전차 군단이 모두 장악해버린 상태였습니다. 채나라 병력 대부분이 변방으로 나가 있어 성읍 경비가 가장 허술한 때였기에 속수무책이었습니다.

보루가 완성되자 초군은 눌러 앉아 채의 백성에게 투항을 권유했습니다. 그로부터 며칠 동안 채의 백성들은 남녀로 나누어 줄을 지어 초군의 주둔지가 있는 보루 쪽으로 나아가 투항했습니다. 그러나 초군의 위협에 못 이겨 투항한 백성은 소수에 지나지 않았고, 대부분의 백성들은 성내에 남아 있었습니다.

그러는 사이에 성내에서는 우리의 고위층들이 초의 요구를 받아들여 초의 내륙 깊숙이 천도하리라는 소문이 퍼져나갔습니다. 보루 때문에 출입이 가로막힌 채 성읍은 죽은 듯이 고요에 싸였는데 거리 위로 쏟아지는 봄 햇살을 보노라니 얼마나 마음이 울적했는지 모릅니다.

그런 천도 소문은 가을이 되면서 현실이 되어, 얼마 후 채나라는 강수(江水: 양쯔 강) 북쪽, 여수 남쪽 지구로 천도하므로 백성은 모두 준비하라는 지시가 내려왔습니다. 일순 소동이 벌어지기는 했지만 곧 조용해졌습니다. 누구 할 것 없이 조용히 생각할 일들이 너무도 많았기 때문입니다. 항간에는 우리들이 옮겨갈 새로운 성읍에 대한 이런저런 소문이 떠돌기 시작했고, 사람들은 무엇을 어떻게 준비하면 좋을지 가늠할 수 없어 멍하니 얼이 빠져 있었습니다.

어수선한 가운데 그해도 다 지나고, 소후 26년을 맞이했습니다. 성 밖에 있는 민가와 농가를 점령한 초군은 여전히 신채의 성읍을 포위하고 있었습니다만, 이렇다 할 움직임은 보이지 않았습니다. 해가 바뀌어 다시 한 번 천도 포고령이 내려졌지만, 거리는 예상외로 조용했고 별 다른 동요도 보이지 않았습니다. 봄에서 여름에 걸쳐 천도 계획이 무산되었다는 소문이 돌기도 했고, 한때 천도 장소가 바뀌었다는 소문도 퍼져나갔습니다.

여름이 지날 무렵이 되어 천도 시기는 11월, 장소는 강수와 여수 사이의 비옥한 평원이며, 백성은 하나도 빠짐없이 천도 준비를 하라는 포고 내용을 접하고 나서야 비로소 신채 거리는 술렁이기 시작했습니다. 동시에 1년 이상에 걸쳐 성읍을 포위하고 있던 초군의 철수가 시작되었습니다.

초군이 철수 준비에 들어가자 이미 천도는 기정사실이 되었고 시기도 눈앞에 닥쳤다는 사실을 피부로 느끼게 되었지만, 사람들은 어수선하게 오갈 뿐 천도를 준비하는 움직임은 전혀 보이지 않았습니다. 예전에 상채에서 신채로 도읍을 옮겼던 때와는 달리 이번엔 타국으로 떠나는 데다 그것도 초의 내륙 깊숙한 땅이었기에 사람들은 어쩌면 좋을지 몰라 우왕좌왕했던 것입니다.

그때, 죽음을 눈앞에 둔 듯한 성읍의 분위기를 바꾸어버리는 사건이 발생했습니다. 천도를 한 달 앞둔 어느 날 밤, 갑자기 들이닥친 오의 전차부대가 신채의 성읍을 점령하고 만 것입니다. 오의 병사들은 성읍 여기저기에 진을 쳤고, 수많은 전차가 광장을 가득 메운 가운데 사거리에서는 횃불이 타올랐습니다. 긴박한 기운이 성읍 전체를 감쌌던 것입니다.

누구에게 무슨 지시를 받지도 않았는데, 사람들은 몸만 빠져나와 여수 강변으로 도망쳤습니다. 강변 일대는 성읍을 빠져나온 사람들로 가득했습니다. 제방 위아래에도 오동나무 숲에도 크고 작은 무리로 가득했습니다. 사람들 사이에서는 사실 여부를 알 수 없는 유언비어가 난무하였습니다. 어디서 누가 그런 말을 듣고 전하는지는 모르겠지만, 새로운 포고가 내려오는 대로 고스란히 우리에게 전달되는 것이었습니다.

오의 군대는 초와 내통하여 천도한다는 결정을 내린 초를 응징하기 위해 쳐들어왔다, 따라서 채는 초의 땅으로 천도해서는 안 된다, 이미 그렇게 결정되었다. 그런 소문이었습니다. 그렇다고 마음을 놓을 상황은 아니었습니다. 초의 땅으로 천도하려는 계획은 중지되었지만, 천도 자체가 취소되진 않았습니다. 이번에는 오의 땅 어딘가에 천도해야만 하는 운명에 처한 것입니다. 그건 그렇다 치고, 문제는 오가 지정한 새로운 땅이 너무도 궁벽한 곳이라는 사실입니다. 그런 소문이 성 밖으로 피난 나온 사람들에게도 전해진 것입니다.

소문을 확인이라도 하듯 평소 초와 사이가 좋은 것으로 알려졌던 사(駟) 공자가 죽었다는 소식이 전해져왔습니다. 사 공자가 어떻게 죽었는지는 알 수 없지만, 채의 왕성에서 심각한 사태가 벌어지고 있다는 것만은 분명했습니다.

달도 없는 길고 긴 어두운 밤이었습니다. 이윽고 아침 햇살이 여수 강물을 비출 즈음, 오의 군대가 성에서 철수하기 시작했습니다. 동시에 사람들도 삼삼오오 짝을 지어 성으로 돌아갔습니다.

그즈음, 나라의 위정자 무리가 어젯밤에 오나라 장수가 이끄는 대로 오의 세력권인 주래 땅으로 향했다는 소문이 군중 사이로 퍼져나가기 시작했습니다. 주래가 바로 초의 땅을 대신하여 오가 점찍은 새로운 도성 땅이라는 사실이 판명되었습니다. 소후가 주래로 향했는지 아니면 성에 그냥 머물고 있는지는 아무도 몰랐습니다.

성읍으로 돌아와 보니 어젯밤 일들이 마치 꿈인 듯 오의 병사와 전차는 사라지고 사거리에는 그들이 불을 피웠던 흔적만이 남았습니다. 성읍은 마치 아무 일도 없었다는 듯 평소의 모습을 되찾아갔습니다.

오후가 되자 거리에는 아버지 소후가 오에 대한 복종의 표시로 공자 사를 참수했다는 소문이 퍼져나갔습니다. 저녁이 되자, 어젯밤의 소문대로 오의 땅 주래로 천도하며, 시기는 앞으로 얼마 남지도 않은 11월 초순이라는 포고가 나붙었습니다. 물론 불평하는 사람은 아무도 없었습니다. 이제 어떤 일이 일어나도 놀라지 않을 만큼 혼란에 익숙해진 것이지요.

그로부터 이삼 일이 지나자 채의 역대 선군의 묘소를 주래로 옮기기 위해 왕성에서 곡릉(哭陵) 의식이 열린다는 소문이 퍼져나갔는데, 그런 일로 가슴 아파 하는 백성은 하나도 없었습니다.

이윽고 천도의 날이 다가왔습니다. 조용한, 너무도 조용한 여정이었습니다. 채와 오의 병단에 포위당한 관리 집단과 뒤따르는 몇 개의 집단이 차례대로 성을 빠져나와 성읍을 가로질러 여수 강변에 늘어선 배를 타고 강물의 흐름에 몸을 맡기는 모습을 우리는 언덕에서 조용히 내려다보았습니다.

다음 날부터 며칠 동안 주래로 옮겨가는, 성읍을 나서서 여수 나루터로 나아가는 사람들의 모습을 볼 수 있었습니다. 며칠 후에 나 또한 여수의 제방에 서서 주래로 옮겨가는 친척들의 모습을 지켜보았습니다. 가는 자도 보내는 자도 말이 없었습니다. 모든 것이 너무도 갑작스러워 자연스러운 감정에 따라 기뻐하거나 슬퍼할 겨를이 없었던 것입니다.

우리 일족은 대체로 도자기를 만들거나 뼈를 가공하는 일에 종사했었습니다. 나는 어린 나이에 아버지와 어머니를 잃었는데, 우리 집안은 대대로 왕성 안에서 화폐를 주조하는 공방을 꾸려나갔습니다. 그런

걸 보면 청동기 제조 기술에 뛰어난 은나라 사람의 피를 이어받지 않았나 합니다. 할아버지도 아버지도 그렇게 생각한 듯합니다.

  나는 일찍이 양친을 여읜 후로 가업을 잇지 않고 수리 쪽 일을 했는데, 어른이 되어서도 변함없이 수리 일을 하리라 생각했습니다. 바로 그 시절에 천도의 아픔을 맛본 것입니다. 어쨌든 은나라 피를 이어받았으니 나라 잃는 아픔은 이미 경험한 일족이라 할 것입니다.

  주래로 떠나는 사람들을 전송하는 데도 지쳤는지 이제 사람들은 폐허로 변한 성읍 여기저기를 하릴없이 배회하곤 했습니다. 아마도 성읍 백성의 반은 주래로 떠나고 반은 그냥 남은 모양이었습니다. 간단히 말해 주래로 떠난 사람들은 그쪽이 생활하기에 좋다고 판단했기 때문이고, 남은 사람들은 정든 땅을 떠나 살아갈 자신이 없었던 것이지요.

  주래로 떠난 사람과 신채에 남은 사람이 반반이라고 하였는데, 이는 성벽으로 둘러싸인 성읍 안의 사람들 말이고, 성 밖의 농민과 장인들은 터전을 떠나서는 살아갈 방도가 없었습니다. 그래서 채나라 전체로 보면 남은 사람 쪽이 훨씬 더 많았던 것입니다.

  어쨌든 거지반 폐허로 변해버린 거리를 배회하면서 우리는 이곳이 이미 채나라 땅이 아니라는 사실을 깨달았습니다. 이전에 채나라가 있었던 땅일 뿐이었지요. 그리고 나라로부터 버림받은 백성들이 이제 어느 나라에도 속하지 않는 남녀의 신분으로 그냥 살아가는 땅이 되고 말았습니다.

  누가 그러자고 주장하지도 않았는데, 남은 사람들은 성의 동남쪽에 모여들었습니다. 그 지역의 빈집들이 사람들로 들어차기 시작한 것이지요. 언제 초나라 아니면 오나라 군대가 들이닥칠지 알 수 없는 노릇이라 채의 유민들은 스스로를 지키기 위해 한 지구에 모여 살 필요가 있었던 것입니다.

그러나 이미 버림받은 신채의 성읍에서는 아무런 일도 일어나지 않았습니다. 초와 오 양국의 완충지대로서 당분간 서로 손을 대지 않는다는 조약이 체결되었는지도 모를 일입니다. 오가 군대를 파견하면 초도 즉각 군대를 파견할 것입니다. 그러면 이 채의 옛 땅은 죽음을 부르는 전장으로 변할 것입니다.

다행히 그런 일은 일어나지 않았습니다. 사람들은 이미 죽어버린 성읍에서 조용히 하루하루를 살아갔습니다. 그러나 오래지 않아 죽은 성읍은 활기를 되찾았습니다. 텅 빈 왕궁은 금세 시장으로 변하여 많은 점포가 자리 잡았습니다. 언제 들어왔는지 오의 상인도 있고 초의 상인도 있었습니다. 진(陳), 정(鄭), 송(宋) 출신들은 우리 같은 채나라 사람을 만나면 신참자로서 손을 들어 인사를 하곤 했습니다.

채의 유민들도 점점 바빠졌습니다. 먹고살려면 일을 해야 했고 그런 일자리는 얼마든지 있었습니다. 왕궁 시장에 가면 일손을 구하는 상인들이 많았기 때문입니다. 노동을 하면 채소도 곡식도 마음껏 손에 넣을 수 있었습니다. 그들은 성 밖 농촌에서 채소를 가져와 타국의 물산과 교환하기도 하면서 하루하루를 바쁘게 보냈습니다. 나라 잃은 덕분에 성읍은 오히려 번영을 누릴 수 있었던 것입니다.

우리는 채의 유민이면서 버림받은 백성이었지만, 딱히 우리만 유민이었던 것은 아닙니다. 서(徐), 주(州), 비(肥), 래(萊), 소(蕭), 용(庸), 양(梁), 형(邢), 강(江), 온(溫), 황(黃)처럼 이미 멸망한 나라 백성들이 신채라는 참으로 묘한 국제시장에 모여들었던 것입니다.

멸망시킨 나라의 백성도 있고 멸망당한 나라의 백성도 있었습니다. 그러나 여기서는 모두가 평등했습니다. 멸망시킨 나라도 언제 망할지 알 수 없는 세상이었습니다. 오, 초, 진(晉) 같은 강대국 상인들은 다른 상인들에 비해 다소 자신감 넘치는 모습을 보이긴 했으나, 나라의 부강 여부는 소수 위정자들에게나 상관있을 뿐 우리 같은 백성은 아무래도 좋은 일이었습니다.

물론 자신의 몸은 자신이 지킬 수밖에 없습니다. 자신의 조국이 타국과 싸워 이긴다고 해서 자기 생활이 나아지리라는 보장도 없고, 반대로 졌다고 해서 불행해지는 일도 없습니다. 어차피 이 세상은 불행으로 가득하니 말입니다. 어떤 의미에서 왕궁 시장은 모든 나라 불행한 서민들의 광장이라고 할 수 있습니다. 다리가 잘린 남녀는 왜 그리 많은지요. 그들은 전장에서 다리가 절단된 것이 아니라 세금을 늦게 냈다고, 식량 공출이 늦었다고 그런 형벌을 받은 것이지요. 그러나 아무도 동정하지 않습니다. 그런 사람들에게 일일이 동정하다가는 자신이 살아갈 수 없기 때문입니다. 시장에는 갹(屩: 마로 만든 신발, 또는 미투리—옮긴이)과 용(踊: 의족) 따위가 많이 나와 있는데, 갹은 값이 싸고 용은 비쌉니다.

그렇게 채의 유민들이 한 달 정도 평화로운 시간을 보내고 있을 즈음, 주래로 천도한 소후에 관한 소문이 들려왔습니다. 어디서 누가 들은 소린지 모르겠지만, 채의 유민 지구에서는 소문이 화제가 되었습니다. 주래 천도의 계기가 되었던 그날 밤 오나라 군대의 내습은 다름 아닌 소후가 꾸민 일이라는 것이었습니다.

듣고 보니 그럴 법한 이야기였습니다. 채는 오랜 세월 초와 오라는 강대국 사이에 끼여, 초 편을 들어야 할지 오 편을 들어야 할지 늘 고심하지 않을 수 없었습니다.

소문을 그대로 믿는다면, 오 쪽으로 마음이 기울어져 있던 소후와 초를 지지하는 사 공자 사이에 알력이 있었으나, 오군이 난입한 악몽과도 같은 그날 밤에 사 공자의 목을 벰으로써 둘의 갈등이 해소돼버린 것입니다. 모든 일은 소후가 획책한 음모에 따라 일어났습니다. 사전에 치밀하게 준비해두었다가 오나라 군대를 성내로 끌어들였고, 혼란을 틈 타 대부들에게 명하여 사 공자의 목을 쳤던 것입니다.

이런 소후에 대한 소문이 퍼져나가는 가운데 다사다난했던 소후 26년도 저물고, 27년 봄을 맞이하였습니다. 오랜 겨울이 끝나고 여수의 나루터가 상하류로 오르내리는 배들로 번잡할 즈음, 채의 유민으로서는 결코 흘려들을 수 없는 소문이 전해져 왔습니다. 초가 아직 주래로 옮겨가지 않은 채의 유민들을 끌어들이기 위해 새로운 읍을 조성하기 시작했고, 차후 모두 완성되면 채의 유민들은 하나도 남김없이 그곳으로 옮겨가야 한다는 것이었습니다.

생각지도 않은 일이었지만, 한 걸음 물러나 생각해보면 터무니없는 이야기도 아니었습니다. 원래 초는 채의 도성을 자기 땅 깊은 곳에 옮기기로 계획하고 착착 준비를 해나가던 참에 갑작스런 오의 침입으로 천도가 무산되었을 따름입니다. 그런 과정을 생각해보면 초는 어쩌면 당연한 조치를 취하는지도 모를 일입니다.

그런 심상치 않은 소문에 채의 유민들은 벌벌 떨었습니다. 갑자기 눈앞에 검은 구름이 낀 느낌이 들었다고나 할까요. 채의 고도에 사는 한 국가로부터 전혀 안전을 보장받을 수 없었지요. 하지만 국가의 보장이 없는 쪽이 살기에는 더 편했던 것입니다. 초 땅에 수용되면 자유로운 생활은 불가능해질 것입니다. 뻔히 노예 취급을 당할 테고, 젊은 이들은 모두 병사로 차출될 것입니다. 어두운 미래가 아른거리긴 했지만 그래도 소문으로 떠돌 동안에는 막연하나마 희망이 있었지만, 이제 소문은 움직일 수 없는 사실로 눈앞에 드러나고 말았습니다.

심상치 않은 소문이 퍼져나간 지 한 달 정도 지났을 즈음이었습니다. 깊은 밤에 이웃 사람이 부르는 소리에 나가보았더니 횃불이 밝혀진 시가지 광장에 여수의 중류 지역에서 왔다는 남녀 수십 명과 그들을 둘러싸듯 이웃들이 한데 모여 있었습니다.

심야의 갑작스런 방문자의 이야기를 들어본즉, 지금 상채 주변 지구의 어민과 농민들은 초나라 병사들로부터 초나라 땅으로 옮기라는 권유를 받고 있다는 것이었습니다. 이주 기간으로 1년 정도의 여유를 주었다 하는데, 언제 그들의 생각이 바뀌어 갑자기 끌려갈지 몰라 세간을 모두 버리고 무작정 도망쳐왔다는 것이었습니다.

그들 도망자의 말에 따른다면, 초나라 땅으로 이주한다는 소문은 명확한 사실이고 이미 변경 지구에서는 이주 정책이 실시되고 있었던 것입니다. 비록 이곳도 안전하리란 보장은 없지만, 어쨌든 채의 유민들이 모여 사는 신채의 성읍에 몸을 의탁하는 편이 그래도 마음이 놓인다는 단순한 이유로 이곳까지 도망쳐온 사람들이었습니다.

도성은 오가 차지해 가버렸으니 초는 남은 유민이라도 끌고 갈 거라는 말이 떠돌았는데, 과연 소문대로 되어버렸습니다. 정말 말도 안 된다고 불평하는 사람도 많았지만, 불평한들 무슨 수가 있을까요. 그런 연유로 나라를 빼앗긴 백성들을 '유민'이라 부르는 것이겠지요.

다음 날, 평소처럼 일을 하러 시장에 갔더니 정에서 온 상인 한 사람이 가까운 마을에 초나라 병사들이 주둔하고 있다고 말했습니다. 그 말을 듣는 순간, 나는 마음을 정했습니다. 신채를 떠나리라고. 초나라 땅으로 끌려가면 내 인생도 끝장이라고 생각했던 것이지요.

나는 그 즈음 매일 시장에서 얼굴을 대하던 송나라 상인에게 부탁하여 송의 도성으로 향하는 운송업자들 틈에 끼게 되었습니다. 어디를 가든 젊은이란 젊은이는 모두 병사로 차출되기 때문에 일손이 부족하여 젊은 사람만 보면 두 손을 들고 환영하는 세상이었습니다.

그렇게 하여 나는 열 명 정도로 구성된 송나라 상인 대열에 끼어 신채의 성읍을 버리고 진(陳)의 도성으로, 거기에서 다시 송의 도성으로, 느긋하다면 느긋하고, 고생스럽다면 고생스런 여행을 했더랬지요. 진의 도성까지는 석재를 운반하고, 진의 도성에서는 옹기를 날랐습니다. 어느 나라의 길에서건 병사들이 지나간다는 소문만 들어도 농촌으로, 산으로, 때로는 물 위에 배를 띄워 그들을 피하면서 생전 처음으로 천하를 여행하게 되었던 것입니다. 가는 곳마다 온통 전란의 상흔뿐이었습니다. 산과 들은 불타고, 밭은 황폐하고, 먹을거리가 없어 고생하는 마을이 있는가 하면, 고아들이 많은 마을도 있었습니다. 당연히 인심도 야박했습니다.

신채의 성읍에서 송의 도성 상구(商邱)까지는 한 달 가까운 거리였습니다. 상에 도착했다고 해서 도성에 들어간 것은 아닙니다. 회수의 지류에 면한 농촌에서 오랜 여행의 피로를 풀자마자 잡다한 노동을 해야 했습니다. 가리지만 않는다면 목에 풀칠할 정도의 일은 얼마든지 있었습니다.

송에 머물면서 참 이상한 나라도 있다는 생각이 들었습니다. 송나라 사람들의 생활이나 사고방식에는 은나라의 유풍이 있다고 합니다. 그러고 보면 당연한 일이기도 합니다. 송이란 나라가 선 지역이 한때나마 은의 도성이 있던 자리니까 말입니다. 주는 망한 은나라 왕족 하나를 왕으로 봉해 제사를 지내도록 했고 그들이 송을 일으킨 것입니다.

그런 의미에서 지금의 송은 중원에 남아 있는 유일한 은의 후예라 할 수 있을지도 모르겠습니다. 따라서 똑같은 중원의 제후국이라도 입장이 조금 달라 난세에서 나라를 유지하기가 무척 힘들었을 것입니다.

송나라 사람들은 일단 사람들을 의심하고 봅니다. 은나라 사람들은 고도의 문화를 창조한 이들이었으나 그만큼 이해득실에 민감하였는데 뒤를 이은 송나라 사람들도 마찬가지라 신채의 왕궁 시장에서도 다른 나라 사람들에게 따돌림당하는 경향이 있었습니다.

하지만 나는 왠지 송나라 상인들과 죽이 맞아서 다급한 순간에 그들 틈에 낄 수 있었던 것입니다. 아마도 내 몸 속에 흐르는 은나라의 피 때문이 아닐까 싶습니다.

그럼 여기서 잠시 쉬었다가 다음 이야기를 준비해야겠습니다. 40년이나 지난 옛날 일이라 기억을 차근차근 더듬어보아야 하니까 말입니다. 서론이 긴 감이 들기는 하지만, 내가 어떤 과정을 거쳐 공자 교단에 몸담았는지를 이야기하기 전에 고국 채에 대해, 그리고 보잘것없는 나의 출신에 대해 말해둘 필요가 있을 것 같습니다. 그래야 앞으로 내가 하는 말을 쉽게 이해할 수 있지 않을까요. 그럼 잠시 생각을 정리해보겠습니다.

아까부터 바람 한 점 없이 무더운 날씨가 계속되고 있습니다. 집 주변이라도 잠시 걸으면 기분도 새로워질 것입니다. 아무것도 없는 쓸쓸한 산촌이지만 나무 사이로 불어오는 초여름 바람만은 이 세상 어느 곳과도 비할 수 없이 향긋하니 말입니다.

2

실례했습니다. 그럼 이야기를 계속하겠습니다. 송의 도성에 자리 잡은 지도 어언 보름이나 지났을 즈음이었습니다. 송의 도성에서 북쪽으로 닷새 정도 떨어진 곳에 수로 공사를 하기 위해 열 명의 인부들과 동행했습니다. 수양버들이 많고 온통 하얀 모래가 깔린 한적한 농촌이었는데, 우리는 제수(濟水)의 지류를 세 갈래로 나누어 농지로 끌어들이는 일을 해야 했습니다. 모래가 많은 토양이라 그런지 어디를 가도 수양버들이 가지를 늘어뜨리고 있었습니다. 보름 정도에 일을 끝내긴 하였으나 나를 포함한 젊은이 세 명은 다시금 봄 농사일을 돕기로 하였습니다.

 일이 끝나고 내일이면 송의 도성으로 돌아가려던 바로 그날, 느긋한 발걸음으로 숙소로 돌아가는데 마을 입구에서 마을 사람 하나가 새로운 일을 해보지 않겠느냐고 말을 걸었습니다. 위(衛)에서 조(曹)를 거쳐 그날 이 마을로 들어 온 십여 명의 꽤 신분이 높은 여행자들인데, 이제부터 송의 도성을 거쳐 진의 도성으로 간다는 것이었습니다. 그 일행과 진의 도성까지 동행하면서 잡일을 맡아달라는 것이었습니다. 힘들지도 위험하지도 않은 일 같아 우리는 바로 수락했습니다.

 우리는 마을 사람의 뒤를 따라 반쯤은 모래에 묻힌 좁은 골목길을 걸어 여행자들이 숙소로 쓰는 마을에서 가장 큰 농가로 들어섰습니다. 우리는 농가의 넓은 정원으로 들어서기 전에 골목길에서 멀지 않은 언덕 위를 산책하는 여행자들을 보았습니다. 마을 남쪽에 펼쳐진 크고 작은 언덕은 모두 모래로 덮여 나무 한 그루 보이지 않았고, 언덕과 언덕 사이에만 수양버들이 듬성듬성 자라 아름다운 경치를 이루었습니다.

 우리는 여기저기 흩어진 사람들 가운데서 맨 앞 큰 언덕을 걷는 사람을 바라보았습니다. 믿을 수 없을 만큼 키가 큰 사내가 천천히 발걸음을 옮기고, 뒤를 따라 대여섯 명의 사내가 공손한 태도로 천천히 걸었습니다. 그들은 때로 발걸음을 멈추고 대화를 나누기도 했지만 금방 원래대로 흩어져 묵묵히 걸어가는 것이었습니다.

 우리는 일행이 숙소로 돌아오기를 기다리기로 하였습니다. 어쩐지 분위기를 깨서는 안 되겠다 싶었기 때문입니다. 그러던 중에 한 사람이 우리를 보았는지 언덕에서 우리 쪽을 향해 걸어왔습니다.

그 사람은 우리를 보자마자 인사도 하지 않고 손가락으로 숙소를 가리키더니, 내일 정오, 여장을 꾸려서 오라는 말만 하고는 등을 돌려 언덕을 향해 돌아가버렸습니다. 깔끔한 차림새에 과묵한 성격인지 쓸데없는 말은 한마디도 하지 않는, 이 지방에서는 찾아보기 힘든 성격의 젊은이였습니다.

이미 짐작하셨겠지만, 그 여행자 일행이 바로 공자 교단 사람들이었습니다. 내가 멀리서나마 공자의 모습을 처음으로 보았던 47년 전의 일이었습니다. 당시 내 앞으로 왔던 사람은 일행 중에서 가장 젊은 자공이었습니다. 나보다 네 살 연상으로, 그때 나이 스물아홉 살이었습니다.

그냥 멀리서 공자의 모습을 한번 바라보았을 따름이지만, 먼 옛날 초여름 저녁나절의 일이 요즘 들어 왜 그리 생생히 떠오르는지 모르겠습니다. 그때, 공자는 곁에 있던 자로, 안회, 자공 같은 제자들에게 과연 무슨 말을 했을까 생각도 해봅니다. 이제는 그것을 물어볼 사람도 없습니다. 이미 오래전에 안회도 자로도 세상을 떠났고, 공자도 떠났으니…… 혹시 자공이 건재하다면 대답해줄지 모르겠지만 애석하게도 이런 외진 산골에서는 먼 나라에 있는 자공의 소식을 알 길이 없습니다. 도대체 지금 와서 왜 그런 의문을 품고 있느냐, 그때 물어보았어야 하지 않았느냐 하고 생각하시겠지요. 당연한 일입니다.

내가 멀리서나마 공자를 처음 배알했을 때 공자가 걷던 언덕은 규구(葵丘)라는 곳입니다. 공자가 태어나기 100년 전(기원전 651)에 제의 환공(桓公)을 중심으로 노, 송, 정, 위 등 당시 중원의 패권을 다투던 나라의 위정자들이 바로 그 자리에서 황하의 제방을 훼손하지 않는다는 맹약을 맺었다는 사실을 알게 된 것은, 부끄럽게도 이 산골에 칩거한 지 20년이나 지나서였습니다. 제나라의 고사를 조사하는 사람을 알게 되었는데 그에게 이 사실을 처음 들어 알았던 것입니다.

공자는 당연히 고사를 알고 제후들의 맹약에 대해 제자들에게 이야기해주기 위해 규구가 있는 농촌을 숙소로 정하고 언덕을 걷지 않았을까요? 그때, 자로, 안회, 자공 같은 제자에게 과연 공자는 무슨 말을 했을까요? 그걸 알고 싶었던 것입니다.

내가 들은 바로는, 당시 맹약을 맺을 때는 짐승을 희생하여 함께 피를 나누어 마셨는데, 규구의 회합에서는 그런 절차를 따르지 않고 묶어둔 짐승 한 마리 위에 서약서를 올려놓았을 뿐이었다 합니다.

맹약에 대해 공자는 과연 무슨 말을 했을까요? 여러분 앞에서 이런 말을 하는 이 순간에도 그 말을 듣고 싶은 심정 간절합니다.

공자는 중원 최초의 패자로 칭송되던 제환공 따위는 별로 마음에 두지도 않았을 것입니다. 그렇긴 하지만, 자신이 중심이 되어 황하의 물을 전쟁에 이용하지 말자는 맹약을 체결한 업적에는 경의를 표했을 것입니다. 아마도 맹약이 체결되기 전까지는 황하의 제방이 전쟁에 자주 이용되었을 테고, 그때마다 농경지며 가옥, 마을이 물에 잠겨 많은 사람이 생명을 잃었을 것입니다.

공자는 쉰다섯의 나이에 조국 노나라를 뒤로하고 망명과 유세의 길을 떠났고, 그 세월은 무려 14년에 달합니다. 망명 5년째에 나는 규구에서 공자의 모습을 보았는데, 어쨌든 공자는 유랑 생활 14년의 거지 반을 위나라에 머물렀습니다. 황하의 물을 전쟁에 이용하지 말자는 맹약을 황하를 마음대로 이용할 수 있는 위나라가 지키도록 하기 위해, 다시 말해 맹약의 준수를 감시하기 위해 오래 머물지 않았을까, 요즘들어 그런 생각이 듭니다. 하지만 이는 순전히 나의 억측에 불과하니 마음에 두지 마시기 바랍니다.

  제환공이 어떤 위정자였는지 나는 모릅니다. 또 환공을 공자가 어떻게 평가했는지도 모릅니다. 그러나 이 자리에서는 규구의 모임을 주도한 환공에게 경의를 표하기로 합시다. 공자도 반대하지 않을 것입니다. 규구 회합으로부터 200년, 시대는 변했으나 맹약은 여전히 유효하여 황하를 전쟁에 이용하는 나라는 없다고 합니다. 전란 속에서 많은 나라가 망하고 사람들이 죽어가는 가운데서도 인간에게는 아직도 믿을 구석이 있다고 해야 할 듯합니다.

  공자 일행은 규구가 있는 마을에서 이틀을 자고 사흘째 송의 도읍을 향해 떠났습니다. 마차는 다섯 대였습니다. 한 대에는 공자가, 다른 두 대에는 위에서 수행해온 사람들이 탔고, 다른 두 대에는 여행에 필요한 짐이 실렸습니다. 일행은 십여 명, 대부분 위나라 사람들로 송의 도성까지 공자를 모신 다음 위나라로 돌아갈 예정이었습니다.

  여행하는 동안 숙박지는 한결같이 지방 유력자의 저택이었는데, 미리 연락을 취하였는지 항상 공자 일행을 맞이할 준비가 갖추어져 있었습니다. 그러나 공자와 두세 명의 제자를 제외한 다른 사람들은 스스로 잘 곳을 마련하고 음식도 제 손으로 만들어 먹어야 했습니다.

나를 비롯한 임시 고용인 세 명은 낮에는 일행의 맨 뒤에서 걷다가 마을에 도착하면 재빨리 식량이나 연료를 조달해야 했습니다. 그러고 나서 숙소에 돌아오면 불을 일으켜 물을 끓이고 식사 준비를 하는 등 바쁘게 움직여야 했습니다.

그동안 공자 곁으로 다가갈 기회는 전혀 없었습니다. 당연히 목소리도 들어보지 못했습니다. 우리는 공자가 좀 특별한 분이라는 이야기를 들어 알긴 했지만, 어떻게 특별한지는 도무지 알 수 없었습니다. 노나라의 높은 관직에 오른 분이고 대단한 학자라는 사실 외에는 아무 말도 듣지 못했습니다. 공자뿐만이 아니라 공자를 중심으로 형성된 집단이 도대체 뭘 하는 사람들인지 정체를 알 수 없었습니다.

송의 도성에 도착하기까지 며칠 동안, 우리는 정체 모를 집단과 함께 걸으며 밤을 지새웠습니다. 그런 가운데 일행 중 몇 사람과 필요한 대화를 나누었습니다. 말을 나누는 상대는 주로 자공이었습니다.

송의 도성으로 향하는 닷새가량의 여정에서 공자가 얼마나 특별한 분인가를 알려주는 사건이 있었습니다. 내일이면 송의 도성에 도착할 바로 그날, 저녁부터 심한 비바람을 만나 예정된 숙박지까지 가지 못하고, 우리는 산기슭의 텅 빈 농가로 들어갔습니다. 농가라고는 하지만 지붕과 흙벽만 덜렁 남은 폐가였습니다.

번갯불이 번쩍하면 농가 앞으로 비스듬히 펼쳐진 넓은 들판이 모습을 드러냈습니다. 제수의 지류일까요, 꽤 큰 강이 흘렀는데 건너편은 대평원의 밀림이었습니다.

번갯불이 번쩍할 때마다 강 건너 밀림 지대에서 한 줄기 검은 연기 기둥이 하늘로 솟구쳐 올랐습니다. 번갯불, 검은 기둥, 번갯불, 검은 기둥……그렇게 반복되다 보니 밀림 위에는 마치 주름을 친 듯 검은 기둥이 늘어섰고, 거기에 여러 차례 번갯불이 비치는 것입니다. 강 건너 밀림에 엄청난 천재지변이 일어난 듯한 풍경이었습니다.

나는 일행과 함께 농가 곁의 외양간 같은 데서 비를 피하다가, 비바람이 너무 거세져서 농가 쪽으로 몸을 피할 수밖에 없었습니다. 농가도 군데군데 비가 새긴 했지만, 실내가 넓어서 충분히 비를 피할 수 있었습니다. 농가로 뛰어들었을 때 나는 참으로 이상한 광경을 목격하게 되었습니다.

공자는 정원 가까운 방 한가운데서 정좌를 했는데, 뒤에는 자로, 자공, 안회, 그리고 위나라에서 수행해온 사람들이 나란히 앉았습니다. 번갯불이 내달릴 때마다 석상처럼 조용히 앉은 이들의 모습이 밝게 드러났습니다. 나는 한구석에서 그처럼 이상한 광경을 번갯불이 번쩍할 때마다 흥미로운 눈길로 지켜보았습니다.

천둥 번개가 내리치던 그날 밤, 태어나서 처음으로 내가 도무지 상상하지도 못한 인간이 이 세상에 있다는 사실을 알았습니다. 무엇을 생각하고 무엇을 하는지는 모르겠지만, 거센 비바람과 천둥 번개를 피하려 하지 않고, 자신의 몸을 지키려고도 하지 않고 오로지 묵묵히 앉아 천명을 고스란히 받아들이려는 듯한 사람들의 모습이었습니다. 내가 여행 중에 이 정체를 알 수 없는 집단에게 마음이 이끌리기 시작했다면 바로 그때였을 것입니다.

그날 밤의 경험이 아니었더라면, 나는 송의 도성에서 또는 진의 도성에서 공자 일행이나 공자 교단을 떠났을지도 모릅니다. 송의 도성으로 향하는 이 여행 중의 하룻밤 동안 내가 보았던 광경은 그토록 강렬했고 이상했는데 또 한편 신선하기도 했습니다. 어떻게 설명하면 좋을지 모르겠지만, 내 생각의 범위를 완전히 벗어난 인간 집단이 있고, 내가 상상도 해보지 못한 이상한 일이 행해지고 있으며, 이런 체험을 통해 무엇을 위해 살아야 할지 모를 난세에서도 생각해야 할 일이 있을지도 모른다는 생각이, 그때 아주 자연스럽게 나의 내면에서 생겨난 것입니다.

다음 날 저녁, 일행은 송의 도성에 도착했지만 무슨 영문인지 숙박 예정을 변경하여 성내에도 들어가지 않고 그냥 교외로 나와 진의 도성으로 방향을 틀었습니다. 그날은 깊은 밤에 도착한 산골의 작은 마을에서 잠을 잤습니다.

다음 날 아침, 위에서 따라 온 사람들은 모두 황망하게 그 마을에서 공자와 헤어져 황하에 면한 자신의 나라로 돌아갔습니다. 그리고 진의 도성까지 동행하기로 했던 다섯 대의 마차와 마부도 예정을 바꾸어 슬그머니 떠나버리자 일행은 고작 몇 명으로 줄어들고 말았습니다. 공자 외에는 자로, 안회, 자공과 임시 고용인인 우리 세 명만이 남았을 따름이었습니다. 무슨 사정이 있었는지 우리로서는 추량할 수 없었지만, 아무튼 공자 일행이 사람 눈을 피해 송나라를 통과해야만 하는 입장이라는 사실만은 어렴풋이 짐작할 수 있었습니다. 공자를 중심으로 한 일행이 반드시 환영받는 존재만은 아니라는 사실을, 나는 비로소 깨달은 것입니다.

이 송나라 사건은 그로부터 한 달 후에 자공의 입을 통해 알았습니다. 일행이 진의 도성에 도착하여 며칠을 지낸 후의 일이었습니다. 송나라의 유력자 환퇴(桓魋)라는 사람이 공자를 해치려 한다는 사실을 공자를 수행하던 위나라 사람이 알게 되었기에 일행은 급히 송의 도성을 떠나 진의 도성으로 향하게 된 것입니다.

이 사건에서 공자는 환퇴라는 사람의 이름을 들었을 때, "하늘이 내게 덕을 내리셨으니 환퇴가 나를 어찌하리오"[3] 하고 말했다 합니다. 하늘이 나에게 이 세상의 혼란을 바로잡으라는 사명과 이를 달성할 수 있는 힘을 주셨다. 그런 나에게 환퇴 같은 작자가 무엇을 할 수 있단 말인가.

나는 공자의 그 말씀이 정말 마음에 들었습니다. 처음 들었을 때는 물론 무슨 뜻인지 도무지 알 수 없었지만, 공자를 곁에서 모시게 되면서부터 말 속에 담긴 공자의 마음이 자연스럽게 전해졌습니다. 공자다운, 공자가 아니면 결코 입에 담을 수 없는 멋진 말씀이라고 생각합니다. 공자의 말씀 가운데서 나로서는 처음 들은 말이기도 하고, 그런 말을 입에 담을 수밖에 없는 여행에 동참했으니 얼마나 영광스럽고 기쁜 일인지요.

아, 그렇습니까! "하늘이 내게 덕을 내리셨으니"를 알고 계시다고

---

[3] '술이(述而)' 편.

요! 수집한 공자 말씀 가운데 들어 있다고 했습니까! 정말 기쁜 일입니다. 그런데 어떻게 여러분이 공자의 말씀을 모을 수 있었는지요? 정말 신기하고도 감탄을 금할 수 없는 일입니다.

다시 이야기를 돌리기로 합시다. 위나라 사람들과 헤어져 갑자기 초라한 행색으로 변해버린 공자 일행은 새로 마차 두 대를 조달하여, 한 대에는 공자가 타고, 다른 한 대에는 짐을 싣고서 진의 도성으로 향하게 되었습니다. 자로, 안회, 자공 세 사람은 공자의 마차 뒤를 따르고, 나를 비롯한 임시 고용인들은 짐마차 뒤를 따랐습니다. 평소라면 송의 도성에서 진의 도성까지는 고작 사나흘 거리이지만, 사람들의 눈을 피하느라 세 배나 되는 시간을 들여야 했습니다.

내가 두 달 전에 송나라 상인들 틈에 끼어 지금 여정과는 반대로 진의 도성에서 송의 도성을 갔는데, 길지 않은 시간에 모든 것이 변해버렸습니다. 여기저기 길은 파이고, 다리는 무너지고, 폐허가 된 마을도 많아졌습니다. 어느 나라 소속인지도 알 수 없는 대소 병단이 불쑥 모습을 드러내기도 했지요. 간단히 말해, 송의 도성과 진의 도성 사이에서 땅 밑을 흐르다가 세상에 얼굴을 드러내기도 하는 이름 없는 수많은 강의 지류가 얽힌, 오동나무 많은 평원이 전란의 소용돌이 속에서 위험한 전쟁터로 바뀌어버렸다는 것입니다.

위험하면서도 많은 시간과 체력을 소모하는 여행이었으나, 묘하게도 나는 전혀 피로를 느끼지 않았습니다. 공자를 중심으로 한 일행이 뿜어내는 특수한 분위기에 젖었기 때문일까요.

이른 아침에 길을 떠나면 대평원은 늘 짙은 안개에 휩싸여 있었습니다. 안개 속으로 조금만 나아가다 보면 불쑥불쑥 마을이, 회화나무와 오동나무 숲이, 연못이, 강이 나타나곤 했지요. 여행의 하루는 늘 그렇게 시작되었던 것입니다.

낮에 휴식을 취할 때 우리 임시 고용인들이 공자 일행으로부터 좀 떨어진 곳에 자리를 잡으면 대체로 누군가 우리에게 다가와 자리를 같이 하자고 말을 건네주었습니다. 그래서 우리도 공자 일행에 섞여 들어 즐거운 시간을 보낼 수 있었습니다. 정말 즐거웠습니다. 우리로서는 도저히 이해할 수 없는 어려운 이야기가 오갈 때도 그 나름대로 즐거웠습니다. 바로 그런 점이 공자를 둘러싼 집단의 특성이 아닐까 합니다.

덕분에 나는 공자뿐만 아니라 자로, 안회, 자공 같은 사람의 성격이나 공자를 대하는 태도를 이해할 수 있게 되었습니다. 때로 공자는 어떤 사안에 대해 우리 같은 임시 고용인들의 의견을 구하기도 했습니다. 그럴 때도 제자들과 우리를 조금도 구별하거나 차별하지 않고 대해주었기에 우리는 현기증이 날 정도로 감격하여, 우리를 이렇게 인정해주는 사람을 위해서라면 무슨 일이라도 할 수 있다고 생각했던 것입니다.

저녁이 되어 하얀 달이 중천에 걸리면, 자공이 가까운 마을로 숙박 교섭을 갑니다. 그러면 조금이나마 지방 농가 사정에 밝은 내가 따라가게 됩니다. 숙박 장소가 정해지면 그 집 정원에서 우리 임시 고용인 세 명은 불을 지펴 저녁 준비를 합니다. 때로 마을 여자들이 도와주기도 했습니다. 마을 사람들은 함부로 대할 수 없는 사람임을 느끼고 공자 일행을 성심껏 접대했습니다. 저녁 식사 후에는 마을 사람들이 모여들어 그 지방 춤과 노래를 들려주기도 했습니다.

그런 생활이 반달가량 지날 즈음에 이르러 어느새 우리 임시 고용인들도 공자를 중심으로 한 교단의 일원이 되어버렸지요. 솔직히 이대로 교단의 일원이 되어도 좋다는 생각마저 들었습니다. 이처럼 임시 고용인마저 사로잡아버리는 것이 공자 집단의 특성이 아닐까 합니다. 이때 공자 나이 아마도 예순이었을 것입니다. 그렇다면 자로는 쉰하나, 안회는 서른, 자공은 스물아홉, 내가 스물다섯, 나이는 제각각이지만 이는 아무런 문제도 되지 않았습니다.

그렇게 10여 일의 여행 끝에 진의 도성을 들어선 다음에는 성 밖 동남 지구에 사는 유력자의 저택에서 신세를 지게 되었습니다. 그리고 며칠 뒤, 오랜 여행의 피로가 풀리자 임시 고용인 세 명 가운데 송나라 젊은이 두 명이 고향으로 돌아갔습니다. 그러나 돌아갈 곳 없는 채의 유민인 나는 스스로 바라기도 해서 잡무를 담당하는 신분으로 공자 일행에 남기로 하였습니다. 그렇게 하여 공자가 살아 계신 동안 잡무 담당으로 줄곧 공자를 모시게 되었던 것입니다. 내가 어떻게 공자 교단과 관계를 맺게 되었는지를 물으셨는데, 이 정도로 정리하면 될 듯합니다.

이로부터 공자 일행은 진의 도성에서 3년을 머물렀는데, 진 나라가 초와 오 양국의 표적이 되기에 이르러 진을 떠나 초의 영토인 부함(負函)이란 곳으로 피했습니다. 그러나 거기에도 오래 머물지 못하고 결국은 예전에 몸을 맡겼던 위나라로 돌아가게 되었던 것입니다. 이어

위에 4년을 머물고 노애공(哀公) 11년에 고국 노로 돌아가면서 14년에 걸친 유랑 생활도 종지부를 찍게 되지요. 그리고 노의 도성에서 교육자로서 만년의 생활이 시작되었습니다.

진의 도성에서 공자 일행, 즉 공자, 자로, 안회, 자공, 그리고 나를 포함한 다섯 명이 식객으로 머물면서 신세를 진 사람은 성문에 관한 모든 업무를 관장하는 '사성(司城)' 직위의 온화하고 성실하며 현명하기로 이름난 대부였습니다.

우리는 사성의 저택 가까운 곳에 낮은 담으로 둘러친 집을 배당받았는데, 사계절이 뚜렷한 날씨에다 가을이면 철새가 날아오는 연못도 있어서 타국 생활 3년이었지만 평온하게 지낼 수 있었습니다.

공자의 주거지에는 안마당을 감싼 방이 몇 개나 있어서 20~30명 정도라면 언제든 강의를 할 수 있었습니다. 물론 주방 일을 보거나 심부름하는 사람도 있었습니다. 자로, 안회, 자공은 물론이고 나 또한 매일 아침 공자의 집으로 출근하여 하루의 대부분을 거기서 보냈습니다. 무슨 소문이 어떻게 퍼졌는지 모르겠지만 제사에서 날씨, 농사, 심지어 굿 문제를 의논하러 오는 사람들이 매일 끊이지 않았습니다. 대부분은 남자였지만, 가끔 여자도 있었습니다.

자로, 안회, 자공 세 사람이 분담하여 대응하였으나 끝내 감당하지 못하고 공자를 번잡스럽게 하는 일도 있었습니다. 공자에게 답을 구하여 사람들에게 알기 쉽게 해설해주는 것입니다.

공자의 저택에서 나는 정원 청소와 나무에 물 주는 일은 물론이고 일체의 노동을 도맡아 하면서 시간이 날 때면 공자의 말을 듣고 자로를 비롯한 제자들이 하는 일을 넘겨다보기도 하였습니다. 내 평생 그렇게 충실한 시간을 보낸 적이 없었지요.

그런 생활을 하면서 나는 새삼 공자가 일상의 온갖 일에 대해 방대하고 깊은 지식을 가졌다는 사실에 놀랐습니다. 공자는 때로 질문한 사람에게 다가가 손을 잡은 채 농사를 지도하고, 제사 절차를 상세히 가르쳐주기도 했습니다. 공자는 언젠가 속세 일도 잘 안다 하셨는데, 정말로 사소한 일에도 정통한 듯했습니다.

진의 도성에 머무른 지 반년이 지날 즈음, 공자는 때로 왕궁의 초청을 받아 한 달에 두세 번 민공(湣公)을 상대로 강의를 하고 관리들을 모아놓고 가르침을 펴기도 했는데, 나로서는 내용을 알 길이 없습니다.

매일 밤, 저녁을 물린 후에 공자를 중심으로 자유롭게 이야기를 나누는 시간이 있었습니다. 처음에는 자로, 안회, 자공, 그리고 나를 포함한 이들이 단란한 시간을 보냈으나, 언젠가부터 진나라 젊은 관리들까지 동석하게 되었습니다. 그러나 단란한 분위기는 조금도 손상되지 않았고, 자리에 그냥 앉아 있는 것만으로도 가슴이 설레어 영원히 떠나고 싶지 않을 정도였습니다.

그 자리에서 자로가 귀신을, 즉 사자의 영을 어떻게 모시면 좋을까 하는 문제를 제기한 적이 있었습니다. 그러자 공자는,

"사람도 제대로 섬기지 못하는데 어찌 귀신을 섬길 수 있겠느냐" 하고 답하셨습니다. 그러자 자로는, 그렇다면 죽음이란 무엇이냐고 물었습니다. 거기에 대해 공자는,

"아직 삶을 모르는데 어떻게 죽음을 알 수 있겠느냐"[4]라고 하셨습니다.

교단 전체가 이 문제를 토론 주제로 삼아 며칠 밤에 걸쳐 자신의 사생관에 대해 이야기했습니다. 공자도 제자들의 말에 일일이 긍정하거나 비판하였습니다.

그런 모임을 끝내고 공자의 저택을 나서서 보금자리로 돌아가며 바라보는 밤하늘은 왜 그리 아름다운지, 나는 늘 꿈을 꾸는 느낌에 사로잡혔더랬지요.

때로 자로, 안회, 자공, 나, 이렇게 네 사람만이 한자리에 앉을 때도 있어 그럴 때면 나이 많은 자로 쪽이 모든 일을 주재했습니다.

공자는 어떤 생각으로 진(陳)이란 나라에 왔는가. 그리고 언제까지 머무를 생각인가.

자로가 참 어렵고도 복잡한 문제를 제기했는데, 아무도 대답하지 못했습니다. 그러자 자로는 이렇게 말했습니다.

"공자는 초와 오, 양쪽에서 공격받고 있는 이 나라를 구원하리라 생각하신 것이네. 그러기에 위를 나서서 곧장 이 진으로 오셨을 테고. 그러나 이 나라로 들어온 지 반년이 지난 지금, 이 나라를 구하는 일이 얼마나 어려운가를 깨닫게 되셨지. 초와 오라는 강대국 사이에 끼여, 언제 누구에게 망해도 이상하지 않은 작고 노쇠한 부족국가의 현실을

---

[4] '선진(先進)' 편.

생각해보게. 운명 같은 일이니 어쩔 수가 없는 것일세. 그런데 더욱 심각한 문제는 일단 들어오긴 하였으나 나가기가 힘들다는 것이네. 언제 망할지 모를 상황에 이 나라를 그냥 내팽개치고 갈 수도 없는 노릇이 아닌가. 게다가 많은 신세를 진 처지이고. 공자는 지금 이 때문에 고뇌하시는 것이라네. 들어오긴 했으나 나가기가 힘들다, 어떻게 하면 좋은가? 어떻게 해야 하는가?"

자로는 그런 말을 하면서 어쩐지 즐거워하는 듯했습니다. 공자가 곤경에 처한 상황을 상상하니 즐거운 것이지요. 나보다 나이가 상당히 많았던 자로와는 거의 대화를 나누어보진 않았으나, 이는 자로의 밝고 순수한 성격을 그냥 드러내주는 일화라는 생각이 듭니다. 곤경에 처한 공자를 자공이 어떻게 보호하고, 안회가 어떻게 구출해내려 할지, 어디 한번 지켜보겠다는 느긋한 태도라고나 할까요.

그러자 자공이 이렇게 말했습니다.

"내 생각으로는, 공자가 진나라로 들어온 까닭은 이 나라를 다리로 삼아 남쪽의 대국 초와 관계를 맺고 싶었기 때문일 것입니다. 지금 공자는 이처럼 혼란에 빠진 세상을 구하기 위해서는 초와 같은 강대국에 의지할 수밖에 없다고 생각하십니다. 공자가 처음 뜻을 둔 나라는 북방의 강국 진(晉)이었습니다. 그러나 황하 나루터에서 진나라의 정변 소식을 듣고 계획을 철회한 것은 우리도 잘 아는 사실입니다. 그때 공자는, '아름답구나, 저 도도하게 흐르는 강물이여! 내가 이 강을 건너지 못하게 되었으니, 이 또한 천명이로구나!'[『사기세가(史記世家)』, 「공자세가(孔子世家)」]하고 탄식하셨습니다. 분명 공자가 황하를 건너지 못한 일은 천명이라고 해야 할 것입니다. 그때, 공자의 머릿속에서 진을 대신하여 바로 초가 등장했을 것입니다. 그래서 공자는 초의 산하에 가까운 이 진나라로 향했던 것입니다. 공자는 지금 여기에서 자연스럽게 초소왕을 만날 수 있는 기회를 엿보는 것이 아닐까요? 바로 그런 이유로 여기에 머물고 계시다고 생각합니다."

자공의 이야기가 끝나자, 자로는 가만히 입을 다물고 고개를 숙인 안회에게,

"그럼 안회 너는 어떻게 생각하느냐?" 하고 공자의 어투를 흉내 내어 물었습니다. 그러자 안회는 천천히 고개를 들어 아득한 눈길로 어딘가를 바라보더니 입을 열었습니다.

"앞으로 몇 년, 아니 더 긴긴 세월을 공자는 이곳에 머물지도 모릅니다."

그러더니 다시 고개를 숙이고 생각하다가 얼굴을 들고는,

"공자는 이 나라를 좋아하고 계시는 것 같습니다. 위보다도, 제보다도, 태어나서 자란 노보다도, 이 진이라는 작은 나라가 좋으신 것입니다. 저는 그렇게 생각합니다. 그렇다면 공자는 이 나라의 어떤 점을 좋아하시느냐. 제 생각으로는, 이 나라 백성들은 음탕한 노래와 주술적인 풍속을 좋아하는 듯합니다" 하고 안회는 다시 말을 멈추고 잠시 생각했습니다.

"그럼에도 불구하고 공자는 진이라는 이 작은 나라가 마음에 드시는 것 같습니다. 그렇다면 공자는 왜 그런 이 나라를 좋아하시는지, 요즘 제 머릿속에는 그 생각만 가득합니다. 그렇지만 아직도 공자의 마

음속을 알 길이 없습니다."

 이렇게 말하고 안회는 발언이 끝났음을 알리기 위해 자로 쪽을 향해 가볍게 고개를 숙였지요. 안회의 말다운 말은 그때 처음 들었습니다. 스승의 애정을 한 몸에 받는 과묵한 젊은 제자는 나름대로 사고방식이 독특한 수재가 아닐까 합니다.

 우리가 타국 생활을 할 수 있었던 데는 아까도 말했다시피 당시 진나라에서 현인으로 널리 알려진 대부의 덕이었지요. 진의 도성에 머물 동안 우리에게도 금품이나 의복 따위가 지급되기도 했는데, 모든 것이 대부의 배려였습니다.
 그럼에도 나는 이런 이야기를 하면서 그의 이름을 기억해낼 수 없습니다. 그렇게 신세를 지고서도 이름 하나 제대로 기억하지 못한다면 이상하게 생각할지도 모르겠습니다. 당시 우리는 그분을 오로지 '사성' 또는 '대부'라고 불렀기 때문인 듯합니다. 그편이 자연스러웠으니까요. 직접 대면한 적도 없었고, 두세 번 멀리서 고개 숙여 인사할 정도의 관계였으니 '사성'이나 '대부'라고 부르는 쪽이 더 자연스러웠습니다.
 아무리 그렇다 해도 은인의 이름 정도는 기억해야 마땅하지요. 그걸 잊다니, 자공이나 안회가 들으면 경악하고 말 일입니다. 벌써 10년이나 지났지만, 왕년의 진과 채 지방으로 여행하는 노나라 관리를 소개받아, 그 진나라 은인의 성명과 치적, 만년에 대해 조사를 부탁한 적이 있었습니다.

그 사람 말에 따르면, 우리가 의탁했던 온화하고 현명하며 성실하기도 한 그 관료에게 진나라 왕실이 분명 '사성'이라는 관직과 '정자(貞子: 정의롭고 청렴한 사람―옮긴이)'라는 시호를 내렸으나 이름은 물론이고 자세한 경력이나 치적 등은 전혀 기록에 남지 않았다는 것입니다. 그것이 참으로 난세의 춘추(春秋)다운 점이 아닐까 합니다.

노애공 17년(기원전 478) 진이 초에 망했는데, 이는 공자 일행이 진을 떠난 시점으로부터 10년 정도 후의 일이었습니다. 그로부터, 즉 진이 망한 지도 어언 30년이란 세월이 흘렀습니다.

어쨌든 시호를 받았다 하니 나라가 망하기 전이었음이 분명하고, 그렇다면 우리의 은인은 공자가 진을 떠난 뒤에도 몇 년을 더 살다가 나라가 망하는 비극을 보지 못하고 세상을 떠났을 것입니다. 지금 생각해보면 설령 그가 오래 살았다 하더라도 나라가 망하는 운명은 막을 수 없었을 듯합니다. 그런 의미에서 오히려 일찍 세상을 등진 것이 다행이라 해야겠습니다.

그의 이름이나 경력, 치적까지 죄다 사라져버린 지금, 대부의 이름을 부를 길이 없으니 '사성정자'라 할 수밖에 없지 않겠습니까. 사성정자에 대해서는 이 정도로 하고, 진의 도성 생활을 하면서 겪은 기억에 남은 두세 가지 일을 이야기할까 합니다.

진의 도성에 들어선 그해도 바쁘게 저물고 2년째를 맞이했습니다. 노애공 4년(기원전 492), 진민공 11년, 채의 유민인 내 입장에서 연호를 하나 더 붙인다면 채소후 28년이었습니다. 채는 저 멀리 주래로 나라를 옮겨 백성의 반을 유민으로 만들어버렸지요. 그렇지만 여수 강변 시대의 모습을 희미한 그림자처럼 거느리고 아직 나라의 명맥만은 이어갔습니다. 소후가 주래에서 겨우 나라를 꾸려갔기 때문이지요.

그런데 봄이 지나고 여름 햇살이 뜨거워질 즈음이었을 겁니다. 평소처럼 공자의 저택으로 출근했더니, 빨리 공자의 방으로 오라는 지시가 내려왔습니다.

"채나라 소식이 들어왔구나. 그리 좋은 소식은 아니다. 올봄 2월, 주래에서 한 대부가 소후를 죽였다고 하네. 그 대부는 바로 주살당했고, 소후의 뒤를 이어 공자 삭(朔)이 성후(成候)가 되었다 한다."

공자가 전한 말은 그뿐이었습니다. 내가 채나라에서 태어났으므로 소식을 전해야겠다고 배려했을 것입니다.

공자 앞에서 물러나면서 역시 나는 채나라 사람임에 분명하다고 생각했습니다. 채의 왕이 부하에게 죽임을 당했다는 소식을 듣고 가슴이 아팠으니 말입니다. 채의 주래 천도는 단순한 수도 변경이 아닙니다. 나라가 둘로 조각났을 뿐만 아니라 많은 유민이 생긴 불행한 사건이었으며, 결국 공자 사도 목숨을 잃었으니 말입니다. 앞에서도 말했다시피 모든 것을 책임져야 할 사람은 소후인데, 그가 이번에는 부하의 손에 비참하게 죽었다는 것입니다. 하지만 어쩔 수 없는 일인지도 모릅니다.

비록 견디기 힘든 난세이지만 소후의 뒤를 이은 공자 삭이 제발 백성을 잘 보살펴주기를 채국의 유민으로서 기원할 따름이었습니다. 솔직히 말해 당시 나는 채에 대해 그 이상 관심을 기울이진 않았습니다.

소후 사건을 안 지 한 달이 지날 즈음이었을 것입니다. 또 하나의 소문이 항간에 떠돌기 시작했지요. 나와도 어느 정도 관계가 있는 소문이었습니다. 초가 최근에 아직 주래로 옮기지 않은 채의 유민들을 채의 내륙 깊숙한 곳에 있는 부함이라는 땅에 수용하여 특별한 도시를 만들었다는 것입니다.

최초에 그런 소문을 전해준 사람은 진의 관리였는데, 그로부터 얼마 후 초의 해당 지방에 가본 상인에게서 같은 말을 전해 들었습니다. 나는 미리 그런 사태를 짐작하여 고난을 피해 신채의 왕성을 떠나 오늘에 이른 것입니다.

나에게 부함의 사건을 전해준 상인들은 내가 채의 유민이라는 사실을 알고는 하루라도 빨리 부함으로 가는 편이 좋지 않겠느냐고 하는 것이었습니다. 비록 초의 관리가 지배하고 있지만 채의 유민에게 재량권을 주어 다른 도시보다 훨씬 더 활기차고 자유로운 분위기라는 것이었습니다. 채의 유민들 모두 자신의 생활 터전을 만들기 위해 바쁘고 보람찬 하루하루를 보내고 있다는 얘기였습니다.

그런 이야기를 전한 상인들과는 달리 자로, 안회, 자공 같은 공자의 제자들은 부함이란 곳에 새로운 도시가 만들어지건, 채가 이 세상에서 사라지건 아무 관심을 보이지 않습니다. 어쩌면 당연한 일인지도 모르지요. 자로, 안회, 자공 세 사람은 자신이 태어나서 자란 나라와 고향에 대해서도 아무런 관심을 보이지 않았습니다. 모두들 자신의 출신지를 깨끗이 잊고, 스승과 함께 전혀 다른 세상을 살아가는 하나의 집단을 형성했다고 할 수밖에 없을 것입니다.

행인지 불행인지, 나 또한 부함이 어떤 분위기를 띤 도시인지 별다른 관심이 일지 않았습니다. 공자의 교단에 들어온 지 1년 정도밖에 지나지 않았지만, 그 즈음 나는 어디에도 집착하지 않는 공자 문하의 이상한 분위기 속에서 나름대로 자리를 만들어가고 있었습니다. 교단을 떠날 생각일랑 전혀 없었습니다.

그런 의미에서 규구를 떠나 송의 도성으로 향하는 여행길에서 공자 일행의 발길을 잡았던 천둥 번개와 비바람이 몰아친 하룻밤은 내 평생을 결정한 중대한 사건이었던 것입니다. 말할 것도 없이 나 또한 진나라로 들어온 이후로는 천둥 번개와 비바람이 몰아칠 때면 공자 교단의 일원으로서 정좌를 하고 상황을 있는 그대로 받아들이는 태도를 취하기에 이르렀습니다.

언제인가 안회에게 비바람이 몰아치는 날에는 어떤 마음가짐으로 정좌를 해야 하는지 물어보았습니다. 그러자 안회는,

"공자는 어떤 경우에도 그렇지만 아무 설명도 하지 않는다네. 스스로 생각하라는 뜻이야. 그러니까 비바람이 몰아치고 천둥 번개가 치는 날 어떤 자세를 취할지 나름대로 생각할 수밖에 없어. 물론 틀릴 수도 있겠지만" 하고 전제한 다음,

"비바람, 천둥 번개는 하늘의 노여움이라고 생각하는 쪽이 가장 자연스러울 거야. 만일 그렇다면 우리 인간은 마음을 비우고, 있는 그대로 고스란히 받아들여야만 해. 나는 늘 단정하게 앉아 깨끗한 마음으로 오로지 하늘의 노여움을 경청하면서 조용해지기만을 기다리는 거지" 하고 말했습니다.

안회의 해석이 올바르다고 생각합니다. 그로부터 오늘에 이르기까지 오랜 세월 나 또한 비바람과 천둥 번개를 늘 그런 자세로 맞이하지요. 공자가 여기 앉았고 나는 그 뒤에서 공자를 모신다는 자세로 자연의 거친 노여움에 보잘것없는 이 한 몸을 그대로 드러낸 채 조금씩 잦아들어가는 하늘의 포효를 지켜볼 따름입니다. 무엇과도 바꿀 수 없는, 내 마음을 깨끗이 씻어내는 소중한 시간입니다.

3

진의 도성에서 두 번째 봄을 맞이했을 때, 나 또한 도대체 공자는 언제까지 이 나라에 머물 생각일까 하는 의문을 품기 시작했습니다. 진나라 체재도 3년째로 접어들었습니다. 아까도 말했듯이 자로는 이 무력하고 언제 망할지 모를 나라에 들어오긴 했으나 빠져나갈 길을 찾지 못해 고심하는 공자의 모습을 짓궂은 심정으로 지켜본다는 자신의 견해를 밝혔는데, 필시 그런 점도 있었던 듯합니다.

거기에 비해 자공의 견해는 공자의 마음 깊은 곳에 닿아 있었습니다.

"공자는 자연스럽게 초의 권력자 소왕(昭王)을 배알할 기회가 오기를 느긋하게 기다리고 계셔. 조금 더 기다려야 할지도 몰라."

물론 이 역시 개연성 있는 견해로, 지금 공자가 소왕이라는 중원의 권력자에게 모든 것을 걸었다면, 체재 기간이 아무리 늘어난다 해도 전혀 부자연스럽지 않습니다.

또한 공자는 그냥 이 진나라가 좋아서 머물러 있을 뿐 다른 이유가 없다는, 아무리 생각해도 도무지 납득이 안 가는 안회의 해석 또한 간단히 물리칠 수만은 없을 것 같습니다.

어쩌면 안회의 해석이 가장 적절하고 정곡을 찌르는지도 모르겠습니다. 진나라 체재가 3년째로 접어들고부터 공자는 젊은 관리들을 모아놓고 예악에 관한 절차나 의식에 대해 가르치거나 항간의 남녀를 상대로 설화를 모으는 일에 열정을 쏟았습니다. 그 땅에서 살아가는 사람에 대해 호감을 품지 않았다면 있을 수 없는 일이라 하겠습니다.

나도 공자의 저택에서 이루어지는 모임에서 공자의 말을 듣곤 했습니다. 40년 세월이 흐른 지금도 기억에 선명한 말씀이 있습니다. '신(信)'이란 말에 대한 해설입니다.

"사람은 절대로 거짓말을 해서는 안 된다. 입 밖으로 내뱉는 말은 늘 진실해야 한다. 이는 이 땅에 태어난 사람으로서 지켜야 할 약속이기도 하다. 묵시적으로 주고받은 약속이다. 사람이 서로의 말을 믿을 수 있을 때, 비로소 사회 질서가 유지된다."

"사람의 입에서 나오는 말은 '믿는 것', '믿을 수 있는 것'이어야 한다. 그래서 '人'이란 글자와 '言'이란 글자가 결합하여 '信'이 된 것이다. 이 글자는 이미 500~600년 전에 고도의 문명을 건설한 은 시대(기원전 1600~1028)에 만들어져 갑골이나 수골과 같은 골편에 새겨져 전해온 것이다."

공자는 이 말로 진이란 나라의 결점을 지적한 것입니다. 무당과 미신을 좋아하는 풍속 하나만 보아도 진 사람들은 타인의 말을 쉽게 믿지 않음을 알 수 있고, 진으로 오는 길에서도 이를 확인할 수 있었습니다. 피로 피를 씻는 일족 간의 투쟁도, 과도한 타국의 침략도, 진 스스로 불러들인 일이라 할 수 있습니다. 하지만 이는 진 나라만의 문제가 아니라 내가 태어난 채도 마찬가지였습니다. 채가 이렇게 비참하게 변한 주요 원인도 타인의 말을 결코 믿으려 하지 않는 나라 전체의 분위기 때문인 것입니다.

그리고 나서 공자는 무슨 말을 할 때도 반드시 한 번 정도는 '인(仁)'을 언급하셨습니다.

"'仁'이란 글자는 '人' 변에 두 '二'가 붙어 있다. 부모와 자식이건, 주인과 종이건, 가까운 이웃이건 여행에서 만난 낯선 사람이건, 사람의 일이란 둘이 얼굴을 마주하는 순간 반드시 지켜야 할 규범이 생기는 법이다. 그것이 '仁'이다. 상대방 입장에서 서로를 배려하는 것을 가리키는 말이다. 이 '仁'이란 글자 또한 은 시대에 만들어진 것으로 보인다."

공자는 어지러울 대로 어지러운 천하의 질서를 조금이라도 회복하려면 이 세상에 존재하는 가장 근원적인 문제부터 올바르게 고쳐야 한다는 생각에서 '信'이나 '仁' 같은 문제를 제기한 것입니다.

물론 지금 중원 일대의 정세는 어떤 정치력으로도 어찌해볼 수 없을 만큼 혼란스러운데, 이 또한 근본적으로 인간의 살아가는 자세가 비뚤어졌기 때문에 일어나는 현상이라 해야 할 것입니다. 공자는 그런 관점에서 '仁'을 설하고, '信'을 설하는 사명을 스스로 짊어진 것이지요. 그리고 작은 진나라 땅에서 말한 바를 실천했을지도 모릅니다. 나로서는 그렇게 생각할 수밖에 없습니다.

공자는 만년에 천하의 수재들이 모인 노의 도성에 강학당을 설립하여 이 문제를 논하곤 하였는데, 진의 도성에서 행한 강의가 더 듣는 사람의 마음 깊은 곳을 세차게 자극한다는 느낌을 받았습니다. 초와 오라는 2대 강국의 틈에 끼어 압박과 침략으로 고통받던 진나라의 정세를 고려할 때, 진의 도성에서 행한 공자의 강의는 그야말로 전장 한가운데서 '도(道)'를 논한 것으로, 단상에 선 공자도 강의를 경청하는 우리도 그만큼 긴박감을 느낄 수밖에 없었지요.

특히 '仁'에 대해서는 공자를 중심으로 많은 제자들이 토론을 벌이는 모습을 여러 차례 보았습니다만, 늘 내용이 깊고 그윽하여 나로서는 도저히 이해하기 힘들었습니다. 그래서 늘 진의 도성에서 들은, 두 사람 사이에 성립하는 도덕으로서의 '仁'이라는 말만을 소중히 간직하고, 이를 기준 삼아 살아가려고 노력하면서 오늘에 이르렀습니다.

또한 '信'이란 글자도 '仁'이란 글자도 은나라 사람이 만들어 골편에 새긴 것으로 보인다는 공자의 말씀은 그때나 지금이나 마음 깊이 새겨져 있습니다. 아까 나 자신의 몸속에도 은의 피가 흐를지 모른다고 하였는데, 은 문명을 높이 평가하는 공자를 모시게 된 일도 결코 우연만은 아니라는 생각이 듭니다.

진 체재 3년째로 접어들자 공자의 저택도 많이 번잡해졌습니다. 진나라 사람들의 출입이 잦아졌음은 물론이고 먼 곳에서 명성을 듣고 찾아와 머무는 사람도 늘 서넛은 되었기에 겉으로 보기에는 마치 장사 잘되는 여관 분위기였을 것입니다.

손님 대부분은 위나라 사람이었는데, 공자의 저택은 매일 오후 한정된 시간이긴 했지만 그런 이들로 붐볐던 것입니다.

공자는 노나라를 뒤로하고 망명 유세의 여행길에 들어 위나라로 갔고, 그때부터 진의 도성으로 출발하기까지 4년 동안 머물렀습니다.

따라서 머나먼 진의 도성까지 공자를 찾아온 여행자들은 공자가 위의 도성에 계실 때 자주 공자의 가르침을 받던 제자들로, 아무리 기다려도 공자가 돌아오지 않자 님의 목소리라도 한번 접해보려는 소망으로 찾아온 사람들이었을 것입니다.

또한 그 즈음에야 깨달은 바인데, 공자는 자로, 안회, 자공을 비롯한 수많은 제자를 두었는데, 대부분은 여전히 노의 도성에서 공자가 돌아올 날만을 손꼽아 기다렸습니다.

어느 초가을, 노의 제자들을 대표하는 온후한 인물이 나타났습니다. 서른 살 전후로 안회 못지않게 겸허한 사람이었습니다. 후일, 노의 도성에서 나와도 친하게 지냈던 염구(冉求)입니다.

염구는 공자의 망명 유세 여행 초기에 노의 도성에서 위의 도성까지 공자를 모시는 마차의 마부 역할을 한 사람이었습니다. 그 때문인지 공자는 늘 "구야!" 하고 친밀하게 부르곤 했습니다. 짧은 체재 기간이었지만 염구는 시간이 허락하는 한 공자 곁에 붙어서 몇 년간 쌓인 질문에 대한 답을 하나하나 확인하는 것이었습니다.

늦게나마 나는 공자 교단이 매우 방대하다는 사실을 깨달았습니다. 노와 위뿐만 아니라 중원 일대의 전 지역에 공자의 가르침을 받은 사람들이 흩어져 있고, 공자에 대한 존경심이 눈에 보이지 않는 그물이 되어 황하의 북과 남을 하나로 연결하고 있었던 것입니다.

그러나 공자 자신은 이를 전혀 마음두지 않았습니다. 당장은 이유야 어쨌든 진이란 나라에 발이 묶여 젊은이들과 함께 하루하루를 바쁘고 즐겁게 살아갔습니다.

사회의 부정에 몸을 부르르 떨며 분개하였고, 몸이 아픈 딸을 둔 어머니를 만나면 귀신에게 경의를 표하며 더불어 신께 기도드렸지요. 또한 시간만 나면 젊은이들과 함께 사람이 어떻게 살아야 하는지를 두고 심각하게 토론하고, 노을이 질 즈음이면 반드시 저택을 나서서 오동나무 숲을 천천히 거닐었습니다. 그런 공자로부터 자로, 자공, 안회와 마찬가지로 나 또한 떨어질 수 없었습니다.

이윽고 해가 바뀌어 노애공 6년, 진민공 13년을 맞이하였습니다. 작년 여름부터 올봄에 걸쳐 제가 송을 쳤다든지, 진과 위가 황하를 사이에 두고 교전 중이라든지 하는 심상치 않은 소식이 끊임없이 전해졌는데, 여름이 시작되면서 갑자기 전화의 바람이 진나라에도 불어닥치고 말았습니다.

깊은 밤 사성정자의 갑작스런 방문과 함께 공자의 저택에 심상치 않은 기운이 감돌기 시작한 것은 이제 막 여름이 시작된 즈음의 일이었습니다.

"오가 전군을 동원하여 사방에서 우리 진으로 침공을 시작하였소이다. 우리도 즉시 동맹국 초에 구원을 요청했소이다. 이번 오의 침공은 오왕 부차(夫差)에게는 일시적인 전술이 아니라 오랜 세월의 과제였던 초소왕과의 승패를 결하려는 결단에서 나온 것 같소이다. 초 소왕은 지금 전군을 이끌고 우리의 동부지구 최대의 거점인 성보(城父)로 향하였다 하오. 우리 진은 어쩔 수 없이 초·오 양군이 자웅을 결하는 결전장이 되고 말았소. 어쩔 수 없는 일이라오.

사정이 이러하니 여러분도 내일 즉시 짐을 꾸려 이곳을 떠나 초의 땅으로 가주시오. 그러면 위험도 적어질 것이오. 초의 땅 가운데서도 채의 유민들을 위해 조성한 부함이 적합할 것 같소이다. 그곳을 다스리는 섭공(葉公)이란 사람은 초의 저명한 대부로서 신용할 수 있는 인물이라 하오. 일단 거기에 몸을 의탁하도록 하시오.

부함으로 가려면 어떤 길을 택하면 좋을지 나도 해줄 말이 없어 정말 송구스럽소이다. 가는 길에 치안 상태가 어떤지도 모르는 형편이니 말이오. 초의 소부대가 이동할 수도 있겠지만, 오의 소부대를 만나지 말라는 법도 없을 것이오. 오는 그 정도로 만반의 준비를 갖추고 행동을 개시했으리라 여겨지오이다."

단숨에 거기까지 말하고 사성정자는 자세를 가다듬고 공자 앞에 서서,

"이곳에 머무시는 동안 대접도 잘하지 못하고, 게다가 이런 일까지 당하게 하다니 정말 송구스럽소이다. 늘 건강에 조심하시고 유력한 후원자를 얻어 큰 뜻을 이루시어 도탄에 빠진 만천하의 백성들을 구해주시기 바라오" 하고 고개를 숙이고는 자리를 떠났습니다. 정말 이 세상 어디서도 찾아볼 수 없는 훌륭한 인물이었다고 생각합니다.

다음 날 아침, 공자의 저택 앞에는 몇 대의 마차와 일행을 도와줄

10여 명의 잡역부들이 모여 있었습니다. 마차도 잡역부도 모두 어젯밤과 오늘 아침에 걸쳐 자공이 구해온 이들입니다.

진에 머무르던 중에 자공은 단독으로 행동하는 일이 많아서, 위로 가기도 하고 송으로 가기도 하는 등, 다른 사람들로서는 이해하기 힘든 행동을 보였는데 막상 이런 위급한 사태가 벌어지고 보니 모든 것을 자공에게 의지할 수밖에 없었습니다. 자공은 평소 신세를 진 사람들에게 일일이 인사를 하고, 금품을 보내야 할 곳은 금품을 보내는 등, 모든 일을 신속하고 정확하게 처리했습니다.

공자가 왕궁으로 가서 민공에게 작별 인사를 하고 오자 기다리던 20여 명의 일행은 곧장 서쪽으로 향하여 길을 재촉했습니다. 진의 도성을 빠져나온 우리 눈앞에는 대평원이 펼쳐졌습니다. 우리는 첫날밤을 평원의 작은 마을에서 보내게 되었습니다. 나라의 명에 의해서인지 스스로 판단하여 도망쳤는지는 모르겠으나, 마을이란 마을은 모두 빈 껍질이었습니다. 어디에도 사람 그림자 하나 보이지 않았습니다.

다음 날 새벽에 길을 떠나 저녁에는 영수(潁水)의 지류에 도착하였습니다. 거기까지는 자공이 세운 계획에 따라 움직인 모양인데, 그다음은 영수, 여수와 같은 큰 강의 지류와 지류가 끝도 없이 이어지는 삼각주 지대로 들어섰습니다. 여기서부터 길이 없어져 도저히 움직일 수조차 없는 지경에 빠지고 말았습니다. 몇 십 년만의 홍수가 일대를 물천지로 만들어버렸기 때문입니다.

일행은 그날 밤 영수의 한 지류 강변에서 야영을 하고, 다음 날 그곳 지리에 밝은 나이 든 잡역부의 안내로 상류로 나아갔습니다. 그리고 반나절이 흘러 지류를 건너 일박을 하고 다소 우회로를 따라 8일 여정으로 채의 고도 상채로 나아갔습니다. 열두세 살 때 한번 상채를 본 적이 있었는데, 이제 공자를 모시고 폐허로 변해버린 채의 고도를 방문한다니 나로서는 감개무량한 일이 아닐 수 없었습니다.

하지만 그날 밤 들판에서 야영을 하다가 뜻하지 않게 오 패잔병들의 습격을 받아 마차는 물론이고 마차에 실은 식량과 옷가지, 침구 모두를 빼앗기고 말았습니다. 그날 밤 맥이 빠진 일행을 보고 공자는 금을 켜는 것이었습니다.

우리는 들소도 아니고 호랑이도 아니라네
그런데 왜 이렇게 광야를 헤매는가
아아, 슬프도다, 전장의 병사들
하루 종일 쉴 곳 없구나
[『사기』, 「공자세가」 또는 『시경(詩經)』, 「소아(小雅)」, 하초불황(何草不黃)]

공자를 따르는 사람들은 묵묵히 금에서 흘러나오는 음률을 들었습니다. 누군가 곡조에 맞추어 나지막이 그런 노래를 불렀습니다. 뭐라 말할 수 없는 슬픔이 피로에 지친 일행의 가슴을 적시는 것이었습니다.

"아까 우리의 물건을 모두 강탈해 간 오 나라 병사들의 슬픔이 잘 표현된 노래로구나. 그들 또한 병사로 징발되어 전장으로 끌려가 패잔병 신세로 도망가는 중에 배가 고파 우리를 습격했을 테지만, 이 진 나라 깊은 곳까지 들어와서 과연 목숨을 부지한 채 고향으로 돌아갈 수 있을지."
　공자는 그렇게 말씀하셨습니다. 그러자 자로가 다시 노래를 불렀습니다.

　우리는 들소도 아니고 호랑이도 아니라네
　그런데 왜 광야를 헤매는가

"지금 내가 부른 노래는 우리 모두의 슬픔을 표현한 것이라네. 들소도 아니고 호랑이도 아닌데, 이렇게 들판을 헤매고 있지 않은가."
　자로의 말대로 이 또한 우리의 슬픔이었습니다. 노랫말대로 들소도 아니고 호랑이도 아닌데 사흘이나 들판을 걷고 있었던 것입니다. 나중에 생각해보니, 비록 그 들판에서 어려움에 처하긴 하였으나 그래도 여유 있는 방황이었다 여겨집니다.
　다음 날, 우리 일행을 수행하던 잡역부 여덟 명이 식량을 구하기 위해 사방으로 흩어졌지만 저녁이 되어 약간의 식량이라도 품고 돌아온 사람은 세 명뿐이었고, 나머지는 피로에 지친 채 빈 손이었습니다. 이 부근의 마을이란 마을은 모두 껍질만 남아 있었던 것입니다.
　그럼에도 그날 저녁은 모두 둥글게 자리를 잡고 앉아 식사를 할 수 있었습니다. 식사를 마친 다음 몇 사람이 순서대로 노래를 불렀습니다.

　우리는 들소도 아니고 호랑이도 아니라네
　그런데 왜 광야를 헤매는가

젊은이 두셋이 교대로 노래를 부르고 춤을 추었습니다. 젊은이들은 거의 병사로 징발된 경험이 있어서 그들의 심정을 고스란히 전하는 노래를 부른 것이나 다름없었습니다.

그날 밤은 무사히 지났지만, 다음 날 아침이 되고 보니 네 명의 나이 든 잡역부만 남겨 둔 채 나머지는 모습을 감추어버렸습니다. 도망쳤음에 분명했습니다. 나이 든 잡역부 하나가 젊은이들이 도망쳤다고 말했습니다. 진의 대소 병단이 여기저기에 진을 쳤다는 사실을 알고는 징발당할까 두려워 도망쳤다는 것입니다.

갑자기 규모가 쪼그라든 공자를 중심으로 한 빈털터리 일행은 강과 강 사이의 습지를 더듬으며 서쪽으로 나아갔습니다. 서쪽으로 향하긴 하였으나 정확히 서쪽으로 향하는지조차 모르는 그런 탈출 행렬이었습니다.

식량을 손에 넣을 수 없었습니다. 가끔 사람이 없는 마을이 나오기도 하여 약간의 식량을 손에 넣을 수 있었지만 너무 적어서 금방 바닥이 나고 말았습니다. 그 적은 식량을 공평하게 나누어 배급하였으니 당연히 모두 배가 고플 터였습니다.

주린 배를 움켜쥐고 몽롱한 눈길로 길을 더듬어 나아가노라면 때로 진의 보병부대가 지나가기도 했습니다. 우리를 빠르게 추월해서 지나가는 부대도 있었고, 스쳐 지나가는 부대도 있었습니다. 때로 그런 부대로부터 약간의 식량을 얻을 수 있었지만, 그것도 두세 번으로, 그들 또한 여유가 없었으니 말입니다. 개중에는 많은 부상병을 수레에 싣고 가는 부대도 있었습니다.

그렇게 며칠을 걷다가 걸음도 제대로 뗄 수 없는 시체 같은 처지가 되어 한 마을에 들어가서는 꼼짝없이 드러누워 버렸지요. 아마도 진의 도성을 떠난 지 여드레째 아니면 아흐레째 되던 날이 아니었나 싶습니다.

이렇게 이야기하는 동안에도 진의 도성을 출발하여 며칠 걸어서 도착한 후에 꼼짝도 하지 못하고 드러눕고 만 마을의 정경이 눈앞에 떠오릅니다. 조금만 가면 채나라로 들어서는 진의 변경지대 작은 마을이었는데, 공자를 비롯한 모두가 배고픔과 피로에 지쳐 한 발도 움직일 수 없는 지경에 빠지고 말았습니다. 그곳 또한 사람 그림자 하나 없는 촌락으로, 우리는 물새 몇 마리 떠다니는 연못가에 주저앉았습니다.

자리를 잡고 벌렁 드러누운 다음에야 알게 되었지만, 우리 일행의 머리 위에 늘어진 커다란 오동나무 가지에는 온통 엷은 자색 꽃이 흐드러지게 피어 있었습니다. 망자와도 같은 우리의 눈에 얼마나 괴이쩍고, 공허하고, 또한 아름답게 비쳤는지 모릅니다.

그 마을에 도착한 그날, 또는 그다음 날인지도 모릅니다. 해는 떨어졌지만 아직도 어둠이 깔리기 전의 일이었습니다. 나는 그때 활짝 핀 오동나무 아래 몸을 누이고 있었습니다. 자로도 자공도 안회도 제각기 오동나무에서 그리 멀지 않은 연못가에 앉거나 누워 있었습니다. 공자 또한 같은 오동나무 아래 자리를 잡았는데, 공자의 자리에는 누가 어디서 구해왔는지 한 장의 모피가 깔렸습니다.

어쨌든 그런 어려운 상황이었는데, 갑자기 자로가 벌떡 일어서는 것이었습니다. 망자 같은 비틀걸음으로 공자 곁으로 다가갔습니다. 공자가 앉은 자리에서는 금을 켜는 소리가 들려왔습니다. 공자는 금을 켜고 있었던 것입니다.

"군자도 궁할 때가 있습니까?"

자로는 공자를 향하여 내뱉는 듯한 어투로 그렇게 물었습니다. 마치 화가 난 사람 같았습니다. 실제로 화가 났었는지도 모릅니다. 모두가 이렇게 굶어 죽는다면, 도대체 지금까지 우리는 무엇을 했단 말인가. 자로는 화가 치밀었음에 분명합니다. 또한 공자가, 공자 같은 위대한 인물이 배를 곯는다는 사실에 대한 슬픔과 분노에 휩싸였음이 분명합니다.

"군자도 궁할 때가 있습니까?"

자로는 다시 물었습니다. 그러자 공자는 금을 물리치고 자로 쪽으로 얼굴을 돌리더니,

"군자란 원래가 궁한 법이라네" 하고 말했습니다. 그리고 잠시도 틈을 주지 않고,

"소인은 궁하면 흐트러진다네"[5] 하고 말했습니다. 소인은 궁하면 자신을 주체할 수 없게 된다. 그러나 군자는 흐트러지지 않는다. 그런 의미일 것입니다.

나는 자리에서 일어섰습니다. 옷매무새라도 고치지 않을 수 없었습니다. 자공 또한 같은 생각이었을 것입니다. 그 역시 일어서서 내 쪽으로 다가와 자세를 고치더니,

---

5 '위령공(衛靈公)' 편.

"아아!" 하고 낮은 목소리로 외쳤습니다. 공자의 말을 듣고, 이제 됐다, 그런 말을 들은 이상 이제 굶어 죽어도 좋다, 이제 괜찮다, 그런 생각을 담은 외침이었을 것입니다.

자로는 선 자세로 공자를 향하여 깊이 머리를 숙이더니, 그대로 크게 몸을 틀어 텅 빈 두 손을 크게 옆으로 벌리고 천천히 율동을 타면서 춤을 추기 시작했습니다. 그때, 자로는 아마도 울었을 것입니다.

"군자는 원래가 궁한 법이라네. 소인은 궁하면 흐트러진다네."

스승의 입에서 그 말을 들은 이상, 굶으면 어떻고 굶어 죽은들 또 어떠랴. 자로는 너무 기뻐서, 아니 너무나 큰 감동에 사로잡혀 춤을 추지 않을 수 없었을 것입니다.

자로가 춤을 추니 자공도 춤을 추고 싶었을 것입니다. 그러나 자로에게 선수를 빼앗겨 그를 향해 깊이 머리 숙여 경의를 표하면서, 솟구치는 감동을 있는 힘을 다해 억누르고 있었습니다.

안회의 모습은 보지 못했지만, 마찬가지였을 것입니다. 다만 그는 자리에서 일어서지 않고 몸을 둥그렇게 말고서, 이제 됐다, 어떻게 되든 좋다, 굶으면 어떻고 죽으면 또 어떠하리, 한 점 흐트러짐 없이 굶다가 꿋꿋하게 죽으면 되지 않느냐, 이렇게 굶었기에 스승으로부터 그런 감격스러운 말을 들을 수 있지 않았느냐, 그런 생각을 하면서 안회는 안회대로 솟구치는 감동을 억눌렀을 것입니다.

나는 나대로 이제 이 스승으로부터 떨어질 수 없음을 깨달았습니다. 굶어서 움직일 수 없을 정도였지만, 의연한 자세를 견지하는 공자의 모습이 너무도 아름답게 보였던 것입니다.

다음 날, 자공이 어디서 구했는지 며칠분의 식량을 가져왔습니다. 그 덕에 우리는 겨우 기아 지옥에서 벗어날 수 있었습니다.

그런 어려움을 겪으면서 일행은 초의 땅 부함을 향하여 나아가게 되는데, 여기서 잠시 쉬기로 합시다. 잠시 후에 부함 이야기로 넘어가겠습니다. 여러분도 피로하시지요? 예, 뭐라고 하셨지요? "나를 따라 진과 채에 갔던 사람들은 모두 관직에 오르지 못했다."[6] 아, 공자 말씀 가운데 그런 구절이 있었다고요! 그렇군요. 아마도 진과 채에서 어려움을 겪은 제자들은 모두 출세와는 무관한 사람들이었다는 뜻으로 받아들이면 될 듯합니다.

공자가 언제, 누구에게 그런 말을 했는지 모르신다고요? 아, 그렇습니까.

정말 따스한 말씀이 아닐까 합니다. 분명 진과 채의 들판을 걸어야 했던 제자들은 출세와는 무관했습니다. 자로는 위나라에 내란이 일어났을 때 정의를 위해 싸우다 죽었고, 안회는 가난과 젊음을 끌어안은 채 숨을 거두고 말았으니 말입니다.

또 달리 생각한다면, 바로 곁에서 공자의 가장 엄격한 얼굴, 가장 너그러운 얼굴을 접할 수 있었고, 공자와 함께 생과 사의 갈림길에서 함께하며 진과 채의 들판을 헤매던 사람들이야말로 가장 행복한 제자들이었다 할 것입니다.

---

6 '선진' 편.

그럼 잠시 쉬도록 하지요.

4

이야기를 계속하겠습니다. 더우시면 마루 쪽으로 앉도록 하시지요. 진나라 변경의 마을에서 자로가 공자에게 따지듯이,

"군자도 궁할 때가 있습니까?" 하고 묻자, 공자가 "군자는 원래 궁한 법이라네. 소인은 궁하면 흐트러진다네"라고 대답한 다음 날, 자공이 어디서 구했는지 며칠분의 식량을 들고 와서 우리는 기아의 위기를 모면할 수 있었습니다.

주린 배를 채운 다음, 사나흘 더 머물면서 체력을 회복하고 국경을 넘어 채의 옛 땅으로 들어섰고, 거기서 다시금 초나라 땅 부함으로 향하게 되었습니다. 같은 진이라도 변경 지대에 이르러서는 전쟁의 기운은 찾아볼 수 없었고, 오와 초가 어디서 작전을 수행하고, 그 틈에 끼인 진나라가 어찌 되었는지 아무런 소문도 들리지 않았습니다. 4년이나 머물렀던 진의 도성에는 아는 사람이 많습니다. 하루라도 빨리 전쟁이 끝나 그들에게 평화로운 생활이 찾아오기를 기원할 따름이었습니다.

우리는 체력을 회복한 다음, 진의 변경 구릉지대를 지나 여수가 채의 대평원으로 흘러들어 가는 국경지대를 지났습니다. 물론 국경이라고 해서 특별한 시설이나 표시가 있는 것은 아닙니다. 단지 국적 불명의 농민들이 공동으로 경영하는 커다란 시장이 있는데, 변경 일대에서 살아가는 국적 불명의 주민들을 상대로 번성하고 있었습니다. 그런 풍

경이 국경지대 특유의 분위기라 할 수 있을 것입니다.

공자를 중심으로 한 우리 일행은 국경 지역을 빠져나와 여수 강변으로 나아가 그날 밤은 야숙을 하고, 다음 날 옛 채의 도성인 상채를 향하여 여수의 흐름을 따라 내려가기 시작했는데, 초나라 병사들의 검문이 심해졌습니다. 지시에 따라 상채 지구의 검문소까지 가야 했지만, 부함으로 간다고 하자 특별한 조사도 하지 않고 신채까지 세 군데 마을을 숙박지로 지정해주는 것이었습니다. 그리고 신채에 도착한 다음 그곳 검문소에서 다시 지시를 받으라고 하였습니다.

여수가 흘러가는 대평원에 내려섰을 때부터 나는 고국의 땅을 안내하는 일을 맡게 되었습니다. 검문소가 나타나면 모든 일을 내가 처리했습니다.

하지만 그곳은 내가 태어난 채의 땅이 아니었습니다. 상채에는 들어가지 않았지만, 소년 시절에 보았던 폐허와도 같았던 성읍도 사람들로 붐볐던 신시가지도 지금은 초군의 주둔지로 변하여 아무도 접근할 수 없었습니다. 변한 것은 상채 지구뿐만이 아니어서, 여수의 흐름을 따라 형성된 몇몇 마을을 지날 때도 사람 그림자를 찾아볼 수 없었습니다. 주민들이 부함으로 모두 떠나버린 마을들은 음산한 기운마저 풍기고 있었습니다.

어쩌다 시장 같은 시설이 있어서 다소나마 살아 있는 사람 냄새를 풍기기는 하였으나 거기에는 부함으로 갈 자격도 없는 노인이나 병자들이 모여 있었습니다. 그 마을이 바로 우리가 숙박지로 지정받은 곳이기도 하였습니다.

그 마을에서 우리는 잠자리를 쉽게 구할 수 있었고, 식량도 손에 넣을 수 있었습니다. 대신에 나는 우리 일행 쪽으로 모여드는 노인들의 하소연을 들어주어야 했습니다. 그 때문에 공자를 중심으로 한 우리 일행 가운데 오로지 나만 바쁜 시간을 보내게 되었던 것입니다.

노인들 대부분은 당연히 현재 상태가 불만스럽기 짝이 없습니다. 일을 하고 싶으면 얼마든지 농지를 조성할 수도 있고, 일을 하지 않더라도 식량 태급을 받을 수 있어서 별 다른 어려움이 없는 것 같았지만, 옛날이 좋았다, 그때는 살아가는 즐거움이 있었다, 지금은 무슨 낙으로 살아가는지 모르겠다는 말을 털어놓았습니다. 하나 어쩔 수 없는 일이었습니다. 채라는 나라는 망한 것이나 다름없었기 때문입니다.

진의 변경에서 이 땅으로 오기까지 나는 내심 채가 제 모습을 지키고 있어주기를 바랐지만, 이는 망상에 지나지 않다는 사실을 깨달아야 했습니다. 채의 반은 오가 가져가고, 나머지 반은 초가 가져가버렸습니다. 지금은 아무것도 남지 않습니다. 그런 사실도 몰랐던 나 자신이 한심하다는 생각이 들 정도였습니다.

나는 신채까지 3박 4일의 여정을 망국의 백성으로서 처절한 기분에 젖어 걸어야 했습니다. 하지만 돌이켜보건대 그 여행은 무엇과도 바꿀 수 없는 귀중한 체험이었습니다. 왜냐하면 매일 밤, 비록 사흘 밤에 지나지 않았지만, 업무에서 해방되면 나는 공자의 숙소를 찾아가 자로, 자공, 안회와 함께 달빛이 비쳐드는 방 한구석에 앉아 공자의 중원 역사에 관한 강의를 들을 수 있었기 때문입니다.

내가 그 자리에 얼굴을 내밀면, 공자는 내가 잘 이해할 수 있도록 지금까지 이야기를 간단히 정리해주시고, 그런 연후에야 다음 이야기로 넘어갔습니다.

"3년이나 머물면서 신세도 많이 졌던 진나라도, 지금 우리가 여행하는 채나라도, 모두 주 왕조를 모시는 중원 제후국의 하나로 영광스런 오랜 역사를 거쳐 오늘에 이르렀지만, 애석하게도 난세를 맞이하여 지금은 명맥조차 이을 수 없는 형편에 처했다. 진이나 채의 멸망도 모두 시대가 만들어내는 일이 아니겠느냐. 한 사람의 폭군이 혹은 한 사람의 명군이 어찌해볼 수 있는 일도 아니다. 저 먼 옛날 하(夏)도 망하고 은도 망하지 않았더냐."

첫날 이야기는 그런 내용이었습니다. 왠지 채에서 태어난 나를 위로해주는 듯한 말씀이었던 것 같습니다.

둘째 날은 중원이 창조한 문명에 대한 이야기를 하셨습니다.

"하도 은도 주도 모두 독특한 문명을 건설하였다. 그러나 이 세 문명 가운데서 무엇을 택할지를 묻는다면, 하은 2대의 문명을 바탕으로 하여 보다 높은 차원에서 조화를 추구한 주의 문화를 택하겠다고 말해야 할 것이다. 어느 모로 보나 주나라 초기, 전성기의 문명은 너무도 훌륭하다."

공자는 잠시 머릿속으로 뭔가를 정리하는 듯하더니 잠시 후 이렇게 말씀하셨습니다.

"주나라는 2대(하은)를 본받았으므로 문물제도가 찬란하다. 나는 주를 따르겠다."[7]

"문물제도가 찬란하다"는 말은 문화가 활짝 꽃피웠다는 뜻인데, 공자는 풍성한 주의 문물에 대해 이야기하셨습니다.

그 이야기가 끝나자, "주나라는 2대를 본받았다"는 구절을 자로가 먼저 복창하자, 이어서 자공과 안회가 따라하였습니다. 주의 문명을 칭송하는 공자의 매력적인 말씀이었습니다.

셋째 날은 그 다채롭고 풍성한 주나라 문명을 쌓아 올린 사람 이야기를 하셨습니다.

"주공 단(旦)이 바로 그분이시다. 500년 전 사람이다. 주공은 형 무왕을 보좌하여 은을 치고, 무왕이 세상을 떠난 후 주 왕실의 기초를 닦은 뛰어난 정치가이자 무인이며 철학자였다. 나는 젊은 시절부터 이 주공 단에 경도되어 주공이 역사에 남긴 큰 발자취를 생각하고, 늘 주공의 마음으로 사물을 보려 하였고, 주공이 행한 일들의 의미를 생각하며 오늘에 이르렀다. 주공은 은의 신정 정치를 타파하고 예를 사회의 기조로 삼는 정치를 생각한 최초의 인물이며, 실로 전무후무한 정치가이다."

거기서 공자는 어조를 바꾸어 이렇게 말씀하셨습니다.

"이번 진과 채의 여행길에 내게 두 가지 사건이 있었다. 하나는 진의 변경에서 굶어 죽을 지경에 처한 일로서 평생 처음 겪어본 일이라 할 수 있다. 또 하나는 이 여행 도중에 주공의 꿈을 꾸지 않았다는 사실이다. 이 또한 내 평생에 귀중한 의미가 있는 사건이라 해야 할 것이다."

그리고 공자는 자리에서 일어나 잠시 주변을 걷다가, 이윽고 발걸음을

---

7 '팔일(八佾)' 편.

멈추더니, "주공에 관한 나의 깨달음과 감회를 있는 그대로 표현하면 이러하다. '심하도다, 나의 노쇠함이여! 오래도다, 내가 주공을 꿈에 다시 보지 못한 것이'"[8] 하고 말씀하셨습니다. 이때 공자의 나이는 예순셋이었던 것으로 생각됩니다. '내가 벌써 이렇게 늙었단 말인가. 오랫동안 꿈에서 주공도 보지 못했다니!'라는 뜻일 것입니다.

그 "심하도다!"라는 공자의 말을 제자들이 따라했습니다. 잠시 침묵이 흘렀고, 그사이 안회는 두 손을 크게 좌우로 벌리고 박쥐처럼 바닥에 납작 엎드려 있었습니다. 나중에 안 일이지만, 안회는 그때 누군가에게 깊이 경도되었다는 말의 의미를 공자를 통해 깨닫고, 그 엄격함에 놀라 자신의 부족함을 지적당한 듯한 기분을 주체하지 못해 박쥐처럼 바닥에 납작 엎드렸던 것입니다.

먼 옛날이야기는 잠시 접어두고, 지금 젊은 분들 앞에서 이야기하는 나 또한 속절없이 늙어버렸다는 사실을 반성해야 하겠습니다.

"심하도다, 나의 노쇠함이여! 오래도다, 내가 공자를 꿈에 다시 보지 못한 것이."

정말 꿈에서 공자를 만나뵌 지도 오래되었습니다.

채라는 나라는 이미 망해버렸다고, 몇 번이나 나 자신을 향해 중얼거렸고, 실제로 3박 4일의 여행길에서 두 눈으로 확인하였으나 인간이란 참으로 나약하기 짝이 없는 존재인 모양입니다. 내가 태어나 자란 신채 지구를 보는 순간 솟구치는 감회만은 어쩔 수 없었으니 말입

---

[8] '술이' 편.

니다.

 그런 마음으로 나흘간 걸었던 여수 강변을 떠나, 신채의 성읍 쪽으로 길을 잡았습니다. 첫 마을에 있는 검문소에서 스승 공자의 신분, 경력, 부함으로 가는 이유를 상세히 조사했습니다. 그리고 연락이 올 때까지 지정된 마을에서 대기하라는 지시를 받았습니다.

 지정받은 마을은 여수 강변 지대에 흩어져 있는 농촌의 하나로, 나도 잘 아는 아름다운 나무와 운하가 있는 곳이었는데, 지금은 노인과 병자의 수용지구로 변해 있었습니다. 아마도 다른 마을은 죄다 사람 그림자도 찾아볼 수 없는 폐허가 되었을 것입니다. 그 삭막한 마을 하늘 위로 종일토록 바람이 귀곡성을 울리며 지나갔을 테지요.

 상채와 마찬가지로 신채의 도성과 주변 지역도 초군의 주둔지로 변하여 일반인은 출입이 허락되지 않았습니다.

 오의 강요에 의해 주래로 도성을 옮긴 지도 어언 4년이란 세월이 흘렀습니다만, 당시 성내는 왕궁 시장을 중심으로 신기하게도 평화와 번영을 누렸습니다. 지금 생각해보니, 그것이 도대체 무엇이었는지 모르겠습니다. 중원의 모든 나라 사람들 모든 인종이 한곳에 모여 남녀노소 할 것 없이 아침부터 저녁까지 활기차게 살아갔습니다. 강대국, 약소국 구별도 없이 먹고살기 위해 모두들 힘차게 일했습니다. 밝고 즐겁고 화려하게 말입니다. 그 이상하고 신기한 시장은 과연 이 세상이 존재했던 것일까요?

 신채 지구에 들어서고부터 나는 너무 바빠서 공자의 말씀을 들을 여유가 없었습니다. 매일 밤, 노인과 병자들이 수용된 집을 돌아다니며

고독한 노인이나 병자의 말벗이 되어주었습니다. 먼 친척도 있었고 친구의 친구도 있어서 일일이 문안을 다녀야 했던 것입니다.

　신채에 들어선 지 6일째 되는 날이었나요, 검문소의 부름을 받고 출두했더니 언제든 부함으로 떠나도 좋다는 것이었습니다. 부함의 장관 섭공으로부터 일행을 맞이할 준비가 갖추어졌으니 하루라도 빨리 오라는 연락이 왔다는 것이었습니다. 아마도 진의 사성정자가 미리 섭공에게 사자를 보냈을 것입니다. 그러지 않았다면 섭공이 정체도 모를 공자의 일행을 그렇게 준비를 갖추어서 맞을 이유가 없는 것입니다.

　그로부터 신채에서 부함에 이르기까지 3박 4일 동안 우리가 숙박하는 마을에는 늘 준비가 갖추어져 있었습니다.

　공자를 중심으로 한 우리 일행은 배를 타고 여수의 본류를 건너서 사방으로 지평선이 펼쳐진 대평원을 빠져나왔습니다. 하늘 저편 한구석에 하얀 여름 비구름이 솟아올랐습니다.

　공자를 중심으로 자로, 자공, 안회, 나, 그리고 진의 도성을 출발할 때 우리 일행에 가담하여 고생스런 여행에서 굶어 죽을 위기에 처했으나 결국 도망칠 기회를 놓치고 오늘까지 동행하는 나이 든 잡역부 세 사람. 우리 일행과 함께 길을 가는 수밖에는 아무런 방법이 없었으니 이 또한 그들의 운명이라 해야 하겠습니다.

　여수를 건너 반나절 정도 걸으니 채와 초의 국경이 나타났습니다. 크고 작은 늪과 호수가 흩어져 있는 지대인데, 늪과 호수를 일직선으로 그으면 바로 채와 초의 국경선이 되는 것입니다. 예로부터 말로 전해져 오는 보이지 않는 국경선입니다. 하지만 그런 전승은 초나라 쪽이 제멋대로 지어낸 이야기에 지나지 않습니다.

국경을 넘어서 초 땅에 들어서자 저 먼 지평선까지 펼쳐진 파란 들판이 보입니다. 들판에는 등에 나무를 진 듯한 형상으로 마을이 점점이 흩어졌는데, 정말 오랜만에 풍성한 농업국으로 들어섰음을 실감할 수 있었습니다.

그 가운데 마을 하나를 찾아가 공자를 위한 마차와 마부를 구했습니다. 마부가 마차 앞자리에 무릎을 꺾고 앉은 모습은 처음 보는 신기한 습속이었습니다.

우리는 마부가 채찍을 휘두르며 몰고 가는 마차를 호위하듯 둘러서서 평원을 가로질러 남쪽으로 내려갔습니다. 이윽고 저녁나절에 회수의 한 지류에 도착했습니다. 강 건너편에 흩어진 마을 가운데 하나에서 오늘밤 묵을 것입니다.

그 마을로 가려면 상류의 나루터에서 건너야 하는지 하류의 나루터에서 건너야 하는지를 몰라 한 사람이 물어보러 간 동안 우리는 강변에서 휴식을 취했습니다. 조금 떨어진 강변 밭에서 일하는 농부 두 사람에게 자로가 다가갔습니다. 나도 자로를 따라갔습니다.

자로가 길을 묻자 밭을 갈던 남자는 거기에는 대답하지 않고,

"저기 말고삐를 잡은 사람은 누구요?" 하고 되묻는 것이었습니다. 그때 공자는 마차에서 내려 고생하는 말을 쓰다듬어줄 양으로 고삐를 잡고 있었던 것입니다.

"우리의 스승이신 공구(公丘) 선생님이시오" 하고 자로가 대답했습니다.

"노의 공구 말이오?"

"그렇소이다."

"나루터 정도는 가르쳐주지 않아도 알 게 아니오."

너무도 심술궂고 퉁명스런 대답에 어이가 없어진 자로는 밭일을 하는 다른 한 사람을 향해 물었습니다. 그러자 상대는,

"도대체 당신은 누구요?" 하고 되물었습니다. 먼저 자기소개부터 하고 뭘 물어도 물으라는 어투였습니다.

"중유(仲由)라고 하오만."

"노나라 공구의 제자신가?"

"그렇소이다."

"천하는 큰 강에 실려 흘러가고 있소이다. 누구도 거기에 저항할 수 없고, 흐름을 바꿀 수도 없소이다. 권력자를 찾아 여기 갔다 저기 갔다 하는 사람을 따라다녀 무슨 소용이 있겠소. 세상을 버린 은자의 틈에 끼어 밭농사나 짓는 편이 낫지 않겠소."(『사기』,「공자세가」)

그렇게만 말하고 상대는 씨앗을 뿌리고 흙을 덮어주는 일을 그치지 않았습니다. 할 수 없이 자로는 물러나 그 사람의 말을 공자에게 전했습니다. 바로 그때였습니다. 그 멋진 말이 공자의 입에서 나온 것은.

"이 흐트러진 세상에서 눈을 떼서는 안 된다. 무슨 일이 있어도 사람들이 살아가는 이 세상 밖으로 나가려 해서는 안 된다. 그렇지 않느냐. 사람으로 태어나 사람과 같이 살지 않고 누구와 더불어 산단 말이냐. 새와 짐승과 같이 살 수야 없는 노릇이 아니냐."

자로는 밭에서 일하는 두 사람을 은자로 생각했고, 공자 또한 그렇

게 본 듯한데, 내 생각은 다릅니다. 그 둘은 나와 같은 채나라 사람으로 사투리로 보건대 남부 지구에서 태어나 채나라에서 상당한 지위를 누렸던 사람임에 분명합니다. 아마도 부함에 가서 초나라에 복종하는 일이 달갑지 않았을 테지요.

그 여행길에서 비슷한 경험을 또 한번 하게 됩니다.

다음 날 오후, 이번에는 회수의 본류를 건너 식(息)이라는 큰 마을로 들어섰습니다. 예전에는 독립된 회수 강변의 나라였는데 초의 북상 전략으로 초에 병합되고 말았습니다.

그곳의 유복한 농가가 그날의 숙소로 주어졌습니다. 저녁거리와 잠자리가 모두 준비되어 있어서 해가 질 때까지 우리는 넓은 정원에 여기저기에 앉아 그 지방 특유의 새하얀 저녁 햇살을 즐길 수 있었습니다. 햇살이 새하얀 까닭은 회수의 강물에 빛이 반사되어 비쳐 들기 때문인지도 모릅니다.

휴식을 취한 다음, 나는 마을의 젊은이 두셋과 공자의 숙소가 있는 정원 구석의 별채로 나아가 내일의 여행 준비를 했습니다.

바로 그때 창 밖에서,

"봉(鳳)아, 봉아(봉황새야)" 하고 부르는 소리가 들렸습니다.

창을 열어보니, 듬성듬성한 나무들 사이로 오솔길이 저편까지 나 있었고, 목소리의 주인은 그곳에서 이쪽을 향해 외치는 것이었습니다.

"봉아, 봉아."

또 그 소리가 들려왔습니다.

"봉아, 봉아, 좋은 세상에 나타난다는 상스러운 새야, 그런데 넌 왜 이런 데서 어슬렁거리느냐. 어찌 그리도 초라하게 떨어지고 말았느냐."

"지나간 일이야 어쩔 수 없지만, 앞으로 닥쳐올 일이야 피할 수 있지 않겠느냐."

그리고 잠시 틈을 두고 다시 외쳤습니다.

"지금 정치가 정말로 위태롭구나. 함부로 입을 대면 목숨이 위태로우니. 아무튼 여기 초의 땅까지 와서 어슬렁거리지 않는 것이 좋으리라."(『사기』,「공자세가」)

그때 공자가 말씀하셨습니다.

"이리 나오지 않겠느냐. 나와 이야기나 나누어봄이 어떻겠느냐."

대화를 나누어 상대를 설득하고 싶었던 것 같습니다.

나는 밖으로 나왔고, 공자 또한 밖으로 나왔습니다. 그러나 상대는 멀리 등을 보이며 달려가는 것이었습니다.

그 이야기가 전해지자, "또다시 은자가 나타났다"라고 사람들은 수군거렸습니다. 하지만 나는 그 사람을 결코 은자라고 생각지 않았습니다.

봉아, 봉아, 하고 불렀던 사람 또한 채의 유민으로, 부함에 가봐야 만족스럽게 살아갈 수 없을 테고, 오랑캐 아래서 어떻게 행복할 수 있겠느냐고 세상을 비난하는 일당 중의 하나라고 생각했습니다.

내일이면 도착할 부함이라는 새로운 거리에도 이렇게 슬픈 은자 흉내를 내는 채나라 사람이 많을 것입니다. 세상을 꼬집고 삐딱하게 바라보지 않으면 살아갈 수 없는 사람들! 한편으로는 모든 것을 초의 관점에서 바라보고, 초의 정신으로 무장하여 부모의 나라도 그 마음도 모두 잊어버린 남녀들이 있을 것입니다. 채의 유민들이 모인 지역으로 들어서며 나름대로 각오를 굳혔으나, 그래도 일말의 불안감만은 씻을 수 없었습니다.

은자 사건을 통해 나는 스승 공자의 이름이 이런 벽지까지 알려졌다는 사실을 알고 놀라지 않을 수 없었습니다. 물론 극히 일부가 알았겠지만, 그렇다 하더라도 새삼 공자에 대한 존경심과 가슴 뿌듯한 감동이 일렁이는 것이었습니다.

신채를 나선 지 나흘째, 우리 일행은 부함의 교외에 도착하여 큰 저택에 들어섰습니다. 일행 전원에게 방이 하나씩 배당되었고, 식당도, 집회실도 진에서 살 때 공자를 위해 마련되었던 정도의 시설로 갖추어져 있었습니다. 부함에 체류하는 동안 지낼 숙소가 바로 이곳이었습니다.

이 교외의 숙소에 도착한 날, 저녁때까지 시간이 약간 남아 자로가 부함의 검문소에 도착을 보고하러 갔습니다. 자로는 밤이 되어 돌아왔습니다. 공자, 자공, 안회, 나, 이렇게 네 사람이 정원에 면한 복도에서 잡담을 나눌 때였습니다. 그리고 부함의 장관 섭공을 만났고, 섭공에게 공자의 인간됨이 어떠냐는 질문을 받았으나 자로 자신은 대답하지 못했다는 말을 고했습니다. 섭공이라는 장관의 갑작스런 질문에 어떻게 대답하면 좋을지 몰랐던 것입니다.

"지금도 어떻게 대답하면 좋을지 모르겠습니다."

그런 자로의 말에 자공도 안회도 고개를 조금 숙인 채 말이 없었습니다. 자신이라면 어떻게 대답할지 마음속으로 생각하고 있었겠지만, 금방 대답할 말을 찾을 수 없었을 것입니다. 그러자 공자께서 자로를 향해 이렇게 말씀하시는 것이었습니다.

"자로야, 왜 이렇게 대답하지 못했느냐. 그 사람은 격분하면 음식을 잊고, 즐거우면 근심을 잃고, 늙는 것도 모르는 사람이라고. 나는 바로 그런 사람이 아니더냐. 그 이상도 아니고 이하도 아니다."[9]

그로부터 짧은 시간, 아니 짧은 시간이 아닐지도 모릅니다만, 침묵이 우리를 감쌌습니다. 이윽고 그 침묵도 음—, 하는 자로의 신음소리에 깨어졌습니다. 자로의 마음 저 깊은 곳에서 솟구쳐 오른 탄식이었습니다. 이어서 자공과 안회가 탄식하였습니다. 탄식하지 않고는 견딜 수 없었을 것입니다. 나도 그렇게 탄식하고 싶었지만 겨우 참아냈습니다.

얼마나 시간이 흘렀는지 모릅니다. 불쑥 공자가 자리에서 일어나 자신의 숙소를 향해 걸어가는 것이었습니다. 그로부터 남은 사람들, 자로, 자공, 안회는 제정신으로 돌아가 제각기 '격분하면 음식을 잊고, 즐거우면 근심을 잃고, 늙는 것도 모르는 사람'이라는 공자의 말씀을 몇 번이나 복창하였습니다. 나도 낮은 목소리로 따라했습니다.

격분은 사람의 길에서 벗어난 부정에 대한 분노이고, 즐거움이란 인간의 마음을 편안하고 너그러우며 밝게 해주는 무언가를 두고 하

---

[9] '술이'편.

는 말일 것입니다.

즉시 연장자인 자로의 주재로 토론이 벌어지고, 그 말뜻이 하나하나 제자리를 찾아 정리되어갔습니다. 나는 이야기를 들으며 별이 쏟아지는 남국의 하늘을 올려다보고 이들이야말로 지금 이 세상에서 가장 멋들어진 이야기를 주고받는 사람이라 생각했던 것입니다.

밤이 지나고 부함의 첫날이 밝아왔습니다. 공자는 내 얼굴을 보더니 이렇게 말씀하시는 것이었습니다.

"오늘 하루는 자유롭게 지내도록 하여라. 친척도 있고 친구도 있을 것이야. 거리로 나가면 아는 얼굴을 많이 만날 것이다."

나는 공자에게 인사를 하고 그러겠노라고 대답했습니다. 하지만 나의 친척이나 친구 대부분은 주래 쪽으로 이주하여, 부함 쪽에는 거의 오지 않았습니다. 친척은 아니지만, 예의 왕궁 시장에서 친하게 지내거나 일 때문에 알게 된 사람들이 있는데, 이 부함의 거리에서 얼굴을 아는 사람이 있다면 그런 사람들일 것입니다.

그날 나는 공자의 말씀에 따라 부함의 거리를 걸었습니다. 비록 남은 사람들이라고는 하지만 채나라 사람을 모두 끌어 모아 이곳으로 옮겼으니, 아주 큰 거리일 수밖에 없습니다. 필요하다면 얼마든지 거리를 확장할 수 있도록 시가지의 경계도 설정해두지 않았던 것입니다.

새로운 거리, 문자 그대로 새로운 도시였습니다. 도로 양쪽에 늘어선 집들도 새로웠고, 집과 집 사이의 골목길도, 그 길을 걸어가는 사람들도 새로웠습니다. 실제로 이 거리를 걸어 본 사람이라면 눈앞의 광경을 '새롭다'라는 말로밖에 달리 표현할 수 없을 것입니다. 분명 예전에는 채나라 사람이었지만 지금은 다릅니다. 채에서 태어나 채에서 자라긴 했으나, 모든 것을 버리고 부함이라는 새로운 거리에 삽니다. 새로운 거리의 새로운 주민이 되어버린 것입니다.

새로운 거리를 걸으며 새로운 사람들의 왕래를 보고 있자니, 거리도 사람도, 채도, 초도, 아무런 관계가 없는 듯한 느낌이 들었습니다. 실제로 아무런 관계도 없을지 모릅니다. 그런 이상한 거리를 나는 걸어갔습니다. 걸으면서 이 거리가 생기기 3년 전에 생긴 주래라는 거리 또한 이와 비슷하지 않을까 생각해보았습니다.

한 나라가 망하는 것은 정말 슬픈 일입니다. 망하는 데는 단계가 있는 듯합니다. 한 나라가 주래라는 거리, 부함이라는 거리로 변했다가 점점 더 작은 단위로 나뉘어 마침내는 그림자도 형체도 없이 사라져버리는 것입니다. 채나라뿐만 아니라 다른 수많은 나라도 이와 같은 운명을 피할 수 없었습니다. 앞으로도 이 중원에서 수많은 나라가 같은 길을 걸을 것입니다.

비록 이런 난세이지만 이 지상에 태어난 이상 태어나기를 잘했다는 생각이 들 무언가를 우리 인간은 실행해야 하지 않을까요? 그럼 어떻게 해야 하는가, 그것이 바로 공자가 매일 사색하고 고민하던 문제가 아니었겠습니까.

그럼 여기서 잠시 휴식을 취하겠습니다.

5

　공자를 중심으로 한 교단이 부함의 교외에 들어선 날, 자로는 일행을 대표하여 도착 보고 겸 인사를 하기 위해 검문소로 갔다가 생각지도 않게 장관 섭공을 만나 스승 공자의 사람됨에 대한 질문을 받은 경위는 이미 말씀드렸습니다.

　다음 날, 검문소에서 연락이 왔습니다. 섭공은 자로를 만난 이후 소왕의 전령을 맞은 다음 병사 10여 기를 이끌고 급히 밤길을 달려 전선으로 나아갔다는 것이었습니다. 언제 돌아올지 알 수 없으나, 언젠가 부함으로 돌아오면 만나게 될 것이라는 말을 남기고.

　그러고 보면 이상한 일도 아니었습니다. 초는 지금 진을 무대로 숙적 오와 숙명의 대결을 벌이고 있으니 말입니다. 초의 대관인 섭공의 입장에서 전장에 나아가는 것은 당연한 일이고, 당연히 진나라 여기저기에 주둔하는 초의 군단과 늘 연락을 취할 수밖에 없었습니다.

　섭공이 돌아와서 공자를 만난 것은 그로부터 반달 후의 일입니다. 그동안 공자는 몇 번이나 부함의 거리로 나아가서 상점과 시장을 살피고, 채의 유민들과 이야기를 나누기도 하셨습니다. 그리고 교외의 전원지대, 주택지대도 시간을 들여 천천히 돌아보셨습니다. 하지만 공자는 채나라 출신인 내 앞에서는 이 부함이라는 거리에 대한 감상을 이야기하지 않으셨습니다. 공자의 마음 씀씀이가 얼마나 섬세한지를 가늠할 수 있을 것입니다. 그 거리를 칭찬하면 칭찬하는 대로 비판하면 비판하는 대로 슬픔에 잠길 수밖에 없는 망국의 백성인 나의 마음을, 공자는 정확히 꿰뚫어보고 계셨던 것입니다. 어쨌든 대평원의 일각 회수 상류에 갑자기 모습을 드러낸 새로운 거리를 공자가 과연 어떻게 생각하는지, 제자들도 몹시 궁금해 했습니다.

섭공이 전선에서 돌아와 공자를 만나겠다는 연락을 보내왔습니다. 공자는 주로 자로, 자공, 안회를 데리고 섭공의 저택으로 갔었는데, 경우에 따라서는 그중 한 사람이 빠지기도 했습니다. 그런 가운데 공자는 늘 특별히 나를 불러주셨습니다. 채의 유민이라는 내 입장을 공자가 배려해주신 것이지요. 이 부함이라는 거리에서 살고 싶으면 살아도 좋고, 이 거리에서 일을 찾고 싶으면 찾아도 좋다는, 나에 대한 배려를 잊지 않았기 때문이었을 것입니다.

공자가 처음으로 섭공을 방문할 때였습니다. 자로, 자공, 안회, 그리고 나, 네 사람이 수행했습니다.

처음에 섭공은 자기 자신에 대한 이야기부터 시작했습니다.

"성은 심(沈), 이름은 제량(諸梁), 자는 자고(子高). 현재 섭공이라 불리지요. 섭(葉)은 지명인데 원래 그 지방의 장관이 본직이고, 지금은 부함 지구의 장관도 겸하고 있소이다."

그렇게 자기소개를 한 다음 최근 자신에 대한 좋지 못한 소문이 항간에 퍼지고 있는데, 지금 소문을 불식시키기 위해 노력하는 중이라고 웃으며 말했습니다.

"난 어린 시절부터 용을 좋아했는데 오늘날까지 버릇을 고치지 못하고 있소이다. 그래서 이 저택의 지붕에도 용을 조각해두었고, 일상적으로 사용하는 물건에도 용 문양으로 장식하곤 한다오."

그러더니 측근에게 명하여 용 문양이 장식된 물건을 몇 점 가져오게 하여 우리에게 보여주는 것이었습니다.

"시정의 소문이란 이런 것이오. 섭공은 집안 여기저기에 용 문양을 그려두고 늘 용, 용, 용 하면서 살아가는 사람인데, 최근에 그 뜻을 가상히 여긴 용이 실제로 나타나 창문으로 얼굴을 들이밀었다. 섭공은 너무 놀라 입을 쩍 벌리고 그만 뒤로 나자빠지고 말았다는 소문이라오."

공자가 웃고 우리도 웃었습니다. 섭공도 웃었습니다.

"소문 이야기는 이 정도로 해두지요. 한데, 관리라는 존재는 말씀이오, 있는 지혜 없는 지혜 모두 짜내서 백성들과 사이좋게 지내지 않을 수 없소이다. 정말 어려운 일이외다. 도대체 정치의 요체를 어떻게 보아야 하겠소이까?"

그러자 공자는 옷매무새를 고치더니 잠시 생각하다가 이렇게 말씀하셨습니다.

"가까운 사람이 즐거워하면, 멀리 있는 사람이 자연히 모여들게 마련입니다.(근자열近者說 원자래遠者來) 그런 정치를 하시면 될 것입니다."[10]

너무도 온화하고 진심 어린 공자의 말씀이었습니다. 섭공에게 주는 충고로는 더할 나위 없이 좋은 말이 아닐까 합니다. 섭공은 가만히 고개를 숙인 채, "가까운 사람이 즐거워하면, 멀리 있는 사람이 자연히 모여든다. 과연 멋들어진 정치론이오. 정말 고맙고 유익한 말씀이오"

---

[10] '자로(子路)' 편.

하고 감탄하는 것이었습니다.

그 여섯 자의 정치론이야말로 공자가 부함 거리를 구석구석 살펴보고 생각해낸 섭공의 정치에 대한 찬사였습니다. 그 거리를 모두 살펴보고 정치의 현재를 정확히 파악한 다음 나온 말이라는 사실을 섭공이 모를 리 없었기에 크게 만족했던 것입니다.

네 번째인가 다섯 번째 섭공의 저택을 방문했을 때의 일입니다만, 공자와 섭공 사이에서 꽤 흥미로운 문제가 논의되었습니다. 어떤 화제로 인해 그런 이야기로 옮겨갔는지 명확하지 않지만, 섭공은 이런 말을 했습니다.

"우리 영내에 아주 정직한 자가 있는데, 염소를 훔친 아버지를 목격한 아들이 관가에 신고를 하였소이다."

어투로 보건대 정직한 젊은이에 대한 칭찬도 비판도 아닌 듯하였습니다. 정직한 젊은이에게 약간의 호감이나 애정을 보인 어투였을 것입니다.

그러자 공자는 이렇게 말씀하셨습니다.

"정말 정직한 젊은이로군요. 하나 아버지와 아들 사이의 일이니 정말 어려운 문제라 하지 않을 수 없습니다."

그리고 잠시 생각한 다음 이렇게 말씀하시는 것이었습니다.

"내 고향에서는 아버지가 아들의 죄를 감싸주고 아들이 아버지의 죄를 감싸주는 사건이 자주 일어납니다. 죄를 감추는 것은 분명 나쁜 일이지만, 아버지와 아들 사이의 진정한 애정에 의한 자연스런 행동으로 보건대, 이 또한 정직한 사람의 행동이라 해야 할 것입니다."[11]

섭공은 공자가 무슨 말을 하고 싶어 하는지 이해하고 이렇게 말했습니다.

"이 부함이라는 곳은 특수한 거리이기 때문에 법률로 다스리지 않으면 여러 어려운 문제가 생기게 되오."

그러자 공자는 이렇게 말씀하셨습니다.

"백성을 다스리는 것은 정말 어려운 일이라고 생각합니다. 이토록 세심히 배려해주시는 장관을 모셨으니, 부함의 백성은 정말 행복할 것입니다."

"그러나 앞으로는 법으로 다스리고 재판하는 일을 다시 한 번 깊이 생각해보아야 할 것 같소이다. 과연 어떤 결론이 나올지" 하고 섭공은 심각한 표정으로 말했습니다.

자로, 자공, 안회, 그리고 나는 묵묵히 앉아서 이야기만 듣고 있었습니다. 감히 끼어들 여지가 없었기 때문입니다. 서로 상대의 처지를 배려해주기는 했지만, 나름의 생각을 고수하며 한 걸음도 물러서지 않는 강한 의지를 내보였기 때문입니다.

몇 번째 초대였는지는 기억나지 않지만, 이야기가 우연히 초의 권력자 쪽으로 옮겨갔습니다. 일찍이 현군으로 소문이 자자하더니 이제는 중원의 패자로 첫손 꼽히는 소왕에 대해서였으니 일화도 많았을 것입니다.

---

11 '자로' 편.

우연히 초의 수도 영에서 손님들이 와 있었고, 섭공 쪽의 사람도 몇 사람 참석하여 연회가 벌어지는 참이었습니다. 손님 중 한 사람이 이렇게 말했습니다.

"몇 년 전의 일인데, 소왕이 몸져눕자 측근 한 사람이 점을 쳐서 신의 뜻을 물었더니 황하의 신이 화가 났기 때문이라는 점괘가 나왔소이다. 대부들은 의논 끝에 교외에 제단을 마련하고 황하의 신에게 제사를 올려 분노를 잠재우려 하였소이다. 그 말을 전해들은 소공은 이렇게 말했소이다.

'하, 은, 주 3대에 걸쳐서 천자의 명에 따라 중원의 제후가 올리는 제사는 모두 영내 산천의 신들을 모시는 것이었다. 장강, 한수, 회수, 장수(漳水)라는 4대 강은 초가 제사를 올리는 강이지만, 이외에는 초가 모실 강이 없다. 나는 부덕한 몸이긴 하나 타국의 강인 황하의 신에게 벌 받을 이유가 없다.'

그리고 제사를 그만두게 하였다 하오."

그 이야기를 들은 공자는,

"참으로 훌륭한 생각입니다. 사람이란 자신의 몸가짐을 올바르게 하고, 나머지는 하늘의 뜻에 맡기면 되는 것입니다. 이런 난세에 왕이 나라의 안전을 도모하는 것은 당연한 일이 아니겠습니까" 하고 평했습니다.

그러자 또 다른 손님 하나가 소왕의 호방한 성격을 전하는 일화를 이야기하는 것이었습니다.

"올 초, 왕이 아직 진의 성보(城父)로 출진하지 않고 수도 영의 왕성에 계실 때의 일입니다. 사흘에 걸쳐 시뻘건 구름 덩어리가 마치 철새 떼처럼 태양 주위를 떠돌았지요. 모든 사람이 불길한 징조라 생각하였고, 왕 또한 이를 알고 주(周)의 신기(神祇)를 주관하는 신관에게 사자를 보내 의견을 물었습니다. 이윽고 사자가 돌아왔습니다. '재앙은 왕의 몸에 일어날 것이다. 그러나 지금이라면 액막이굿을 벌여 재앙을 신하의 몸으로 옮길 수 있을 것이다'라는 점괘가 나왔습니다. 사자가 전하는 말을 들은 왕은 측근들을 둘러보며 이렇게 말했습니다. '내게 큰 과오가 없다면 하늘은 나를 벌하지 않을 것이다. 잘못이 있다면 벌을 받을 수밖에, 무슨 방법이 있단 말인가. 어찌 내게 충성을 다하는 신하에게 재앙을 대신 감당하게 할 수 있단 말인가.' 그리고 왕은 이에 관한 모든 제사와 기도를 엄금하였습니다."

그 이야기 또한 내게는 큰 감동을 주었습니다. 누군가 평을 원하자, 자로와 자공은 하루라도 빨리 왕을 알현할 수 있는 기회가 오기를 바란다 하였고, 안회는 멀리서라도 좋으니 목소리라도 한번 들어보고 싶다 하였습니다.

공자는 가만히 입을 다물고 계셨습니다. 소왕을 알현할 기회를 얻으려고 진의 수도로 들어왔다면, 아직도 뜻을 이루지 못하고 하릴없이 4년이란 세월을 흘려보낸 셈입니다. 공자로서도 감회가 깊은 말이었을 것입니다.

하지만 공자는 지금, 다름 아닌 소왕이 다스리는 초의 한가운데까지 들어와서 게다가 초의 대관 섭공에게 몸을 의탁한 상태입니다. 소왕을 알현할 기회가 멀리 있지 않다고 할 수 있었습니다. 그 기회가 하루 빨리 오기를 말석에 앉은 나도 간절히 기원했습니다.

부함으로 들어와 섭공의 비호를 받으며 안정된 생활을 하고부터 우리는 진나라에 있는 성보라는 초의 군사기지 이름을 매일처럼 듣게 되었습니다.

현재 초와 오는 모두 주력 부대를 투입하여 진나라 땅을 주전장으로 삼아 빠르면 내일이라도 자웅을 겨룰 준비를 갖추어둔 상태였습니다.

이 전쟁에서 성보라는 곳은 초의 가장 중요한 군사 거점이었습니다. 전쟁이 시작됨과 동시에 소왕은 주력부대를 이끌고 거기에 진을 칠 것입니다. 그렇기에 성보라는 지명이 초나라 사람의 입에 자주 오르내리는 것은 지극히 당연한 일이었습니다.

그러나 공자를 비롯하여 자로와 안회, 그리고 나는 3년이나 진의 도성에 머물렀지만 성보라는 지명을 들어본 적이 없었습니다. 다만 세상 물정에 특별히 밝은 자공만은 알고 있었습니다. 성보라는 곳은 초와 진 두 나라가 서로 양해한 초의 주둔지라 할 수 있는데, 정확히 말하자면 초의 뜻에 따라 조성된 군사도시로서 초의 일부였던 것입니다.

그제야 초의 관리, 무인, 일반 서민 할 것 없이 매일 성보, 성보를 입에 올리는 이유도 알게 되었습니다. 전선이 넓다 보면 여기저기에 흩어진 군사 기지는 늘 빼앗기기도 하고 되찾기도 하는 법입니다. 그러나 성보만은 그런 기지와는 다소 성격이 다른 거점인 듯했습니다. 무슨 일이 있어도 빼앗겨서는 안 되는 불가침의 기지라는 특별한 의미가 있었던 것입니다. 언제부터인지는 모르겠지만 초나라 사람들의 가슴속에는 그런 인식이 깊이 새겨져 있었습니다.

진의 도성에서부터 줄곧 우리와 함께했던 잡역부 세 명 가운데 한 사람이 문제의 성보 출신이었습니다. 출신이라고는 하지만 나이로 보아 단지 거기서 태어났을 뿐인데, 나는 그 사람을 통해 성보라는 오래된 성에 대한 여러 지식을 얻을 수 있었습니다.

"하긴 시절이 이렇다 보니 지금은 초나라 신세를 지고 있지만, 본래 초라는 나라는 상대할 만한 곳이 아니야."

늙은 잡역부는 그렇게 말했습니다.

"아무 이유도 없이 허(許)라는 작은 나라를 멸망시키고, 그곳 사람들을 우리 진나라로 모두 데려왔으니 말이야. 그리고 역사가 오랜 성보라는 곳을 발견하자 일대 사람들을 쫓아내고 허나라 사람들을 들인 거야. 즉 허라는 작은 나라를 진나라 속에 심은 셈이지. 허의 입장에서 보아도 터무니없는 일이었고, 진나라 사람 입장에서 볼 때도 기가 찰 노릇이었어. 나는 조상 대대로 성보 지구의 농민이었는데, 조부 대에 그런 청천벽력 같은 사건을 당해서 집도 땅도 다 빼앗기고 입던 옷 한 벌만 챙겨 쫓겨나고 말았지. 진혜공 원년(기원전 533)의 일이니까, 민공 13년(기원전 489)인 지금으로부터 45년 전의 일인 셈이지. 그런 일을 당하고도 진은 입을 꼭 다물 수밖에 없었어. 상대가 초나라이니 어떻게 해볼 수가 있어야지. 그로부터 20년이 지나자 초는 성보 지구에서 허나라 사람들마저 다 쫓아내고 자기들이 커다란 성을 짓고 성채를 세워 오늘날 같은 요새도시를 만들어버렸어. 두 번에 걸친 교체 작전으로 자신들의 도시를 만드는 것만 보아도 초나라가 얼마나 교활한지 알 수 있을 게야. 선대 평왕 때의 일이었어. 성보가 이국인 허나라 사람들의 거리로 변했을 때부터 오늘에 이르기까지 어언 45년의 세월이 흘렀는데, 거기 사람들은 그 거리를 '성보'라 하지 않고 '이(夷)' 또는 '이읍(夷邑)'이라 불렀어. 자기 나라 한복판에 이국인의 거리가 있었으니까 말이야. 이전에는 허라는 나라의 남녀가 살던 '이', 지금은 초나라 병사들이 주둔하는 '이'인 셈이지. 지금도 그 지방에서는 '이'라든지 '이읍'이라는 이름이 일반적으로 통용돼. 알기 쉽고 정확한 호칭이니까. 그리고 본래의 이름인 '성보'는 오로지 초나라 사람만이 사용하는 거야."

성보의 역사를 이야기해준 진의 잡역부는 어투에서 알 수 있듯 초에 대해 강한 반감을 가지고 있었습니다. 그래서 초와 싸우는 오를 편드느냐 하면 그것도 아닙니다. 오에 대해서도 오랜 세월에 걸쳐 또 다른 원한을 품었기 때문입니다.

"초가 이기건 오가 이기건 아무렴 어때. 빨리 승패가 결정나서 하루라도 빨리 고향으로 돌아갈 수 있으면 그만이야. 다른 나라를 전장으로 삼아 승패를 결정짓는다니 참 기가 찰 노릇이지."

듣고 보니 정말 어처구니없는 일이라는 생각이 들었습니다. 이보다 더 어처구니없는 일이 어디 있겠습니까. 전란의 소용돌이에 휘말려 든 민공과 사성정자가 무사하기를 기원할 따름입니다.

8월 중순 어느 날 밤, 섭공에게서 기별이 왔습니다. 공자를 모시고 자로, 자공, 안회, 그리고 나는 인적이 끊인 부함 거리를 걸어서 섭공의 저택으로 향했습니다. 이따금씩 나타나는 병단과 맞부딪쳐 꽤 오랜 시간 길옆에 서 있어야 할 때도 있었습니다. 별이 비처럼 쏟아져 내리는 아름다운 밤이었습니다.

저택에 도착하자 섭공은 무장을 한 채,

"급히 출진하게 되어 내일을 기약할 수 없는 처지라 이렇게 늦은 시각임에도 불구하고 모시게 되었소이다.

현재 오는 진의 수도 남방 영수를 따라 대명(大冥) 지구에 대군을 집결시키는 중이라오. 대명이란 우리 소왕이 포진하고 있는 성보와는 병단의 이동거리로 이틀 정도 떨어진 곳이지요. 원하건 원하지 않건 양군은 앞으로 2~3일 사이에 반드시 격돌할 것이오.

나는 후방을 지원하는 임무를 맡았소이다. 그러나 후방이건 전선이건 내일을 기약할 수 없는 몸이라 이렇게 출진에 앞서 작별인사라도 해야 할 듯해 모시게 되었소이다. 지금은 후방이지만 이 부함 지구도 언제 전선으로 뒤바뀔지 모를 노릇이오. 그때는 검문소에 의논하여 행동을 취하도록 하시오. 언제까지 머물러도 좋고, 언제든 이곳을 떠나도 좋소이다."

"이렇게 배려해주셔서 정말 감사합니다."

공자는 섭공을 향하여 정중하게 고개를 숙인 다음,

"소왕을 알현할 목적으로 이 먼 부함에 와서 오늘날까지 신세를 지게 되었습니다. 앞으로도 알현이 이루어질 때까지 여기서 신세를 질 생각입니다. 소왕을 만나 뵙고 이 난세에 대해, 난세를 살아가는 인간에 대해 여러 의견을 나누고 싶나이다.

그러나 지금은 대오전에 운명을 건 비상시국, 상황에 따라서는 여기를 떠나야 할지도 모르겠습니다. 그때는 인사도 없이 떠나더라도 저희들을 넓은 아량으로 용서해주시기 바랍니다" 하고 공자는 고개를 들어 섭공의 얼굴을 똑바로 쳐다보며 말씀하셨습니다.

"부디 이번 출진에 무운이 있기를 바라옵니다" 하고 공자는 다시 깊이 머리를 숙이고 자리를 떠났습니다. 우리도 공자를 따라 머리를 숙여 무운을 빌었습니다.

다음 날부터 그렇게 조용하던 부함의 거리가 수런거리기 시작했습니다. 다른 지구에서 피난해온 초의 농민들도 보였고, 어디를 가는지 사방으로 흩어져 가는 대소 병단의 움직임도 눈에 띄기 시작했습니다.

때로는 기마병사가 말 등에 몸을 착 붙이고 검문소 건물 속으로 빨려 들어가기도 하고, 반대로 번개처럼 튀어나오기도 했습니다.

섭공이 출진한 지 열흘 정도 지났을까요, 그날도 깊은 밤에 전장에서 돌아온 섭공한테서 연락이 왔습니다.

공자와 제자들은 섭공의 저택으로 향했습니다. 지난번과는 달리 별 하나 보이지 않는 컴컴한 밤이었습니다.

저택의 문으로 들어서자 오른편 광장에는 횃불이 밝혀졌고, 건너편 어둠 속에는 병사들이 가득했습니다.

우리는 공자를 선두로 하여 왼편 광장으로 인도를 받아 횃불이 밝혀진 구석 쪽에서 기다리라는 지시를 받았습니다. 이쪽 광장에는 우리 말고는 아무도 없었습니다.

잠시 후, 군장을 한 섭공이 나타나 선 채,

"지난 12일, 소왕은 성보의 기지를 출발하여 13일부터 14일에 걸쳐 대명지구에서 오군과 대전을 벌였으나 1승 1패를 기록했소이다. 16일 아침, 소왕은 다음 작전을 전개하기 위해 군단을 이끌고 전선을 떠나 성보 기지로 돌아갔으나, 그날 밤 병이 재발하여 세상을 떠나고 말았소"라고 하는 것이었습니다.

공자를 위시한 우리들은 다만 입을 다물고 깊이 머리를 숙일 따름이었습니다.

"소왕의 뒤는 혜왕(惠王)이 잇게 되었고, 왕의 죽음은 비밀에 부쳐진 채 유해를 성보에서 수도 영으로 모시는 중이외다. 얼마 후 이 부함을 통과할 것이오. 나는 소왕의 유해를 호송하여 수도까지 수행하겠소. 수도 영에서 왕의 서거가 발표되고 즉시 장례식이 거행될 것이오."

섭공은 어조를 바꾸어 다시 말을 이었다.

"이렇게 먼 부함까지 오셔서 오늘까지 소왕을 만날 날만을 기다리셨소이다만 물거품이 되고 말았소이다. 소왕께서도 정말 애석하게 생각하실 것이오. 이제 곧 소왕의 유해가 지나갈 테니 전송이나 해주시구려."

말을 마치고 섭공은 자리를 떴습니다. 곧 낯익은 검문소의 관리가 우리에게 다가와 섭공의 저택에서 꽤 떨어진 도로 한쪽으로 안내해주었습니다. 거기에는 이미 소왕과 작별인사를 하려는 사람들이 조용히 대기하고 있었습니다.

이윽고 100기 정도의 기마 병단이 우리 앞을 지났고, 보병부대가 뒤따랐습니다. 우리는 다른 사람들을 따라 그 보병부대가 지나갈 때까지 줄곧 머리를 숙이고 있었습니다. 어딘가에 소왕의 유해를 모신 관이 있을 터였습니다.

그다음 다시 기마부대가 나타났습니다. 섭공이 이끄는 부대 같았습니다.

깊은 밤 우리는 숙소로 돌아왔습니다. 공자를 중심으로 제자들은 밤하늘이 올려다 보이는 복도 한쪽에 모여 앉았습니다.

이제 소왕의 죽음으로 부함에 머물러야 할 가장 큰 이유가 없어지고 만 것입니다. 그렇다고 해서 초를 버리고 어디로 가야 할지, 공자를 앞에 두고 자신 있게 말할 사람은 아무도 없었습니다.

그 특별한 날 밤, 우리는 누구랄 것도 없이 공자의 마음을 가늠할 수만 있다면 하는 심정으로 복도 한쪽에 모여 있었습니다. 그때 복도 한 구석에 자리 잡은 공자가 이렇게 말씀하셨습니다.

"지금 내 가슴에는 한 가지 생각이 부풀어 오르고 있다. 아까 소왕의 유해를 전송한 다음, 여기까지 밤길을 걸어오면서 내 가슴속에서 싹을 틔워 점점 부풀어 오른 생각을 이야기하겠다."

그리고 잠시 밤하늘을 우러러 보시고 가슴에 품은 생각을 정리하다가 이윽고 입을 여시는 것이었습니다.

돌아가리라, 돌아가리라
내 고향 젊은이들은 큰 뜻을 품었고
비단처럼 바탕이 아름다우나

그 이루는 길을 모르나니[12]

두 번 천천히 읊으시고 스스로 그 노래를 평이한 말로 해설하셨습니다.

돌아가리라, 이제 돌아가리라
내 고향 노에 남겨둔 젊은이들은
모두가 큰 꿈, 큰 뜻을 품지 않았느냐
아름답고 찬란한 천을 짜고 있지만
어떻게 옷을 지을지 모르지 않느냐

그리고 공자는,
"모두 나를 필요로 하고 있다. 돌아가자, 이제 돌아가자. 그들에게 나아가야 할 길을 가르쳐야겠다" 하고 말씀하셨습니다.
공자가 말씀하는 동안 제자들은 모두 입을 다물고 있었습니다. 무슨 말을 해야 할지 몰라 가만있을 수밖에 없었습니다.
그러자 공자는 자공에게,
"가능한 한 빨리 부함을 떠나 진의 도성으로 가서 신세진 분들에게 인사를 드리고 곧장 위의 도성으로 향하자꾸나. 위의 도성에는 연말이나 되어야 도착할 수 있을지 모르겠지만, 늦지 않도록 해야겠다. 우

---

12 '공야장(公冶長)' 편.

선은 이 부함을 떠날 준비를 하자" 하고 말씀하셨습니다.

자로도 자공도 안회도 아무 말이 없었습니다. 눈 깜짝할 사이에 믿을 수 없는 사태가 벌어졌기 때문입니다.

문득 정신을 차려보니 공자의 모습은 보이지 않았습니다. 숙소에 드셨던 겁니다. 이윽고 자로가 먼저 입을 열었습니다.

"돌아가리라, 돌아가리라.

아, 저 젊음이라니! 누가 감히 공자를 따를 수 있단 말인가."

그 말을 받아 자공도 입을 열었습니다.

"돌아가리라, 돌아가리라.

아, 저 현명함과 격렬함이라니! 누가 감히 공자를 따를 수 있단 말인가."

안회도 말을 이었습니다.

"돌아가리라, 돌아가리라.

아, 저 솔직함이라니! 공자는 오늘 밤, 죽음이 깔릴 듯한 부함의 밤거리를 걸으시면서 문득 고향 노로 돌아가서 젊은이들을 만나고 싶어지신 것이다."

정말 안회다운 해석이었습니다. 이때도 나는 아무 말 하지 않았지만, 만일 누가 한마디 평을 하라고 했더라면 이렇게 말했을 것입니다. "자로, 자공, 안회 세 사람이 절실하게 원했으나 감히 입 밖에 낼 수 없었던 말을 오늘 밤 공자께서 대신 하신 것이다"라고.

돌아가리라, 돌아가리라, 그 말은 세 사람을 대신하여, 세 사람을 위하여 공자가 하신 말씀임에 분명합니다. 소왕의 갑작스런 죽음이 공자의 가슴속에서 어떤 역할을 했을지도 모르지만, 그건 아무도 알 수 없는 일이 아니겠습니까.

공자는 이번 중원 여행길에 나서기 전, 진(晉)의 실력자를 만나려고 황하의 나루터로 나갔으나 거기서 진의 정변 소식을 접하고는 황하를 건너지 않았습니다.

그때 공자는 이렇게 탄식하셨습니다.

"아름답구나, 저 도도하게 흐르는 강물이여! 내가 이 강을 건너지 못하게 되었으니, 이 또한 천명이로구나!"

나는 그 말을 자공으로부터 전해 듣고 감동하였습니다. 3년에 걸쳐 소왕과 만날 기회만을 엿보다가 기어이 바람을 이루지 못했으니 이 역시 '천명'일지 모를 일입니다.

또한 그런 생각이 '돌아가리라, 돌아가리라'라는 말씀에 어떤 영향을 끼쳤을지도 모릅니다.

섭공이 소왕의 장례를 마치고 초의 수도 영에서 부함으로 돌아온 것은 10월 중순경이었습니다. 그날, 공자는 제자들과 함께 섭공의 저택을 찾아가 작별 인사를 하고, 바로 진의 도성으로 향했습니다.

신채까지는 이전과 같은 길을 거꾸로 거슬러 올랐지만, 신채에서는 여수를 따라가지 않고 동쪽 고원지대로 나가서 북상하였습니다. 길다운 길은 없었지만 마을과 마을을 잇는 오솔길이 있어서 그 길을 따라 다소 우회하여 고원으로 들어서서 북상하였던 것입니다. 세 명의 잡역부 가운데 한 사람이 부근의 지리에 밝아서 모든 것을 그에게 맡겼습니다.

이 지대는 전쟁의 영향을 전혀 받지 않아 같은 초나라라고는 생각되지 않을 만큼 한적한 농촌 풍경을 간직하고 있었습니다. 공자는 몇몇 마을에서 민요를 듣고, 마을 장로에게 옛 이야기를 듣기도 하며 2~3일을 머물렀습니다. 그럴 때면 늘 자로가, "돌아가리라, 돌아가리라" 하고 독특한 운율을 넣어 노래하며 춤을 추었습니다.

어느 마을에서 자로는 늙은 은자를 만나게 됩니다. 어떤 용건이 있어 자로가 일행에서 반나절 거리쯤 떨어져 있을 때의 일인데, 자로는 하룻밤을 은자의 집에서 신세를 지며 두 젊은이와 만나기도 했습니다. 이야기를 들어보니, 그 사람은 진정한 은자로 여겨졌습니다.

노은자는 "노동도 하지 않고, 곡식도 생산하지 않다니!" 하고 비난했는데 나중에 우리도 그 말을 자주 입에 담게 되었습니다. 분명히 노동도 하지 않고 생산도 하지 않으니 비난받아 마땅한 일일 것입니다.

진의 도성 교외에 도착한 것은 10월 말이었으나, 왕족과 고관들 모두가 어디론가 옮겨갔는지, 도성은 역할과 기능을 완전히 상실한 상태였습니다.

공자는 진의 도성이 어떻게 되었는지 알고 싶은 듯한 기색을 보였지만, 그때마다 자로는 "돌아가리라, 돌아가리라" 하고 노래를 불러 공자의 뜻을 꺾어버렸습니다. 나중에 안 일이지만, 그날 진의 도성에서는 내란이 일어나 백병전까지 벌어졌다는 것입니다.

"돌아가리라, 돌아가리라."

그 말의 운율을 밟는 듯한 형상으로 우리 일행은 진의 도성을 떠나

곧장 위의 도성으로 향했습니다. 도무지 예상도 못한 일이었지만, 황하 남쪽에 펼쳐진 대평원에 점점이 흩어진 농촌은 모두 폐허로 변해 있었습니다.

몇 개의 마을을 살펴보니 백성들이 잠시 떠났다기보다 아예 마을을 버렸다는 사실을 알 수 있었습니다. 농민들이 그곳에서 살 수 없는 조건이 형성되었기 때문이겠지만, 아무도 없어서 확인해볼 수가 없었습니다.

12월 초, 앞으로 3~4일이면 위의 도성으로 들어갈 수 있을 즈음에 우리는 황하 강가의 작은 마을에 숙소를 정하고 뒤에 처진 자공을 기다렸습니다. 자공을 기다리는 동안 공자는 마을 노인의 안내를 받아 진과 초의 전쟁 유적지를 둘러보셨습니다.

"돌아가리라, 돌아가리라."

자로는 서둘러 위의 도성에 들어가고 싶었지만, 공자께서는 자공을 기다려야 한다는 핑계로 자로의 말을 들어주지 않았습니다. 이 지역의 전쟁 유적지에 흥미가 많은 듯했습니다.

우리는 공자를 모시고 황하 강변의 전장 유적지로 가 거기에 서보았습니다. 강변의 제방 때문에 흐름은 보이지 않았지만, 제방 건너편에는 황하가 유유히 흐를 것입니다.

며칠 머물렀던 황하 강변 마을을 뒤로하고, 공자, 자로, 자공, 안회는 3년 아니면 4년 만에 다시 방문하게 될 위의 도성을 향해 출발했습니다. 당시 나는 이젠 공자께서 걸음하는 곳이라면 이 세상 어디든 동행하겠노라는 생각뿐이었습니다.

내일이면 위의 도성으로 들어설 그날, 우리는 황하 강변에 펼쳐진 들판을 걸었습니다. 내 머릿속에서는 1년이란 시간이, 다시 말해 애공 6년이 너무도 길었다는 생각이 스쳤습니다.

오늘은 여기서 쉬어야겠습니다. 내가 어떻게 공자 교단과 관계를 맺게 되었는지, 이야기가 어지럽게 얽혀 이해하기 힘든 부분도 있었을 테지만, 다른 기회에 보충 설명하도록 하겠습니다.

그렇습니다. 오늘의 이야기를 정리하는 의미에서 한 가지 덧붙이는 편이 좋을 것 같군요.

특별한 것은 아닙니다. 4년에 걸친 공자의 중원 유랑의 마지막 언저리에 스승의 마음을 강하게 끌었던 전쟁 유적지 말입니다.

돌이켜보면 그때부터 지금까지 어언 40여 년이란 세월이 흘렀지만, 최근에 우연히 초의 역사를 조사하는 사람을 만나 초와 진의 황하 강변의 결전—두 나라가 총력을 기울여 부딪친 전투는 단 한 번 벌어졌을 뿐입니다만—의 성격을 잘 알게 되었던 것입니다.

공자를 멈추어 서게 했던 황하 강변은 노선공(魯宣公) 11년(기원전 597), 초 장왕(莊王)이 진의 대군을 격파한 100년 전의 유적지입니다. 그때 패한 진의 군대는 황하를 빨갛게 물들일 정도로 피를 흘리며 밤을 새워 도망쳤다고 합니다.

그날 밤, 승리자인 초 진영에서는 한 장군이 장왕에게 이런 헌책을 올렸습니다.

"여기에 병영을 짓고 진군의 시체를 수습하여 먼 후손에게 우리의 무공을 전해야 하지 않겠나이까."

그 말에 대해 장왕은 이렇게 대답했습니다.

"武(무)라는 글자는 戈(과 : 창)를 止(지 : 멈춘다)한다는 뜻이다. 나는 무인으로서 쓸데없이 많은 적과 아군을 죽여 시체가 산을 이루었으니, 아직 '武'의 진수를 알지 못한다."

다음 날, 장왕은 전쟁으로 더럽혀진 황하의 신께 제사를 올리고, 전장을 떠나 초나라로 돌아갔습니다.

지금 생각해보면, 공자는 초장왕의 일화와 고사를 아시고 유적지에 서서 제자들에게 이야기해주고 싶었던 듯합니다. 하지만 아무 말씀도 하지 않으신 이유는 이곳이 어떤 의미가 있는 유적지인지 스스로 조사하고 생각하라는 뜻이 아니었나 합니다.

2장

1

 먼 길 오시느라 고생이 많으셨지요. 오늘 처음 보는 분도 계신데, 이런 누추한 산골에서 은자처럼 살아가는 몸이라 대접이 변변치 않은 점 널리 이해해주시리라 믿습니다.

 먼 옛날의 일을 알고 싶어 많은 기대를 품고 오셨겠지만, 공자께서 세상을 떠나신 지도 어언 33년이란 세월이 흐른 데다 원래 제자라 하기도 어려운 입장에서 공자를 모신 몸이라 아마도 질문에 시원스럽게 대답하지 못하는 점도 많을 것으로 생각됩니다. 그 점도 널리 이해해주시리라 믿습니다.

 지난번 여러분을 만났을 때만 해도 초여름이었는데 벌써 가을이 되었습니다. 보잘것없는 산골이지만 가을은 여기서도 1년 중 가장 아름다운 계절입니다. 이름 모를 철새 떼가 오늘 저 계곡 위를 가로질러 동쪽으로 날아갔습니다. 이 산에 들어온 지도 어언 30여 년이 지났습니다만, 처음 4~5년은 가을이면 늘 그런 철새 떼가 무리 지어 이동하는 모습을 볼 수 있었습니다. 그런데 언젠가부터 철새 떼가 뚝 끊기더니, 정말 몇 년 간인가요, 오늘 이곳을 지나가지 않겠습니까.

가을날은 짧기도 하지요. 그럼, 지난번처럼 자유롭게 화제를 꺼내주시면 아는 대로 말씀드리겠습니다.
그렇군요. 그 이야기에 들어가기 전에 잠시 내가 태어난 채나라에 대해 새로 알게 된 사실을 말씀드리고자 합니다. 지난번 채나라의 고난에 찬 역사에 대해 말씀드리고, 수도가 멀리 주래로 옮겨진 이후 텅 비어버린 채나라에 대해서, 또 채의 유민을 수용하기 위해 초가 조성한 부함이라는 새로운 거리에 대해서도 말씀드렸습니다. 그리고 최근에 알게 된 사실이지만, 주래로 옮긴 이후의 채에 대해서도 말씀드려야 할 것 같습니다.
얼마 전 여러분과 헤어져 열흘이나 지났을까요. 송의 상인을 두령으로 한 스무 명 정도의 행상이 이 마을을 지나갔습니다. 그 사람들을 통해 내가 태어난 채의 소식을 알게 되었습니다.
"당신은 어느 나라 출신이시오?"
"채나라이오만."
"채는 이미 없어지고 말았소이다. 작년 가을, 초에 의해 망하여 이름이 이 세상에서 깨끗이 지워져버렸지요."
그런 이야기였습니다. 일행 중에 실제로 주래에서 채가 망하는 모습을 지켜보았다는 사람이 있었습니다. 어느 나라 사람인지는 모르겠지만, 아버지 대부터 주래에 살아서 채나라 사투리를 쓰는 사람이었습니다.

"주래로 옮기고부터 채의 고난은 이루 말로 다 할 수 없었지요. 그래도 40년이나 국가 체제를 유지했으니 장한 일이 아니겠습니까. 주래로 옮긴 소후가 얼마 후 대부 한 사람에게 살해당한 후 성후(成候), 성후(聲候), 원후(元候)로 이어졌지만, 한결같이 병약하여 일찍 세상을 떠나고 말았다오. 최근에는 원후의 아들 제(齊)가 즉위하였으나, 제위 4년 만에 초혜왕의 공격을 받아 성을 비워주고 행방불명이 되어버렸어요. 여기에 이르러 채는 마침내 종묘의 제사를 거두고 나라와 백성과 땅을 모두 초에게 빼앗기고 만 것이오. 작년의 일이라오."

나는 태연히 그 충격적인 소식을 끝까지 들었습니다. 내가 스물네 살 때, 당시의 강국인 오나라 지배권이었던 주래 땅에 강제로 또는 오의 비호를 받기 위해 이주해 간 채는 그렇게 큰 희생을 치른 보람도 없이 40년 세월이 지난 작년(기원전 447) 가을, 숙적 초에 의해 완전히 망하고 만 것입니다.

나는 주래의 채에는 가보지도 못했기 때문에 나라가 망했다는 말을 들어도 실감이 나지 않았습니다. 친척들은 대부분 주래로 옮겨갔는데 지금은 어떻게 지내는지 소식조차 알 수 없는 형편입니다.

아, 그렇습니까. 여러분도 채가 망한 사실을 알고 계셨군요. 아! 제가 태어나서 자란 나라가 망한 것도 몰랐으니 참으로 한심하기 짝이 없는 노릇이 아니겠습니까.

　어쨌든 그런 사연으로 하여 이제는 이 땅에 채라는 나라는 없으며, 이렇게 이야기하는 나 또한 채에서 태어나 자랐던 유민, 망국의 백성이 되고 말았습니다.

　많은 나라들이 자취도 없이 사라져 갑니다. 조(曹)가 이웃나라 송에 의해 망한 것은 공자의 유랑 생활 말기, 공자가 아직 위나라에 계실 때의 일이지요. 공자를 비롯한 우리 일행이 4년이나 신세를 졌던 진나라가 초나라에 병합된 것도 공자께서 세상을 떠난 다음 해 일이었을 것입니다. 그에 비한다면 진의 이웃이었던 채는 그래도 오래 버틴 셈이라 해야겠습니다. 원래 채나라가 수도를 주래로 옮긴 이유는 강국 오의 비호를 받기 위해서였는데, 오가 월(越)에 패하여 갑자기 이 세상에서 사라질 줄이야 누가 상상이나 했겠습니까.

　그런 일들을 생각해보면, 의지하던 오가 망한 후 채가 자력으로 이 난세에 그로부터 20여 년이나 나라를 지탱했다는 것은 예외 중의 예외라 하지 않을 수 없습니다.

　어쨌든 나의 조국 채는 건국 이래의 숙적이었던 초에게 오랜 세월에 걸쳐 침략을 받았고, 결국에는 뿌리째 뽑혀 흡수되고 말았습니다.

　많은 나라들이 사라져가고 있습니다. 공자는 조, 진, 채의 백성을 망국의 아픔에서 구원해주고 싶었을 것입니다. 그러나 이런 난세에는 불가능한 일입니다. 또한 나라가 망하건 망하지 않건 상관없이 이 세상에는 불행한 사람으로 가득합니다. 돌이켜보건대 공자의 중원 유랑은

단 한 사람이라도 불행에서 구원하려는 필사적인 몸부림이 아니었을까 하는 생각이 듭니다.

하나 이 세상에 가득한 불행과 불행에 빠진 사람을 구원하기란 그리 쉬운 일만은 아닐 것입니다. 결국 적이건 아군이건 상관없이 권력자의 힘을 빌리지 않고서는 아무 방법이 없는 것입니다. 공자는 중원 유랑에 나서기 전에 그런 생각을 했던 모양입니다. 자로, 자공, 안회도 마찬가지였던 듯합니다.

지난번에 잠깐 언급했습니다만, 공자는 두 번에 걸쳐 3~4년씩 위나라 수도에 머물렀는데, 첫번째 체류 때 진(晉)의 권력자를 만나기 위해 황하 나루터까지 나갔던 적이 있었습니다. 하지만 거기서 진나라의 정변 소식을 접하고 발길을 돌려야 했습니다. 그처럼 정치 권력자를 만나려는 집념은 진(陳)과 채로 여행할 때도 수그러들지 않았습니다.

결국은 초소왕을 알현하기 위해서 4년이란 세월을 진나라에 머물렀고, 먼 길을 걸어 부함까지 갔던 것입니다. 애석하게도 소왕의 죽음으로 뜻을 이루지는 못했지만, 나는 바로 그때 공자를 만나 평생 곁에서 모시게 되었던 것입니다.

그러면 나의 조국 채에 대한 이야기는 이 정도에서 그치고 여러분의 질문을 받겠습니다.

여러 가지 질문이 있었습니다. 네 분의 네 가지 질문에 대답하겠습니다.

공자라는 인물의 매력.

하늘(天)이란?

공자 자신이 천명이란 말을 입에 담은 적이 있는가?

당신의 이름에 대해서.

이 네 가지 질문 가운데 앞의 세 가지는 스승 공자에 관한 질문으로, 무엇부터 대답해야 할지 정리할 시간이 있어야 할 테고, 마지막은 나의 이름에 대한 질문입니다. 이름을 묻는데도 대답하지 않으면 실례일 것 같아 먼저 이름에 대해 말씀드리겠습니다.

언강(蔫薑), 이것이 세상 사람들이 부르는 내 이름입니다. '시든 생강'이란 뜻이니, 그리 좋은 이름이라 할 수는 없겠습니다.

그러나 언강이란 이름 때문에 딱히 불편을 느낀 적은 없습니다. 물론 부모님이 지어준 이름은 따로 있지만, 중원을 유랑하는 공자를 모시고부터 모두들 그렇게 불렀습니다. 물론 처음에는 불쾌했지만, 귀에 익고 보니 그리 나쁘지만은 않은 듯해 결국 부모님이 지어주신 이름을 버리게 되었습니다. 나라 잃은 백성에게 참 잘 어울리는 이름이 아니겠습니까.

진과 채를 여행하고, 위의 도성에서 4년 동안 공자를 모시고, 그런 다음 공자의 고향인 노의 도성에서 살게 되는데, 나는 어디를 가나 '언강'으로 통했고, 이 산골 마을로 들어오고 나서도 '언강'이란 이름으로 동네 사람들과 생활해왔습니다.

누가 붙여준 이름이냐고요?

나도 알고 싶은 심정입니다. 과연 누구일까요.

지난번에 공자 일행이 신채에서 부함으로 가는 도중에 회수의 한 지류 부근에서 밭일을 하는 두 사람의 은자를 만났다 했는데, 언제부터

인지 그 둘에게도 이름이 붙었습니다. 한 사람은 '걸익(桀溺)', 또 한 사람은 '장저(長沮)'. 걸익은 말뚝에 박힌 채 물에 빠진 사람, 장저는 흙투성이 꺽다리. 신랄하면서도 적확한 표현이 아닐까 합니다.

또한 그 여행길에서 회수 본류를 따라 식이라는 마을에서 하룻밤을 묵었을 때, 공자의 집에 다가와서 '봉아, 봉아'라고 부르며 조롱했던 사내가 있었습니다. 그는 '접여(接輿)', 즉 가마꾼. 가마에 접근해온 사람임에 틀림없으니 정곡을 찌른 이름이라 해야겠습니다.

문제는 누가 이런 이름을 지었는가 하는 것입니다. 그 일이 있은 후 얼마 지나지 않아 누구랄 것도 없이 그런 이름으로 불렸고 자연스럽게 통용되기에 이르렀습니다. 물론 장저, 걸익, 접여라는 이름을 지은 사람이 바로 '언강'이라는 내 이름도 지었을 테지요.

'걸익', '장저', '접여', 그런 이름들이 여러분이 모은 자료에 포함되어 있다고요! 정말 놀라운 일입니다.

도대체 누가 그 이름을 지었는지, 오히려 내가 묻고 싶습니다. 자로, 자공, 안회가 유력한 후보겠으나, 공자도 포함하는 편이 좋겠습니다. 공자는 성격으로 보아 그런 이름을 지을 만한 분입니다.

또 한 사람? 나 말이로군요. 아, 글쎄요. 그렇다면 '언강'이라는 별명도 나스스로 붙인 셈이 되겠군요. 이 문제는 이 정도로 해두면 어떨까요. 이제 공자에 대한 연구는 새로운 시대를 짊어지고 가실 여러분의 손에 달려 있다고 해야겠습니다.

그럼 세 질문이 남았는데, 천명에 관련된 두 질문은 일단 뒤로 돌리고, 지금 여기서는 스승 공자의 인간적인 매력에 대해 느낀 대로 전하겠습니다. 돌이켜보니 여태 이런 문제로 대화를 나눈 적이 없어서 과연 이 언강이 과연 스승님의 매력을 잘 표현할 수 있을지 적이 걱정스럽기도 합니다.

지난번 여러분이 모은 자료에, "나를 따라 진과 채에 갔던 사람들은 모두 관직에 오르지 못했다"[13] 라는 어구가 있다 들었습니다. 즉 진과 채를 유랑하면서 고생을 같이 했던 제자들은 모두 출세와는 인연이 없었다는 말씀인데, 진과 채 여행으로부터 어언 43년이라는 세월이 흘렀습니다. 그때 공자는 예순셋, 나는 스물여덟 살이었을 것입니다. 자로는 쉰넷, 자공 서른 둘, 안회는 서른셋이었을 테지요.

우리는 모두 젊었습니다. 모두 젊긴 했으나, 당시를 돌이켜보면 공자께서 오히려 가장 젊지 않았나 하는 생각이 듭니다. 누구보다 생명력이 넘치는 공자를 모시고, 그런 공자를 배우기 위해 진의 도성에서 4년 동안 생사고락을 같이했고, 전운이 감돌자 진을 떠나 진과 채의 들판에서 임시 교단을 열었다 할 수 있겠습니다.

정이 도타우신 공자는 만년에 노의 도성에서 학교를 세우신 후 독립해서 떠나는 제자들을 보낼 때마다 앞서 세상을 떠난 자로와 안회를 회상하시며, 고생만 시키고 출세도 시켜주지 못했다고 슬픈 표정으로 말씀하셨습니다. 너그럽고 정이 많으신 공자의 성격을 엿볼 수 있는 대목이 아닐까 합니다.

---

13 '선진' 편.

그러나 이제 와서 돌이켜보면, 자로, 자공, 안회, 나, 이 네 사람은 스승 공자를 독점하면서 진과 채, 그리고 부함을 떠돌았던 것입니다. 이보다 더 사치스런 이동식 학교는 없을 것입니다.

"아침에 도를 들으면 저녁에 죽어도 좋다."[14]

스승은 진실로 그렇게 생각하셨습니다. 내일이라도 도덕이 지배하는 이상사회가 나타났다는 말을 들을 수만 있다면, 그냥 죽어도 좋다. 공자를 둘러싼 제자들도 공자가 그런 마음을 품고 살았다는 점을 조금도 의심하지 않았습니다. 자신들 또한 그런 나라가 이 지상에 생긴다면, 스승의 가르침대로 언제 죽어도 한이 없다고 생각했던 것입니다.

지금 생각해 보면 정말 이상한 교단이었다고 할 수밖에 없지만, 당시는 그리 이상하지도 않았습니다. 그런 일을 도무지 이상스럽게 생각하지 못하게 하는 참으로 신비로운 힘을 가진 공자가 계셨기 때문입니다.

그런 삶은 한 인간의 정신이나 육체가 모두 젊고 발랄하지 않으면 성립할 수 없지 않을까요? 공자는 당시 나이 예순셋이었지만, 선에도 악에도 기쁨에도 슬픔에도 늘 민감하게 반응하셨고, 공자를 둘러싼 우리들은 하루 종일 그런 훈련을 받으며 살았습니다.

공자는 그런 자신을 스스로 평가하여,

"그 사람은 격분하면 음식을 잊고, 즐거우면 근심을 잃고, 늙는 것도 모르는 사람이라고. 나는 바로 그런 사람이 아니냐. 그 이상도 이하도

---

14 '이인(里仁)' 편.

아니다"¹⁵라고 하셨다고 지난번에 말씀드렸습니다. 공자와 함께 고생스런 여행 끝에 겨우 부함의 첫날밤을 맞이한 우리는 너무도 아름다운 그때 그 말씀으로, 이국의 별빛 찬란한 밤하늘 아래서 평생 잊을 수 없는 추억을 간직했던 것입니다.

도대체 공자의 매력은 어디에 있는가? 그리고 가장 비범해 보이는 면은 무엇인가? 지금까지 많은 사람들로부터 이런 질문을 받았습니다. 이 언강은 그런 질문을 받을 때마다 마치 절벽 위에 선 사람처럼 아득한 생각에 빠져들고 맙니다. 모든 사람이 고개를 끄덕일 수 있게 설명할 방법이 없었기 때문입니다.

그러나 지금 이 자리에 계신 분들은 아마도 나보다 스승 공자에 대해 더 많이 알고 있을 것입니다. 그런 점에서 정말 편안하게 내 생각을 이야기할 수 있을 것 같습니다. 틀린 점은 고쳐주시고, 부족한 점은 보충해주시리라 믿고 말씀드리겠습니다.

내가 생각하는 공자의 매력은, 인간에 대한 애정, 정의에 대한 열정, 한 사람도 불행하게 하지 않으리라는 집념, 이런 점에 있다고 생각합니다. 그리고 이 세상에 태어난 인간이, 태어나서 정말 좋았다, 그런 생각을 할 수 있는 사회를 만들기 위해 열심히 노력하는 인간으로 키워내기, 이것이 공자 교단이 음으로 양으로 내세우던 기치가 아닐까 생각합니다.

돌이켜보건대 더는 사치스러울 수 없을 만큼 너무도 환상적인 공

---

15 '술이' 편.

자 교단의 이동교실이었습니다. 노의 수도를 떠나 14년 동안 세상을 떠돌며 인과 예를 설파하였으니, 이보다 더 사치스런 방랑이 어디 있겠습니까.

어떤 권력자라도 공자 앞에 앉으면, 바로 자신이 죄 많은 몸이라 생각하게 됩니다. 공자는 그 정도로 인간적인 분위기와 사상을 품었던 것입니다.

안회가 공자에 대해 늘 버릇처럼 하던 말을 나는 아직도 기억합니다. '공자 예찬의 시'라고 해야 마땅할 것입니다. 안회가 아니면 도저히 표현할 수 없는, 온 마음을 쏟아부은 한 편의 시였습니다. 이 언강의 번역으로 전하겠습니다.

"우러러 볼수록 더욱 높아 보이고, 뚫을수록 더욱 굳으며, 바라보면 앞에 있는 듯하다가도 어느덧 뒤에 있네. 차근차근 사람을 계발시켜주시어 나를 학문으로 넓히시고 예절로 단속하시네. 학문을 그만 배우려 해도 그만둘 수 없게 하시고, 내 재주를 다하여 좇아 배우나 우뚝 서 있는 듯하여, 아무리 따라가려 해도 따라갈 수 없네."[16]

안회의 공자에 대한 경건한 태도가 고스란히 드러난 말이 아닐까요. 하지만 안회는 중원 여행에서 노의 수도로 돌아온 지 3년째, 마흔한 살의 젊은 나이로 세상을 떠나고 맙니다. 젊은 나이에, 가난을 품에 안

---

16 '자한(子罕)' 편.

은 채, 희대의 성실한 실천가였던 천재가 세상을 떠나고 만 것입니다.

안회가 죽자 공자께서 "아! 하늘이 나를 망쳤구나. 하늘이 나를 망쳤구나"[17] 하고 외쳤다는 사실은 널리 알려져 있습니다. 공자의 비통한 심정이 이 말에 고스란히 표현되어 있습니다. 그렇게 흐트러질 수밖에 없었던 공자의 마음을 느끼면서 나는 "아! 하늘이 나를 망쳤구나"라는 탄식을 가슴 깊이 간직합니다.

여러분께 이런 말을 하는 사연이 있습니다. 몇 년 전의 일입니다. 노의 도성에서 공자의 행적을 연구하는 젊은이를 만났는데, 그 사람은 "아! 하늘이 나를 망쳤구나"는 절대로 공자의 말이 아니다, 아무리 사랑하는 제자라고는 하지만, 일개 문하생에 지나지 않는데 어떻게 그리도 격한 말을 할 수가 있느냐는 것이었습니다.

분명, "아! 하늘이 나를 망쳤구나"라는 말은 너무도 격하여 솔직하게 받아들이기 힘든 부분도 있습니다. 내가 만났던 젊은이처럼 여러분 가운데에도 같은 생각을 하는 분이 계실 줄 믿습니다.

그러나 나 언강은 어딘가 흐트러진 듯한 격한 말 가운데 바로 공자의 진정한 모습이 감추어져 있다고 믿습니다. 다른 제자의 죽음에 대해서도, 예를 들면 자로가 죽었을 때도 다른 어떤 애제자의 죽음에 대해서도 결코, "아! 하늘이 나를 망쳤구나"라고 말하지는 않으셨습니다. 사실 다른 어떤 말로도 안회의 죽음을 표현할 수 없었을 것입니다.

이 문제에 대해서는 나중에 여러분의 생각을 듣고 싶습니다. 뒤에

---

17 '선진' 편.

대답하기로 한 '천'이니 '천명'이나 하는 말도 이 문제와 관련하여 다시 한 번 논해야 합니다. 그때, 공자의 말씀을 연구하는 여러분의 솔직한 의견을 듣고 싶습니다.

이렇게 이야기를 하니 문득, 공자의 만년에 해당하는 노나라 도성에서 5년 정도 세월이 스승님의 생애에서 가장 외로웠던 시기가 아니었을까 하는 생각이 듭니다.

공자가 위나라를 떠나 14년 만에 노의 도성에 돌아온 것은 노애공 11년(기원전 484), 공자 나이 예순여덟 살 때의 일입니다. 노의 도성 생활이 오로지 강학 하나로 정리되기 시작했을 즈음, 모든 것을 걸었던 아들 리(鯉, 백어伯魚)가 세상을 떠났습니다. 그리고 2년 후 안회의 죽음, 이듬해 자로의 죽음, 이렇게 슬픈 일들이 연이어 일어났습니다. 그리고 슬픈 시간을 끝내기라도 하려는 듯 공자는 자신의 죽음을 자로의 죽음 다음 해에 두었던 것입니다.

공자의 큰 업적은 말할 것도 없이 14년에 걸친 유랑 생활을 끝내고 노의 도성으로 돌아와 행했던 강학이라 할 것입니다. 다음 세대를 짊어질 뛰어난 관리와 학자 모두 공자의 강학당에서 배출되었으니, 이것만 보아도 알 수 있는 일이라 생각합니다. 그러나 한 걸음 물러서서 바라보면 공자의 영원한 업적은 공자의 생애에서 가장 슬픈 시기이며 가장 외로운 시기에 이루어졌음을 알 수 있습니다. 다시 말해, 공자를 지탱한 것은 잇달았던 아들 백어, 애제자 안회, 자로의 죽음이 아니었을까요?

노의 도성에서 위대한 업적을 이루었던 공자의 슬픈 만년에 대해서는 다음 기회에 이야기할까 합니다. 그리고 공자의 만년에 연달아 일어났던 슬픈 일들도 천명이라는 문제와 함께 생각해야 할 것입니다.

지금 여기서는 자로의 죽음만을 들어서 공자와 자로의 관계를 생각해 보겠습니다. 안회가 세상을 떠났을 때, 공자가 "아! 하늘이 나를 망쳤구나" 하고 탄식한 것으로 보아 애제자 자로가 세상을 떠났을 때도 어떤 발언을 했다고 보아야 할 것입니다.

그렇습니다. 공자는 자로의 죽음을 예상하셨습니다. 이 또한, "아! 하늘이 나를 망쳤구나"에 필적하는 탄식이었는데, 오랜 제자 자로에게 품었던 깊은 애정의 표현이라 할 수 있을 것입니다.

자로는 안회의 타계를 전후로 하여 위나라에 있었습니다. 위의 대부 공리(孔悝)의 땅에 있는 작은 소읍의 읍재(邑宰)가 되었습니다. 촌장 같은 직위였을 것으로 생각됩니다. 구김살 없는 성격의 자로에게는 무척 잘 어울리는 일로, 하루하루를 충분히 즐겁게 보냈을 것입니다.

그런데 자로의 영주인 공리가 위의 내란에 말려들어 망명중인 한 권력자에게 성을 빼앗기고 거기에 감금되는 사건이 일어났습니다. 소식을 들은 자로는 공리를 구출하기 위해 성으로 향합니다. 주위 사람들이 말렸음에도 불구하고.

"나는 공리의 녹을 먹고 있다. 공리가 어려움에 빠졌는데 어찌 구하러 가지 않을 수 있단 말인가."

자로는 닫힌 성문을 열게 하고 안으로 들어가 성의 점령자와 논쟁을 벌인 끝에, 병사들과 칼을 빼들고 싸우다 쓰러지고 마는 것입니다.

그때 자로는 자신을 베려 하는 상대를 제지하고,

"잠깐! 군자는 죽어도 관을 벗지 않는다고 한다"라고 외친 다음 관끈을 단정히 묶고 그 자리에서 죽임을 당했다 합니다. 자로다운, 너무도 멋들어진 최후라 할 것입니다.

자로의 죽음이 전해지기 전에, 위에 내란이 일어난 것 같다는 소식을 접한 공자는 두 제자의 안부를 걱정했습니다. 하나는 자로, 또 하나는 공리의 영내에서 자로와 같은 읍재로 있던 자고(子羔)였습니다. 당시 공자의 말씀이 전합니다.

"자고는 돌아올 것이다. 자로는 거기서 죽을 것이다."

공자의 말씀은 맞아떨어졌습니다. 자고는 성으로 들어가지 않고 무사히 돌아왔지만, 자로는 기어이 돌아오지 못할 길을 가고 말았습니다.

공자의 예견은 무서울 정도로 정확했습니다. 진실로 자로를 속속들이 아는 사람이 아니면 할 수 없는 말인데, 그리 말씀하실 때의 공자의 슬픔이 지금 여기서 말하는 내 가슴에 그대로 전해오는 듯합니다.

관끈을 고쳐 매고 죽어간 자로는 지하에서 스승 공자의 이야기를 듣고 얼마나 기뻐했겠습니까. 자로는 자신을 그토록 깊이 알아주는 공자를 평생 스승으로 모신 일이 결코 헛되지 않다 생각하며 눈을 감았을 것입니다.

공자를 모셨던 오랜 세월을 돌이켜볼 때, 가장 인상에 남는 일이 있다면 무엇이냐는 질문이 있었는데 이 또한 어려운 문제임이 틀림없습니다. 안회와 자로가 세상을 떠나고, 이어 공자가 세상을 떠났습니다. 나 또한 3년 연속으로 이 세상에서 가장 슬픈 일을 당했던 것입니다. 정말 힘든 세월이었습니다.

아, 나도 혼자가 되고 말았구나! 공자의 장례가 끝난 그날의 감회를 표현하자면 이 한마디 말고는 할 말이 없습니다. 이제 나에게 남은 일은 공자의 묘에서 3년을 복상하는 것뿐이라 생각하면서, 노의 도성 거리를 걸어 들판으로 나갔습니다.

문득 정신을 차리니 어느새 서쪽 하늘에는 붉은 저녁노을이 타오르는 것이었습니다. 어디든 가보자는 심정으로 발걸음이 가는 대로 걸었습니다. 한 마을을 지나 다시 들판으로 나섰습니다. 아무 목적도 없이 무작정 걸었습니다. 나는 혼자였습니다.

다시 정신을 차렸을 때는 사방에 어둠이 깔렸고, 나는 꽤 큰 강의 제방에 걸터앉아 있었습니다.

"가는 것은 이와 같으니, 밤낮 쉼이 없구나."[18]

나는 이 말씀을 자로와 자공, 그리고 안회를 통해 전해 들었습니다. 제자들이 도두 암송하는 것으로 보아 사람의 마음을 사로잡는 공자의 말씀 중 하나일 테지요.

공자가 그런 말씀을 한 때가 진과 채를 유랑할 즈음인지 아니면 위나라에 머물 때였는지 알 수 없으나 도도히 흘러가는 강물을 바라보면서 감회에 젖어 한 말씀임에는 틀림없을 것입니다.

---

18 '자한' 편.

공자는 진과 채를 유랑하면서 황하를 비롯하여, 영수, 여수, 회수 등 세상에 알려진 큰 강을 직접 보았던 것입니다. 그런 큰 강의 어느 언덕에 서서 감회를 토로하셨을 것입니다.

공자의 장례식 날, 나는 마치 몽유병자처럼 발걸음이 닿는 대로 걷다가 불현듯 정신을 차렸는데, 큰 강은 아니지만 저 멀리까지 힘찬 흐름이 바라다 보이는 어떤 강의 제방 위에 앉아 있었습니다. 나중에 안 일이지만, 그 자리는 노의 도성 북쪽을 흐르는 사수(泗水) 상류였고 사방이 탁 트인 곳이었습니다.

"가는 것은 이와 같으니, 밤낮 쉼이 없구나."

나는 멍하니 강의 흐름에 눈길을 던지면서 공자의 아름다운 말씀을 떠올리는데 순간, 그렇다, 세속의 때를 묻히지 말고 스스로 일어서서 살아가야 해, 라는 삶에 대한 결의를 굳혔던 것입니다.

그 즈음 나는 짧은 시간에 아버지 같은 사람, 형 같은 사람들과 헤어졌습니다. 안회와 헤어지고, 자로와 헤어지고, 이제는 스승 공자와도 헤어졌습니다.

나는 어릴 적에 아버지 어머니를 잃고, 주래 천도로 피를 나눈 친척들과도 헤어졌습니다. 어릴 적부터 헤어지는 데는 이력이 났지만, 그런 나에게도 노의 도성에서 3년 사이에 당한 일들은 너무도 충격적이었습니다. 그런 가운데 몸과 마음은 지칠 대로 지쳐 끝도 없는 나락으로 떨어지고 말았습니다. 하나 그때 "가는 것은 이와 같으니, 밤낮 쉼이 없구나"라는 공자의 말씀을 떠올리고 비로소 마음을 새로이 하여 한 걸음 한 걸음 인생을 걸어나갈 수 있게 되었던 것입니다.

"가는 것은 이와 같으니, 밤낮 쉼이 없구나."

이 말씀에 대해서는 자로도, 자공도, 그리고 위의 도성에서 만난 문하생들도 제각기 다른 생각을 품었을 것입니다. 그러나 여기에 인생에 대한 영탄이 배어 있다는 생각만은 한결같을 것입니다. 한데 나는 그날, 공자의 말씀으로부터 전혀 다른 영감을 받았습니다. 한마디로 '살아가는 힘'이라고 해야 할 것입니다.

공자의 말씀에 대한 여러분의 생각을 듣고 싶고, 나는 어떻게 받아들였는지에 대해서도 이야기하고 싶습니다만, 지금 여기서는 내 생각의 윤곽만을 간단히 전하겠습니다.

강의 흐름도 인간의 흐름도 마찬가지가 아니겠습니까. 시시각각 흘러가니까 말입니다. 흐르고 또 흐릅니다. 긴 흐름 속에서는 여러 가지 일들이 일어납니다. 그러나 결국은 흐르고 흘러 큰 바다에 이르게 됩니다. 인류의 흐름도 마찬가지일 것입니다. 아버지와 아들, 손자 대로 이어지니, 강의 흐름과 마찬가지입니다. 전란의 시대가 있는가 하면 자연의 재해에 상처 입을 때도 있습니다. 그러나 인류의 흐름도 강의 흐름처럼 여러 갈래의 지류가 모여 점점 성장하여 큰 바다로 흘러간다는 점은 다르지 않습니다.

그날, 나는 강의 제방에 앉아 공자의 말씀을 떠올리고 마침내 밝은 마음으로 일어설 수 있었습니다.

"가는 것은 이와 같으니, 밤낮 쉼이 없구나"라는 공자의 감회를 어떤 사람보다 더 뚜렷하고 밝게 받아들였던 것입니다. 강의 흐름이 큰 바다로 향하듯, 개인의 삶이나 인류의 흐름 또한 큰 바다와 같은 이상

사회의 출현을 지향하는 것입니다. 이 문제는 나중에 다시 말하겠습니다. 이런 나의 독단적인—분명히 그렇게 생각하실 테지만—생각에 대해 여러 반론을 제기할 수 있을 것입니다. 그 의견도 꼭 듣고 싶습니다.

그럼 여기서 잠시 쉬었다가, 다음에는 '천'과 '천명'에 대해 살펴보겠습니다. 지금 새 떼의 날갯짓 소리가 들려옵니다. 아마도 철새 무리일 것입니다. 이런 생활을 하면 새의 날갯짓이나 벌레 울음소리에도 민감해지는 법입니다.

2

"가는 것은 이와 같으니, 밤낮 쉼이 없구나."

공자의 이 말씀에 대해 살펴보다가 휴식에 들어갔는데, 아무래도 여러분이 쉽게 납득할 수 없는 이야기를 한 듯합니다. 그래서 다시 한 번 그 말씀에 대해 말하겠습니다. 중복되는 부분도 있을 테지만, 널리 양해해주시기 바랍니다. 이 말씀에는 공자의 어떤 심정이 담겼을까요.

"너 나름대로 생각해보아라."

그런 공자의 목소리가 들려오는 것 같습니다. 공자는 실로 제자들에게 큰 과제를 던진 게 아닙니까? 언젠가는 거기에 대해 말씀하실 생각이었는지도 모르겠지만, 뜻하지 않게 안회와 자로를 먼저 보내고, 마치 뒤를 따르기라도 하듯 공자도 세상을 떠나고 말았습니다.

공자의 말씀 가운데서도 지금까지 이토록 뜻을 추량하기 힘든 말도 없지 않나 생각합니다. 그런 만큼, 누구나 자유롭게 생각하고 자기

의견을 제시할 수 있는 조건을 갖추었다 할 것입니다. 그러므로 "가는 것은 이와 같으니, 밤낮 쉼이 없구나"라는 말이 화제에 오르면 자로를 비롯한 제자들의 입이 무거워졌던 것입니다.

공자의 장례식이 끝난 후, 나는 그날 밤의 복상에도 참가하지 않고 혼자서 마치 몽유병자처럼 발걸음이 닿는 대로 들판을 걸었습니다.

노의 도성을 빠져나와 무작정 걸어서 들판의 마을을 거쳐 노을 지는 강변에 섰다는 말씀을 드렸는데, 그것도 나중에 생각해보니 그런 듯하다는 이야기일 뿐입니다.

정확히 말씀드리자면, 노의 도성을 빠져나온 일까지는 기억하겠는데 그후에는 노을 지는 들판에 서 있었던 느낌이 든다는 말씀을 드릴 수 있을 뿐 다른 기억은 거의 없습니다. 문득 정신을 차리니, 어딘지는 모르겠지만 저녁 어스름이 깔리는 강가의 긴 제방 위에 앉아 있었습니다.

그리고 힘차게 흐르는 강 저편을 바라보는 그 순간, "가는 것은 이와 같으니, 밤낮 쉼이 없구나"라는 공자의 말씀이 자연스럽게 떠올라, 꽤 오랜 시간 그 말씀을 생각해보았던 것입니다.

나는 공자가 그 말씀을 하셨을 때의 내면으로 빨려 들어갔습니다. 지나가는 것은 모두 이 강의 흐름과도 같지 않겠는가. 밤낮을 가리지 않고 멈춤이 없이, 인간의 일생도 한 시대도 인간이 만들어가는 역사도 흐르고 흘러 멈출 줄을 모르는 것이 아닌가.

이처럼 시시각각 변해가는 현상에는 말로 표현할 수 없는 슬픔이 배어 있어, 이를 간직한 채 강은 흐르고 흘러 저 바다에 이르는 것이 아닌가. 그처럼 인간이 만들어가는 역사도 마침내는 인간이 태곳적부터 꿈꾸어오던 평화로운 사회의 실현으로 이어지는 것이 아닐까. 반드시 그리될 터이다. 공자도 바로 그런 마음에서, "가는 것은 이와 같으니, 밤낮 쉼이 없구나"라고 말씀하신 것이 아닐까. 얼마나 오랜 시간 나는 공자의 그 말씀에 빠져 있었는지 모릅니다.

'그래, 나는 나 나름대로 공자의 뒤를 걷겠다.'

나는 그렇게 생각했습니다. 공자가 걸은 길을 자로와 안회가 걸은 길을, 또한 자공이 걸어 갈 길을, 나 또한 내 방식대로 걸어가리라 마음먹었던 것입니다. 나는 그런 생각을 하면서 제방 위에 섰습니다. 넓은 들판 위로 저녁 어스름이 깔리고 있었습니다.

나는 돌아가신 스승의 기대에 어울리는 인간은 아니다. 자로, 자공, 안회처럼 강한 개성과 뛰어난 지성을 갖춘 문하생과는 달리, 어디 하나 내세울 것도 없다. 말 그대로 '언강, 시든 생강'에 지나지 않는다. 그러나 너그러우신 스승 공자께서 '그래도 괜찮다. 괜찮다' 하고 나를 위로해주시는 그런 삶이라면 살아갈 수 있을 것이다. 산으로 들어가서 밭을 갈며 나를 더럽히지 않고 살아가자. 불행한 사람을 만나면 따스한 말로 위로해주고, 배고픈 난민을 만나면 서로 위로해주는 삶은 살 수 있지 않겠느냐.

나는 바로 그때, 그날 밤부터 시작되는 복상 3년 이후의 천애고아로 살아갈 길을 스스로 결정했던 것입니다.

"가는 것은 이와 같으니, 밤낮 쉼이 없구나"는 공자가 세상을 떠난 후, 한때 공자를 대표하는 인생관, 또는 가르침을 전하는 말로 많은 제자들에게 받아들여져 일세를 풍미할 정도였습니다. 우리가 3년 복상을 끝낸 그날부터 약 2년 동안의 일이었습니다. 그렇다면 도대체 어떤 계기를 통해 이 말씀이 갑자기 많은 사람의 주목을 받게 되었을까요.

거기에 관해서는 많은 의견이 있을 줄 믿습니다만, 대체로 이 말씀에는 공자 자신의 늙음에 대한 탄식과 결국 아무것도 이루지 못했다는 자기의 생애에 대한 비탄이 깃들어 있다는 견해가 일반적인 듯합니다. 그래서 이 말씀을 통해 인간 공자의 진면목을 접할 수 있다는 이유로 사람들의 비상한 관심을 불러일으켰다 할 수 있겠습니다.

공자의 외로운 심정이 담긴 말이다! 공자의 슬픔이 담긴 말이다!

이런 이야기를 하는 도중에도, 그런 해석을 듣고 당혹스러워하실 공자의 모습이 눈에 선합니다.

그러나 이런 생각도 가능하지 않을까 합니다. 공자는 "가는 것은 이와 같으니, 밤낮 쉼이 없구나"라는 말씀 가운데 여러 생각을 담을 수 있는 여지를 마련해두었다고.

의식적으로 그랬는지는 잘 모르겠으나, 조금만 다른 각도에서 공자의 말씀을 바라보면 인생에 대한 영탄도 되고 엄한 교훈도 될 수 있음을 알 수 있습니다. 또한 그칠 줄 모르는 아름다운 흐름을 묘사한 한 폭의 그림에 대한 촌평이라고 생각할 수도 있을 것입니다.

몇 년 전, 그러니까 공자의 타계로부터 27~28년이 흐른 후의 일입니다만 공자의 말씀을, 인생은 짧다, 눈 깜짝할 사이에 흘러가고 만다, 마치 물의 흐름처럼, 그러므로 짧은 일생 동안 배우고, 노력하며, 잠시라도 수양을 게을리해서는 안 된다는 엄한 교훈의 말씀으로 받아들이는 사람들을 만난 적이 있습니다. 그 사람들은 달리 해석할 가능성은 아예 생각지도 않았습니다.

"가는 것은 이와 같으니, 밤낮 쉼이 없구나"는 분명 위대한 말씀입니다. 바다처럼 모든 것을 받아들이는 말씀입니다. 공자 자신의 인생에 대한 탄식, 슬픔으로도 받아들일 수 있고, 인간의 외로움으로 해석할 수도 있을 것입니다. 또는 엄한 인생 교훈으로 읽을 수도 있습니다. 무엇으로 받아들이건 공자는 모두 옳다고 하실 것이 분명합니다.

이런 이야기를 하고 있자니 공자 생전, 자로, 자공, 안회가 가끔씩 자리를 함께하여 "가는 것은 이와 같으니, 밤낮 쉼이 없구나"에 대해 서로 의견을 주고받던 날들이 그리워집니다.

나는 그 대화를 들으면서 나 같은 무지렁이도 쉽게 알아들을 수 있는 멋진 말이라고 생각했는데, 그렇다면 공자가 "가는 것은 이와 같으니, 밤낮 쉼이 없구나"라고 했을 때 언급한 강이 과연 어떤 강인가 하는 의문을 품었어야 마땅합니다. 자공이나 안회에게 물어서 그 강 이름이라도 확인해두었어야 했습니다. 언강의 언강다운 어리석음이라 해야겠습니다.

이제 와서는 그 강이 중원의 어느 나라 어디에 있는지조차 확인할 길이 없습니다. 황하라고 주장하는 사람도 있는 반면에, 황하일지도 모르고 그렇지 않을지도 모른다고 말하는 사람도 있습니다. 내 경우는, 지금은 사라지고 없는 나의 조국 채에서 가장 큰 여수라 말하고 싶지만, 썩 좋은 생각은 아닌 듯합니다. 공자는 진과 채의 고통스런 여정에서 나라를 잃고 폐허가 된 마을을 쓸쓸히 걸으며 역사의 비정함을 절실히 느꼈을 터이므로 "가는 것은 이와 같으니"라는 영탄은 좀 어울리지 않다는 생각이 듭니다.

오늘은 오랜만에 "가는 것은 이와 같으니, 밤낮 쉼이 없구나"라는 공자의 멋들어진 말씀을 여러모로 생각해보았습니다. 소리 내어 암송해보면, 끝도 없이 큰 강이라고 할까요, 뭔지 모를 밝고 맑은 것이 내 마음속으로 전해져옵니다. 공자의 큰마음과 밝음이 말입니다. 인간을 인간이 만든 역사를 믿으셨던 공자의 큰마음과 밝음이. 늙어가는 인생에 대한 탄식과 슬픔이 배어 있는 말이라고 하면, 공자는 듣자니 그런 듯도 하다며 아마도 웃으실 테지요.

공자의 장례식 날로부터 어언 33년이란 오랜 세월이 흘렀지만, 이 깊은 산골에서 생활하는 나는 "가는 것은 이와 같으니, 밤낮 쉼이 없구나"라는 공자의 말씀 덕분에 때로 쉼 없이 흘러가는 큰 강의 언덕에 설 수 있었습니다.

그리고 공자의 마음이, 자로, 자공, 안회, 그리고 여러 문하생들의 마음이, 지금 여기 모인 여러분 같은 젊은 사람들에게 이어져 강의 흐름처럼 흐르고 흘러 조금씩 폭을 늘리면서 대해를 향해 나아가는 것입니다. 정말 다음 든든한 일이 아닐 수 없습니다.

그런 의미에서 오늘은 정말 멋진 날이라 하겠습니다. 오늘날 공자의 가르침은 노의 도성에서 여러분에 의해 이어지고 지켜져, 공자의 말씀과 의미를 음미하는 열기가 이 산골 마을까지 미치고 있습니다.

일부러 여기까지 오신 보람도 없이 보잘것없는 이야기밖에 해드리지 못했지만, 나에게는 오늘 하루가 얼마나 충실하고 즐거웠는지 모릅니다. 자공이 건재하다면 70대 중반이 되었을 터인데, 지금으로부터 10년 전 제에서 세상을 떠났다는 슬픈 소식을 최근에 접했습니다. 진과 채의 들판에서 주린 배를 움켜쥐고 생사고락을 같이했던 사람들이 모두 저세상으로 떠나고 나만 홀로 덧없이 나이만 먹으며 이 산골에서 살아갑니다. 참으로 부끄러운 일입니다.

그럼 몇 분이 질문하신 '천명'에 대해 말씀드리겠습니다. '천', '천명'이란 정말 어려운 문제입니다. 어디서부터 문제를 풀어가야 할지 눈앞이 캄캄해집니다.

그렇습니다. 공자 자신이 직접 천명을 언급하는 말을 들어본 적이 있는가, 그런 구체적인 질문이 있었습니다. 거기서부터 '천명'이라는 문제로 들어가는 것이 어떨까 합니다.

우선 질문에 답하겠습니다. 나는 공자의 만년, 노의 도성에 있는 강학당에서 다수의 제자들 앞에서 공자가 나이 쉰에 이르러 천명을 알았다고 하시는 말씀을 들었습니다. 그러나 '천명' 자체에 대해서는 아무런 설명도 하지 않았습니다. 모두 제 나름대로 생각하라는 뜻일 것입니다. 그것 말고는 공자가 '천명'이라 하시는 말씀은 달리 들어보지 못했습니다. 한번 듣고 싶었지만 그럴 기회가 없었습니다.

지난번에도 말했다시피, 공자는 진과 채로 유랑을 떠나기 전 아직 위나라에 계실 때, 북방의 강국 진(晉)을 방문하려 한 적이 있었습니다. 깊은 뜻이 있었을 것입니다. 물론 자로도 자공도 안회도 공자를 모시고 황하의 나루터로 향했습니다.

그러나 황하의 나루터에서 진국에 갑작스런 정변이 일어나 두 명의 대부가 죽었다는 소식을 접합니다. 그 때문에 공자는 진나라 행을 포기하고 "아름답구나, 저 도도하게 흐르는 강물이여! 내가 이 강을 건너지 못하게 되었으니, 이 역시 천명이로구나!" 하고 말씀하신 적이 있습니다. 나는 그때 공자를 수행하던 자공으로부터 이 말을 몇 번이나 전해 들었습니다.

그후로 나는 황하라는 이름을 들을 때마다 "아름답구나, 저 도도하게 흐르는 강물이여! 내가 이 강을 건너지 못하게 되었으니, 이 역시 천명이로구나!" 하는 말씀이 귀에 울리는 것처럼 느껴졌습니다.

"천명이로구나!"

너무도 공자다운, 공자가 아니면 누구도 입에 담을 수 없는 말이 아닐까 합니다. 공자가 황하를 건너려고 나루터까지 나아갔다가 강을 건널 수 없게 되었는데, 그야말로 천명이 그러했기 때문일 것입니다.

나는 그후로 단 한 번, "천명이로구나!" 하고 외칠 수밖에 없는 경우에 직면한 공자를 대면하였습니다. 지난번에 말씀드린, 부함의 길가에서 소왕의 유해를 맞이하였던 그날 밤이었습니다.

이제 와서 생각해보니, 평생 두 번은 경험할 수 없는, 공자에게는 참으로 고통스러운 특별한 밤이었던 듯합니다. 4년에 걸친 진의 도성 체류도, 그리고 먼 길을 마다 않고 부함까지 와야 했던 여정도 오로지 초의 권력자 소왕을 알현하기 위한, 가장 자연스런 형태로 소왕을 알현하기 위한 행위였던 것입니다. 이제야 나는 공자의 그런 마음을 잘 알게 되었습니다. 천리길을 마다 않고 머나먼 이국 땅 부함까지 왔는데, 어느 날 깊은 밤에 몇 년에 걸친 공자의 진지하고 간절한 바람은 산산 조각이 나고 말았습니다. 바로 소왕의 죽음이었습니다.

　황하의 나루터에서도, 부함의 그날 밤에도, 공자는 무자비한 하늘의 의지에 떠밀려 발길을 돌려야 했습니다. 공자는 자신의 일생을 하늘의 사명을 실현하는 데 바치기로 결심하고 오로지 한 걸음 한 걸음 착실하게 나아가는 도중에, "천명이로구나!" 하고 외칠 수밖에 없는 사태에 직면했던 것입니다. 천명이란 정말 신비하고 이상하기 짝이 없는 것입니다.

　나는 지금 이 깊은 산골에 사는 몸이지만, 가고 싶은 곳을 하나만 들라 한다면, 저 먼 옛날 공자와 함께했던 부함이라는 거리를 말할 것입니다. 그곳만은 다시 한 번 내 발로 걸어가 보고 싶습니다. 이런 이야기를 하는 지금도 이러한 절실한 바람이 가슴에 사무칩니다.

　부함으로 간 때가 노애공 6년(기원전 489)이니, 그로부터 어느덧 43년이란 세월이 흘렀습니다. 지금 부함이 어떻게 변했는지는 모릅니다. 부함이라는 거리 이름도 이미 사라지고 부근의 마을들도 모두 하나로 통합되어 채나라 사람, 초나라 사람도 구별할 수 없게 되었을지 모르겠습니다.

　그러나 놀랄 일도 아닙니다. 유명 무명의 수천에 달하는 중원의 성읍이 앞을 다투어 이 지상에서 사라지지 않았습니까? 부함이 사라졌다 한들 그리 놀랄 일이 아닐 것입니다.

그럼에도 꼭 거기에 가보고 싶은 까닭은 회수 북방에 펼쳐진 대평원 특유의 짙은 어둠에 잠긴 밤길을 걷고 싶기 때문입니다. 43년 전 여름, 우리는 깜깜한 밤거리를 걸었습니다. 공자를 모시고 함께 걸었던 자로, 자공, 안회 모두가 세상을 떠났습니다. 그날 밤을 아는 사람은 이제 나뿐입니다.

그날 밤은 이 세상에서 누구도 경험해보지 못한 특별한 밤이었습니다. 스승과 제자들이 한마음이 되어 걸었습니다. 그 어두운 거리를, 섭공이 다스리는 부함이라는 이상한 거리를. "가까운 사람이 즐거워하면, 멀리 있는 사람이 자연히 모여든다"는 정치가 이루어지던 거리이며, 어딘지 모르게 인공적인 분위기가 감도는 거리였습니다.

나는 다시 한 번 저 부함이라는 도시의 밤거리를 혼자서 걸어보고 싶습니다. 이제 같이 걸을 사람도 없는 신세이지만 그리하고 싶은 마음 간절합니다.

43년 전 머나먼 이국 땅 부함의 밤, 하늘은 소왕의 죽음이라는 생각지도 않은 사건을 이 지상으로 내던졌습니다. 공자는 이를 고스란히 받아들이고, 소왕을 저세상으로 보낸 후 말없이 자신의 숙소로 발걸음을 돌렸던 것입니다.

그때, 나는 왼쪽에서 공자를 모시며 걸어갔습니다. 그때 말고는 단 한 번도 공자를 그런 식으로 모신 적이 없습니다. 그날 밤, 공자는 언제 쓰러져도 조금도 이상하지 않을 발걸음으로 걸었습니다. 섭공을 통해 소왕의 죽음이 전해진 순간부터 나는 마치 쓰러질 듯한 공자를 곁에서 지켰습니다.

별 하나 없는 깜깜한 어둠이 사위를 감쌌습니다.

 소왕을 알현하지 못한 것은 천명 때문이라고 공자는 체념하셨을 것입니다. 스승은 한마디도 하지 않으시고 숙소에 도착하자 밤하늘을 올려보며 복도 한구석에 앉아 계셨습니다. 그리고 우리가 한자리에 모였음을 알고, "돌아가리라, 돌아가리라" 하고 다음 행동에 대한 지침을 내리신 것입니다. 이는 우리들에게 지축을 뒤흔드는 군대의 북소리보다도 더 큰 외침으로 들렸습니다. 이어 공자는 자공에게 그 땅을 떠날 준비를 하라 이르셨습니다. 지금 생각해보면, 공자는 우리를 낙담에 빠뜨리지 않으려고 마음을 쓰셨던 것입니다.

 그때 일을 다시 이야기하는 까닭은 그날 밤이 공자에게 어떤 밤이었는지 더불어 생각해보기 위해서입니다. 공자는 10년 전에 노의 도성과 고향 산하를 버리고, 많은 문하생을 버리고, 정치가와 교육자로 쌓아올린 명성도 버리고, 서너 명의 제자만 거느린 채 전란의 소용돌이가 몰아치는 중원 한복판으로 몸을 던졌습니다.

 그때의 심경을 나로서는 상상도 할 수 없지만, 공자는 고국의 개혁을 포기하고 불 속의 밤알을 줍듯 중원 한복판으로 뛰어든 것입니다. 그리고 위나라로 들어가 4년 간 머무를 때의 심경을 곁에서 지켜보지 못한 나로서는 추량할 길이 없습니다.

 그러나 진의 도성에서 초소왕을 알현할 기회를 잡기 위해 4년을 머물렀다면, 위에 머무른 데도 까닭이 있었을 것입니다. 공자는 진으로 가기 전에 이미 어느 나라의 위정자를 마음에 두고 있지 않았을까 합니다. 그것이 불가능해지자 그렇다면 진(晉)으로 가자고 했으리라 여겨집니다. 그러나 진나라도 포기하지 않을 수 없게 되었고, 그래서 중원의 패자가 되려 애쓰는 초소왕을 마음에 두었을 것입니다. 모든 희망을 초소왕에게 두었던 중원 유랑이었으나 이 또한 소왕의 죽음으로 허망하게 무산되고 말았습니다. 이렇게 생각해볼 때, 소왕의 유해를 맞이하였던 부함의 밤은 공자의 강건한 정신에 처음으로 견디기 힘든 시련을 던져준 사건이 아니었을까 하는 생각이 듭니다.

그리고 14년에 걸친 유랑을 끝내고 다시 노의 도성으로 돌아와 교육자로서 본래의 자리에 서려 하였던 것입니다. 마음을 바꾸는 결단이 얼마나 빠른지, 범인으로서는 도저히 흉내 낼 수 없을 정도입니다. 소왕의 죽음을 전해 듣고 숙소로 돌아오기까지 짧은 시간 어둠이 내린 부함의 거리를 걸으며 공자는 마음의 결정을 내린 것입니다.

천명과의 싸움 이야말로 그날 밤의 공자에게 가장 잘 어울리는 말이 아닐까요. 공자는 결코 나약하게 탄식하지 않았습니다. 보통 사람이라면 자결을 해도 이상하지 않을 극적이고 비정한 밤이었음에도 말입니다.

그날 밤, 공자는 칠흑 같은 부함의 어둠 속을 결코 패배자의 심정으로 걷지는 않았습니다. 천명을 내린 하늘에 대해 떳떳하게 얼굴을 들고, 그렇다면 "돌아가리라, 돌아가리라"하고 군대의 북소리보다 더 큰 절규를 자신의 군단을 향해 터뜨렸던 것입니다.

내가 다시 한 번 어둠이 깔린 부함의 거리를 걷고 싶어 하는 까닭은 어둠 속에서 공자가 결단을 내렸듯이, 하늘이란 무엇인가, 천명이란 무엇인가를 생각해보고 싶기 때문입니다.

나는 이런 문제를 생각해보고 싶습니다. 참으로 알 듯도 하고 모를 듯도 한 공자의 말씀말입니다.

"하늘이 무슨 말을 하더냐? 그래도 계절은 바뀌고 만물은 자라지 않느냐."

"도가 행해지는 것도 천명이요, 도가 끊어지는 것도 천명이다."[19]

공자가 천명에 대해 심각하게 사색하던 어둠 속으로 뛰어들어 나도 하늘과 천명에 대하여 생각해보고 싶은 것입니다. 그렇기에 다시금 부함의 거리를 찾아 깊은 밤의 어둠 속을 걸어보고 싶은 것입니다.

천명이란 너무도 거대하고 어려운 문제라, 내가 감당할 수 없는 부분도 있어 질문에 대한 답을 뒤로 돌렸습니다. 천명은 이 산골짜기로 들어와서 몇 년 동안 거듭 질문을 던져보았던 나의 문제이기도 합니다. 그러나 지금으로서는 부함의 밤길을 걸으며 다시 한번 사색을 해봐야 답이 나올 것 같다는 말씀밖에 드릴 수 없습니다. 하지만 그런 세월이 언제 또 오겠습니까. 다만 참고가 될 듯하여 나의 생각을 이렇게 두서없이 말했을 따름입니다.

만년에 공자는 제자들이 모인 자리에서 나이 쉰에 천명을 알았노라 하셨습니다. 나는 공자의 말씀을 다음과 같이 해석합니다.

공자는 쉰이 되었을 때, 이렇게 흐트러지고 흐트러진 세상을 자신의 주변부터 조금씩이라도 조화롭게 가꾸어나가야 한다는 천명을 자각하고, 자신에게 그런 사명을 부여했던 것입니다. 누가 부탁한 것도

---

19 '헌문(憲問)' 편.

누가 명한 것도 아닙니다. 이 세상에서 자신이 해야 할 일은 오로지 그 것뿐이라는 자각 때문이었습니다.

하지만 하늘이 내려준 일이라고 해서 하늘이 반드시 지켜주리란 생각은 하지 않았을 것입니다. 언제 생각지도 않은 장애가 일어날지 모르고 언제 쓰러질지도 모른다, 대자연의 섭리 속에서 살아가는 보잘 것없는 인간이 하는 일이 아닌가, 생각지도 않은 때에 생각지도 않은 장애가 일어나도 전혀 이상하지 않다, 그렇다고 해서 하늘이 내린 사명을 게을리 해서는 안 된다, 보잘것없는 한 사람의 작은 노력이 모일 때 비로소 평화로운 시절이 찾아오는 법이다.

공자는 그렇게 생각하셨을 것입니다.

천명을 안다는 것은 바로 이런 일이 아닐까요? 하늘이 내려준 사명에 따라야 함을 깨닫는 것이 하나요, 하늘이 주재하는 자연의 운행에 들어 있는 만큼 모든 일이 늘 순조롭게 이루어지지만은 않으리란 깨달음이 그 둘입니다. 이 두 가지를 가슴에 새기는 것이 바로 천명을 아는 일이 아닐까 합니다.

아무리 옳고 훌륭한 일을 한다 해도 내일의 생명을 보장할 수 없습니다. 어떤 생각지도 않은 고난이 앞을 가로막을지 모를 일입니다. 길흉화복의 도래는 올바른 일을 하느냐 않느냐에 달려 있지 않습니다. 위대한 하늘의 섭리에 자신을 던져 넣고, 일의 성패는 하늘에 맡기고 오로지 자신만을 믿고 정진한다, 이 얼마나 멋진 생각입니까. 공자 외에 누가 그런 각오를 할 수 있겠습니까.

공자는 14년에 걸친 유랑 생활 가운데 수많은 고난을 당하면서, 그

때마다 하늘이 있지 않느냐, 그런데 어찌 굶기만 하겠느냐, 어찌 죽을 수 있겠느냐, 그런 말씀을 하셨습니다. 나 또한 공자가 그런 말씀을 하시는 자리에 있었습니다. 아마 공자는 제자들을 격려하기 위해 그리 말씀하셨을 것입니다. 또는 스스로를 격려하기 위해 그리 말씀하셨는지도 모릅니다. 마음속으로는 굶을 때도 있을 것이고, 죽을 수도 있다 생각하셨을 것입니다. 자신이 택한 길이 편하고 쉬우리란 생각은 추호도 하지 않으셨다고, 나는 믿습니다. 그때 공자의 얼굴을 지켜보는 나의 가슴으로 스승의 슬픈 마음이 그대로 전해져 오는 듯했습니다.

지금 어떤 분이 잠깐 휴식을 청하시는군요. 그렇게 하겠습니다만, 천명에 대한 의견이 있으신 분들은 별실로 오셔서 문제를 정리하면 어떨까 합니다. 정말 어려운 문제이고 시간도 없으니 생각을 정리하여 앞으로 다룰 문제를 몇 가지로 압축하는 것이 좋겠습니다.

3

다시 '천명'의 문제로 돌아가겠습니다. 그 전에 한 가지 알려드립니다. 오늘 여기 모이신 젊은 분들의 이야기를 듣고 싶다며 마을 사람 열 명 정도가 뒤채에 모여 있습니다. 이미 휴식 시간 전부터 여러분의 이야기를 들었던 사람도 있습니다. 허락해주시면 고맙겠습니다.

오늘 이 자리에는 생전의 공자와 면식이 있는 노인 한 분이 계시고, 노의 강학당에서 공자의 말씀을 직접 들은 분도 계십니다. 그러나 그 두 분은 이제 귀도 멀고 다리도 불편하신 노인이십니다. 그러나 공자를 알고 계시기에 마을 모임에서는 늘 특별한 자리를 만들어 모십니다. 마을 사람들은 대부분 중년 아니면 노인이고 젊은 사람이 두셋 섞여 있습니다. 그들도 이 자리에 참석하도록 해주시면 고맙겠습니다. 이 누추한 집도 오후가 되면 다소 번잡해질 것 같습니다.

그럼 이제부터 여러분의 이야기를 듣고, 나도 의견을 제시하면서 '천명'이라는 문제를 중심으로 저녁때까지 함께하기로 하지요. 조금 전 휴식 시간에 공자가 말씀하신 "쉰에 천명을 알았다"라는 구절에 대해 여러 의견이 제시되어 무척 흥미로웠지만, 다소 혼란도 있어 이 자리에서 간단히 정리하고 넘어가겠습니다.

공자는 "쉰에 천명을 알았다"[20]라고, 시기를 쉰으로 한정하였습니다. 후일, 공자는 자신이 걸어온 길을 돌이켜보며 쉰 살 또는 쉰 살 정도에 비로소 '천명'을 알게 되었다고 술회하셨던 것입니다.

공자가 노나라를 쫓겨나듯 떠나 위나라로 중원 유랑의 첫걸음을 내디뎠을 때가 공자 나이 쉰다섯 살. 젊은 시절에 제나라에 갔던 일을 제외한다면 줄곧 노나라에서 살아온 터였습니다.

그렇다면 공자는 지금 문제가 되는 쉰 살 전후에 고국 노나라에서 어떤 생활을 하셨을까요? 이 시기의 공자에 대해서는 여러분도 조사를 하였고, 다소나마 나도 공자로부터 들은 바 있는데, 이를 토대로 하면 다음과 같이 정리할 수 있습니다.

노정공(定公) 9년(기원전 501), 공자 나이 쉰한 살. 이즈음 교육자로

---

20 '위정(爲政)' 편.

서 공자의 명성이 점점 퍼져나갔고, 문하생들도 급속히 늘어났습니다. 이해 공자는 처음으로 관직에 나아가 중도(中都)의 재상이 되었습니다.

이듬해, 공자 나이 쉰둘. 중도의 재상에서 '사공(司空)', 즉 토목공사를 주관하는 장관으로 승진하였습니다. 같은 해 여름에 처음으로 협곡(夾谷)에서 노·제 양국의 평화회의가 열리고, 공자는 정공의 보좌역으로 이 자리에 참석하였습니다. 대국 제의 국력에 밀리지 않고 회담을 노에 유리한 방향으로 이끌어 실지를 회복하였습니다. 이 협곡 회담에서 당당한 외교 수완을 발휘해 공자의 이름을 중원 전체에 널리 알리게 되었습니다.

나 자신 이 시기의 공자에 대해서는 아무것도 모르지만, 협곡 회담에서 대국의 위세에 눌리지 않고 당당한 태도로 절충안을 제시한 공자에 관련된 많은 이야기를 들었습니다. 그 말을 들을 때마다 그럴 만도 하다는 생각이 들었습니다. 옳은 것은 옳고 그른 것은 그르다는 믿음에 입각하여 명확한 논리를 전개하는 공자를 상대로, 아무리 대국이라고는 하지만, 논쟁을 벌일 상대는 이 세상에 그리 흔치 않을 것입니다.

같은 해, 협곡 회담에서 공을 세운 공자는 대사구(大司寇)라는 직위에 올라 재판과 경찰 업무를 총괄하게 됩니다. 그런 공자가 활동무대로 삼으려 했던 노나라는 당시 어떤 상황이었을까요?

당시, 즉 지금으로부터 50년 전의 정세에 대해서는 서로 영역을 분담하여 조사하는 젊은 분들께 맡기는 편이 나을 듯하여 나는 간단히 정리할까 합니다.

정공 시대 노의 가장 큰 우환은 왕가 일족 계손씨(季孫氏), 숙손씨(叔孫氏), 맹손씨(孟孫氏), 이른바 삼환씨(三桓氏)가 무소불위의 권력을 휘두르는 것이었습니다. 나라는 힘이 없었으나 삼환씨는 넓은 영지에 견고한 성을 세워 사병을 거느렸습니다.

공자는 삼환씨의 과두 지배를 전면 부정하고 본래 노나라 왕실의 정치를 부활시키기 위해 몇 가지 강경책을 실시하여 정공 12년(기원전 498) 드디어 삼환씨의 거성 두 개를 무너뜨리는 데 성공하였습니다.

공자의 이러한 정책은 한때 나라의 모든 정치기구에 신선한 숨결을 불어넣는 듯했으나, 결국 구세력의 반격으로 공자는 정치가로서 또한 관리로서 실각하고 맙니다.

노정공 13년, 공자 나이 쉰다섯 살. 공자는 쫓겨나다시피 노를 뒤로 하고 위로 향합니다. 그 뒤를 따르는 제자는 자로, 자공, 안회, 염구(冉求)였지요. 이렇게 하여 14년에 걸친 공자의 중원 유랑이 시작되는 것입니다. 개괄하면 이러한데, 노에서 공자의 정치 활동은 잠시 성공하는 듯했으나 결국 기득권 세력의 반격으로 모두 실패로 끝나고 공자 자신은 국외로 망명하고 마는 것입니다.

노애공 11년(기원전 484), 공자는 14년에 걸친 중원 유랑 생활을 청산하고 오랜만에 노의 도성으로 돌아오게 됩니다. 공자 나이 예순여덟 살. 공자는 그때 과거를 회상하며, "쉰에 천명을 알았다"라고 말씀하신 것입니다. 문제는 '천'과 '명'이란 글자가 나타내는 내용과 의미입니다. 도대체 공자는 나이 쉰에 무엇을 느끼고 무엇을 알게 되었다고 했을까요?

여러분의 이야기에 따르면, 공자에 관한 연구는 현재 '천명'에 관련된 것이 핵심인데, 사실 그 무엇보다 매력적인 연구 과제가 아닐까 합니다.

또한 '천명' 연구가 해를 거듭할수록 왕성해져 가는데 이 역시 당연한 일입니다.

이 산골짜기에서 어언 30년 세월을 보내면서 나는 1년에 몇 번은 '하늘이란 무엇인가?', '천명이란 무엇인가?'라는 의문을 제기하고 사색에 잠기곤 했습니다. 깊은 밤, 지금 내가 앉아 있는 바로 이곳에 지금처럼 앉아서 생각에 잠겨보는 것입니다.

"쉰에 천명을 알았다."

공자의 50대는 삼환가와 대립, 투쟁, 패배, 그리고 국외 탈출로 이어지는 어려운 시기였는데, 이런 어려움을 고려하지 않고서는 공자의 '천명'이란 말을 이해할 수 없을 것입니다.

여러 가지 '천명론'이 있을 테지만, 아까 휴식시간에 여러분과 이런 저런 이야기를 나눈 결과 일단 다음의 결론에 도달했는데, 어떻게 생각하시는지요?

공자는 만년에 노의 도성 생활로 돌아가서 쉰 살 전후의 일을 돌이켜보며 "쉰에 천명을 알았다"라고 말씀하셨는데, 문제는 '천명'이란 말로 과연 무엇을 이야기하려 했는가입니다. 일반적으로 이 문제에 대해서 두 가지 해석이 내려지는 것 같습니다.

하나는 쉰을 전후로 공자는 자신이 하려는 일이 혹은 그 실행이 하늘이 부여한 사명임을 자각하게 되었다는 것입니다. 이것이 공자의 이른바, "쉰에 천명을 알았다"라는 말에 대한 한 가지 해석입니다.

이런 사명감을 품고 해야 할 일이란, 아까 말씀드린 이 흐트러진 세상을 자신의 주변부터 차근차근 맑게 만들어가는 것입니다. 참으로 공자다운 발상입니다. 그리고 처음으로 이런 사명감을 실천하려 한 무대가 바로 공자 자신이 태어나서 자랐으며, 자신을 정치가로 만들어준 노나라였습니다. 노의 정치를 올바른 방향으로 바꾸어야 했습니다. 그래서 공자는 하늘로부터 부여받은 사명감으로 노나라의 기성 세력과 싸우게 되는 것입니다.

그런 사명감으로 무장하고 결행한 싸움이었으나 결과는 참담한 패배로 끝나고 말았습니다. 결국 공자는 중원 유랑의 길을 떠날 수밖에 없었습니다. 완전한 패배였던 것입니다.

그리고 14년에 걸친 이국의 유랑을 끝내고 노나라로 돌아와 지난날을 돌이켜보며, "쉰에 천명을 알았다"라고 하셨는데, 그때 공자가 품었던 감회는 여러 가지로 상상해볼 수 있을 것입니다.

나는 그때 하늘로부터 사명을 받은 기분으로 당당하게 싸웠다!

이렇게 지난날을 그리워하는 말일 수 있고, 또는 하늘이 나를 돕지 않아 그 일은 결국 실패로 끝나고 말았다는, 과거를 덮어버리고 싶은 심정으로 한 말인지도 모릅니다. 공자 자신에게 물어보지 않으면 알 수 없는 일이 아닐까 합니다. 이런 연유로, 공자의 "쉰에 천명을 알았다"라는 말은 해석하는 사람에 따라 맛과 분위기가 도무지 다를 수밖에 없는 것입니다.

여기서 제시된 여러분의 '공자의 천명'에 대한, 또는 '나 자신의 천명'에 대한 생각을 정리한다면 꽤 멋들어진 '천명연구회'가 발족할지도 모르겠습니다. 만일 공자가 살아 계셨더라면, 말없이 웃으며 모든 견해에 대해 일일이 고개를 끄덕이셨을 것입니다.

아까 별실에서 휴식을 취할 때 제기된 각자의 '천명론'을 듣고 그것을 이 자리에서 발표해 달라는 부탁을 드렸으나 아무도 허락해주지 않았습니다. 아마 이 세상에 '천명론'을 들고 감히 강단에 설 생각을 하는 사람은 없을 것입니다. 하나 몇 분의 이야기는 나에게 강한 인상을 남겼습니다. 허락해주신다면 요지를 여기서 발표할 생각입니다.

지금 몇 분으로부터 '나의 천명론'을 소개해도 좋다는 허락을 받았으므로, 간단히 소개하겠습니다.

'천명을 안다'라는 것은 하늘이 자신에게 부여한 사명을 안다는 뜻이다. 인간으로서 자신이 해야 할 일을 아는 것이다. 공자는 이를 쉰 살에 알게 되었으므로, "쉰에 천명을 알았다"라고 말씀하셨다. 사람은 제각기 자기 분수에 맞게 천명을, 즉 하늘로부터 부여받는 사명감을 알아야 한다. 천명을 아는 시기는 사람에 따라 다르다. 젊어서 천명이 무엇인지도 모르면서도 가치 있는 일을 하는 자가 있는 반면에 노경에 들어서야 비로소 하늘이 자신에게 부여한 사명이 무엇인지를 아는 사람도 있다.

공자는 쉰 살에 천명을 알았는데, 바라건대 나 자신도 가능하다면 젊어서 천명을 알고 싶다. 지금으로서는 나의 천명이 무엇인지 아직 모른다. 만일 천명이 무엇인지, 하늘이 내게 부여한 사명이 무엇인지를 알게 된다면, 그때부터 죽을 때까지 모든 것을 바쳐 결행할 생각이다. 아무런 결실을 맺지 못할지도 모른다. 그때는 하늘의 뜻이라 생각하고 체념할 것이다. 체념은 하겠으나, 그때까지는 이에 대해 생각하지 않겠다.

나는 하늘로부터 사명을 부여받을 만큼 대단한 인간으로 태어나지 않았다. 그저 길흉화복을 모두 하늘에 맡길 따름이다. 적당히 노력하고, 적당히 살아갈 것이다. 길흉화복 중에 무엇이 나를 덮치든 하늘을 원망하지도 않고 인간을 원망하지도 않겠다. 그러나 매일 아침 하늘을 향해 기도할 것이다. 하늘을 향해 머리를 숙일 것이다. 딱히 무슨 바람이 있어서가 아니다. 무엇이 이루어지기를 기원하지도 않는다. 내 머리 위에 하늘이 펼쳐져 있으므로, 매일 아침 한번 인사하는 기분으로 그렇게 할 따름이다. 인사를 하지 않는 것보다는 하는 편이 기분이 좋다. 이유는 모르겠다.

공자는 "쉰에 천명을 알았다"라고 하였다. 그러나 문제는 천명의 내용이다. 어쩐지 두려워서 가까이 하기가 힘들다. 요 1년간, 나에게 천명이란 무엇인가, 이것만 생각해왔는데 최근에야 겨우 결론에 도달했다. 하늘은 위에서 내려다보기만 하면 되고, 인간은 자신이 옳다고 생각하는 바를 일로 삼으면 그만이다. '천명'이라고 하니 어려워지는 것이다. 솔직한 마음으로 옳다고 생각하는 바를 자신의 일로 삼으면 되지 않겠는가. 성공하느냐 실패하느냐는 누구도 알 수 없다. 그러나 실패하여 고난에 처하더라도 구원은 있다. 올바른 일을 하기 때문이다.

올바른 일을 한다고 누가 알아주기라도 하느냐라고 말하는 사람도 있다. 어리석은 작자가 아닌가. 누가 몰라줘도 하늘은 알아준다고 나는 대답했다. 정말 어리석은 작자다. 하늘은 그냥 보고만 있지 않다. 아무 말 없지만 기특하게 생각하며 지켜볼 것이다.

'천명을 믿고 있는 힘을 다한다.'

'있는 힘을 다하고 천명을 기다린다.'

이 중 무엇을 취할 것인가. 요즘 매일처럼 이것만 생각한다. 누군가의 가르침을 받고 싶다.

'하늘이 내려주는 복과 재앙을 편안한 마음으로 받아들인다.'

'삶과 죽음, 가난과 재물, 성공, 실패 모든 것을 하늘에 맡긴다. 나는 다만 노력할 따름이다.'

'천명에 따른다.'

'인생의 성공과 실패를 떠난 분투.'

이 네 가지 항목을 모든 인간의 이상적인 삶의 태도로 삼는다. 누구나 잘 아는 문제다. 다만 실천하기 힘들 따름이다.

이렇게 몇 분의 '나의 천명론'을 소개했습니다만, 지금 여기에 계신 마을 사람 한 분이 나에게, "다른 사람의 천명론은 그렇다 치고 당신 자신이 인생을 살아오면서 마음 깊은 곳에서 이것이 천명이라고 외친 적이 있는지, 만일 있다면 그걸 이야기해주세요"라고 하였습니다.

정말 어렵고 힘든 질문입니다. 다른 사람 이야기만 하지 말고 자신의 일을 이야기하라, 아마도 그런 말씀 같습니다. 그런 요청이 나온 이상 이 언강도 이야기를 할 수밖에 없지요. 재미있고 유익한 이야기를 할 수 있느냐 없느냐는 제쳐두고라도, 이런 난세를 70년이나 넘게 살았으니 어떻게든 '천명'과 맞닥뜨리지 않을 수 없는 것입니다.

돌이켜보건대, 지금까지 내 생애에는 두 번의 전기가 있어 내 삶을 결정지었습니다. 하나는 공자와 함께 처음으로 여행을 나섰다가 천둥 번개가 치던 날 밤, 폐허가 된 넓은 흙집에서 가부좌를 틀고 앉았던 공자와 자로를 비롯한 제자들을 보았을 때였습니다. 그후로 나는 공자 곁을 떠날 수 없게 되었습니다.

또 하나는, 공자의 장례식 날, 노의 도성 교외를 몽유병자처럼 무작정 걸어서 큰 강의 제방에 앉아 "가는 것은 이와 같으니, 밤낮 쉼이 없구나"라는 공자의 말씀을 떠올리며 앞으로 공자가 없는 이 세상을 어떻게 살아갈까 고뇌하던 때였습니다. 덕분에 나는 이 산골 마을에서 이렇게 여생을 보내고 있는 것입니다.

이 산골 마을로 들어왔을 때가 마흔두 살이었으니, 젊은 나이에 세속을 버린 은자가 되었다 해야 할 것입니다. 그로부터 어느덧 30년의 세월이 흘렀습니다. 30년이라는 세월에는 많은 것이 들어 있습니다. "아! 이것이 천명이다!" 하고 외칠 수밖에 없는 극적인 삶의 모습도 세월의 흐름에 담겼다 해야겠지요. 그럼 간단히 나 언강의 '천명'에 대한 생각을 말씀드림으로써 오늘의 '천명' 모임에 대한 책임을 다할 생각입니다.

꽤 오래된 이야기입니다만, 내가 이 깊은 산골 마을로 들어온 까닭은 이 마을에 아는 사람이 있어서 이 집과 농사지을 땅을 얻을 수 있었기 때문입니다. 그 사람은 내가 젊은 시절 한때 송의 도성에서 함께 일한 적이 있는 토목기사인데, 공자가 세상을 떠난 후 노의 도성에서 우연히 만나게 되었습니다. 내가 산골로 들어가고 싶다고 하자, 그는 자신을 대신하여 나를 고향에 계신 부모님께 보냈던 것입니다. 그의 고향이 바로 이 마을입니다. 덕분에 나는 그의 가족으로부터 도움을 받아 농사를 짓고 수로도 만들면서 오늘날까지 여기서 살고 있습니다.

지금부터 할 이야기는, 나의 은인이라 할 수 있는 토목기사의 집에서 일어난 사건입니다.

아까도 말씀드렸듯, 이 마을에 들어와 30여 년 동안 하나에서 열까지 신세를 진 토목기사의 집안과는 가족처럼 지냈습니다. 물론 지금은 모두 젊은 사람들로 대가 바뀌고 말았습니다. 지금의 당주는 나를 이 마을로 인도한 토목기사의 사촌 동생으로 성품이 강직한 사람인데, 아름다운 부인과 함께 넓은 농토를 경작하며 가문을 이끌고 있습니다. 정말 친절한 중년 부부로 나를 부모처럼 받들어줍니다.

7년 전의 일입니다. 이 중년 부부 사이에서 첫 딸이 태어났습니다. 아이가 태어난 지 1년이 지나자 부인은 하루에 한 번은 반드시 아이를 데리고 나에게 왔습니다. 집안 청소, 식사 준비, 모든 것을 도맡아 해주었습니다. 그러면서 부인은 하루에 한 번 어린 딸을 나에게 보이는 일이 큰 즐거움이라 하였습니다.

어머니의 따뜻한 사랑을 받으며 아이는 정말 예쁘게 자랐습니다. 나는 한 번만이라도 아이를 안아보고 싶었지만, 아이가 심하게 낯을 가려 어머니 품을 떠나려 하지 않았습니다. 그런데 태어나서 만 2년이

지나 두 번째 생일을 맞이한 날, 그 어린 손님은 내 얼굴을 보더니 마치 활짝 핀 꽃처럼 밝게 웃으며 어머니 품속에서 나를 향해 두 손을 벌리는 것이 아니겠습니까. 나는 비로소 아기를 안아보고는 금방 어머니 품으로 돌려주었습니다. 어린 아기가 얼마나 아름답고 상냥한 존재인지를 깨닫는 순간이었습니다. 나는 뒤뜰에 핀 들꽃을 꺾어 작은 항아리에 담아서 어린아이에게 건네주었습니다. 아이의 생일 선물이었던 셈입니다. 얼마나 가슴이 푸근하든지요. 60년 넘게 난세를 살아온 나에게는 참으로 신선한 경험이었습니다.

그다음 이야기를 할 생각을 하니 벌써 가슴이 아파옵니다. 우리 집에서 돌아간 그날 밤, 아이는 밤중에 갑자기 열을 냈고, 며칠 동안 열병을 앓더니 전혀 다른 아이가 되고 말았습니다. 손발을 움직이지 못하고 눈의 초점도 맞추지 못하는 것입니다. 그 어리고 무구한 어린아이에게 이 무슨 천벌이란 말입니까. 그것도 내게 처음으로 어린 영혼의 아름다움을 가르쳐준 아이에게!

그로부터 한 달가량 지나 어린아이는 누운 채 눈을 감고 말았습니다. 그러나 마치 아무 일도 없었다는 듯 이 산골 마을에는 아침이 오고 저녁이 오고 밤이 찾아왔습니다. 죽은 아이의 아버지 어머니는 아직도 이 마을에 삽니다. 늙은 나 또한 이렇게 살아갑니다.

과연 이 하늘 아래 무슨 일이 있었던가요. 아름답고 어린 생명이 꽃처럼 활짝 웃고 손을 내밀었는데, 그것이 무슨 죄라도 된다는 양 병마가 목숨을 앗아가고 만 것입니다.

그로부터 5년이란 세월이 흘렀습니다.

"아, 이것이 천명이로구나!"

나는 한 해에 몇 번은 깊은 밤에 하늘을 향해 얼굴을 들어 올렸다 숙이며, 아, 이것이 천명이로구나 하고 속으로 중얼거리곤 합니다.

4

실례했습니다. 휴식 없이 이야기를 하다가 오늘 모임을 끝낼까 했었는데, 내가 경험한 천명 이야기를 하는 사이에 갑자기 머리가 혼란스러워져서 잠시 휴식을 취할 수밖에 없었습니다. 이 점 널리 양해해 주시면 고맙겠습니다.

아직 초가을이지만 깊은 산골이라 저녁이면 차가운 기운이 스며들 것입니다. 지금 마을의 젊은이들이 방에 불을 넣고 있습니다. 추우신 분들은 따스한 방 쪽으로 자리를 옮기도록 하십시오. 그럼 이어서 나의 '천명'에 대해 이번에는 중단 없이 이야기를 하겠습니다.

5년 전의 일입니다. 무슨 이유로 어리고 아름답고 상냥한 생명이, 처음으로 타인에게 호의를 베푼 그날 그토록 가혹한 천형을 받아야 했단 말입니까.

하지만 천벌은 그 어린아이에게만 떨어지지 않았습니다. 어린아이가 세상을 뜬 다음 아이 어머니는 갑자기 사람이 변하여 말이 없어지고, 웃음도 잃고, 내 집에 와서도 멍하니 창가에 서서 먼 곳만 바라보는 날이 많아졌습니다. 세상을 떠난 어린아이를 생각하는 것입니다. 하늘은 과연 누구를 벌했던 걸까요. 어린아이일까요, 아니면 아이 어머니, 아니면 나일까요.

그로부터 어느새 5년이란 세월이 흘렀습니다. 그동안 수많은 날을 어린 영혼을 생각하며 이 자리에 홀로 앉아, '아, 천명이로구나!' 하고 하늘의 뜻을 가늠하고자 사색에 잠기곤 하였습니다. 정말 외롭고 긴 밤이었습니다.

그런데 하나뿐인 딸을 잃은 어머니는 작년에 이 마을을 지나가던 타국의 난민 가운데서 부모 잃은 어린아이를 입양하여 키우고 있습니다. 그런 아이가 벌써 열 명이나 됩니다. 남편은 종일 밭일을 하고, 아내는 집에서 어린아이들을 돌봅니다. 아이들은 모두 부모를 잃고 전란의 세상을 떠도는 불쌍한 신세였는데, 이 노나라 산골 마을에서 한 상냥한 부인의 손에 거두어져 무럭무럭 자랍니다.

그런 아이들 가운데 몇이 유행병에 걸려 열을 내자 상냥한 어머니는 꽤 멀리 떨어진 절벽 위 사당까지 가서 쾌유를 비는 기도를 드렸습니다. 눈이 내리는 어느 날, 여인 홀로 험한 길을 보내기가 안쓰러워 내가 동행하게 되었습니다.

"귀신을 공경하면서도 멀리한다."[21]

그런 공자의 가르침은 잘 알았지만, 열 명이나 되는 고아를 키우는 부인의 마음을 헤아려 귀신을 모시러 가는 데 동행하는 이 언강을 보았더라면 공자께서는 '험한 길 조심하도록 해라' 하고 따스한 말로 격려해주셨을 것입니다.

---

21 '옹야(雍也)' 편.

내가 천명을 느끼게 된 까닭은 딱히 어린아이의 죽음 때문만은 아니었습니다. 산골 생활 30년 동안 하늘의 뜻이라고 속으로 외쳤던 일이 몇 번은 있었습니다. 이 난세를 살아가면서 어찌 그런 일이 없었겠습니까.

이 산골에도 많건 적건 전란의 파도가 밀려오곤 했습니다. 분명 이곳은 노나라 영토라 타국의 군대가 쳐들어올 리 없지만, 난민이 지나가는 길목 역할은 톡톡히 하고 있습니다.

대략 말씀드리자면, 지금으로부터 10년 전, 위도공(悼公) 8년을 전후로 한 약 3년 동안 북상하는 난민이 몹시 많았습니다. 봄에서 여름에 걸쳐 이름도 잘 알려지지 않은 성읍에서 쫓겨난 사람들, 또한 작은 나라의 난민들이 매일 20~30조씩 무리지어 북으로 떠나갔습니다. 대부분 부부를 중심으로 노인과 어린아이로 구성된 농민들이었는데, 작게는 수 명에서 많게는 10여 명 규모였습니다. 드물게는 일가권속이 서른 명도 넘는 무리도 있었습니다. 당연히 난민들은 배도 고프고 오랜 여행에 지쳐 젊은이들조차 겨우 발걸음을 옮기는 지경이었습니다.

난민들의 북상이 이어지던 여름 어느 날의 일이었습니다. 더는 두고 볼 수 없다고 이 산골의 유지 10여 명은 의논 끝에 마을 가장자리에 위치한 폐가 세 동을 수리하여, 침구를 넣고, 식기와 식량을 갖추어 임시 난민수용소를 만들었습니다. 여름 동안 난민들에게 식사를 제공하고 노인과 병약자에게 잠자리를 주어 다소나마 피로를 풀게 한 다음, 목적지인 북으로 향하게 하였던 것입니다. 나도 그런 난민을 돕는 일에 참가하여 여름 동안 교대로 며칠간 일을 했습니다. 어떤 날은 휴식도 취하지 못하고 하루 종일 선 채로 움직이기도 하였습니다. 그러나 여름도 끝날 무렵이 되자 난민의 북상도 줄어들어 수용소도 한 동만으로 충분하게 되었고, 이윽고 가을바람이 불어올 즈음에는 그 동마저 폐쇄해도 좋을 만큼 난민의 행렬이 끊어지기에 이르렀습니다. 난민의 계절이 끝났던 것입니다.

10월에 접어들어 수용소를 폐쇄하기 위해 평소처럼 마을 사람들과 함께 나도 그곳으로 갔습니다. 거기서 종일 일을 하고 사소한 정리를 끝낸 다음 저녁에 집으로 돌아오려는데, 굵은 빗방울이 뚝뚝 떨어지면서 천둥 번개가 치기 시작했습니다.

나이 많은 나와 부녀자 세 명이 먼저 그곳을 나왔습니다. 우리 뒤에는 세 명의 남자가 남아 넓은 수용소 실내 청소를 했습니다. 나와 부녀자 세 명은 비를 맞으며 귀가를 서둘렀으나 도중에 빗줄기가 너무 거세져 어쩔 수 없이 길가의 오두막으로 들어가 비를 피하게 되었습니다. 이윽고 비가 그치기를 기다렸다가 각자 집으로 돌아갔을 때는 이미 밤이 깊은 시각이었습니다.

수용소에 남은 남자들도 청소를 끝내고 천둥 번개가 그치기를 기다렸다가 수용소를 나섰으리라 생각했는데, 이 무슨 얄궂은 운명인지 다음 날 세 남자는 벼락에 맞은 모습으로 그 수용소 마당에 쓰러져 있었습니다.

그들은 나라 잃은 불쌍한 난민들에게 조금이나마 도움을 주려고 여름 한철 있는 힘을 다하였습니다. 드디어 여름도 지나고 난민 대열도 끊어져 수용소를 폐쇄하느라 종일 일을 하고, 모든 정리를 마친 다음,

내년에 다시 문을 열 준비까지 갖추어 두고서 각자의 집으로 돌아가기 위해 수용소 건물을 빠져나왔습니다. 하지만 그곳을 나서자마자 여름 한철 동안 그토록 열심히 봉사활동을 했던 마당에서 낙뢰를 맞아 세상을 떠나고 말았던 것입니다.

천명이란 과연 무엇일까요?

다시 한 번 반복하겠습니다. 그들은 여름 동안 낯선 타국의 난민을 돕기 위해 교대로 일했고, 여름이 지나 난민도 없어졌을 무렵 수용소를 폐쇄하기 위해 모든 정리를 완료합니다. 저녁 시간, 집으로 돌아가기 위해 그곳을 나서는 순간 낙뢰를 맞고 말았습니다. 하늘에 항의할 틈도 없었습니다. 번쩍하는 하늘의 불과 함께 한 사람은 벌렁 누운 자세로, 두 사람은 엎드린 자세로 세상을 떠나고 말았던 것입니다.

그러나 부녀자 세 명과 나는 조금 빨리 그곳을 떠났다는 이유로 생명을 보전할 수 있었습니다. 쓰러진 사람들의 '죽음'도 천명이라면, 나처럼 살아남은 사람의 '생' 또한 천명일 것입니다. 도대체 천명이란 무엇일까요?

여기서 다시 한 번 공자의 "쉰에 천명을 알았다"라는 말로 돌아가 의미를 생각해보겠습니다.

'나는 나이 쉰에 이르러, 하늘이 나에게 숭고한 사명을 주었음을 깨달았다.'

일반적으로 이렇게 이해하고 이 자리에서도 그러한 해석이 타당하다는 의견이 다수였다는 사실을 여러분도 잘 아실 것입니다. 나이 50에 이르러, 공자는 자신이 하려는 일이 하늘의 뜻이며 사명임을 알게 되었다고 하셨습니다. 구체적으로 말하면, 공자는 이 지상에 가득한 불행을 자신의 주변에서부터 조금씩이라도 없애기 위해 노력하는 삶이 하늘이 부여한 사명임을 의식하였고, 이를 평생의 업으로 삼았습니다.

그리고 또 한 가지.

'인간이 하는 일은 이루어질지 안 이루어질지 아무도 모른다. 하늘로부터 부여받은 사명감을 안고 행하는 일이든 아니든 아무런 상관이 없다. 성공할지도 모르고 실패할지도 모른다. 모든 것을 하늘에 맡길 도리밖에 없다.'

그런 각오 또한 "쉰에 이르러 천명을 알았다"라는 말에 포함되어 있다는 사실에 여러분은 이 자리에서 의견일치를 보았습니다. 따라서 "쉰에 이르러 천명을 알았다"라는 말은, 자신이 하려는 일이 하늘의 뜻임을 깨달았음을 의미합니다. 그런 사명감을 느낀 이상 당연히 목숨을 걸고 과업을 수행하지만 성공할 수도 있고 실패할 수도 있다, 모든 것을 하늘에 맡길 수밖에 없다. 공자는 이런 생각을 "쉰에 천명을 알았다"라는 말로 표현했을 것입니다. 이 또한 여러분의 일치된 견해입니다.

이것을 좀 더 알기 쉽게 정리하자면, 아무리 올바르고 훌륭하다 해도 우리 인간이 하는 일의 완성은 모두 하늘에 맡겨야 한다. 한 가지 일을 수행하면서 하늘로부터 격려와 원조를 받을 수도 있고, 반대로 장애에 부딪혀 실패할지도 모른다. 이는 오로지 위대한 하늘의 뜻인 만큼 보잘것없는 인간이 가늠할 수는 없다.

   그런 가운데서도 인간은 늘 올바르게 살려고 노력해야만 한다. 하늘이 도와줄지 방해할지 가늠조차 할 수 없지만, 어쨌든 인간은 이 지상에서 올바르게 살려고 노력해야 하는 것이다. 하늘은 틀림없이 그런 인간의 모습을 가상히 여기리라. '가상히 여긴다' 함은 하늘이 기뻐한다는 뜻이다.

   하늘이 기뻐하면 그것으로 족하지 않은가. 그 이상을 바란다면 하늘로서도 어쩔 수 없지 않은가. 하늘 아래 땅 위에, 쉼 없이 만물이 생성한다. 사계절의 운행은 쉼 없이 이루어지고 만물이 자란다.

   하늘은 참으로 바쁘니, 그 이상의 일은 하늘도 어쩔 수 없다. 인간이 하늘에 대해 무엇인가를 기대한다는 것은 무리라 할 수밖에.

   공자는 14년에 걸친 중원 유랑을 마치고 오랜만에 노의 도성으로 돌아와, "쉰에 천명을 알았다"라고 말하며 다사다난했던 50대의 삶을 돌이켜보았던 것입니다.

   그때 나는 아직도 젊은 50대였다. 내가 행하려는 일에 대해 하늘이 내려준 성스런 사명감을 느껴 정치세계에서 이를 실현하기 위해 있는 힘을 다하였다. 하나 뜻과는 달리 실패로 돌아가 쫓겨나다시피 노의 도성을 떠나 중원 유랑의 길을 떠나지 않을 수 없었다. 그때를 돌이켜보니, '하늘'에는 '하늘' 나름의 생각이 있어 나의 바람을 받아들이지 않았는데, 당시 나는 하늘의 뜻을 몰랐다.

   공자에게는 자신을 돌이켜보는 50대의 감회가 있었을 테고, 그후

14년에 걸친 중원 유랑을 끝내고 오랜만에 노의 도성 땅을 밟게 되었을 때도 커다란 감회가 일었을 것입니다. 14년에 걸친 오랜 중원 유랑은 도대체 무엇이었던가. 지금 돌이켜보니, '천명'과 사투를 벌인 길고 긴 회전 무대가 아니었던가. 그것뿐인지도 모른다. 그런 생각을 하면서, 공자는 오랜만에 돌아온 노의 도성에서, "쉰에 천명을 알았다"라고 술회하며 참으로 깊고도 무거운 감회에 젖었을 것입니다.

이렇게 볼 때, "쉰에 천명을 알았다"라는 말 가운데는 50대에서 60대에 걸친 14년의 삶이 고스란히 들어 있다 해야 할 것입니다. 분노도 기쁨도, 하늘에 대한 강렬한 도전의식도, 누구에게도 말할 수 없는 슬픔도 모두 이 한마디에 들어 있었던 것입니다.

나는 공자의 많은 말씀 가운데서 하나만 선택하라고 한다면, 이 "쉰에 천명을 알았다"를 택할 것입니다. 웅장한 깊은 울림이 터져나오는 듯합니다. 언제 입에 담아도 늠름하고 웅장한 기상이 울려나오는 말씀입니다. '천명을 안다'는 것은 결코 용이한 일이 아니며 범인이 함부로 입에 담을 수 있는 말도 아니지만, 인간으로 태어나 올바르게 살아가려 한다면 자연스럽게 하늘이 내린 사명을 가슴에 품고 자신이 해야 할 일을 선택할 것입니다. 그러나 하늘이 내린 사명을 자각하고 할 일을 선택한다 하더라도 하늘은 아무런 도움도 주지 않을지 모릅니다. 이 또한 마음 깊이 새겨두어야 합니다. 오히려 하늘은 시련을 주어 그 일을 방해할지도 모릅니다. 이 또한 마음 깊이 새기고 각오를 단단히 해야 할 것입니다. 그러나 한 인간이 이러한 입장에 선다는 것은 참으로 두려운 일이 아닐 수 없습니다. 아까도 말했다시피, 하늘은 이를 가상히 여깁니다. 다만 하늘의 목소리가 들리지 않고, 그 모습이 보이지 않을 따름입니다.

방금 노의 도성에서 공자 연구를 하는 젊은이가 새로운 질문을 던졌습니다. 자신들이 수집하는 공자 관련 자료 가운데 염백우(冉伯牛)라는 인물이 나오는데, 공자는 병든 그 제자를 찾은 자리에서 "운명이로구나! 이 사람이 이런 병에 걸리다니!"라고 말씀하셨다 하는데, 백우라는 사람을 아는가, 만일 안다면 백우에 대해, 공자와 백우의 관계에 대해 말해달라는 청이었습니다.

백우라는 사람은 내가 아는 한, 안회, 민자건(閔子騫)과 함께 대단한 덕을 가진 수제자로, 본명은 염경(冉耕), 자는 백우, 나이는 공자보다 일고여덟 살 아래였던 것으로 기억합니다. 그러나 중원 유랑에서 돌아왔을 때의 공자 나이가 예순여덟이었으니 백우도 예순을 넘었을 것입니다.

공자가 병상에 있는 백우를 문안하여, "운명이로구나! 이 사람이 이런 병에 걸리다니, 이런 병에 걸리다니!"[22] 라고 탄식했다는 이야기는 언제 누구의 입을 통해 들었는지는 기억하지 못하지만, 나도 기억합니다. 만일 백우가 그런 공자의 말씀을 들었다면 감격하여 울음을 터뜨렸을 것입니다. 그 이야기를 처음 들었을 때 그리 생각했고, 지금도 마찬가지입니다. '이 사람이'라는 말 한마디로 백우는 더 이상 이 세상에 미련을 품지 않았을 것입니다. '이 사람이'라는 말은 공자가 표현할 수 있는 최대의 찬사였고, 공자 역시 그 말을 겉치레로 했을 리 없습니다.

---

22 '옹야' 편.

백우가 공자의 말을 전해 들었더라면 울음을 터뜨렸을 테지만, 사실은 백우보다 공자가 먼저 눈물을 흘렸을 것입니다. 공자는 '이 사람이' 하고 외치며 울고, 또 '이 사람이' 하고 외치며 울었을 것입니다. 공자는 그런 분이십니다.

질문하신 분이 또 이 말을 백우를 문안하는 자리에서 했는지, 아니면 문안에서 돌아온 후에 다른 자리에서 했는지 알고 싶다고 하시는군요. 정확히는 모르겠습니다. 그때, 누군가 공자를 모시고 같이 백우를 문안했다면, 저간의 사정을 확실히 알 수 있겠지만, 아마도 공자 혼자서 문안했을 것으로 여겨집니다. 백우처럼 전염병에 걸린 환자일 경우, 공자는 늘 혼자서 문안하였습니다.

늙은 몸에 무서운 병을 앓는 백우의 모습을 다른 사람의 눈으로부터 지켜주고 싶었을 테고, 아주 특수한 관계가 아닌 이상 문안하지 않는 편이 낫다고 생각하셨을 것이기 때문입니다.

공자의 비할 데 없이 상냥한 마음을 고려할 때 그렇게 추측된다는 말입니다. 병석에 누운 백우에게 상처를 주어서는 안 되고, 문안을 하는 사람에게 상처를 주어서도 안 된다고 생각하셨음에 틀림없습니다. 바로 이런 것이 공자의 공자다운 점이고, 아무도 생각하지 못하는 데서 세심하게 배려하는 스승님의 성격이기도 합니다.

"운명이로구나! 이 사람이 이런 병에 걸리다니!"라는 말씀은 문병을 마치고 백우의 손을 잡았을 때의 감회였을 테고 이는 오래오래 공자의 가슴속에 간직되었을 것입니다. 그로부터 며칠 또는 몇십 일이 지나 담소를 나누는 가운데 우연히 백우 이야기가 나오게 되었고, 그런 감회가 지극히 자연스럽게 한마디 말로 터져 나오지 않았을까요? 필시 공자는 마음속으로 우셨을 테지요. 그렇게 상냥하고 세심한 공자께서 왜 울지 않으셨겠습니까.

"운명이로구나! 이 사람이 이런 병에 걸리다니!"

백우가 무서운 병에 걸린 것은 운명이며 천명이겠지요. 나는 백우와 만난 적은 없습니다. 백우를 문병했어야 했는지도 모릅니다. 그후 리가 죽고, 안회가 죽고, 자로가 비명에 가고, 마침내 공자가 세상을 떠나는 비통한 일이 겹치면서 어느새 백우라는 존재는 내 마음속에서 멀리 사라지고 말았습니다.

백우의 만년에 대해서도 전혀 모릅니다. 분명 노나라 사람일 것입니다. 젊은 여러분들이 만년의 백우와 그 죽음에 대해 새로운 사실을 알게 되면 꼭 알려주시기 바랍니다. 젊은 여러분들에게 자극을 받은 덕인지 돌아가신 공자의 주변 일들을 나름대로 정리하여 조금이나마 여러분께 도움을 드리고 싶은 심정입니다.

이번에는 우리 마을 분이 질문하셨습니다. 나와 거의 같은 연배로 마을에서 가장 연로하신 분이십니다.

공자가 세상을 떠나신 후, 노의 도성에 있는 강학당에서 공자 문하의 수재라는 사람들로부터 공자에 대한 강의를 들은 적이 있다. 벌써 20여 년의 세월이 흘렀는데, 당시 강사들이 그후 어떻게 되었는지 전혀 모른다. 그건 그렇고, 한 강사로부터 "예순에 사물의 이치를 저절로 알게 되었고, 일흔에는 무엇이든 하고 싶은 대로 행하여도 법도에 어굿남이 없게 되었다"[23] 라는 만년의 공자에 관한 이야기를 들은 적이 있다. 도대체 이 말은 누구의 말인가. 공자 자신의 말인가. 아니면 만년의 공자 문하생 중 누군가의 말인가.

그리고 또 한 가지. 도대체, 예순이니 일흔이니 하는 말에 대해 여러 논란이 있는데, "쉰에 천명을 알았다"는 말과 어떤 관계가 있는가.

이런 질문이었습니다. 매우 복잡하고 어려운 문제라고 생각합니다. 다행히도 현재 노의 도성에서 공자 연구에 정성을 쏟는 젊은 분들이 여기에 와 계십니다. 직접 이야기를 듣는 편이 좋겠습니다.

방금 공자 연구에 종사하는 젊은 분의 발언이 있었습니다. 그 말을 고스란히 옮겨보겠습니다.

"나이 예순이니 일흔이니 하는 말은 여기서 처음 들었습니다. 따라서 어떤 감상도 의견도 말씀드리기 곤란한 입장입니다. 단, 몇 년 전인가 '나이 열다섯에 학문에 뜻을 두었다'라는 공자의 말씀이 전해져서 젊은 사람들 사이에 유행한 적이 있습니다. 그러나 그런 말씀을 공자가 언제 어디서 하셨는지는 명확하지 않습니다."

그런 발언이었습니다. 그럼 공자의 중원 유랑에서 말년에 걸쳐 가까이서 공자를 모신 내 생각을 말씀드리도록 하겠습니다.

'예순에 사물의 이치를 저절로 알게 되었고', '일흔에는 무엇이든 뜻하는 대로 행하여도 법도에 어긋남이 없었다'는 두 구절은 정말 대단

---

23 '위정' 편.

한 말씀이 아닐 수 없습니다. 예순이 되니 사람의 말이 곧바로 들려왔다는 말이며, 일흔이 되니 바라는 대로 행동해도 도에서 벗어남이 없었다는 자신감을 표현했으니 말입니다. 고대로부터 지금까지 이 정도의 말을 자신 있게 할 수 있는 사람은 이 세상에 그리 많지 않을 것입니다.

감히 말씀드리자면, 공자는 '예순에 사물의 이치를 저절로 알게 되었다'라고 말하기에 어울리는 분이셨습니다. 또한 '일흔에는 무엇이든 뜻하는 대로 행하여도 법도에 어긋남이 없었다'라고 말할 수 있는, 고금을 통해 찾아보기 힘든 성인이었다고 생각합니다. 예순 살의 공자, 일흔 살의 공자가 얼마나 비범한 존재였는가를 나타내는 데 이보다 더 적절한 말은 없을 것입니다.

단, 문제는 이 말이 누구의 입을 통해서 나왔느냐는 것입니다.

고금을 통틀어 비할 데 없이 훌륭한 공자의 인격과 비범함을 설명하는 데, 나는 이 두 구절을 거침없이 사용하고 싶습니다. 예순 살 일흔 살은 말할 것도 없고, 이보다 젊은 시절부터 공자는 무엇을 해도 도에서 벗어남이 없었을 것입니다. 또한 어떤 사람이 어떤 말을 해도 상대의 마음을 솔직하게 있는 그대로 받아들이셨다고 생각합니다.

공자는 그런 비범한 분이셨습니다. 단, 지금 문제가 되고 있는 이 구절을 과연 공자 자신의 말로 보아도 되는가? 내가 곁에서 모신, 내가 아는 공자는 이런 말을 스스로 하실 분이 아닙니다.

지금 이런 대화를 나누는 자리에 자로, 자공, 안회가 없어 너무도 애석합니다. 그들 중 하나라도 이 자리에 있었더라면, 이 말을 듣는 순간,

공자 자신의 말인지 아닌지, 혹은 공자를 예찬하는 어떤 고명한 제자의 말인지 아닌지 금방 결론을 내려줄 것입니다. 그런 이유로, 공자의 예순, 일흔 살에 관한 이 문제의 말에 대해서는 다음 모임 때까지 결론을 유보하는 것이 어떨까 합니다. 노의 도성에서 오신 젊은 분들도 하나의 과제로 생각해주시기 바랍니다.

그럼 오늘 모임의 마지막 차례로, '나의 천명론' 다섯 편을 소개하겠습니다. 휴식 시간 중에 다양하고 풍성한 의견이 나왔습니다. 우리 마을 노인 한 분의 '나의 천명론'도 있고, 노의 도성에서 오신 젊은 분의 '나의 천명론'도 있습니다. 우둔한 나로서는 상상도 해보지 못한 '천명 이론'이 제기되었습니다.

인간의 힘으로 아무리 노력해도 이해할 수 없는 원인이나 이유 때문에 생각대로 일이 풀리지 않는 경우가 있다. 이는 하늘의 작용, 즉 '천명' 때문이다. 잘 살펴보면 우리들 주위에는 '천명'이 가득하다. 우리는 그런 '천명' 속에서 살아갈 수밖에 없다. 평생 '천명'과 싸우며 살아가야 하는 것이다. (젊은 사람의 '천명론')

인간의 생사나 빈부도 천명의 작용이고, 인간의 힘으로는 어쩔 수 없는 일이다. 장수, 부귀, 출세는 바란다 해서 얻어지는 것이 아니다. 어디선가 제 발로 찾아온다. 다시 말해 부귀와 출세는 바란다고 해서 오진 않지만, 올 때는 온다는 소리도 없이 하늘의 뜻에 따라 찾아온다. 하늘의 마음을 어찌 알 수 있겠는가. 어쨌든 장수, 부귀, 출세는 그런

것이다. (마을 노인의 '천명론')

인간의 인간다운 점은 오로지 내가 믿고 바라는 것을 위하여 하늘의 명은 고려치 않고 분투하는 것이다. 이보다 훌륭한 인생관은 없다. 성공과 실패는 그냥 하늘에 맡겨버리자. 인간은 노력하고 분투하면 그만이다. 자신이 믿고 바라는 것을 위해 평생 노력하고 싸우자. (마을 노인의 '천명론')

인간이 도리에 맞는 행동을 하는 한, 하늘은 이를 가상히 여긴다. 기특하게 생각한다. 그뿐이다. 가상하게 생각해주면 족하지 않은가. 하늘이 나를 지켜본다고 생각하면 결코 외롭지 않다. 내게는 부모도, 아내도, 자식도 없다. 모두 세상을 떠나고 외톨이가 되어버렸다. 그러나 하늘 어딘가에서 내가 하는 일을 지켜보는 눈이 있다고 생각하면 결코 외롭지 않다. 고독은 사라진다. (마을 노인의 '천명론', 보행 곤란)

내가 알고 있는 공자의 말씀 중에서 가장 좋아하는 말을 하나 고르라 한다면, "하늘이 무슨 말을 하더냐? 그래도 사계절은 지나가고 만물이 자라지 않느냐"를 들 것이다. 이 세상에 태어나서 반드시 실천해야 할 일이라고 믿는다면 이를 묵묵히 실천하라. 떠들어대지 말고 조용히 실천하라. 하늘도 그렇게 위대한 일을 하면서 아무 말이 없지 않은가. 아무 말이 없지 않은가. 하늘은 아무 말 없이 인간이 하는 바를 묵묵히 내려다본다. 내가 올바르다고 생각하는 일을 묵묵히 실천하는 인간, 이를 높은 곳에서 내려다보는 하늘. 서로 아무 말이 없다. 그것으로 좋지 않은가. 충분하지 않은가. 무슨 말이 필요하겠는가. 그럼에도 어리석은 인간은 서로 시기하고 싸우고 죽인다. (마을 노인의 '천명론')

3장

1

 반가운 손님을 환영이라도 하는 듯 어젯밤부터 날씨도 따스해졌습니다. 오늘은 구름 한 점 없이 하늘이 맑아 마음까지 활짝 개는 듯한 늦가을입니다. 계곡을 따라 이 산골로 들어오면서 타는 듯한 단풍을 보셨을 것입니다.
 내가 태어나서 자란 옛날 신채도 오동나무를 비롯하여 활엽수가 많아 가을이 오면 타는 듯한 색상으로 옷을 갈아입는 절경을 드러냈지만, 안개를 잔뜩 머금은 이 산골 잡목림의 단풍에는 비할 수 없을 것 같습니다.
 그럼 오늘도 제가 이 모임을 진행하겠습니다. 지난번에는 마을 노인들도 모시고 장시간에 걸쳐 '천명'에 대해 이야기를 나누었습니다. '천명', '천명' 하고 외치다가 하루가 지나버린 듯합니다. 그러나 '천'

과 '천명'에 관한 모든 것을 다루진 못했습니다. 아마 여러분도 나와 같은 생각일 것입니다. 그러나 '천', '천명'에 대해서는 일단 접기로 하고, 필요할 때 '천'의 부름에 응할까 합니다.

이의가 없으시다면 지난번에 어느 분이 제안하신 '공자 문하의 제자'에 대해 이야기하겠습니다. 이 또한 '천'과는 다른 의미에서 매우 흥미로운 주제가 아닐 수 없습니다. 이야기에 들어가기 전에 우선 노의 도성에서 오신 분의 인사말이 있겠습니다.

최근 3~4년의 일인데, 자로, 자공, 안회 같은 공자 문하 초기의 제자에 관한 연구가 왕성하게 이루어졌습니다. 스승 공자를 따라 14년간 중원을 유랑하다 노의 도성으로 돌아와 만년의 공자를 모시다가 공자에 앞서 세상을 떠난 안회. 공자와 함께 노의 도성으로 돌아왔다가 위나라 대부 공리를 모시다가 내란에 휘말려 의롭게 죽어간 자로. 자진해서 공자 교단의 재정을 책임지고, 스승 공자의 죽음에 임하여서는 모든 장례 절차를 지휘하였으며 3년 복상 후에 다시 3년, 전후 6년 동안 공자의 묘를 지킨 자공.

이러한 공자 문하의 제자들에 관련된 자료도 각 방면에서 모여들고 있습니다. 공자 문하의 제자들에 관련된 연구는 무엇보다 중요할 것입니다. 이 분야를 연구하는 과정에서 공자 문하에 대해 잘 아시고, 제자들과 오랜 세월 고락을 같이해오신 언강 선생의 조언은 우리에게 큰 힘이 되어주었습니다. 오늘 또 20여 명이 한자리에 모여 선생의 이야기를 듣는 영광을 누리게 되었습니다.

오랜 세월에 걸친 공자의 중원 유랑에 대해서도, 만년의 공자 강학당의 상황에 대해서도 유익한 가르침을 주시리라 믿습니다. 앞으로 본격적으로 선생의 지도하에 공자 문하생 연구를 진행하는 것이 오늘 이 자리에 참석한 '공자연구회' 식구들의 한결같은 바람입니다.

우리는 무엇보다 언강 대인 자신의 자로관, 자공관, 안회관을 듣고 싶습니다. 이는 작년부터 우리가 너무도 간절히 바라던 일입니다. 만일 오늘 이 자리에서 우리의 바람이 이루어지면 얼마나 좋겠습니까. 조금 전 우리 연구회 회원들이 갑자기 내놓은 제안이지만, 한번 부탁이라도 드려보기로 하였습니다. 언강 선생은 어떻게 생각하시는지요?

정말 고마운 인사 말씀이었습니다. 공자 교단의 제자들에 대한 나의 개인적인 의견, 제자라고 할 수도 없는 이 언강이라는 사람 개인의 해석이 과연 얼마나 도움이 될까 하여 걱정이 앞섭니다. 어쨌든 지금은 너무도 멀리만 보이는 공자의 제자들에 얽힌 옛 이야기로 오늘의 모임을 대신할까 합니다. 우선 이야기를 시작할 수 있게 적절한 질문이라도 하나 해주시면 좋겠습니다만.

그럼 두 가지 질문을 하겠습니다. 공자는 세 명의 제자 자로, 자공, 안회 가운데 누구를 가장 높이 평가하였는지, 그리고 누구를 가장 사랑하였는지 묻고 싶습니다.

정말 어려운 질문입니다. 그러나 매우 중요한 문제라고 생각합니다.

스승 공자는 세 명의 제자 가운데 누구를 가장 높이 평가했는가. 자로인가, 자공인가, 안회인가. 그리고 또 하나, 스승 공자는 세 제자 가운데 누구를 가장 사랑했는가. 어디서부터 어떻게 파고 들어야 할지 가늠하기도 어려운 문제 같습니다. 공자 자신을 이해하는 데도, 공자라는 위대한 인격을 이해하는 데도 피할 수 없는 중요한 문제가 아닐까 합니다.

이 문제에 대해서는 나 또한 공자를 모시고 중원을 유랑할 시절부터 궁금하게 생각했고, 공자가 노의 도성으로 돌아온 후 자로와 안회가 아직 생존 중일 때도 문득 문득 뇌리를 스쳤던 문제이기도 합니다. 공자를 비롯하여 제자들이 모두 세상을 떠나버린 지금에 와서도 이 문제에서 반드시 자유로워졌다고 할 수는 없습니다.

어떤 때는 먼 옛날 일을 회상하며, 공자는 자로와 안회를 높이 평가했지만, 사실은 자공을 더 높이 평가해야 마땅하지 않을까, 그런 상념에 젖기도 합니다. 늘 공평무사하며 올바른 것을 올바르게 바라보는 '하늘' 같은 공자의 시선이 그때그때마다 누구에게 향하는가는, 좀 심하게 말하자면, 제자들에게는 생사가 걸린 문제와도 같은 것입니다.

그러나 어느덧 공자의 타계로부터 33년이란 세월이 흐른 지금, 이런 문제에 대해 나름대로 한 가지 결론에 도달하였습니다. 공자는 자신이 세상을 떠난 다음, 후계자로 누구를 생각하였는지, 공자의 마음이 희미하게나마 보이기 시작했습니다. 나도 어느새 공자가 세상을 떠난 나이에 이르려 하고 있습니다. 이는 오늘 모임이 끝나는 순간에 밝히는 것이 어떨까 합니다.

그리고 무엇보다 여기 모인 젊은 분들의 스승 공자에 대한 견해, 제자들에 대한 견해, 직접 만나보지 못한 분들이 조사한 자료에 의거한, 그래서 오히려 더 정확할지도 모를 공자론, 제자론을 듣고 싶습니다. 그래서 얼마간은 듣는 쪽에 서야겠습니다. 자, 그럼 편하고 자유롭게 말씀해주시기 바랍니다. 공자는 자신의 세 제자, 자로, 자공, 안회 가운데 누구를 가장 높이 평가했는가, 그리고 누구에게 가장 애정을 쏟았는가. 무척 흥미롭고, 공자 교단을 이해하는 데 필요불가결한 문제가 아닐 수 없습니다. 방금, 몇 분이 손을 들었습니다. 그럼 어느 분이라도 시작하시면 되겠습니다.

제가 먼저 말씀드리겠습니다. 2년 전부터 노의 도성에서 열리는 공자 연구 모임에서 안회 연구에 모든 힘을 기울이는 10여 명의 작은 모임이 만들어졌습니다. 나 또한 모임의 일원으로, 나의 발언은 우리 모임의 견해를 대변한다고 해도 좋을 것입니다.

먼저 결론부터 말씀드리자면, 공자가 가장 높이 평가한 제자는 안회이며, 가장 많은 애정을 쏟고 대성을 기대한 제자 또한 안회입니다. 이를 증명하기 위해서 안회에 대한 스승 공자의 발언, 공자와 안회의 대화, 또는 여러 사람의 안회 예찬, 일일이 그런 예를 들 필요도 없을 것 같습니다. 어쨌든 안회를 말하는 데 가장 중요한 자료라 할 수 있는 애공 14년(기원전 481) 안회가 세상을 떠났을 때 터져 나온 공자의 유명한 말씀이 있습니다.

"아! 하늘이 나를 망쳤구나."

공자의 이 절규 하나로 모든 것이 명백해지지 않았나 생각합니다.

한 인간의 죽음을 슬퍼하는 말로 이보다 더 격한 외침은 없을 것입니다. 그만큼 공자의 안회에 대한 신뢰와 애정이 깊었음을 알 수 있습니다. 이 말을 들으며 우리는 옷깃을 여미지 않을 수 없습니다. 안회의 죽음이 얼마나 공자의 가슴을 아프게 찢어놓았는지 통감하면서 말입니다.

이것은 물론 만들어진 이야기가 아닙니다. 실제로 동석한 사람들이 분명한 공자의 발언이라고 전했습니다. 그러나 안회의 임종 자리에서 공자의 슬픔을 나타내는 감동적인 또 다른 일화가 전해집니다. 안회가 숨을 거두었을 때, 공자는 슬픔을 이기지 못하고 통곡했습니다. 그 때, 곁에서 지켜보던 어떤 사람이, "소리를 내어 우셨습니다" 하고 말하자, 공자는 비로소 자신이 통곡한다는 사실을 깨닫고, "그런가, 내가 소리 내어 울었는가. 안회를 위해 통곡하지 않고 누구를 위해 통곡할 수 있단 말이냐"[24]라고 하셨다 합니다. 이 또한 감동적인 일화가 아니겠습니까. 이것만 보아도 공자의 안회에 대한 신뢰와 애정이 실로 비할 데 없이 깊고 컸음을 알 수 있습니다.

이렇게 생각해볼 때, 공자가 세 명의 제자 가운데 가장 높이 평가하고 신뢰한 이는 바로 안회라고 단정해 마땅하다 하겠습니다. 또한 대성을 기원하며 큰 애정을 쏟은 대상도 안회였음에 틀림없었을 테고, 이 또한 자연스런 결론이라 해야 할 것입니다.

안회 연구는 아직 시작에 불과합니다. 안회의 어린 시절, 청춘 시절,

---

24 '선진' 편.

그리고 가정 환경이나 시기별 사회 환경 등 단서가 될 만한 자료들이 산처럼 쌓여 있습니다. 많은 가르침을 부탁드립니다.

감사합니다. 노의 도성에서 젊은 학자들에 의해 안회 연구회가 만들어졌다는 말을 듣고 얼마나 기뻤는지 모릅니다. 물론 나야 기쁘기 한량없는 일이지만, 당사자인 안회는 과연 어떻게 생각할까요? 지하에서 소리도 없이 머리와 가슴을 끌어안고, 더는 움츠리려야 움츠릴 수도 없을 만큼 몸을 구부리고 손과 발을 모은 채 때로 음, 음, 하며 탄성을 지르지는 않을까 싶습니다.

이제 노인이 되어버린 나 언강이 요즘 들어 생각하는 일입니다만, 이 세상에는 '부끄러움'을 아는 사람이 너무나 적은 듯합니다. 아마도 안회는 그런 '부끄러움'을 아는 지극히 적은 사람 가운데 하나가 아닐까 생각합니다. 그렇기 때문에 자신을 연구하는 모임이 생겼다는 말을 들으면, 부끄러워 손발을 모으고 몸을 구부린 채 입을 꾹 다물고 말 것입니다.

더욱이 자신이 세상을 떠났을 때 스승 공자가,

"아! 하늘이 나를 망쳤구나" 하고 통곡했다는 말을 들으면 어떤 반응을 보일지 상상이 가지 않습니다. 살아서 공자를 모실 때의 자신을 생각하고, "아! 하늘이 나를 망쳤구나"라는 스승의 말에 자신이 얼마나 부족한 인간인가를 생각하고, 지하에서도 다시 한 번 죽고 싶을 만큼 부끄러워할 것입니다. 나 언강이 아는 안회는 하늘의 아들처럼 순수하고 무구한 수재이며, 누구와도 비할 수 없는 노력가였습니다.

그럼 다른 분의 말씀을 듣겠습니다. 앞으로 공자 문하생과 수제자의 연구를 어떤 방향으로 이끌어갈지, 방향성을 결정하는 최초의 역사적인 자리가 될 것 같습니다. 자유롭게 발언해주시기 바랍니다.

나 역시 노의 도성에서 결성된 공자 연구 모임에 참가한 사람으로 가장 고령자입니다. 오늘 처음으로 여기에 참가하여 언강 선생을 뵙고, 일흔두 살의 나이라고는 보이지 않는 힘찬 모습에 감탄을 금치 못하고 있습니다. 나도 노인이긴 하지만 이 집 주인보다 열 살이나 젊습니다. 그런데도 몸도 마음도 머리도 언강 선생의 젊음에는 미치지 못할 것 같습니다. 역시 공자께 직접 가르침을 받은 분이라 그런지 두뇌도 몸도 펄펄 살아 움직이는 듯합니다.

평생 하급관리로 살다가 이제 막 공자 연구를 시작한 처지라 대단한 이야기는 할 수 없습니다. 지난번 모임은 '천'과 '천명'을 주제로 진행되었다는 말을 들었는데, 그 '천'에 관해서는 다소나마 할 말이 있지만, 문제가 '안회'에 이르면 나에게는 너무도 어려운 문제라 하지 않을 수 없습니다. 그러나 나 또한 제1기, 제2기의 제자 열 명 가운데서 안회를 가장 좋아합니다.

왜 안회를 좋아하느냐? 무엇보다 안회는 신분이 낮고 가난한 집안 출신입니다. 그리고 가난을 즐기다 가난을 끌어안고 세상을 떠났습니다. 그런 점이 정말 마음에 듭니다. 대단한 연구가이자 수재였다고도 합니다. 또한 젊어서 세상을 떠났습니다. 그야말로 공자의 수제자다운 삶이 아니겠습니까. 나의 발언은 이 정도로 해두겠습니다.

그럼 순서에 따라 이번에는 제가 발언하겠습니다. 나 역시 공자의 제자들 가운데서 한 사람을 들라 하면 안회를 꼽겠습니다. 방금 말씀하신 분은, 안회는 가난한 계층 출신으로 마지막까지 가난했다고 하셨는데, 그점이 참 좋습니다. 안회는 가난했을 뿐만 아니라 신분도 낮은 데다 젊은 나이에 세상을 떠났습니다. 마흔한 살에 세상을 떠나다니, 정말 애석한 일입니다.

그러나 공자가 "아! 하늘이 나를 망쳤구나" 하고 탄식할 정도였던 안회는 영원히 우리의 기억에 남을 공자의 수제자라고 생각합니다. 앞으로 안회에 대한 결정적인 자료가 발견될지도 모르겠습니다. 나는 힘이 닿는 한 평생을 안회 연구에 바치고 싶습니다. 그럼 다음 분께 발언권을 넘기겠습니다.

인사드립니다. 나 또한 공자 연구 모임의 일원으로 여러분께 많은 가르침을 받고 있습니다. 내 남편은 젊은 나이에 병사하고 말았는데, 세상을 떠날 때까지 공자의 말씀을 수집하여 그것이 과연 진정한 공자의 말씀인지 확인하기 위해 공자와 관련된 사람들을 찾아다니며 나름대로 연구하였습니다. 아주 먼 곳까지 직접 찾아가는 수고를 아끼지 않았지요.

남편이 세상을 떠난 후, 나 또한 노의 도성에서 모임에 참석하면서 여러분께 많은 가르침을 받으며 오늘에 이르렀습니다. 아녀자의 몸이라 연구와 조사에는 한계가 있지만, 여러분의 이야기를 듣는 것이 정말 즐겁습니다. 그런 가운데, 이유는 잘 모르겠지만 역시 누구보다도 안회를 좋아하게 되었습니다.

  안회가 스승 공자를 찬양하여 읊은 시를 생전의 남편이 들려준 적이 있는데, 그 시를 지금 읊어보겠습니다. 억양을 넣어 낭독하면 마음이 맑아지는 느낌이 듭니다. 안회의 마음속에 들어가는 듯한 느낌이 드는 것입니다.

  우러러볼수록 더욱 높아 보이고, 뚫을수록 더욱 굳으며, 바라보면 앞에 있는 듯하다가도 어느덧 뒤에 있네. 차근차근 사람을 계발해주시어 나를 학문으로 넓히시고 예절로 단속하시네. 학문을 그만 배우려 해도 그만둘 수 없게 하시고, 내 재주를 다하여 좇아 배우나 우뚝 서 있는 듯하여, 아무리 따라가려 하나 따라갈 수 없네.[25]

  우러러볼수록 높고, 아무리 따라가려 해도 따라갈 수 없다고 안회는 노래합니다. 하늘로 오르고 싶지만 사다리가 없어 오를 수 없는 안타깝고 절실한 심정을 노래한 것이라고, 세상을 떠난 남편이 해석해주었습니다. 나도 그렇게 생각합니다. 이것으로 내 이야기는 끝내기로 하겠습니다.

  깊은 정과 마음이 담긴 이야기였습니다. 아까부터 안회에 관한 발

---

25 '자한' 편.

언이 계속되고 있습니다. 어떠한지요, 이제 자로나 자공 이야기를 해 주실 분이 계신지요. 끝까지 안회에 대해 이야기해도 괜찮겠습니다만, 단지 내가 아는 안회는 아까 말씀드린 대로 너무 부끄러움을 잘 타는 사람이라서, 조그만 일에도 얼굴도 제대로 들지 못하였습니다. 저쪽 자리에 앉은 분이 손을 드셨군요.

나는 자로를 존경하여 그에 대해 조사하고 있습니다. 이 공자 연구 모임에 들어온 지도 5년이 되었지만, 내 경우는 자로만을 조사합니다. 자로는 예순세 살의 나이로 세상을 떠났는데, 나도 예순세 살까지 살 생각입니다. 그때까지 20년 가까운 세월이 남았으니 여생을 자로 연구에 바칠 것입니다. 이런 난세에야 사나 죽으나 마찬가지라는 생각이 들긴 하지만, 자로를 생각하면 반드시 연구의 열매를 얻을 때까지 살아야겠습니다.

아까 공자는 세 제자 가운데 누구를 후계자로 생각했을까, 라는 문제가 제기되었는데, 말할 것도 없이 자로입니다. 자로 외에 그런 큰일을 해낼 수 있는 인물은 없습니다. 나이로 보나 경륜으로 보나 인격으로 보나 치열한 삶으로 보나, 자로 외에는 없을 것입니다.

자로는 절대로 젊어서 병에 걸려 죽을 사람이 아닙니다. 살 수 있을 때까지 삽니다. 하루라도 오래 살아서 스승 공자를 모시고 이 흐트러진 세상이 조금이라도 공자의 이상에 걸맞은 세상이 되도록 애쓸 것입니다. 하나 그런 세상을 위해 필요하다면 언제든 자신의 목숨을 던질 각오가 되어 있습니다. 실제로 자로는 대의를 위해 목숨을 내던졌습니다.

그러나 무슨 일이 있어도 젊은 나이에 병사하는 터무니없는 삶은 살지 않습니다. 공자도 안회가 마흔 정도의 나이에 병사하자 어쩔 줄을 몰라했습니다. 그렇기에 "아! 하늘이 나를 망쳤구나" 하고 외쳤던 것입니다. 그렇지 않다면 공자 정도의 위인이 그토록 감상적인 말을 할 리 없습니다. 공자는 정말 그의 죽음 때문에 곤경에 처했던 것입니다. 기대를 품었던 제자였는데 무슨 착각을 했는지 가난에 도취하여 마흔의 젊은 나이에 죽고 말았으니, 공자도 경악하지 않을 수 없었을 것입니다.

사회자로서 한마디 하자면, 지금 이곳은 자로와 안회 중 누가 더 훌륭한지 논쟁하는 자리가 아님을 밝혀둡니다. 공자 문하의 수제자 자로에 대해 어떤 연구를 하고 계신지, 또는 앞으로 어떤 일을 할 계획인지 말씀해주시면 고맙겠습니다.

잘 알겠습니다. 자로라는 이름만 나와도 그만 제정신을 잃고 마는 터라 늘 조심한다 하면서도 또 이런 실례를 범하고 말았습니다. 사과드립니다. 그러나 한마디만 더하여 자로를 칭송하고 싶습니다.
쉰에 '천명'을 안 공자가 마흔하나라는 젊은 나이로 세상을 떠난 안회에 대해. 왜 "아! 하늘이 나를 망쳤구나" 하고 탄식했을까요? 누가 안회를 위해 지어낸 이야기가 아닐까 생각합니다. 그런 생각을 떨쳐버릴 수가 없습니다.

오늘 이 자리에는 안회 지지자라고 할지 안회 신봉자라고 할지, 그런 분들이 많이 계십니다. 그러나 자로 지지자, 신봉자가 전혀 없진 않습니다. 내가 아는 사람만 해도 최소한 일곱 명은 자로를 선택할 것입니다. 거기에 비해 자공 지지자는 수가 적습니다. 전혀 없다고는 할 수 없지만, 오늘 이 자리에 오신 분 가운데는 두 명 정도일 것입니다.

이런 쓸데없는 사족을 붙이는 이유는 앞으로 많은 도움을 주실 언강 선생께 노의 도성에서 이루어지고 있는 공자 연구 모임의 실태를 똑바로 알려드리기 위해서입니다.

이 이야기는 이 정도로 하고, 자로 연구에 대해 한 가지 보고드릴 것이 있습니다. 지금으로부터 한 달 전에, 상인 대열에 가담하여 위의 도성을 방문했다가 듬성듬성 떡갈나무 숲이 펼쳐진 대평원의 일각에 위치한, 자로가 죽임을 당한 작은 성을 찾아갔습니다. 성의 동북쪽 일각에 성벽 역할을 대신하는 회맹대(會盟臺)라는 작은 언덕이 있습니다. 그 회맹대 안에 자로가 죽은 건물이 있는데, 자로는 거기에서 관끈을 고쳐 매고 적의 칼에 쓰러졌던 것입니다.

위의 도성에도 공자 연구에 매진하는 모임이 있어 회원 몇 사람이 나를 유적지로 안내해주었습니다. 자로가 마지막을 장식한 땅이면서 님이 3년 동안 읍재로 근무한 포읍(蒲邑)과도 가까운 곳입니다. 노의 도성과는 달리 위의 도성에서는 자로 연구가 왕성합니다.

그리고 여기서는 별로 주목받지 못하지만 들려주고픈 공자의 말씀이 있습니다. 위의 도성에서 내란이 일어났다는 소식들 들었을 때, 자고는 난을 피해 돌아올 테지만, 자로는 돌아오지 못할 거라는 말씀입니다. 과연 그러했습니다. 그만큼 공자는 자로를 잘 알았습니다. 위의 도성에서는 이 일화와 말씀을 자로 연구의 중심에 두고 있었습니다. 자로는 조국 노에서는 별로 인기가 없지만, 님이 치열하게 살다 산화한 위에는 많은 신봉자가 있습니다. 내 이야기는 이 정도에서 끝내기로 하고, 다음으로 자공을 연구하는 두 분께 발언을 넘기도록 하겠습니다.

방금 소개받은 대로 이 자리에서는 두 명뿐인 자공 연구 모임의 대표로 인사드립니다. 공자가 누구를 가장 신뢰하였는가? 누구에게 후사를 맡기려 했는가? 과연 자로인가 자공인가 안회인가, 이것이 오늘 이 모임의 주제가 되었습니다. 대체로 안회, 자로, 자공으로 순서가 정해지는 듯합니다.

안회가 가장 인기가 높고, 다음이 자로입니다. 이 두 분은 어느 모로 보나 훌륭해서 어느 쪽을 우위에 두어도 별 문제가 없을 겁니다.

그런 점에서 자공은 전혀 다르다고 해야 할 것입니다. 안회 같은 특징도 없고, 자로 같은 특징도 없습니다. 화려하지도 않고 재미도 없는 존재로 늘 구석 자리에 앉아 모든 사람을 바라보며 귀를 기울일 뿐 내로라하고 자신을 주장하지도 않습니다.

그러나 우리에게는, 물론 이 자리에는 두 명뿐이지만, 다른 분들과는 달리 늘 한쪽 구석에 말없이 앉은 자공이라는 인물이 가장 듬직해 보이는 것입니다. 한마디도 하지 않고 앉았지만 해야 할 일은 반드시 합니다. 떠들썩하게 일을 벌이지 않고 묵묵히 해야 할 일만을 빈틈없이 효율적으로 처리하는 사람이었습니다.

　게다가 다른 사람에게 도움을 청하지 않습니다. 도움을 청해봐야 아무 소용이 없음을 잘 압니다. 혼자서 할 수밖에 없고, 혼자 하는 것이 좋습니다. 남의 도움을 받는 편이 혼자서 하는 것보다 나을 경우도 있지만, 대체로 혼자서 처리하는 쪽이 오히려 더 좋았다고나 할까요. 아니, 애당초 남의 도움을 원하지도 않습니다. 이것이 자공의 무서운 점이라 해야 할 것입니다.

　자공에 대해 무슨 말이든 하긴 해야겠는데, 실제로 무슨 말을 하려 하면 어느새 자공은 사라져버립니다. 사라지고 난 다음에야 비로소 그가 얼마나 대단한 존재인지를 실감하게 됩니다. 뭘 한다는 말도 없었고, 무엇을 이루었다는 말도 하지 않았습니다. 그리고 어디론가 사라져버립니다. 오로지 한 일만 남습니다. 이것이 바로 자공입니다.

　공자 일행이 14년에 걸쳐 중원 각지를 말 그대로 유랑했는데 이 역시 일행 중에 자공이 있었기에 가능했습니다. 자공이 사라지고, 자로, 안회 두 사람만 있었더라면 큰일이 벌어졌을 것입니다. 잠자리 하나 구하지 못하고 배를 주리며 들판을 헤맸을 테지요. 심지어는 노의 도성으로 돌아올 수도 없었을지 모릅니다. 자공이 빠져버리면 공자 일행은 중원의 전장을 헤치고 나갈 힘도 없는 무력한 집단으로 변하고 말 것입니다.

　공자를 중심으로 한 중원 유랑 일행 가운데서도 자공은 늘 바빴습니다. 일행이 여기저기로 움직이는 사이에도 자공은 사람을 부려 장사를 했습니다. 나라와 나라 사이에서 큰 거래를 했습니다. 좋건 싫건 장사라도 하지 않으면 유랑하는 일행을 굶기지 않고 원하는 곳으로 마음껏 오가게 할 수 없었던 것입니다. 그러나 이 문제에 관한 공자의 말씀은 전혀 보이지 않는 것 같습니다.

정말 재미있고 놀라운 일은 자공 자신은 물론이고 공자도 자공의 공헌을 도무지 느끼지 못했다는 사실입니다. 신기한 일이지만, 공자 또한 정말 힘든 일을 하는 자공에게 도무지 고마워하지 않았던 듯합니다. 그러나 이 세상에서 이루어지는 위대한 업적이니 문명이니 문화니 하는 것들이 모두 이런 사람들의 노력이 모여 눈에 띄지 않게 조용히 발전해가지 않겠습니까. 자공을 연구하면서 요즘 들어 더욱 이런 생각이 듭니다.

무척 열정적이고 깊은 내용을 담은 이야기였습니다. 그럼 이 언저리에서 잠시 휴식을 취하겠습니다. 지금까지 나눈 이야기를 각자 마음속으로 정리하여 다음 이야기에 대비하도록 해야겠습니다. 여러분의 이야기에 자극받아 나도 나름대로 자로에 대해, 자공에 대해, 안회에 대해 이야기하고 싶어집니다.

휴식 시간에 문득 깨달은 점인데, 휴식은 오로지 하릴없이 늙어버린 나만을 위한 시간인 듯, 젊은 분들은 여전히 토론에 여념이 없었던 것 같습니다. 이제 화제를 어디로 옮겨야 할까요? 공자 문하 제1기의 수제자들을 여러 입장에서 논하였는데, 이제 내가 나설 차례가 된 것 같습니다.

내 주제를 모르는 불손한 호칭을 허락해주신다면, 자로, 자공, 안회

세 사람은 나에게 형제 같은 사람이라 하고 싶습니다. 하나같이 개성이 뚜렷한 공자 문하 제1기의 대표자라 하겠습니다. 지금에야 그 비범함을 조금이나마 느낄 수 있게 되었습니다.

그럼, 내 이야기로 넘어가기 전에 여러분 쪽에서 질문이나 발언을 원하신다면 자유롭게 해주시기 바랍니다. 손이 올라갔습니다. 자, 어서 말씀해주시지요.

나는 이 자리에 가장 많이 참석한 안회 연구 모임의 일원으로서 최근 1~2년 동안 안회뿐만 아니라 자로와 자공의 일생을 추적하는 데도 온 힘을 기울였습니다. 그러나 정말 어려운 일입니다. 공자에 대해서는 태어난 해 돌아가신 해를 알 수 있었지만, 제자들에 이르면 모든 것이 모호해지고 맙니다. 누구 하나 확실히 모습을 드러내는 법이 없습니다. 안회는 대단한 수재이고 연구가이며 인격자라는 사실은 그를 아는 사람이건 모르는 사람이건 모두 인정하는 바입니다.

단 하나, 너무 책을 많이 읽어 스물아홉 살 때 벌써 머리가 새하얗게 변해버렸다 합니다. 어떤 사람은 자신이 본 안회는 머리가 백발이었다 하고, 또 어떤 사람은 흑발이었다고 합니다.

머리카락 하나에 대해서도 이렇게 의견이 분분하니, 그의 생애와 행적에 이르러서야 더 말할 나위도 없을 것입니다. 그래서 정확한 이력을 정리하기가 아예 불가능합니다. 노나라 빈민굴에서 태어난 것만은 확실한 듯한데, 태어나서 공자를 따라 중원 유랑에 나서기까지 24년간의 행적은 거의 알려진 바 없습니다. 성장하여 제나라, 송나라로 갔다는 사실은 정확한 듯하지만 언제, 왜 갔는지는 알 수 없습니다.

　몇 살 때 세상을 떠났는지도 확실치 않습니다. 마흔 살 설, 마흔한 살 설, 마흔두 살 설, 세 가지가 있지만, 그중 어느 쪽에 손을 들어야 할지 알 수 없을 만큼 결정적인 단서가 없습니다. 자로는 노의 도성 교외의 변읍(卞邑) 사람입니다. 거기서 태어나 자랐습니다. 공자 문하에서 가장 연장자이며, 노에서도 위에서도 관리를 지냈고, 애공 15년에 위나라 권력자의 내분에 휘말려 불귀의 객이 되고 말았습니다. 공자의 세 제자 가운데서 가장 행적이 확실한 사람이라 할 수 있습니다. 하나하나 조사하면서 과연 자로라고 감탄하지 않을 수 없었습니다.

　최근에 자로에 관한 전설이라고 할까요, 전승이라고나 할까요, 여러 이야기가 항간에 퍼지고 있습니다. 그중 하나를 소개하면 이렇습니다.

　자로는 어머니가 뇌(雷)의 정기를 받아 낳은 아이이다. 그래서 성격이 곧고 불같이 거칠며, 꾸밈이 없고 생각을 즉각 행동으로 옮긴다는 것입니다.

　그럼 자로에 이어서 자공으로 넘어갈까 합니다. 자공의 생애도 뚜렷이 드러나지 않는 부분이 많습니다. 짙은 안개에 잠기기라도 한 듯 언뜻언뜻 모습이 엿보일 따름입니다. 위나라 사람으로 출생지는 불명, 공자보다 서른 살 연하. 이는 자공 자신이 한 말이라 그대로 믿을 수밖에 없습니다. 언변이 뛰어나고 두뇌가 총명했습니다. 노와 위에서 관직에 올랐고, 그때마다 이름을 날렸는데, 주로 외교를 담당했다고 합니다.

　자공을 말할 때 반드시 거론해야 할 부분이 바로 이재에 밝은 그의 자질입니다. 한때는 천하의 부가 모두 자공에게 모여든다는 소문이 퍼질 정도였습니다. 단순한 소문이 아니라 사실이었음이 밝혀지고 있습니다. 공자의 중원 유랑 때의 비용도 모두 자공이 조달하였고, 공자의 장례식, 제자들의 3년에 걸친 복상에 드는 비용도 모두 자공이 댔으니 말입니다.

자공이 세상을 떠난 해는 분명하지 않지만, 공자가 세상을 떠난 후 20여 년을 더 살다가 제나라에서 생을 마감하였다 합니다. 공자 문하의 수제자 가운데서 현재 자공 연구가 가장 뒤처진 감이 있는데, 자공 연구가 공자 문하생 연구의 중심을 차지할 날이 오리라 믿습니다.

귀중한 시간에 유익하지 못한 이야기만 한 것 같습니다. 이 자리의 주인이시며 공자 중원 유랑의 산 증인이신 언강 선생의 이야기를 듣기 전에 항간의 공자 및 공자 문하생 연구가들이 무엇을 생각하고 무엇을 하려 하며 무엇을 알고 무엇을 모르는지 밝혀두는 것이 좋을 듯해 공자 연구에 종사하는 한 사람으로서 비록 하릴없이 시간만 축내는 어리석은 소인이지만, 간단히 자기소개를 겸하여 말씀드렸습니다.

감사합니다. 정말 소중한 연구를 하고 계십니다. 안회건, 자로건, 자공이건, 자신이 생각하고 실천하려 했던 것이 이렇게 여러분의 관심을 받으리라고는 꿈에도 생각하지 못했을 것입니다. 저세상의 자로, 자공, 안회는 한결같이 고개를 숙이고 꿇어앉은 자세로, 나름의 표정과 몸짓으로 어쩔 줄 몰라 하고 있을 것입니다.

그런 가운데 정식 제자도 아니고 정말 보잘것없는 존재였던 내가 혼자 살아남아서 형제들을 대표하여 이렇게 인사말을 드립니다.

정말 감사합니다. 달리 할 말이 없습니다.

그럼 이제부터 공자의 중원 유랑에 끼어들어 약 8년 동안 생사고락을 함께 했던 형제들에 대해, 내가 본 수제자들에 대해 이야기하겠습니다. 아무리 공자 문하의 수제자라고 하지만 인간인 이상 오래 생활을 함께하다 보면 장점도 결점도 모두 보이게 마련입니다. 그 장점이 어느 때는 결점이 되기도 하고, 결점이 어느 때는 장점이 되기도 하므로 한 인간을 평가하는 일은 정말 어려운 일이 아닐 수 없습니다.

지금부터 이야기할 형제들은 자신의 결점으로 자기라는 인간을 만들어간 것 같습니다. 따라서 이런 결점을 하나하나 들어서 따지고 들어가면 독자적인 인간성을 밝혀낼 수 있다고 보아, 조금은 심술궂은 길을 택하기로 하겠습니다.

죄송합니다만 잠시 실례할까 합니다. 귀를 기울여보십시오. 지금 철새 떼가 이 집 위를 지나 북에서 남으로 날아갑니다. 잠시 후면 또 다른 무리가 지나갈 것입니다. 자, 방을 나서서 뒷문으로 가보시지요. 정말 보기 힘든 철새 떼의 대이동입니다. 봉당에서도 보일 것입니다. 자, 봉당까지 내려오시지요. 아, 벌써 몇 번째 무리인지도 모를 철새들이 보이는군요. 아, 점점 새까맣게 모여듭니다. 통솔자가 있는지, 정말 질서정연한 대열을 이룹니다.

내가 이 마을로 들어온 지 3~4년째였을 겁니다. 매년 봄과 가을이면 철새 떼가 이동하였는데, 그로부터 20여 년 동안 철새 떼의 방문이

뚝 끊겨버렸습니다. 그런데 어찌된 영문인지 올해 들어 봄 가을 할 것 없이 몇 번이나 철새 떼가 하늘을 가로질러 날아가는 것입니다. 노의 도성에서는 볼 수 없는 장관일 것입니다.

철새 떼의 날갯짓 소리에 그만 여러분의 심기를 흩트리고 말았습니다. 또 한두 무리가 하늘 저편에서 나타날 것이니 그들마저 보낸 후에 자리로 돌아갈까 합니다.

철새 떼의 질서정연한 대열을 처음 본 것은 중원 유랑 시절 회수 강변에서였습니다. 가을철새 떼의 대이동이었는데, 공자를 비롯하여 우리는 하늘을 올려다보며 감탄을 금치 못했습니다. 두 팔로 머리를 감아 목을 돌리지 않으면 목이 제자리로 돌아오지 않을 만큼 정신없이 하늘만 올려보았지요. 먼저 자로가 목 돌리는 시범을 보이자 다들 따라했습니다. 공자가 자로의 시범에 따르자, 이어서 안회와 자공이 따라했습니다.

어느덧 그로부터 40년이란 세월이 흘렀습니다. 먼 옛날 푸른 하늘의 철새 떼를 바라보던 일행 가운데 나만 홀로 살아남아 여기서 다시 철새 떼를 바라봅니다.

2

자로, 안회, 자공에 대해 여러분의 열성적인 발언으로 분위기가 고조되는 가운데 철새 떼를 바라보며 찬물을 끼얹은 것 같아 죄송할 따름입니다. 그럼 이제부터 약속한 대로 공자 문하 제1기의 수제자라고 해야 할 자로, 안회, 자공에 대해 나 언강의 생각을 있는 그대로 이야기할까 합니다.

나는 노애공 3년(기원전 492)에 중원 유랑 중인 공자 일행에 끼어들어 공자를 곁에서 모셨고, 노의 도성으로 돌아온 후에도 공자 주변에서 잡일을 하였습니다. 따라서 노의 도성으로 돌아온 지 얼마 되지 않아 세상을 떠난 안회와는 11년, 위의 도성에서 불귀의 객이 된 자로와는 12년을 함께 지낸 셈입니다. 세 명의 수제자 가운데서 자공이 공자 사후 21년까지 건재했다는 말을 들었지만, 나는 공자의 묘에서 3년 복상을 끝낸 이후 자공을 만나지 못했으니 그와 함께한 세월은 16~17년 정도라 해야 할 것입니다.

앞에서도 말했다시피 공자 문하에서 나의 입장은, 사실 그대로 말씀드리자면 집안의 허드렛일을 담당하는 역할 정도였기에 문하생이라는 말은 어폐가 있다 할 것입니다. 그러나 자로, 안회와 사별한 지도 어언 30여 년, 여기서 그들을 형제라고 부르고 동문처럼 생각한다고 해서 결코 그분들이 눈을 부라리지는 않을 것입니다. 오히려 푸근한 미소를 띠며 따스한 눈길로 나를 격려해주리라 믿습니다.

그럼 여러분이 '제1기 수제자'라고 부르고 공자와 진과 채의 들판에서 생사고락을 같이 한 제자인 자로, 안회, 자공에 대한 나의 생각을 밝히기로 하겠습니다.

우선 안회부터 이야기하기로 하지요. 오늘 이 자리에 모인 여러분 가운데서 가장 신봉자가 많은 안회이니 맨 먼저 등장시키는 것이 좋겠습니다. 내가 처음 안회를 만난 것은 안회 나이 서른, 내 나이 스물다섯 살 때였습니다. 나이는 다섯 살 차이지만 인격이나 교양 면에서 우리 사이에는 큰 바다가 가로 놓인 것이나 다름없었습니다.

나는 서른 살의 안회에서 마흔한 살 나이로 세상을 떠난 안회까지, 11년이란 세월을 마치 큰 바다와 산을 바라보는 듯한 심정으로 그를 접했습니다.

한마디로 안회는 선천적으로 비범한 두뇌와 순수한 마음을 타고난 사람이었습니다. 하늘로부터 너무도 소중한 두 가지 자질을 한꺼번에 부여받은 사람이었지요. 안회는 스승 공자를 아버지처럼 우러러보고 존경하면서 좀 더 가까이 스승에게 다가가기 위해 공부하고, 사색하고, 수행하면서 짧은 생애를 정진에 정진으로 가득 채웠습니다. 도저히 범인이 흉내 낼 수 없는 삶의 태도였습니다. 안회는 그런 자신의 마음을, 스승을 찬양하는 시에 표현하였습니다. 그 시를 암송하노라면 단 한순간도 허투루 살지 않았던 안회의 아름답고 의지에 찬 얼굴이 떠오릅니다.

우러러볼수록 더욱 높아 보이고, 뚫을수록 더욱 굳으며, 바라보면 앞에 있는 듯하다가도 어느덧 뒤에 있네. 차근차근 사람을 이끌어주시어 나를 학문으로 넓히시고 예로서 단속하시네. 학문을 그만두려 해도 그만둘 수 없게 하시고, 내 재주를 다하여 좇아 배우나 우뚝 서 있는 듯하여, 아무리 따라가려 해도 따라갈 수 없네.

공자 문하의 수재 안회의 아름답고 치열한 마음이 잘 나타난 시라 할 것입니다. 스승을 우러러볼 때는 바로 이런 심정이어야 하지 않을까 합니다. 안회는 눈을 뜬 동안에는 잠시도 쉬지 않고 노력하였습니다. 이러한 모든 것이 스승의 가르침에 따른 행동이었습니다. 아무리 어려운 때도 얼굴 한 번 찌푸리는 법 없이 자신을 올바르고 엄하게, 그리고 깨끗하게 유지하였습니다.

나는 공자가 이러한 안회에 대해 어떤 평가를 내렸는지 어떤 말로 칭찬하였는지 모릅니다. 단 하나, 이는 안회가 세상을 떠난 후의 이야기인데, 노애공이 공자에게 문하생 가운데 가장 학문을 좋아하는 자가 누구냐고 물었을 때, 공자의 대답을 누군가로부터 전해들은 적은 있습니다.

"안회라는 사람이 학문을 좋아하여 어떤 경우에도 노여워하지 않고, 두 번 같은 잘못을 저지르지 않았으나 불행히도 요절하였으니, 그보다 더 학문을 좋아하는 사람이 있다는 말은 듣지 못했습니다."[26]

공자는 그렇게 대답했다 합니다. 그리고 또 하나, 안회가 세상을 떠난 후 자로에게 들은 이야기인데, 언젠가 자로와 안회가 공자 곁에 있을 때, 공자가 각자의 뜻하는 바를 이야기해보라고 하였다 합니다. 그때 자로는,

"저는 수레와 말과 가벼운 갖옷을 친구와 나누어 입고 헤어져도 불만스러워하지 않았으면 합니다" 하고 대답하였습니다. 이어서 안회는,

---

[26] '옹야' 편.

"저는 잘한 일을 자랑하지 않고 수고로운 일을 남에게 시키지 않으려 합니다" 하고 대답하였다 합니다.

자로와 안회의 대답이 너무도 흡족하였는지, 공자는,

"나는 늙은이를 편안하게 해드리고, 벗들에게 미더우며, 젊은이를 따르게 하고 싶다"[27] 하고 말씀하셨다 합니다.

그리고 안회의 일화 가운데 가장 감복한 것이 있어 들려드리겠습니다. 내가 아직 공자 교단에 들어가기 전의 일인데, 공자 일행이 광(匡)이란 땅에서 폭도들에게 습격을 당했다고 합니다. 그때, 안회 홀로 일행에서 떨어져 모두들 걱정하는데, 잠시 후에 나타났습니다. 그때 공자는 "나는 네가 죽은 줄 알았구나" 하고 말씀하셨습니다. 그러자 안회는 "선생님이 계신데 어찌 제가 감히 죽을 수 있겠습니까"[28] 하고 대답하였다는 것입니다.

이 일화를 떠올릴 때마다 공자와 안회가 서로의 무사함을 확인하는 장면이 자연스럽게 머릿속에 그림처럼 떠오릅니다. 사이좋은 스승과 제자라고 해도 좋고, 아버지와 아들이라 해도 좋을 것입니다. 두 사람은 이 세상에서 찾아보기 힘든 아름다운 대화를 나누었던 것입니다.

이렇게 이야기하는 지금도 공자와 안회 두 사람의 모습이 눈앞에 선합니다. 결코 이룰 수 없는 꿈이지만, 나도 그 자리에 앉아 두 사람의 아름다운 모습을 두 눈에 담아두고 싶은 마음 간절합니다. 그런 두 사람의 모습을 보는 것은 이 세상에 태어나 더없이 행복한 시간을 보낸

---

27 '공야장' 편.
28 '선진' 편.

다는 뜻이고, 다시는 누릴 수 없는 큰 행운이라 할 것입니다.

또 한 가지, 공자가 안회에 대해 남긴 실로 감동적인 말이 있습니다. 안회가 세상을 떠나고 자로를 비롯한 형제들의 손으로 성대하게 장례식을 치렀을 때의 일입니다. 공자는 곁에 있던 누군가에게 이렇게 말했습니다.

"안회는 나를 아버지같이 여겨왔는데, 나는 안회를 자식과 같이 대해주지 못했다. 사람들 눈에 띄지 않게, 조용히!"[29]

애제자 안회의 죽음에 대한 공자의 슬픔이 조용히, 그리고 엄숙하게 공자의 몸을 감싸는 분위기를 느낄 수 있지 않습니까? 공자는 서민 가운데 서민이며 가난한 집안 출신인 안회에 어울리게 아버지가 하듯 눈에 띄지 않게 조용히 주검을 들판으로 보냈을 것입니다. 이 또한 다른 사람에게 들은 이야기입니다만, 공자와 안회라는 스승과 제자가 얼마나 아름답게 우리 가슴을 적셔주는지 모릅니다.

공자와 안회의 관계가 이러했지만, 과연 스승 공자는 제자들 가운데서 안회를 가장 높이 평가했을까요? 그리고 세상을 떠난 후 후사를 맡길 제자로 보았을까요? 이 또한 어려운 문제가 아닐 수 없습니다.

만일 누군가 이런 질문을 한다면, 공자는 다음과 같이 대답했을지도 모릅니다.

"물론 나는 안회를 높이 평가한다. 한 시대에 몇 안 되는 수재라 할 것이다. 그러나 내가 저세상으로 간 다음, 후사를 맡기는 일은 다른 문

---

29 '선진' 편.

제가 아니겠느냐. 안회는 모든 면에서 지나칠 정도로 뛰어나다. 머리가 너무도 명석하다. 그리고 너무도 순진하고 성실하다. 공부도 너무 많이 한다. 따라서 안회는 후사를 맡을 것이 아니라, 아무도 걷지 않은 길을 스스로 열어나가는 편이 바람직할 것이다."

공자는 안회의 죽음에 직면하여 "아! 하늘이 나를 망쳤구나" 하고 탄식하였는데, 이 말도 자신의 후계자를 잃은 낙담과 절망의 표현이라기보다는 공자 이상으로 (공자 사후에) 이 난세를 올바른 세상으로 만들 비범한 교육가, 사상가, 철학자의 죽음에 직면하여 절망할 수밖에 없는 심정을 표현한 말로 이해해야 할 것입니다.

그런 안회는 과연 공자 외의 다른 사람들 눈에는 어떻게 비쳤을까요? 안회는 잠자리에서 일어난 후로는 늘 배우고 노력하는 자세를 보였습니다. 따라서 주위 사람들 눈에 늘 어렵고 힘들게 보였을 것입니다. 여기에는 싫은 것을 싫다 하고 괴로울 때는 괴롭다 하는 자로의 자연스러움, 자로의 솔직함, 자로의 소탈한 인간미가 전혀 없습니다. 비단 나뿐만이 아니라 다른 누구라도, 사귀기 쉽고 편하게 지낼 수 있다는 점에서 자로에게 호감을 느낄 것입니다.

자로와 안회는 20년이나 나이 차이가 났기 때문에 두 사람을 비교하기란 무리가 아닐까 합니다. 자로에게는 나이나 공자 문하의 최고참이라는 위치를 의식하지 않게 하는 소탈함이 있었습니다. 그런 점에서 천의무봉이라고나 할까요, 무슨 일이든 자로에게 맡기면 아무 문제 없이 처리했던 것입니다.

나만의 생각일지 모르지만, 아무리 어려운 때라도 안회는 절대로 싫은 기색을 비치지 않았습니다. 너무도 훌륭한 자질이었으나, 자로는 내심 받아들이기 힘들었을지도 모릅니다. 그러나 내가 아는 한, 자로는 그런 안회를 부정하는 말은 단 한마디도 하지 않았습니다. 과연 자로답다고 탄복할 수도 있고, 안회에게는 자로로 하여금 그런 태도를 취하게 할 만한 자질이 있었다고 할 수도 있을 것입니다.

방금, 간사 역을 맡으신 분의 전언이 있었는데, 안회 연구 모임의 회원과 안회 일가라고 해도 무방할 안회 신봉자들께서 몇 가지 질문이 있다고 합니다. 기꺼이 질문에 응하겠으나 대답은 나중으로 돌리고, 지금은 자로와 자공에 대한 내 견해를 예정대로 이야기하겠습니다.

그럼 안회 이야기는 이 정도로 해두고, 초점을 '자로'로 옮기겠습니다. 자로라고 하면 금방 진과 채의 들판에서 주린 배를 움켜쥐고 거지반은 시체가 되어 진나라 변경의 작은 흙집으로 들어갔을 때의 일이 떠오릅니다.

돌이켜보면 지금으로부터 어언 43~44년 전의 일입니다. 당시, 공자 일행은 3년이나 진나라에 머물렀는데, 갑작스럽게 그곳이 초와 오의 결전장이 되는 바람에 진을 뒤로하고 저 먼 초나라 땅 부함으로 나아가게 되었습니다. 사건은 초나라로 가는 도중에 일어났습니다.

그때 우리는 주린 배를 움켜쥐고 진나라 변경의 작은 마을에 도착하여, 오동나무 꽃이 흐드러지게 핀 연못가에 쓰러지듯 드러눕고 말았습니다. 자로가 비틀걸음으로 혼자 외떨어져 앉아 금을 뜯는 공자 곁으로 다가갔습니다. 그리고 갑자기 이렇게 물었던 것입니다.

"군자도 궁할 때가 있습니까?"

거의 내뱉는 듯한 어투였습니다. 마치 화난 사람처럼 말입니다. 실제로 화가 났었는지도 모릅니다.

"군자도 궁할 때가 있습니까?"

자로는 다시 말했습니다. 그러자 공자는 금을 물리치고 자로 쪽으로 얼굴을 돌리며,

"군자는 원래가 궁한 법이라네"라고 하셨습니다. 떨어져 앉은 우리에게도 뚜렷이 들리는 크고 힘찬 목소리였습니다. 이어서,

"소인은 궁하면 흐트러진다네" 하고 말씀하시는 것이었습니다. 우리는 옷자락을 여밀 수밖에 없었습니다. 그러나 공자의 말에 담긴 파괴력을 누구보다 절실히 느낀 이는 바로 자로였습니다. 그때였습니다. 마당 한복판으로 걸어나간 자로가 두 팔을 크게 벌리고 천천히 춤을 추기 시작한 것은.

군자는 원래 궁하고, 소인은 궁하면 흐트러진다는 공자의 말씀이 내뿜는 생명력에 자극 받아 자로는 두 팔을 좌우로 크게 벌리고 운율에 몸을 실어 천천히 춤을 추는 것 말고는 스승의 말씀에 대응할 방안이 없었던 것입니다.

나는 이때의 자로가 너무 좋습니다. 이때의 자로가 마음에 남았기에 그후의 자로도 좋았습니다. 자로는 격정적이고 민첩하며, 무엇보다 순수한 생명력을 가진 사람이었습니다.

자로에 얽힌 수많은 실패담이 전해집니다. 대부분은 칭찬받을 일인

지 비판받아 마땅한 일인지 함부로 결론을 내릴 수 없는 자로 특유의 사고방식이나 행위를 공자가 부드럽게, 또는 엄하게 교정한다는 일화입니다. 실패담일지는 모르지만, 어딘지 모르게 공자의 애정을 느낄 수 있는 재미난 희극이라 해야 할 것입니다.

젊은 시절의 자로는 시정의 무뢰배였는데 공자를 굴복시키기 위해 찾아갔다가 오히려 공자의 큰 인격과 교양에 감복하여 새로운 삶의 길을 선택한 인물로 전해집니다. 그런 자로의 실패담에는 그냥 웃어넘길 이야기도 있지만, 공자와 자로의 우정이나 사제 간의 사랑, 그리고 두 사람의 사상과 인생관을 알려주는 소중한 일화도 많다 할 것입니다. 아마 여러분도 여러 방면에서 많은 자료를 모았을 것입니다. 언젠가 그런 자료를 볼 수 있는 기회가 나에게도 주어지기를 바랍니다. 그때는 제가 여러분께 많은 가르침을 부탁드려야 할 것입니다.

지금까지는 자로를 중심으로 여러 일화를 포함한 이야기를 하였는데, 이제부터는 내가 늘 생각하던 자로에 대해 다루어보겠습니다.

자로, 자공, 안회, 세 명의 개성 풍부한 제1기 수제자들 가운데 도대체 스승 공자는 누구에게 가장 많은 애정을 쏟았을까요? 중원 유랑 중에도, 진에서도, 채에서도 때로 생각해보았습니다만, 그로부터 오랜 세월이 지난 지금도 문득 그런 생각을 할 때가 있습니다.

이즈음 나는, 아니 최근 몇 년 사이에 내린 결론입니다만, 공자가 가장 애정을 많이 쏟은 사람은 안회가 아니라 자로가 아닐까 하는 생각에 이르렀습니다. 만일 공자에게 왜 자로에게 가장 많은 애정을 쏟았

느냐고 물으면,

"언제 죽을지 모르니 신경을 쓰지 않을 수 있겠느냐" 하고 대답하실 것입니다. 그리고 공자는 자신이 세상을 떠난 후 누구에게 후사를 맡기려 했을까요? 안회가 아니라면 당연히 자로가 되겠지만, 만일 이 문제도 공자에게 묻는다면, 아마도 이렇게 대답하시겠지요.

"자로에게 후사를 맡기는 것은 무리가 아닐까 한다. 후사를 맡길 때까지 과연 자로가 살아 있을지 모를 일이다. 정의를 위해서 자신의 목숨이 필요한 곳이 있으면 언제든 삶을 버릴 각오가 된 사람이 아니냐. 목숨이 몇 개 있어도 부족할 것이다. 자로는 그런 사내이다."

분명 자로는 그런 사람입니다. 공자 문하생으로서, 공자 문하에 적을 둔 사람이기에 그때까지 살 수 있었다 해야 옳을 것입니다. 만일 공자 문하를 떠나 사회에 들어가면 자로는 생명이 한둘이 아니어도 견뎌낼 수 없을 것입니다.

이건 내 생각입니다만, 아마도 스승 공자의 자로에 대한 견해도 그러하리라 믿습니다. 실제로 공자가 잠깐 눈을 판 사이에 자로는 이국에서 '정의'를 위해 죽어갔습니다. 공자로서는 그런 사람에게 후사를 맡기기는 힘들었을 것입니다. 후사를 맡기기는 고사하고, 공자는 늘 자로의 목숨을 지키기 위해 세심한 주의를 기울이지 않을 수 없었을 것입니다.

공자가 자로를 좋아했듯이 나 또한 자로를 좋아합니다. 나는 중원 유랑의 말기에 위의 도성에 머물 즈음부터 업무를 수행하느라 자로와 얼굴을 맞대고 많은 대화를 나누었습니다. 자로는 늘 나를 다른 문하생과 같은 태도로 대해주었습니다. 공자는 언젠가 자신이 자로를 지켜주지 못했다고 탄식했는데, 그에 빗대어 말하자면, 나 또한 공자 문하에서 가장 좋아하는 선배를 죽음에서 구하지 못했다고 해야 할 것입니다.

자로가 같은 공자 문하의 자고와 함께 이국의 임지에 있었을 때입니다. 그 나라의 내란 소식을 접한 공자가,

"자고는 무사히 돌아올 테지만, 자로는 살아서 돌아오지 않을 것이다"라고 말씀하셨다 합니다. 자고는 과연 공자의 예견대로 무사히 돌아왔고, 자로는 공자의 예견대로 다시는 조국 노의 땅을 밟지 못했습니다. 공자의 힘으로도 자로의 생명을 지킬 수 없었던 셈인데, 이때부터 공자의 가장 외로운 시간이 시작됩니다.

공자는 가장 사랑했던 무엇인가를 잃고서 크나큰 외로움을 느끼셨을 것입니다. 이듬해 공자는 자로의 뒤를 따르듯 세상을 떠나고 맙니다.

자로에 대해서는 아직도 할 이야기가 많지만, 공자의 가장 큰 사랑이 자로를 향했다는 데에서 일단 이야기를 끝내겠습니다.

오늘 이 자리에서 자공에 관심을 가진 분은 둘이라고 하였는데, 공자 문하 제1기 수제자 가운데서 자공은 가장 소박하다고나 할까, 화려한 구석이 전혀 없는, 그래서 인기가 없는 숨은 존재라 할 것입니다. 이런 이야기를 하는 나 언강은 세 명의 제자 가운데서 자공과 가장 친하게 지냈습니다. 함께 공자의 묘 옆에서 3년 복상을 하였는데 그러는 동안 몇 번에 걸쳐 소박하면서도 풍성한 공자 강의를 들었습니다.

그로부터 어언 30년이란 세월이 흘러, 가장 오래 살았다고는 하나 지금은 자공도 고인이 되고 말았습니다. 그런 자공입니다만, 해가 거듭할수록 점점 더 자공의 존재가 내 속에서 커져감을 알았습니다. 이 이야기는 저녁 어스름도 내리고 하니 다음 모임으로 넘기고, 결론만을 간단히 말씀드리겠습니다.

자공은 언제부터인지 모르겠지만 자신이 이 세상에 태어난 의의와 사명은 학문과 수양보다는 스승 공자를 모시는 일이라는 신념을 가지게 되었습니다. 자공은 세상에 태어나 살아온 몇 십 년 삶의 의의를 스승 공자에 대한 보필에 두었던 것입니다. 한 인간이 다른 한 인간에게 자신의 삶을 모두 바치는 이런 태도를 옳다고 해야 할지 그르다 해야 할지 나로서는 알 길이 없습니다. 혹시 자공 자신도 몰랐을지 모릅니다.

5~6년 전부터였던가요, 홀로 이 깊은 산골 마을에서 살아온 이 언강이 문득 자공의 내면세계를 깨닫게 된 것이. 이 오막살이의 난로 곁에 앉아 자공의 면면을 생각할 때마다, 자신의 생명을 스승 공자에게 바치겠다는 신념에 투철한 엄하고 투지에 찬 얼굴이 눈앞에 어른거립니다. 자공은 공자의 생시에 공자 교단에서 소요되는 모든 비용을 스스로 책임졌습니다. 자공은 이재에 밝은 기질 때문에 다소 부정적으로 평가받을 수도 있겠지만, 내가 보건대 이 세상에서 재물을 가장 잘 활용하는 사람이었습니다.

자공은 공자가 세상을 떠나자 당시로서는 상상도 할 수 없는 성대한 장례식을 치르고, 일흔 명에 달하는 제자들의 3년 복상 비용을 모두 책임졌습니다. 내가 두 눈으로 지켜본 엄연한 사실입니다.

　나는 이 자리를 빌려 여러분께 부탁드리고 싶습니다. 가능하다면 자공 연구에 더욱 힘을 기울여 관련 자료를 면밀히 수집해달라는 것입니다. 자공 관련 자료에서 공자의 가장 순수한 모습을 알 수 있는 내용도 발굴되리라 믿습니다. 나 또한 자공의 배려로 공자의 묘 옆에서 3년에 걸친 복상을 치르는 영광을 누렸고, 그 때문에 자공을 접할 기회가 많았습니다.

　자공은 스승에게 질문할 때도 결코 자신을 드러내는 법이 없었습니다. 자신의 생각을 전혀 내비치지 않고 오로지 스승 공자의 말을 기록하고 기억하려는 태도를 보였을 따름입니다. 오로지 질문만 합니다. 자신은 어디론가 사라져버린 듯한 형식으로 말입니다.

　"군자란 무엇입니까?"

　"인이란 무엇입니까?"

　이런 질문들인데, 때로 자기 자신을 드러내는 경우도 없진 않았으나, 그때도 오로지 자신을 재료로 삼아 스승의 말씀을 끌어내기 위해서였습니다. 자기 자신을 완전히 무로 돌리고 스승 공자의 말씀만을 끌어내는 질문 형식이라는 사실을 알 수 있을 것입니다.

3

　벌써 어둠이 깔렸습니다. 짧은 휴식 시간 중에 두세 가지 새로운 질문을 받았습니다. 곧 어둠이 깔릴 시각이지만 제기된 질문만이라도 간단하게나마 처리하는 것이 어떻겠느냐는 제안이 있었습니다. 노의 도성까지 돌아가야 하는 여러분이 괜찮다면, 나로서는 이의가 없습니다. 오늘의 질문은 오늘 대답하는 것이 산뜻하지 않을까 생각합니다.

그럼 공자 문하의 수제자에 관한 이야기는 여기서 끝내기로 하고, 방금 제기된 두세 가지 질문에 답하고자 합니다. 단, 질문 요지가 나에게는 무척 어려워서 이 언강의 가난한 지식으로는 대답할 수 없는 점이 많다는 사실을 미리 알려두겠습니다.

첫 번째 질문, 공자의 문하에 속한 20~30명의 명단이 있는데, 이 가운데 몇 사람이나 알고 있는지, 알고 있다면 기탄없는 인물평을 원한다는 내용입니다. 나로서는 정말 어려운 문제입니다. 기록된 이름을 한번 읽어보겠습니다.

번지(樊遲), 자유(子遊), 자장(子張), 염유(冉有), 재아(宰我), 남용(南容), 공야장(公冶長), 자천(子賤), 중궁(仲弓), 칠조개(漆雕開), 공서화(公西華), 유약(有若), 원사(原思), 민자건(閔子騫), 염백우(冉伯牛), 담대멸명(澹台滅明), 자하(子夏), 무마기(巫馬期), 뇌(牢), 안로(顏路), 증삼(曾參), 자고(子羔), 증점(曾點), 사마우(司馬牛).

대부분 이름은 들어본 공자 문하이지만, 만난 적이 없는 사람도 많습니다. 어떤 사람을 특히 잘 아느냐 묻는다면 이 가운데 친하게 지낸 사람은 없다 해야 할 것입니다. 이들 가운데 면식이 있는 사람은 절반 정도인데 면식이 있다고는 하지만 말 그대로 면식만 있는 정도여서 개인적인 관계를 이야기할 수 있는 사람은 여기서 또 반 정도로 줄어들 것입니다. 그리고 꼭 이 사람에 대해서만은 알아두시라고 나서서 말하고 싶은 사람은 거기에서 또 반 정도여서 결국 내가 아는 사람은 고작 두셋이라 해야 할 것입니다.

그런 연유로 기대에 부응하지는 못하지만, 자로, 자공, 안회와 같은 제1기 제자들 다음으로 이 언강이 아는 공자 문하의 제자 두셋을 이 명부에서 선택하여 다음 기회에 말씀드리겠습니다. 오늘 질문은 오늘 답하는 것이 바람직하겠지만, 다소 조사할 일도 있고 하니 다음 기회로 넘길까 합니다. 또한 여기에 든 이름 가운데는 공자 사후 33년이 지난 오늘날까지 나처럼 살아 있는 사람도 있을 것으로 생각됩니다.

이 언강의 경우와는 달리 누구도 부정하지 못할 공자 문하의 인재일 것입니다. 그런 분으로부터 만년에 노의 도성에서 행했던 공자의 강의라든지 문하생들 사이에서 형성된 몇 갈래 학파의 동향이나 자료를 모을 수 있지 않을까 생각합니다. 물론 여러분은 이미 빠짐없이 조사하였을 터지만, 지금 이 나이에 새삼 공자 문하의 명부를 보니 감회가 새로워 쓸데없는 이야기를 덧붙이게 되었습니다.

그럼 다음 질문은 '공자 문하의 십철(十哲)'이라면 누구를 꼽아야 하는가 하는 문제입니다. 이 또한 정말 어려운 문제가 아닐 수 없습니다. 여기에 기록된 질문자의 견해로는 제1기의 제자인 자로, 자공, 안회 세 사람은 당연하며, 덕행의 안회, 언어의 자공, 정치의 자로, 이렇게 평가해야 한다는 것입니다. 그리고 나머지 일곱 명을 뽑아야 하는데, 도대체 누구를 어떻게 뽑아야 하는가.

매우 중요하면서도 어려운 질문인데, 애석하게도 이 자리에서는 대답을 할 수 없습니다. 잠시 시간을 두고 다음 모임 때까지 생각해보겠습니다. 그러나 다음 모임 때라고 해서 여러분의 기대에 부응할 수 있을지는 의문입니다. 역시 이 문제는 공자 문하 전반을 살피는 여러분의 판단이 더 정확하리라는 생각이 듭니다. 이외에도 한 가지 질문이 남아 있습니다. 심사숙고를 거친 재미있고도 어려운 문제입니다. 확인하는 의미에서 질문자의 문장을 그냥 그대로 읽어보도록 하겠습니다.

최근에 다음과 같은 짧은 문장이 입수되었다. 쓰레기더미에서 나왔는데, 누가 썼는지는 모른다.

"공자를 곁에서 모시고 선 민자건의 모습은 화기애애하고, 자로는 강건함이 강철 같고, 염유와 자공은 강직한 모습이었다. 이를 보시고 공자께서도 무척 기뻐하셨다. 그러나 자로의 강건한 모습을 걱정하여, '유(자로의 이름)와 같은 사람은 제대로 죽기 어려울 것이다' 하고 말씀하셨다."[30]

쓰레기더미에서 나온 이 짧은 문장은 과연 누가 썼을까? 공자 문하의 제자 중 한 사람이라고 생각하는데, 언강 선생의 의견을 묻고 싶다.

또 한 가지, 여기에 적힌 공자 및 제자들의 분위기인데, 이런 분위기가 정확한지 그렇지 않은지, 언강 선생의 견해를 묻고 싶다. 즉 이 문장이 일급 자료인지 아닌지를 판정해달라.

질문자는 쓰레기더미에서 발견하였다 하지만, 드물게 보는 뛰어난

---

30 '선진' 편.

자료 가치를 지녔다고 생각합니다. 문장도 훌륭하지 않습니까. 대강의 뜻은 이렇습니다. 온화한 성격에 무슨 일에도 흔들림이 없는 민자건이 공자 곁에 섰다. 그리고 조금 떨어진 곳에 자로가 팔짱을 낀 채 누구든 비뚤어진 행동이나 말을 하면 결코 가만두지 않겠다는 듯이 홀로 공자를 지키고 말리라는 결연한 의지를 내보이며 섰다. 반대편에는 보기에도 조용하고 뭔가 즐거운 일이라도 있는 듯한 표정으로 염유, 자공 두 사람이 앉았다.

이렇게 개성이 풍부한 제자들에게 둘러싸여 공자는 늘 즐거운 모습이었다. 그러나 "유와 같은 사람은 제대로 죽기 어려울 것이다"라는 구절이 역시나 마음에 걸린다. 즐거운 강학당의 분위기가 풍겨 나오지만, 역시 공자는 자로의 그런 성격이 늘 마음에 걸렸던 것이다.

이 문장을 읽고 정말 오랜만에 노의 도성에 있는 강학당의 한 방에서 공자를 맞이하여 잡담을 나누는 풍경이 눈에 떠오릅니다. 공자는 양반다리를 하고 앉으셨습니다. 그 아래 좌우에 아주 자연스럽게 공자 문하의 제자들이 앉았습니다. 정좌한 사람도 있고, 옆으로 비스듬히 앉은 사람도 있습니다. 때로 그런 자리 한가운데는 타악기가 하나 놓여 있는 경우도 있었습니다.

그렇게 앉은 것만으로도 마음이 깨끗해지는 듯하고 가슴이 두근거렸습니다. 때로 공자가 터뜨리는 천지를 씻어내는 듯한 일갈을 듣기 위해 모두들 그렇게 앉았지만, 공자가 아무 말씀을 않으셔도 그저 좋았습니다. 공자가 무슨 생각을 하시는지, 거기에 정신을 집중하는 것만으로도 흡족했지요. 공자의 위대한 인격 때문이라 하지 않을 수 없습니다.

　그리고 이 문장의 필자가 과연 누구인가라는 질문인데, 자공이 기록한 문장이 아닌가 합니다. 자공에 대해서는 아까도 말씀드렸지만, 자신의 모든 것을 공자를 위해 바치고 공자에게 정성을 다하는 것을 사명으로 생각하는 제자였습니다.

　이 문장을 막연히 보고 있자니, 공자를 위해 기록해두려는 자공의 배려가 담긴 듯한 느낌이 듭니다. 문장 가운데 자로를 제 명을 누리지 못할 사람으로 평하는 대목이 있는데, 이는 공자를 이해하는 데 아주 중요한 구절이며, 이런 구절을 문장에 삽입할 수 있는 사람은 자공 외에는 없다는 생각이 듭니다. 문장 가운데 자공 자신도 포함하고 있지만, 이런 기술의 태도 또한 자공이 아니고서는 찾아볼 수 없으리라 생각합니다. 자기 자신을 객관적으로 냉철하게 바라보는 시선을 느낄 수 있으니까요. 여기에 안회가 등장하지 않는 이유는 이미 세상을 떠나고 없기 때문입니다.

　자공이 '화기애애하다'라고 표현한 민자건이란 인물을 잠깐 살펴보겠습니다. 나 또한 스무 살이나 연상인 민자건이란 사람에게 호감을 품고 있습니다. 권력에 굴하지 않으면서 부모에 대한 효성이 지극한 사람으로 공자 문하에서도 손꼽을 정도로 알려졌습니다.

　아무래도 이 언저리에서 이야기를 끝내야 할 듯합니다. 의견이 있으시면 자유롭게 말씀하시기 바랍니다. 방금, 저쪽에서 손을 드셨는데, 질문이 있으신 모양입니다.

민자건, 자로, 염유, 자공과 같은 제자들이 공자를 둘러싼 모습을 상상하니 정말 마음이 푸근해지는 것 같습니다. 이것은 나의 희망사항입니다만, 오늘 이야기를 정리하는 의미에서 언강 선생 자신이 경험한 공자를 둘러싼 강연 분위기를 말씀해주실 수 없으신지요.

잘 알겠습니다. 잠시 생각해보겠습니다. 그러나 기대에 부응할 만한 이야기가 될지는 모르겠습니다. 이 이야기를 끝으로 오늘 자리는 마감하도록 하겠습니다.

여러분을 만족시킬 만한 공자의 강연 모습에 대한 추억이 있는지 모르겠습니다. 공식적으로 공자의 제자라고 할 수 없는 내 입장도 있고 해서 말입니다. 강연의 말석에 앉는 경우도 없지는 않았지만, 이 또한 제한적이었다는 말씀을 드릴 수밖에 없습니다. 하지만 겸손을 떨며 뒤로 물러서는 것은 나의 문제일 뿐, 공자는 내가 거기에 있건 없건 특별히 신경을 쓰지 않으셨을 것입니다.

문득 내가 앉아 있는 것을 발견하면 공자께서는,

"어떻게 생각하느냐, 지금 제기된 문제에 대해서. 언젠가 언강 네 의견을 듣고 싶었다. 시간이 나면 한번 찾아와서 이야기라도 하지 않겠느냐" 하고 말씀해주실 때도 있었습니다. 그럴 때 공자의 얼굴은, 이 분을 위해서라면 나는 어떻게 돼도 좋다, 죽음도 사양하지 않겠다는 생각이 들 정도로 상냥하고 너그러운 모습이었습니다. 여러 제자들이 공자를 위해서라면 무슨 일이든 할 수 있다고 생각하는 것도 무리가 아니지요.

그 문제의 '강연(講筵)'에 대해 여러분의 궁금증을 풀어줄 수 있건 없건 내 경험을 간단히 전하겠습니다. 중원 유랑을 끝내고 노의 도성으로 돌아온 지 2년 째 되던 해의 일이었습니다. 이윽고 백어의 죽음, 안회의 죽음, 자로의 죽음, 공자 자신의 죽음이라는 큰 불행이 강학당을 덮치게 되지만, 아직은 그런 전조가 전혀 보이지 않는 조용한 때였습니다.

초봄 어느 날, 강학당의 정원에 면한 방에 자로, 증점, 염유, 공서화 같은 제자들이 공자를 중심으로 앉았습니다. 안회도, 자공도 모습을 보이지 않았는데, 공자가 갑작스럽게 마음이 동하셔서 가까이 있는 제자들만 불렀기 때문일지도 모릅니다.

봄 햇살이 넓은 정원을 가득 채웠습니다. 증점이 마루 가까운 곳에서 금을 뜯습니다. 나는 방해가 되지 않도록 조심하면서 그야말로 말석에, 정원 쪽 조금 낮은 곳에 자리를 잡았습니다.

중원 유랑을 끝내고 노의 도성으로 돌아온 지 2년째 되는 봄이었으니, 공자 나이 예순아홉 살, 자로는 예순살에 이르렀습니다. 그리고 증점은 50대 전후, 염유는 40대 전후, 공서화는 30대 전후였습니다. 나는 서른넷.

모두 자리를 잡자 공자는,

"이렇게 밝은 봄 햇살이 참 기분이 좋구나" 하고 말씀하시더니,

"만일 너희들을 알아주는 사람이 있어 등용된다면 어떻게 하겠느냐?" 하고 물으셨습니다. 늘 그렇듯이 자로가 먼저 입을 열었습니다.

"천승의 제후국이 큰 나라 사이에 끼어 대군의 침범을 받고 기근으

로 시달린다 해도, 이 유가 정치를 한다면 3년이면 백성을 용감하게 만들고 정의를 알게 할 것입니다."^{31}

다음에는 염유가 발언했습니다.

"사방 60~70리 혹은 더 적은 50~60리의 작은 나라를 다스린다면, 3년 정도에 백성을 잘살게 만들 수 있으나 예악은 군자의 힘에 의지하겠습니다."

이어 공서화는 젊은 수재답게 종묘 행사에 종사하고 싶다는 희망을 말했습니다. 그러자 공자는 금을 뜯던 증점을 보며 물었습니다.

"점아! 너는 어떻게 하겠느냐?"

증점은 금을 거두고 다소곳이 고쳐 앉으며,

"늦봄에 봄옷으로 가벼이 갈아입고, 젊은 사람 대여섯 명과 어린이 예닐곱 명을 데리고 기수(沂水)에서 목욕하고 무우(舞雩)의 언덕에서 바람이나 쏘이고 노래 부르며 돌아올 것입니다" 하고 말했습니다. 그러자 공자는 지체 없이 이렇게 말씀하시는 것입니다.

"나는 증점의 말에 찬성하노라."

나 또한 증점의 말을 듣는 순간, 아, 정말 멋진 말이 아니냐! 하고 감탄하지 않을 수 없었습니다. 그리고 나도 그렇게 살리라 생각했던 것입니다. 그후 제자들이 물러간 다음 공자는 이렇게 말씀하셨습니다.

"세 사람은 제각기 자신의 포부를 이야기했으니 누가 나무랄 수 있겠느냐! 그렇게 훌륭하지는 않지만, 나는 증점의 생각에 따르고 싶구

---

31 '선진' 편.

나. 나도 그렇게 해보고 싶구나! 나라 전체가 즐겁고 활기찰 테니 가뭄과 홍수도 없어질 것이 아니겠느냐!"

공자의 강연 이야기였습니다. 또 어느 분이 손을 드셨군요.

방금 정말 멋진 강연 이야기를 해주셔서 감사합니다. 스승과 제자의 마음이 하나가 되어 멋진 결론을 끌어내는 이야기였습니다. 교육자로서도 사상가로서도 너무도 공자다운 말씀이라고 생각합니다. 나는 그런 공자의 강연에 특별한 관심을 가지고 있습니다. 방금 공자의 강연에서 주고받은 훌륭한 대화는 공자에 의해 처음으로 생겨났으며, 공자 문하 이외의 어떤 모임에서도 나올 수 없다고 생각합니다.

여기 모인 우리는 오로지 공자의 말씀을 모으고 정리하고 그 말씀의 생명력에 접하면서 이를 올바르게 해석하고 전하고자 노력합니다. 그러나 우리의 연구 방법이 결코 이상적이라고만은 할 수 없을 것입니다. 말할 것도 없이, 공자는 자신의 학식을 자랑하거나 학식을 나누어주거나 지식을 강요하기 위해 강연하는 것이 아닙니다. 공자는 늘 자신을 재료 제공자로 여기고, 재료 속에 스스로를 던져 넣으며 때로 강의를 듣는 문하생까지 거기에 녹아들게 하여 당면 주제에 대해 함께 생각해보자고 이끌지 않았나 생각합니다.

오늘 이 자리에서 언급한 민자건을 비롯한 제자들 이야기, 그리고 방금 말씀하신 봄옷으로 갈아입고 기수에 멱을 감으러 나가고 싶다는 이야기에도 한결같이 공자가 등장합니다. 공자의 말씀 한 조각이라도 눈에 불을 켜고 모으는 것도 좋습니다. 거기에 딱히 불만이 있지는 않습니다. 단지, 지금까지 우리 모임이 보여준 공자 연구의 태도라고 할까, 방향성에 다소 문제가 있지 않나 생각합니다.

오늘 이 자리에서 바로 재검토해야 한다는 말은 아닙니다. 연구회의 지도자를 교체하라는 말도 아닙니다. 단, 자료 수집에만 집착하지 말고, 자료의 어느 부분에 공자의 마음이 들어있는지를 사심 없이 공손한 태도로 생각해보아야 한다는 것입니다. 그렇게 해야 하지 않겠는가, 주장하고 싶습니다. 공자 관련 자료를 아무리 많이 모은다 해도 그것으로 공자의 위대함이 밝혀지지 않는다고 생각합니다.

이제 어둠이 깔렸습니다. 방금, 공자 연구 모임의 자료 수집에 관한 기본 방침에 문제가 있다는 의견이 나왔는데, 이 문제는 다음 모임의 과제로 삼는 것이 어떨까 합니다. 공자 사후 30여 년, 말씀의 수집은 물론이고 관련된 일화의 수집 또한 마지막 단계에 들어간 듯합니다. 이 산골의 오두막에서 일련의 작업에 대해 토론한다면 더없이 좋지 않을까 합니다. 밤이 되었는데 여러분을 대접할 준비도 제대로 갖추지 못해 송구스럽기 짝이 없습니다. 반짝이는 별을 바라보면서 즐기던 밤의 강연도 어언 40년 전의 추억으로 변해버렸습니다.

질문이 있습니다. 공자의 강연이 밤에 열렸다 하셨는데, 밤에 공자를 둘러싸고 자주 학문에 관해 담소를 나누었습니까?

공자의 강연은 밤에 열리기도 했지만, 대부분은 중원을 유랑하던 중에 있었던 일입니다. 밤하늘의 별을 바라보며 공자를 둘러싸고 연좌 담회라고나 할까요, 그런 자리가 정말 즐거웠다는 것입니다. 그 즐거웠던 모임에 대해 간단히 말씀해주시지 않겠습니까? 언제 어떻게 모임이 열렸고, 어떤 화제를 나누었으며, 공자는 어떤 결론을 내리셨는지.

그럼 이 질문에 대한 답을 오늘 모임의 총정리로 삼으면 어떨까요. 부함에 체류하던 어느 날 밤 공자를 둘러싼 대화의 경위를 말씀드리겠습니다.

중원을 유랑하던 중에 진의 도성에서 모든 일정을 정리하고 공자 일행은 초의 부함으로 갔습니다. 부함에서 공자의 제안으로 공자가 거주하는 저택의 정원에 모였습니다. 저택은 높은 곳에 있었기 때문에 정원도 대평원을 향해 아래로 비스듬히 기울어졌습니다. 대평원이라 해도 좋고, 광활한 강변이라고 해도 좋겠습니다. 평원에는 푸른 달빛이 비치고 저 멀리 잔잔히 흘러가는 강물도 보였습니다. 그리고 넓은 강변에 어울리게 밤하늘에는 수없이 많은 별들이 반짝였습니다. 공자를 비롯하여 우리 모두 북방의 하늘에서 빛나는 별을 오래오래 바라보았습니다.

"북극성이 제자리를 지키고 여러 별들이……."

공자는 몇 번이나 그런 말씀을 반복하셨습니다.

"북극성이 제자리를 지키고 여러 별들이……."

그리고 다음 말을 잇지 못하는 것이었습니다. 자로가 말을 이었습니다.

"북극성이 제자리를 지키고 여러 별들이 이를 감싼다."

　북극성이 있어야 할 자리에 있으면 다른 별들도 북극성을 중심으로 자신의 자리를 찾는다는 말입니다. 그런 의미로 해석하는 편이 타당할 듯합니다. 자로는 그 말을 한 다음 천천히 자리에서 일어서서 두 손을 좌우로 곁쳤습니다. 자신의 입에서 나온 말에 도취되어 내면에서 솟구치는 감흥을 몸의 움직임으로 표현하지 않고서는 견딜 수 없었던 것입니다. 공자를 비롯한 다른 사람들은 말없이 자로가 춤을 다 추고 제자리로 돌아갈 때까지 기다렸습니다.

"북극성이 제자리를 지키고 여러 별들이 이를 맞이한다."

　자공이 말했습니다. 북극성이 있어야 할 자리에 있으면, 다른 별들은 공손한 자세로 북극성을 우러러본다는 자공다운 해석을 내렸습니다. 자공을 대신하여 자로는 앉은자리에서 두 손을 앞으로 내밀고 별들이 북극성을 맞이하는 자세를 몸짓으로 보여주었습니다.

"북극성이 제자리를 지키고 여러 별들이 이를 모신다."

　안회가 말했습니다. 북극성이 있어야 할 자리에 있으면, 다른 별들은 공손한 자세로 떠받들듯 모신다는 것입니다. 안회다운 해석이라 할 것입니다. 안회는 공자를 향하여 정좌하더니 마치 공자가 북극성이라도 되는 듯 깊이 머리를 조아리더니 언제까지고 고개를 들지 않는 것이었습니다.

"북극성이 제자리를 지키고 여러 별들이 그 주위를 돈다."[32]

---

32 '위정' 편.

공자가 말했습니다. 자로도, 자공도, 안회도 말없이 공자의 입에서 나오는 그 말의 의미를 생각했습니다. '주위를 돈다'라는 구절의 의미가 확실하지 않기 때문입니다.

"북극성이 제자리를 지키고 여러 별들이 주위를 돈다."

공자가 다시 말했습니다. 그리고 제자들을 둘러보시더니,

"이것은 나의 착각일지도 모른다. 너무도 심한 착각일지 모른다. 내게는 북극성을 중심으로 다른 별들이 주위를 돌고 있는 듯이 보인다. 도는지 안 도는지 알 수 없는 일이다. 그러나 내게는 도는 듯하다"라고 하셨습니다. 우리는 아무도 입을 열지 않고 온 신경을 곤두세워 그 말의 의미를 생각했습니다.

"만일 그렇다면 '북극성이 제자리를 지키고 여러 별들이 주위를 돈다'가 좋지 않을까. 우리가 상상할 수도 없는 일이 이 밤하늘에서 이뤄지고 있다."

공자의 말에 우리는 모두 밤하늘을 올려보았습니다. 나 언강은 물론이고, 자로, 자공, 안회 세 사람도 공자가 무슨 말을 하는지, 또는 무슨 말을 하고 싶은지 잘 몰랐던 것입니다. 그러나 공자가 지금 우리로서는 생각하기 힘든 큰 사고에 의식을 집중하고, 이를 바탕 삼아 인간 삶의 문제를 사색한다는 것만은 어렴풋이 짐작할 수 있었습니다.

"북극성이 제자리를 지키고 여러 별들이 주위를 돈다로 정합시다."

자공이 말했습니다. 자공의 말을 받아,

"북극성이 제자리를 지키고 여러 별들이 주위를 돈다" 하고 안회가 암송하였습니다. 그런 다음, 안회는 두 손으로 눈을 가리는 것이었습

니다. 그는 울고 있었습니다.

'공자가 여기에 계시다! 우리는 공자의 주위를 돌아야 한다. 생명이 붙어 있는 한, 공자의 가르침을 둘러싸고 돌아야 한다.' 그런 마음이었을 것입니다. 안회는 자리에서 일어나 정원으로 나아가더니 대평원 쪽으로 걸어갔습니다. 감동의 파도에 휩싸여 그냥 앉아 있을 수 없었던 것입니다. 그에 비해 자로는 이상할 정도로 조용했습니다.

'우리는 지금까지 공자를 모셔왔다. 공자를 높이 우러러보았다. 공자를 마음으로 맞이하였다. 그러나 앞으로는 공자의 주위를, 공자의 위대한 가르침을 순수한 마음으로 감싸고 도는 작은 별이 되어야 한다. 행동에 나서야 한다. 공자의 가르침을 중원 구석구석까지 널리 퍼뜨려야만 한다.' 이렇게 생각했을 듯합니다. 그날 밤, 제자들의 마음은 끝도 없이 고양되었습니다. 높고 맑은 밤하늘에서 빛나는 수많은 별들이 부함이라는 작은 도시를 이 세상에서 가장 아름다운 곳으로 장식했습니다.

이런 이야기입니다. 이것이 밤의 모임에서 벌어진 대화의 한 예라 할 것입니다.

4장

1

 오랜만에 공자 연구회 여러분을 이 산골 오두막에 모시게 되어 이 언강의 기쁜 마음은 말로 다할 수가 없습니다.

 돌이켜보건대, 그렇게 기다리고 기다리던 봄의 모임이 폭우로 취소되었고, 그후에는 나의 여행 계획 때문에 일정을 잡을 수 없었다가 오늘에야 이렇게 자리를 같이할 수 있게 되었습니다. 작년 가을, 철새 떼의 장관을 함께 감상한 후로 반년 만에 모여 공자 문하생의 연구 성과를 들을 수 있어 행복합니다.

 지난번 내게 주어진 몇 가지 질문에 대한 답을 오늘로 연기한 것으로 기억합니다. 나름대로 대답을 준비하였으나 점심 휴식 시간에 듣기로 하고, 오늘 모임은 새로운 주제로 시작할까 합니다.

 그럼 나의 인사말은 이 정도로 하고 간사께 발언을 넘기겠습니다.

오늘 이 모임의 간사를 맡은 사람으로서 인사드립니다. 오랜만에 번잡한 도회지를 떠나 이 한적한 산골의 언강 선생 댁에서 모임을 열게 되었습니다. 언강 선생께 다시금 감사드립니다.

오늘 모임의 출석자는 총 서른다섯 명. 전원 노의 도성에 본부를 둔 공자 연구 모임의 회원들입니다. 오늘은 출석자 모두 자신의 연구 분야에서 언강 선생께 질문하고 가르침을 구하겠으나, 다만 시간이 정해진 터라 미리 발언자를 지정하기로 하였습니다. 그 질문자들에게 언강 선생께서 가르침과 조언을 주신다면 더 바랄 것이 없겠습니다. 언강 선생의 말씀을 중심으로 여러 논의를 펼칠 예정입니다. 그럼 언강 선생을 모시고 오늘의 모임을 시작하겠습니다.

나는 언강 선생을 모신 이 모임에는 처음 참석했습니다. 노의 도성에서 공자 연구회 회원으로 활동하고 있습니다만, 최근 수년 동안 몇몇 동료와 함께 만년의 공자를 둘러싼 제자들에 관련된 자료를 모으는 데 주력해왔습니다.

그런 나에게 최근 들어 공자를 간접 언급하는 일급 자료들이 모여들기 시작했습니다. 공자 자신의 말씀이 아니라 문하생, 그것도 수제자에 해당하는 사람들의 발언으로 보이는 자료입니다. 여기서 소개하도록 하겠습니다. 그리고 이에 관하여 언강 선생의 견해를 듣고 싶습니다.

"공자는 괴력난신(怪力亂神)에 대해서는 말하지 않았다."[33]

---

33 '술이' 편.

이런 간단한 문장입니다. 그냥 이 말뿐입니다. 전후가 아예 없는 것으로 보아 아마도 원래 이 말뿐이었던 듯합니다.

교육자로서 공자의 기본자세가 적확히 드러나는 말이 아닌가 합니다. 공자의 측근에서 공자를 늘 모시던 수제자가 한 말일 것입니다. 우리 수중에 들어온 공자 관련 자료, "공자는 괴력난신에 대해서는 말하지 않았다"는 짧은 문장에 대한 언강 선생의 견해와 이 말의 의미가 무엇인지 듣고 싶습니다.

대단히 귀중한 연구 자료를 소개해주셔서 감사합니다. 그 말의 정확한 유래는 모르지만 나 언강의 느낌을 있는 그대로 말씀드릴까 합니다.

"공자는 괴력난신에 대해서는 말하지 않았다."

누구의 말인지는 모르겠지만, 공자는 분명 그런 분이셨습니다. 내가 아는 한 공자는 괴, 력, 난, 신에 대해서는 거의 한마디도 하지 않으셨습니다. 그런 의미에서 이 말은 교육자로서 공자의 마음가짐을 짧은 어구로 적확히 드러냈다 하겠습니다. 한마디로, 공자의 엄격한 자세를 잘 드러낸 말이 아닐까 합니다.

방금 괴, 력, 난, 신의 한 자 한 자를 설명해달라는 요청이 있었습니다. 설명은 오히려 자료 제공자께서 하시는 편이 더 적절하지 않을까 합니다만, 우연히 내가 질문을 받았기에 나름의 생각을 밝히겠습니다.

공자는 괴, 력, 난, 신이라는 주제를 강연에서 다룬 일이 없었고, 평소에도 화제에 올리지 않으셨습니다.

먼저 '괴(怪)'에서부터 차례대로 설명하겠습니다. 괴이(怪異), 기괴(奇怪) 같은 말로 표현되는 모든 것이 '괴' 한 자에 집약되어 있습니다. 요괴(妖怪), 변화, 유령, 귀신, 모두 '괴'에 해당하는데, 우리 인간은 어찌된 영문인지 이런 '괴'에 관련된 것에 관심을 기울이는 경향이 있습니다. 그러나 공자는 '괴'에 관련된 일을 일절 화제에 올리지 않으셨습니다. 실제로 내가 모신 공자도 그런 말을 단 한 번도 내뱉지 않았습니다.

다음으로 '력(力)'. 이는 폭력이라든가, 만용을 나타내는 말이라고 생각합니다만, 이 또한 공자는 화제에 올리지 않았습니다. 의식적으로 화제로 삼지 않았다고 해야 할 것입니다. 공자는 육체적인 힘으로 사람을 위협하고 사건을 해결하려는 태도를 결코 인정하지 않았습니다.

다음으로 '난(亂)'. 이는 배덕, 불륜, 반역 같은 질서 파괴, 풍속 파괴 행위에 관련된 모든 것을 가리키는 말입니다. 이 또한 공자는 한 번도 화제에 올리지 않았습니다. 입에 담기조차 싫으셨던 것입니다.

다음으로 '신(神)'. 이는 사자의 영혼 혹은 천지의 영 따위를 가리키는 말일 것입니다. 경건한 마음으로 대해야 하지만, 이 또한 공자는 공경하면서도 멀리해야 하는 것으로 보았고, 영적 힘이라든지 신비 등에 마음을 빼앗겨서는 안 된다 하였습니다. 이렇게 볼 때 공자는 항상 냉정한 시선으로 인간의 이성으로부터 끌어낼 수 없는 것은 인정하지도 가까이 하려 하지도 않았다고 할 수 있습니다. 어쨌든 공자는 괴, 력, 난, 신에 관련된 것은 어떤 경우에도 화제에 올리지 않았습니다. 이 설명은 오로지 나 언강의 개인적인 생각에 지나지 않으므로 어쩌면 공자가 질책할 만한 내용이 들어 있을지도 모르겠습니다. 물론, 이 자료를 발표해주신 분께서는 나와는 다른 해석을 내릴지도 모릅니다. 꼭 한번 의견을 들려주시기 바랍니다. 이것으로 설명을 마치기로 하고, 질문이 있으시면 해주시기 바랍니다.

우리가 입수하여 오늘 이 자리에서 발표한 자료에 대해 친절하고도 적확한 해석을 내려주신 언강 선생께 진심으로 감사드립니다. 우리 또한 언강 선생과 같은 해석을 내렸지만, 공자를 곁에서 모시지 않은 터라 자신이 없었습니다.

그런 의미에서 오늘은 진정 특별한 날입니다. 오늘, 이 자리에는 나 외에 두 사람이 연구 모임을 대표하여 출석했습니다. 노의 도성으로 돌아가면 우리 모임의 회원들을 모아 오늘 언강 선생의 말씀을 하나 빠짐없이 전하도록 하겠습니다.

그리고 금후로 우리 모임의 연구 주제라고 할까요, 조사 주제라고 할까요, 그것은 당연히 '공자는 괴력난신에 대해서는 말하지 않았다'라는 말이 과연 누구에 의해 전해지게 되었는지를 밝히는 일이 될 것입니다. 언제, 누가 이 말을 했는가. 이 말이 나온 지 과연 몇 해나 지났는가. 이 또한 각 방면의 도움과 조언이 필요한 연구가 될 것입니다.

그럼 내 이야기는 여기서 끝내기로 하고 다음 분에게 발언권을 넘기도록 하겠습니다.

그럼 정해진 순서에 따라 내가 발언하도록 하겠습니다. 소중한 시간을 절약하기 위해서 바로 본론으로 들어가겠습니다만, 그 전에 잠깐 자기소개를 하겠습니다. 나는 언강 선생을 중심으로 한 이 모임에는 지난번이 이어 두 번째로 참석했습니다. 언강 선생의 말씀을 통하여, 공자라는 뛰어난 교육자의 모습에 취한 채 늦은 밤 계곡 길을 따라 내려가던 기억이 아직도 생생합니다. 그로부터 반년, 오늘 다시 이 모임에 참여하게 되어 참으로 행복합니다.

나는 노의 도성에서 공자 연구회를 만들 때부터 참가하였는데, 어느덧 노인이 되고 말았습니다. 그러나 언강 선생께 자극을 받아 선생의 나이 때까지 공자 연구를 게을리 하지 않을 각오입니다.

연구회를 결성할 당시를 돌이켜보면 정말 추억도 많습니다.

"봉황새도 오지 않고 황하에서 그림도 나오지 않으니, 나도 끝장인가 보다."[34] (고대의 복희 시대에 황하에서 용마가 그림을 업고 나타났다는 전승이 있다. 이것은 성인이 나타날 징조를 말한다. —옮긴이)

공자의 이 말씀에 대해 많은 의견이 제기된 지도 벌써 10년이 넘게 흘렀습니다. 공자의 말씀이다, 아니다, 공자의 말씀이 아니라 다른 사람의 말이다, 그런 상반된 주장이 평행선을 긋다가 결론을 내리지도 못하고 오늘에 이르렀는데, 요즘 들어서는 거의 화제에 오르지도 않습니다. 그런 연유로 오늘 이 자리에서 우리는 "봉황새도 오지 않고 황하에서 그림도 나오지 않으니, 나도 끝장인가 보다"라는 공자의 말씀

---

34 '자한' 편.

에 대한 언강 선생의 의견을 들어보아야 할 것입니다. 그 전에 이 말이 우리들 사이에서 어떤 논의를 거쳤고 왜 결론에 이르지 못했는지 간단히 정리해보아야 할 것 같습니다.

"봉황새도 오지 않고 황하에서 그림도 나오지 않으니, 나도 끝장인가 보다."

'공자가 말하기를'로 시작되는 이 구절에 대해 두 가지 상반된 의견이 있습니다. 하나는 '공자가 말하기를'로 시작되는 이상 이건 분명히 공자의 입에서 나온 말임에 틀림없다는 의견이고, 둘은 비록 '공자가 말하기를'로 시작되지만 공자가 이렇게 나약한 탄식조의 말을 할 리 없다는 견해입니다. 그리고 "나도 끝장인가 보다"라는 구절은 공자의 말로 받아들이기 힘든 점도 있긴 하나, 이 짧은 어구에 나오는 봉황이나 하도(河圖) 같은 고전 지식, 또한 그 짧은 어구에 내재된 무게, 기품 등을 고려할 때 역시 공자 자신의 말로 볼 수밖에 없다는 견해도 있습니다.

언강 선생의 의견은 어떠신지요? 이런 어려운 문제는 오랫동안 공자와 직접 생활을 같이 한 언강 선생 같으신 분의 의견을 참고하여 판단하는 것이 좋지 않을까 합니다.

무척 흥미로운 이야기입니다. 그리고 공자의 말씀을 올바르게 전하는 일이 얼마나 힘든가를 절감하게 하는 하나의 예라고 생각합니다.

그럼 이 구절에 대한 나 언강의 견해를 말씀드리겠습니다. 내가 이 말을 처음 들은 것은 아주 오래전 일입니다. 공자가 세상을 떠난 후, 공자의 묘 옆에 오두막을 짓고 3년을 복상했던 때였던 것 같습니다. 공자가 세상을 떠난 그해인지 정확히는 기억할 수 없지만, 어쨌든 30년도 훨씬 넘은 일인 것만은 분명합니다.

한때, 매일 밤 공자 묘 옆에 마련된 우리의 좌장 격인 자공의 거처에서 뜻 있는 사람들과 함께 공자의 말씀을 올바르게 기록하기 위한 모임이 열렸던 적이 있습니다. 때로 나도 참석하였는데, 나는 공자를 잃은 슬픔에 젖어 여러 제자들의 논쟁과 회의에는 거의 끼어들지 않고 그냥 듣고단 있는 편이었습니다. 바로 그 자리에서 처음으로 "봉황새도 오지 않고 황하에서 그림도 나오지 않으니, 나도 끝장인가 보다"라는 말을 들었던 것입니다.

생각건대 그 자리에서 "봉황새도 오지 않고 황하에서 그림도 나오지 않으니, 나도 끝장인가 보다"를 논의한 까닭은 공자의 말씀, 그것도 만년의 말씀이었기 때문일 것입니다.

자공을 중심으로 한 그 모임에서 어떤 논의를 했는지, 나는 모릅니다. 그러나 공자가 세상을 떠난 직후였던 만큼 앞으로 충분히 연구해야 할 공자의 말씀 중 하나임을 확인하는 데 그쳤으리라 생각합니다.

그로부터 어느덧 30년 세월이 흘렀습니다. 그리고 오늘, 여기서 비로소 공자의 말씀을 생각하고 해석할 기회를 가지게 되었습니다. 내 생애에 오늘은 특별한 날이 될 것입니다.

아, 저기 손을 드신 분, 어서 말씀하시지요.

본론으로 들어가기 전에 두세 가지 질문을 하고 싶습니다. 매우 유치한 질문이 되겠지만, 사소한 의문을 해소한 후에 선생의 견해를 경청하는 것이 좋을 것 같습니다.

우리에게는 하나의 전설로 보이는 봉황, 하도에 관련된 이야기에 대해 공자는 어떤 태도를 취했는지, 어떤 기분을 느꼈는지 궁금합니다.

물론, 공자도 봉황이나 하도를 실제 일로 생각하지는 않았을 것입니다. 그러나 성군의 출현을 시사하는 이러한 상서로운 동물의 전설을 경원하지는 않았을 것입니다. 성군 하나둘 정도 나온다고 해서 만사가 좋아질 정도로 세상이 만만하지는 않을 것입니다. 그러나 성군의 출현을 갈망하는 백성의 마음이 만들어낸 이런 이야기들이 세상에 해를 끼치지는 않습니다. 그 때문에 공자는 누가 만들었는지는 모르지만 품위 있는 좋은 이야기로 받아들이신 것입니다.

한 가지 더 질문을 하겠습니다. "봉황새도 오지 않고 황하에서 그림도 나오지 않으니, 나도 끝장인가 보다"(『사기』, 「공자세가」)가 공자의 말씀이라면, 공자 만년의 어느 시기에 남기셨는지요?

"나도 끝장인가 보다."
불쑥 내던지는 듯한 공자의 말에는 어딘지 모르게 외로움이 밴 듯합니다. 이로써 가늠하건대, 공리, 안회의 죽음이 이어지고, 자로마저 세상을 떠나고 홀로 남았을 때, 사무치는 외로움을 술회한 어구가 아닌가 합니다. 그리고 '봉황'의 전설과 자연스럽게 결합되지 않았을까요. 그렇다면 이 말은 공자가 세상을 떠난 그해 아니면 그 전해쯤에 남기셨을 것입니다.

더 이상 질문이 없으니, 이제 "봉황새도 오지 않고 황하에서 그림도 나오지 않으니, 나도 끝장인가 보다"라는 어구에 대한 나 언강의 생각을 말씀드리겠습니다. 나는 이 어구의 앞머리에 붙은 '공자가 말하기를'을 사실로 받아들이고 어김없는 공자의 말씀으로 인정하는 데서 출발하려 합니다.

이미 말했듯이 이 말씀은 공자의 묘 곁에서 3년 복상을 할 때 비로소 알았고, 그로부터 30년 넘게 그대로 믿어왔습니다. 나로서는 다른 설에 대해서는 생각할 수 없습니다. 그리고 이 말씀이 어떤 다른 공자의 말씀보다 가장 공자다운, 살아 있는 공자의 말씀으로 생각됩니다.

"봉황새도 오지 않고 황하에서 그림도 나오지 않으니, 나도 끝장인가 보다"라는 어구를 천천히 암송하면, 공자의 모습이 눈앞에 선하게 떠오르는 것입니다. 그리고 이 말을 암송한 후,

"어떻게 생각하느냐. 지금 이 말을?" 하고 공자가 눈앞에 앉아 말을 거는 듯한 착각에 빠지기도 합니다. 나는 공자가 이 말을 했을 때 자리에 없었으므로 이는 순전히 나의 상상에 지나지 않지만, 공자는 지체 없이,

"나도 끝장인가 보다"라는 말을 터뜨리지 않았을까 생각합니다. 공자는 자신이 발설한 말이 마음에 들면 반복하는 버릇이 있었습니다.

"나도 끝장인가 보다."

심각한 말이라 하지 않을 수 없습니다. 같은 말이라도 공자의 입에서 나오면 말의 분위기와 내용이 달라지고 마니까요.

나도 이제 갈 데까지 가버리고 말았다, 너희들은 어떻게 생각하느냐, 하고 제자들을 둘러보시는 공자의 모습을 상상해볼 수 있습니다. 이미 나이가 들어 나아갈 곳이 없어지고 말았다는 다소 나약해진 마음을 드러내는 발언이 아닐까 합니다.

거지반은 장난기가 배인 그런 말을 던지며 제자들을 둘러보는 태도가 바로 공자다운 태도가 아닐까 합니다. 심각한 것 같으면서 도무지 심각하게 보이지 않는 태도. 공자에게는 흔히 보통 사람이 느끼는 '절망'이 없지 않았을까, 또는 있을 수 없을 거라는 생각도 듭니다.

똑같은 인간으로서 공자도 평생 한두 번은 보통 사람이 겪는 절망의 순간을 만났을 터인데, 이를 결코 절망으로 받아들이지 않았습니다. 하늘이 내린 시련으로 생각하고 꿋꿋하게 버텨나가지 않았을까요. 그것이 우리 같은 보통 사람과는 다른 점이 아닐까 합니다.

공자도 분명 보통 사람들이 '난 이제 끝장이다'라고 생각하는 위기의 순간에 선 적이 있었을 것입니다. 하나 장난으로라도 '나는 끝장이다'라는 말은 할 수 없었을 테지요. 그랬다가는 제자들이 떠날 것이고, 그러다 공자가 세상을 떠나면 남은 제자들은 도대체 어떻게 해야겠습니까. 저세상에서 중원 각지에 흩어져 있는 많은 제자들을 무슨 면목으로 바라볼 수 있겠습니까.

자로도 안회도 자공도, 뒤를 이은 만년의 제자들도, 그리고 이렇게 여러분 앞에 있는 이 언강도 공자를 만나 삶의 자세와 목적을 바꾸었습니다. 만일 공자가 "나도 끝장인가 보다"라는 말을 남기고 저세상으로 그냥 떠났더라면, 남은 사람들의 충격은 말로 다 할 수 없었을 것입니다.

그렇기에 공자는 어떤 경우에서도 "나도 끝장인가 보다"와 같은 절망에 빠질 수는 없지 않았겠습니까. 어떤 우연한 기회에 갑작스럽게 "나도 끝장인가 보다"라고 했다 하더라도, 공자는 충분한 마음의 여유를 가졌으리라 생각합니다. 또한 그런 분위기에서 나온 말로 보입니다.

'오늘에 이르기까지 성군의 출현을 알리는 상서로운 징후가 없으니, 만사를 성군의 출현에 걸었던 나는 이미 끝난 것이나 다름없다.'

이렇게 심정을 토로하는 공자의 얼굴을 한번 상상해보건대, 거기에는 한 점 어두운 그늘도 없지 않았을까요? 오히려 밝고 명랑한 얼굴이 아니었을까요? 문제는 밝은 표정입니다. 성군의 출현이라는 말로 상징되는 밝은 시대의 도래도 보지 못하고 죽어가지만, 나의 사후 언젠가 멀지 않은 미래에 그런 시대가 반드시 찾아올 것이다. 애석하게도 나는 그 시대를 볼 수 없다, 그런 말이 아닐까 합니다.

공자의 마음 저 깊은 곳에는 그런 신념이 반석처럼 깔려 있었음에 분명합니다. 그것이 바로 공자의 밝은 표정 속에 감추어진 비밀이겠지요. 다만 자신이 사는 동안에는 바랄 수 없다, 애석한 일이지만, 그리 대수로운 일은 아니다, 언젠가 그런 시대가 온다면 그것으로 족하지 않는가, 자신의 노력도 뒤를 이은 제자들의 노력도 결코 헛되지 않을 것이다, 딱히 조급해 할 필요는 없지 않는가.

그렇게 받아들이면 될 것입니다. 공자의 위대한 점은, 인간의 사소한 노력을 결코 가벼이 보지 않고, 그런 노력이 가져다줄 인류의 밝은 미래를 낙관했다는 데 있지 않을까요.

공자는 진심으로 '나는 끝장이다'라는 말을 할 분이 아닙니다. 만일 그런 기분이 조금이라고 찾아온 시기를 꼽자면, 노의 도성으로 돌아온 만년의 공자를 공리의 죽음, 안회의 죽음, 자로의 죽음이 덮치고, 고독하고 늙은 몸에 죽음의 그림자가 다가오던 한때에 지나지 않을 것입니다. 왜 하늘은 만년의 공자에게 그런 시련을 주었을까요, 참으로 가슴 아픈 일입니다.

2

그럼 휴식을 끝내고 다시 이야기를 시작하겠습니다.

"봉황새도 오지 않고 황하에서 그림도 나오지 않으니, 나도 끝장인가 보다"라는 공자의 말씀에 대한 내 생각을 밝힌 후에 잠시 휴식했습니다만, 이제 새로운 기분으로 전혀 다른 문제를 다루어볼까 합니다.

그 전에, 오늘까지 연기한 반년 전의 모임에서 내게 던져진 질문에 대한 답을 드리겠습니다. 아무래도 어깨의 짐을 벗어 던지고 새로운 이야기로 넘어가는 편이 나을 듯합니다. 그 질문은, 공자 문하의 제자로 추정되는 20여 명의 이름 가운데 몇 사람이나 알고 있는지, 알고 있다면 그들에 대한 인물평을 기탄없이 해달라는 것이었습니다.

그렇습니다. 그때 언급된 이름들을 여기 적어놓았습니다.

번지(樊遲), 자유(子遊), 자장(子張), 염유(冉有), 재아(宰我), 남용(南容), 공야장(公冶長), 자천(子賤), 중궁(仲弓), 칠조개(漆雕開), 공서화(公西華), 유약(有若), 원사(原思), 민자건(閔子騫), 염백우(冉伯牛), 담대멸명(澹台滅明), 자하(子夏), 무마기(巫馬期), 뇌(牢), 안로(顔路), 증삼(曾參), 자고(子羔), 증점(曾點), 사마우(司馬牛).

공자의 대표적인 제자들로 알려진 사람들인데, 이 중 내가 아는 사람은 절반 정도. 그러나 얼굴을 아는 정도일 뿐입니다. 그런 대로 알고 지내던 사이라 할 수 있는 사람이 이 가운데 또 반. 이 가운데서 여러분께 꼭 알아두시라고 권하고 싶은 사람은 또 반.

결국 내가 잘 알고 있는 인물은 서넛에 지나지 않습니다.

그런 사람 가운데서 우선 첫 번째로 들고 싶은 사람이 바로 자유입니다. 자유의 성은 언(言), 이름은 언(偃), 오나라 사람. 공자 만년의 제자로서 나 언강보다는 열 살 연하이며, 20대의 성실하고 예리한 수재였습니다. 이 사람과는 인연이 닿았는지 자주 대면하면서 비범함에 감탄하였고, 상냥하고 부드러운 심성에 이끌려 호감을 느끼지 않을 수 없었습니다.

공자 강학당에서 처음으로 대면했을 때부터 나는 자유에게 끌렸습니다. 그때 자유는 스물예닐곱의 젊은이였지만 공자의 지명으로 강단에 서서 20명가량의 청중 앞에서 '상(喪)'의 예법에 대한 의견을 밝혔습니다.

"상(喪)에서는 진심으로 슬픔을 드러내면 된다."

상, 즉 사람의 죽음을 애도할 때는 마음속에서 자연스럽게 우러나오는 슬픈 감정을 눈물이 마를 때까지 표현해야 한다, 다른 절차는 그리 중요하지 않다, 그것만으로 충분하다는 취지의 발언이었습니다. 곁에서 들어보니 자유의 냉철함과 성실함이 은은하면서도 절실하게 마음속에 전해져왔습니다.

또 이런 일도 있었습니다. 자유는 스물일고여덟 살의 젊은 나이에 무성(武城)이라는 작은 읍의 재상이 되었습니다. 물론 공자의 추천을 받았는데, 이 일만 보아도 공자가 얼마나 자유를 높이 평가했는지 알 수 있습니다. 공자는 무성의 읍재(邑宰)가 된 자유가 노의 도성을 찾아왔을 때, "좋은 인재를 구했느냐?" 하고 물었습니다. 그러자 자유는,

"담대멸명이라는 사람이 있습니다. 길을 갈 때도 지름길을 택하지 않고, 공무가 아니고는 절대로 제 방을 찾아오지 않습니다"[35] 하고 대답했다 합니다. 그 말을 들은 공자는 자유가 나이는 젊지만 뛰어난 부하를 적절한 자리에 배치하고, 그의 자질을 공정하게 평가한다는 사실을 알았다고 합니다.

이는 동석했던 사람에게 전해들은 이야기인데, 정말 가슴을 울리는 사제간의 대화라고 생각했습니다. 공자도, 자유도 정말 대단합니다.

공자는 자유가 다스리고 있는 무성이라는 곳까지 직접 가보았습니다. 그리고 작은 마을에서 흘러나오는 음악과 노랫소리를 듣고 자유

---

35 '옹야' 편.

에게 "닭 잡는 데 소 잡는 칼을 썼구나"[36] 하고 웃었다고 합니다. 무성이라는 작은 마을을 다스리면서 자유는 나라를 다스리는 예악을 도입했던 것입니다. 정도가 심해도 너무 심하지 않느냐! 그런 나무람이 섞인 발언이었다고 해야 할 것입니다. 그러나 공자는 금방 "이건 농담이야" 하고 웃으셨다 합니다.

나는 그런 농담을 하는 공자의 심정을 알 것도 같았습니다. 공자는 무성의 마을에 들어서서 음악과 노랫소리를 듣고 너무나 기뻐서 20대의 젊은 나이로 읍재를 지내는 자유를 향해 "너무 큰칼을 휘두르고 있어!"라는 비꿈 섞인 듯한 말을 던지면서, 사실은 제자를 칭찬하고 자신의 기쁨을 표현했던 것입니다.

공자가 세상을 떠났을 때 나는 서른여덟, 자유는 스물여덟, 자유도 나도 함께 복상을 하고, 상이 끝남과 동시에 헤어졌습니다. 나는 이 산골 마을로 들어오고, 자유는 노의 도성에 있는 강학당에서 한때 후진을 양성하다가 홀연히 소식이 끊긴 채 오늘에 이르렀습니다.

자유가 노의 도성을 떠난 후의 일인데, 한때 예에 관해서는 공자 문하에서 자유를 능가할 사람이 없다는 소문이 퍼질 정도였습니다. 하지만 과연 그것이 사실인지 나는 모르겠습니다. 언젠가부터 그런 소문마저 끊기고, 오랜 세월이 흘렀습니다. 이제 자유라는 이름도 들을 수 없게 되었습니다.

자유 외에 또 누구를 들어야 할까요. 지난번 모임 때였습니다만, 어

---

[36] '양화' 편.

느 분이 발견한 구절 하나가 화제에 올랐습니다. 자로, 자공과 함께 민자건, 염유라는 공자 문하의 제자들이 공자를 중심으로 둘러앉아 담소하는 모습을 묘사한 구절이었습니다.

"공자를 곁에 모시고 선 민자건의 모습은 화기애애하고, 자로는 강건함이 강철 같고, 염유와 자공은 강직한 모습이었다. 이를 보시고 공자께서도 무척 기뻐하셨다. 그러나 자로의 강건한 모습을 걱정하여, '유와 같은 사람은 제대로 죽기 어려울 것이다' 하고 말씀하셨다."[37]

공자가 중원 유랑에서 돌아왔을 때의 분위기를 전하는 글이라고 보면 될 것입니다.

공자 유랑 시절에 사건 사람 외에 내가 알고 있는 문하생을 들라면 민자건, 염유일 것입니다. 민자건에 대해서는 지난번에도 이야기했다시피 나보다 스무살이나 연상으로, 대범한 인격의 소유자로 존경심을 품지 않을 수 없었습니다. 권력에 굴하지 않는 강직한 성격으로 공자 문하에서도 큰 비중을 차지했고, 부모에 대한 지극한 효행으로도 많은 일화를 남겼습니다. 언제 세상을 떠났는지는 모르겠지만, 꽤 오래 전일 것으로 추측합니다.

염유는 나보다 5년 연상인데 진의 도성에서 처음 대면한 이래로 나를 스스럼없이 대해주었습니다. 참으로 강직한 사람이었습니다. 일을 처리하는 능력이 탁월하여 정치가로서 기대를 모았습니다. 그러나 시절이 어수선하여 그런 뛰어난 재능을 살리지 못한 채 염유 또한 고인

---

37 '선진' 편.

이 되고 말았습니다.

　그리고 지난번 모임 때 또 하나의 질문이 있었습니다. 만일 '공자 문하 10철'을 꼽는다면 누가 될 것인가……. 자로, 안회, 자공은 당연하다고 보고, 이외에 일곱 명을 뽑아보라는 것이었습니다. 정말 어려운 문제가 아닐 수 없습니다. 이 언강이 할 일이 아니라고 생각합니다. 이 일에는 공자 문하 전체를 두루두루 살피는 여러분이 가장 적임자가 아닌가 생각합니다.

　그럼 오늘의 주제로 돌아가기로 합시다. 어느 분이든 자유롭게 새로운 문제를 제기해주시기 바랍니다.

　그럼 오늘 이 모임의 간사로서 한마디 드리겠습니다. 휴식 시간에 오후에 발언할 세 사람이 모여 의논한 결과, 공통된 하나의 주제를 선정해 집중 토론하자는 의견이 나왔습니다. 오늘 우리가 선택한 주제는 '인(仁)'입니다. 공자 사상의 근본이 '인'이라는 점은 누구나 인정하는 바이지만, '인'이란 무엇인가 하고 묻는다면 대답하기가 여간 곤란하지 않습니다. 과연 공자 사상의 근본을 이루는 '인'이란 무엇인지 묻지 않을 수 없습니다.

　그럼 '인'에 대한 언강 선생의 의견을 듣고, 견해를 밝히기 전에 우리 '인 연구회'의 동료들이 과거에 조사한 '공자의 인간적 매력'을 발표하겠습니다. '인'과는 직접 관련이 없을지 모르지만, 실제로 공자를 만난 적이 있는 사람만을 가려 한 사람 한 사람에게 공자의 매력이 무엇인지 물어보았습니다.

- 타인의 슬픔과 고통을 아는 사람.
- 말로는 다할 수 없는 너그러움.
- 늘 올바르고 성실하게 살아가는 자세.
- 나이를 느낄 수 없게 하는 젊음.
- 명석한 두뇌와 방대한 교양.
- 언제 어느 곳에서나 빈틈없이 살아가는 자세.
- 타협을 모르는 강직함.
- 올바르게 살아가는 사람.
- 노력, 오로지 노력으로 일관된 삶.
- 고금을 통해 찾기 힘든 도덕가.
- 같은 잘못을 반복하지 않는 철저함.
- 타인에게는 너그럽게, 자신에게는 엄격하게.
- 모든 것을 받아들이는 바다 같은 포용력.
- 불타는 인간애.
- 위엄은 있으나 거칠지 않는 인간미.
- 마음에 없는 말은 절대로 내뱉지 않는 사람.
- 마지막 숨을 거둘 때까지 세상과 사람을 구하려고 노력한 사람.

공자와 더불어 한 시절을 살아간 사람들의 공자 예찬입니다. 이 조사에 대한 언강 선생의 감상을 부탁드립니다.

멋진 공자 연구입니다. 오랜만에 다양한 공자의 얼굴을 접할 기회를 주셔서 감사합니다. 단 하나, 슬픔에 잠긴 공자의 얼굴이 빠진 것 같습니다. 유랑하는 중에 공자는 딸을 잃거나 아들이 가출한 어머니를 만나면 함께 슬퍼하였습니다. 눈물을 흘릴 때도 있었습니다. 그런 공자를 볼 때마다 나는 공자의 높은 덕을 느끼지 않을 수 없었습니다.

지금에 이르러 공자에 관한 그런 조사는 너무도 귀중합니다. 오늘의 주제가 될 '인' 또한 공자의 그런 인격에서 비롯되었음이 분명합니다.

사소한 조사에 대해 이렇게 칭찬해주시니 몸 둘 바를 모르겠습니다. 이어서 언강 선생의 '인'에 대한 감상, 또는 견해에 대한 이야기를 듣겠습니다.

사실 나는 '인'에 대해 말할 자격이 없는 사람이라고 생각합니다. '인'에 대해서는 진의 도성에서 공자로부터 몇 번 들은 적은 있으나, 부끄럽게도 나 자신의 문제로 이해하지 못하고 지나쳐버린 감이 없지 않습니다. 단, '인'이란 공자를 이해하는 핵심 개념으로, 철인으로서 공자의 위대함과 비범함이 모두 관련되어 있다는 것만은 풍문으로 들어 알고 있습니다.

나는 공자의 묘 옆에서 3년간 복상할 때 매일 밤 자공의 거처에서 공자가 남긴 말을 정리하는 자리에서 '인'이란 말에 관심을 가지기 시작했습니다. 그 모임에서 '인'에 관한 연구가 발표되고 토론이 벌어질 때는 빠지지 않고 참가하였는데, '인'이란 말 자체가 무척 난해한 개념이라 핵심을 찌르지 못하고 주변을 빙글빙글 돌기만 한 감이 없지 않습니다. 그로부터 30년 이상이 흐른 지금도 그때와 별 다를 바 없다는 생각이 듭니다.

그러나 요 몇 년간 '인'이란 무엇인가에 대해 생각하고 또 생각해보았습니다. 전에는 '천'이나 '천명'에 대해 생각했는데, 이제 그 자리를 '인'이 대신하였습니다. 생전의 공자가 남긴 '인'에 대한 말을 떠올리며 이 늙은 머리로 온갖 궁리를 다 한다고 할까요.

"자한에게 이(利)와 인(仁)과 명(命)에 대해 말씀하셨다."[38]

이런 말이 전해지기는 하지만, 공자는 결코 제자들 앞에서 '천명'에 대해서도 '인'에 대해서도 구체적으로 말씀하시지 않았습니다. 이 말의 핵심을 간단히 표현하기란 너무나 어려운 일입니다.

그리고 공자는 '인'에 대해서 상대에 따라 다른 말을 하신 듯합니다. 내가 알고 있는 몇 안 되는 공자의 말들을 떠올려보지만 상대에 따라 각기 달라서 이 언강의 머리로는 도저히 가늠할 수 없습니다.

그런 연유로 '인'에 대해 확실한 대답을 드릴 수 없다는 것을 미리 말씀드립니다. 단, 공자가 생각하는 '인'이란 이런 게 아닐까, 나름의 해석을 전하는 데 그쳐야 할 듯합니다. 그러나 다년간 공자 연구에 종사해온 여러분들 앞에서 밝힐 만한 내용은 아니라고 생각합니다.

우선 어느 분이든 이야기의 실마리를 풀어주시면 고맙겠습니다.

그럼 내가 발언하도록 하겠습니다. 나는 공자연구회의 창립 회원이

---

[38] '자한' 편.

면서 '인연구회'도 주재하고 있는데, 오늘은 모임의 회원들과 함께 이 자리에 참석하게 되었습니다.

　우리는 오후 시간에 언강 선생께 드릴 질문을 마련하였으나 아까 간사님이 지적하신 대로 주제가 다방면으로 흩어질 위험이 있으므로 의논 끝에 질문의 초점을 '인'의 해석 하나에 집약하기로 하였습니다. 첫 질문을 던지겠습니다. 언강 선생의 기억 속에 '인'에 관한 자료가 될 공자의 말씀이 있는지요? 실례가 될지도 모르겠습니다만, 오늘 내가 이 자리에 참석한 주된 목적은 언강 선생에게 이 질문을 하기 위해서입니다.

　우리가 지금까지 수집한 '인'에 관련된 말씀, 그리고 공자의 말씀을 인용한 다른 자료들, 즉 대화 형식의 글 모두가 2차 자료에 지나지 않는다는 생각을 떨칠 수 없습니다. 엄밀하게 말해 공자의 말씀이라는 증거가 없기 때문입니다. 철인으로서 공자의 근본 사상인 '인'에 관해서는 한 점 의구심도 없는 순수한 자료에 근거를 두고 생각해야 할 것입니다. 그런 연유로 만일 언강 선생이 공자로부터 직접 들은 말이 있다면, 또는 공자 문하의 제자들로부터 전해들은 말이나 그에 준하는 확실한 근거가 있다면, 충분히 일급 자료의 역할을 할 수 있을 것입니다. 그런 자료를 근거로 한 연구가 실행되었을 때, 비로소 '인'은 '인'으로서 생명력을 유지할 수 있지 않겠습니까.

　요즘 특히 '인'이 유행병처럼 번져 무슨 일이든 '인'을 강조하는 경향이 있는데, 토대가 될 근본 자료가 과연 신빙성이 있는지 의구심을 떨칠 수 없습니다. 이럴 때는 뭐니뭐니해도 공자의, 자로의, 자공의, 안회의 낙관이라도 찍힌 무언가가 필요하지 않을까요.

그런 점에서 나의 말이 얼마나 신빙성이 있을지 모르겠습니다만, 아는 대로 말씀드리겠습니다.

'인'이란 말을 처음 들은 것은, 내가 공자를 모시게 된 초기, 진의 도성에서 3년째 되던 봄의 일이었습니다. 때로 공자는 진의 젊은 관리들과 마을 사람들을 모아놓고 거처의 한 방에서 예악에 관한 강의도 하셨는데, 의식이나 예법의 기초부터 가르쳤습니다. 나도 가능한 한 빨리 일을 끝내고 강의를 들었는데, 그때의 말씀 가운데 뇌리에 새겨져 오늘날까지 잊혀지지 않는 덕목이 '인'과 '신(信)'입니다.

'仁'이란 글자를 보면 사람 인(人)변에 두 이(二)가 붙었습니다.

부모와 자식 사이건, 주인과 종 사이건, 잘 아는 사람이건 여행에서 만난 미지의 사람이건, 두 사람이 마주하면 반드시 지켜야 할 규범이 생기는 법이다. 다시 말해, 상대방의 입장에 서서 배려하는 마음가짐을 말한다.

공자는 '信'이란 글자에 대해서도 설명하셨습니다.

사람은 거짓말을 해서는 안 된다. 입에서 나오는 말은 반드시 진실해야 한다. 이는 세상을 살아가는 사람 사이의 약속이며 계약이다. 인간이 서로를 믿을 수 있을 때, 비로소 사회질서가 유지될 수 있다. 이처럼 사람의 입에서 나오는 말은 '믿어야' 하고 '믿을 수 있어야' 한다. 그래서 '人'과 '言'이 결합되어 '信'이란 글자가 생겨난 것이다.

아마도 '信'이나 '仁'은 지금으로부터 약 500~600년 전 고도의 문명을 창조한 은시대(기원전 약 1600~1028)에 만들어져 소뼈에 새겨졌을 것입니다.

앞에서도 말했듯이 나 언강의 가계는 은나라 사람의 피를 이어받지 않았나 생각합니다. 그래서 공자의 말씀에 있는 '信'이나 '仁'에 대해 다소 자부심을 느꼈던 것입니다. 그런 연유로 공자로부터 들은 많은 말 가운데 이 '仁'과 '信'에 대한 해설만은 지금도 잊지 않고 가슴 깊이 새겨두었던 것입니다.

그건 그렇고, 나는 공자가 세상을 떠난 후 3년 복상을 할 때 자공의 거처에서 열린 공자연구회에서 '인'에 대해 처음 관심을 가졌다고 말씀드렸습니다. 당연히 며칠 동안 출석자들은 '인'에 대한 견해를 밝혔고, '인'을 모르고서는 공자 문하생으로서 자격이 없다는 식의 분위기가 감돌았습니다.

그래서 나도 '인'의 세례를 받게 된 셈인데, 거기에서 논의되는 '인'은 내가 아는 '인'과는 전혀 다른 듯도 해서 나로서는 도저히 대화에 낄 수 없었습니다. 그러므로 공자연구회 자리에서 비로소 '인'의 세례를 받았고, 동시에 '인'으로부터 멀어졌다고 할 수도 있습니다.

그렇다면 도대체 왜 '인'이란 그리도 어려운 걸까요? 왜 그렇게 어려운 사고 과정을 거쳐야만 하는 것일까요? 공자는 진의 도성에서 이렇게 말씀하셨습니다.

"우리 모두 상대방의 입장에 서서 생각해보아야 할 것이다. 슬픔에 잠긴 사람은 위로해 주고, 외로운 사람에게는 친구가 되어주자. '仁'은 '두 사람'이다. 두 사람 사이에 성립하는 인간의 길이 있다. 배려하는 마음이다. 부모를 만나면 부모를 생각해주고, 여동생을 만나면 여

동생을 생각해주어야 한다. 이웃 아주머니를 만나면 아주머니의 입장에서 생각해주어야 하고, 길에서 낯선 나그네를 만나면 그 사람의 입장에서 배려해주어야 한다."

너무 오래전 일이라 스승 공자가 어떤 말로 표현했는지는 기억하지 못하지만, 공자의 마음에서 솟구쳐 내게 다가오는 따스한 기운만은 여전히 마음속에 고스란히 살아 있습니다.

그런 나에게 늘 힘이 되어주는 정말 고마운 공자의 말씀 하나가 가슴에 새겨져 있습니다. 하루도 잊지 않고 늘 가슴속에 새겨두었던 말입니다.

자공이 "한마디로 평생 지켜 행해야 할 말이 있다면 무엇입니까?" 하고 물으니, 공자께서 "그것은 서(恕)이다. 내가 하기 싫은 일을 남에게 시켜서는 안 된다"라고 말씀하셨습니다.[39]

여기에는 46년 전, 진의 도성에서 '仁'이란 글자를 해설할 때의 공자의 목소리가 오롯이 담겨 있습니다. 진의 도성에서 '상대의 입장에 서서 배려하라'는 말씀을 하셨는데, 여기서는 '서(恕)'가 그 말을 대신합니다.

이는 자공이 묻고 공자가 대답한 것이므로 출처가 확실하며, 비록 '仁'이란 글자는 나오지 않지만, '仁'에 대해 이보다 더 훌륭한 해설은 없다고 나는 생각합니다. 그리고 또 하나, '교언영색(巧言令色)'이란 말이 기억납니다. 이는 너무도 유명하여, 여러분 가운데서도 모르는 사

---

39 '위령공' 편.

람이 없을 줄 믿습니다. 그러므로 공자의 말씀임에 틀림없습니다. 이 또한 '인'을 생각하는 데 없어서는 안 될 일급 자료라고 믿습니다.

"교언영색 선의인(巧言令色 鮮矣仁 : 꾸며 하는 말과 아름답게 꾸미는 얼굴에는 인이 적다)."[40]

이런 말을 할 때의 공자의 표정이 지금도 눈에 선합니다. 이 말은 상대의 말을 이리저리 머리를 굴려 생각하지 말고 있는 그대로 솔직히 받아들이라는 뜻이 아니겠습니까. 교언영색하는 사람에게서 진정한 상냥함이나 '인'을 찾기는 어려울 것입니다. 다시 말해, '인'이 몸에 밴 사람은 교언영색하는 사람일 수 없다는 것입니다.

또 하나, 이런 말도 있습니다.

"인자(仁者)만이 사람을 좋아할 수 있고, 또 사람을 미워할 수 있다."[41]

이는 인의 덕을 갖춘 사람만이 좋아할 사람을 좋아하고 미워할 사람을 미워할 수 있다는 뜻일 것입니다. 나도 모르게 가슴에 깊이 새긴 공자의 말씀인데, 자공으로부터 전해들은 것 같습니다.

곰곰 생각해보면, 공자의 말씀은 하나도 틀린 데가 없습니다. 언제나 상대의 입장에 서서 생각하고 배려하는 것을 삶의 기본으로 삼는 '인'의 인간이라면 좋아할 사람, 미워할 사람을 뚜렷이 구분할 수 있을 것이기 때문입니다.

---

40 '양화' 편.
41 '이인(里仁)' 편.

3

공자가 남긴 '인'에 관한 세 가지 말에 대해 나의 감상을 말씀드리고 잠시 휴식을 취했습니다.

"그것은 서(恕)이다. 내가 하기 싫은 일을 남에게 시켜서는 안 된다."

"꾸며 하는 말과 아름답게 꾸미는 얼굴에는 인(仁)이 적다."

"인자(仁者)만이 사람을 좋아할 수 있고, 또 사람을 미워할 수 있다."

진솔한 마음가짐으로 마주하면, 이 세 구절로 공자가 무슨 말을 하려는지 금방 알 수 있을 것입니다. 이 언강이 이해했다고 생각하는 '인'에 관련된 말씀은 이 정도입니다.

방금 휴식 시간이 문득 생각난 것인데, 정확히 알건 모르건 언젠가부터 내 마음에 새겨져 지워지지 않은 채 남은 '인'에 관련된 말씀 가운데 몇 가지를 더 들 수 있을 듯합니다. 생각나는 대로 말씀드립니다.

"강의목눌근인(剛毅木訥近仁: 강인하고 과감하고 질박하면 인에 가깝다)."[42]

언제 어떤 자리에서 들어 내 기억에 남아 있는지 모를 공자의 말씀인데, 방금 든 '교언영색'이 정면으로 '인'을 논했다면, '강의목눌'은 그 이면에서 논했다 할 수 있을 것입니다.

이 '강의목눌'은 剛, 毅, 木, 訥로 한 자씩 읽어야 할지, 아니면 剛毅, 木訥로 두 자씩 읽어야 하는지, 나로서는 판단하기가 어렵습니다. 어

---

[42] '자로' 편.

쨌든 그러한 성격의 사람은 교언영색하는 사람과 정반대라는 사실만
은 분명하다 할 것입니다. 그런 사람을 '인인(仁人)'이라 할 수는 없다
하더라도 '인'에 가까운 사람으로 공자가 인정한다는 사실만은 분명
합니다.

"인은 멀리 있지 않다. 내가 원하면 인이 다가오는 법이다."[43]

이 또한 공자의 말씀으로, '인'은 결코 우리와 멀리 떨어져 있지 않
다. 자신이 '인'을 행하려 애쓴다면, '인'은 바로 곁에 있다. 그런 의미
일 것입니다. 이런 공자의 말씀이 내 머릿속에 들어와 오늘에 이르기
까지 결코 지워지지 않습니다. 나는 때로 이런 공자의 말씀을 암송하
곤 합니다. 마음이 울적하고 나약해질 때는 늘 힘이 되어주는 공자의
말씀입니다. 마을 사람에 대해서도, 낯선 나그네에 대해서도 상냥하
고 너그럽게 그 사람들의 입장에서 대하려는 마음이 바로 인이 아닐
까 합니다.

분명히 '인'은 손이 닿는 곳에 있습니다. 인은 결코 멀리 있지 않습
니다. 이 공자의 말씀 또한 언제 누구에게 들었는지 모르겠습니다. 그
러나 짧은 어구이지만 너무도 공자다운, 핵심을 찌르는 날카로운 말
씀이라 하지 않을 수 없습니다.

"인은 멀리 있지 않다. 내가 원하면 인이 다가오는 법이다."[44]

공자 외에 누가 이렇게 아름답고 격렬한 말을 할 수 있단 말입니까.
"사람이 인을 모르면 예(禮)가 무슨 소용이고, 악(樂)이 무슨 소용이

---

[43] '술이' 편.
[44] '술이' 편.

더란 말이냐."⁴⁵

    여기에 '자왈(子曰)'이 있건 없건, 틀림없는 공자의 말씀입니다. '인'이 없으면 '예'를 배워봐야 아무 소용이 없다, 쓸데없는 일이다. '악(樂)' 또한 마찬가지이다. '인'이 없으면 '악'을 배워도 아무 소용이 없는 것이다. 격조 높고 당당한 울림이 전해 옵니다. 공자의 말씀이 아닐 리가 없습니다.

    지금까지 이 언강도 이해할 수 있는 '인'에 관련된 말씀을 찾아보았는데, 문제는 이런 '인'만 있는 것이 아니라는 점입니다. 공자의 말씀 중에는 이 언강으로서는 도저히 이해하기 힘든 '인'도 있습니다. 물론 그런 경우에도 공자는 분명 '인'에 대해 말했지만, 아무래도 그 '인'은 나의 이해 범위를 넘어서는 듯합니다.

    그렇다면 공자가 말하는 '인' 가운데는 큰 '인'과 작은 '인'이 있지 않겠는가 하는 생각도 해봅니다. 나로서는 그런 두 가지 '인'을 구별하기가 힘든데, 공자는 상대에 따라 어느 한쪽의 '인'을 내세워 설명도 달리했던 것 같습니다.

    나처럼 세상에 나서지 않고 이런 산골에 묻혀 사는 사람에게는 상대방을 배려하는 따스한 마음이 바로 인이라고 설명해주었습니다. 나처럼 이름도 없는 서민으로서 일생을 살아가는 사람에게는 서로를 위해주는 따스한 마음이 무엇보다 소중하지 않겠습니까. 그렇게 서로를

---

45 '팔일' 편.

위해줌으로써 이런 난세에 태어나 어렵게 살아가는 몸이지만, 그래도 이 세상에 태어나 참 좋았다는 생각을 하게 되는 것이지요.

이런 우리와는 달리, 이 세상을, 이 시대를 이끌어가는 입장에 선 사람에게는 전혀 다른 방식으로 말씀하셨던 듯합니다.

"지사(志士)와 인인(仁人)은 살기 위해 인을 해치지 않는다. 오히려 죽음으로 인을 이룬다."[46]

이런 말씀을 들은 적이 있습니다. 공자의 묘 옆에서 3년 복상을 할 때, 자공의 숙소에서 밤을 세워 이 말씀을 논의하는 자리에서 들었던 것으로 기억합니다.

당시 나는 공자를 잃은 슬픔에 젖어 공자가 남긴 말씀을 정리하는 작업과는 무관한 입장에 있었지만, 이런 공자의 말씀만은 가슴 깊은 곳에 새겨져 요즘 들어 문득 떠오르곤 합니다.

'인'을 이루려는 사람, '인'을 생활신조로 삼는 사람들은 목숨을 버리는 한이 있어도 결코 '인'을 희생하지 않는다. 오히려 '인'을 완성하기 위해서 죽음도 두려워하지 않는다. 필요하다면 언제든 목숨을 버릴 각오가 되어 있다. 이런 의미가 아닐까 합니다. 내가 생각하는, 상대방의 입장에 서서 따스한 마음으로 배려하는 '인'과는 달리, 사느냐 죽느냐는 문제와 관련된 '인'이 있는 것입니다.

여기에 이르면 내가 생각하는 '인'과는 근본적으로 다른 '인'이라 하지 않을 수 없습니다. '지사(志士)', '인인(仁人)'이라 불리는 사람들은 살

---

46 '위령공' 편.

기 위해서 '인'의 길을 버리지 않으며, 오히려 인을 이루기 위해 필요하다면 언제든 죽음을 선택할 수 있다는, 무서울 정도로 엄격한 '인'의 세계에서 살아갑니다. 나 같은 사람으로서는 감히 상상도 할 수 없습니다. 아마도 '인'이란 같은 말로 표현되기는 하나, 그것이 끌어안은 세계는 근본적으로 다른 듯합니다.

하나는 우리 같은 서민이 따스한 마음으로 서로를 위하며 살아가는 길을 가리키고, 또 하나는 이 난세에 평화를 가져다주고 모든 불행을 구원할 근본적인 힘을, 그야말로 이 시대를 이끌 만한 인재들에게 설한 것이라 할 수 있습니다. 시대를 움직일 수 있는 입장에 선 사람이란 위로는 나라를 다스리는 군주에서 아래로는 작은 마을의 관리에 이르기까지 다양한 계층을 모두 일컫는다 할 것입니다. 공자는 그런 사람들의 처지에 맞게 말을 가려 설하셨습니다.

하지만 세상을 지탱하는 '큰 인'이건 상대의 입장에 서서 따스하게 배려하는 나 같은 사람의 '작은 인'이건 핵심은 아마도 인간에 대한 사랑이며, 인간이라면 누구나 가져야 할 진실한 마음이라고 생각합니다. 그런 의미에서 공자는 모든 사람이 살아가면서 반드시 지녀야 할 진실한 마음을 '인'으로 표현했을 것입니다.

그럼 '인'에 대한 이야기는 이것으로 마칠까 합니다. 요 몇 년 동안 깊은 밤에 이 오막살이의 난롯가에 홀로 앉아 '인'에 대해 이런저런 생각을 해보았습니다. 그런 나의 보잘것없는 사색의 결실을 있는 그대로 말씀드렸습니다. 이로써 나의 사소한 '인'에 대한 이야기를 끝내고 여러분의 이야기를 듣겠습니다.

그럼 간사로서 한 말씀드리겠습니다. '인'에 관한 공자의 말씀을 들려주시고 자세한 해설까지 해주신 데 감사드립니다. 이곳을 찾은 사람들을 대표하여 언강 선생께 진심으로 감사드리는 바입니다.
　이제 우리 회원들의 발언을 듣겠습니다. 아까 말씀드린 대로, 오늘의 주제는 '인' 하나로 통일하기로 했는데, 과연 생각대로 될지 잘 모르겠습니다. 일단 정해진 순서에 따라 이야기를 계속해 나가겠습니다.

　나는 공자연구회의 일원이며, '인연구회'라는 작은 모임에도 참가하고 있습니다. 언강 선생의 말씀은 우리들의 연구 조사 활동에 결정적인 점을 시사했다는 점에서, 오늘 이 자리는 '인연구회'에 특별한 의미가 있다고 해야 할 것입니다.
　오늘 언강 선생께서 예로 든 '인'에 관한 공자의 말씀은 우리가 수집한 자료에도 포함되어 있습니다. 그러나 수집만 되어 있었을 뿐, 과연 공자의 말씀인지 확신할 수 없었습니다. 우리들 가운데 그것을 판별한 자격을 갖춘 사람이 없기 때문입니다. 따라서 우리가 수집한 자료가 공자의 말씀임을 보장할 일종의 보조 자료가 필요한데, 이런 자료는 영원히 구할 수 없을지도 모릅니다. 공자와 직접 접했던 사람은 이 노의 땅에 언강 선생 말고 아무도 없기 때문입니다. 그런 의미에서 우리에게 오늘 이 자리는 실로 특별하다 하지 않을 수 없습니다. 언강 선생께서 들려주신 '인'에 관한 공자의 말씀은 있는 그대로 믿어도 좋으리라 생각합니다.
　지금까지 우리가 모은 자료가 과연 공자의 말씀인지 아닌지 판별도 되지 않은 채 잠들어 있었는데 이번에 언강 선생의 증언으로 인하여 비로소 공자의 말씀으로 새로운 생명을 얻었습니다. 따라서 오늘 다룬 공자의 말씀은 지금부터 우리 연구회에서 특별한 의미를 가질 것입니다.

그러면 공자의 말씀 일곱 가지를 정리해보겠습니다.

"꾸며 하는 말과 아름답게 꾸미는 얼굴에는 인(仁)이 적다."

"인자(仁者)만이 사람을 좋아할 수 있고, 또 사람을 미워할 수 있다."

"강인하고 과감하고 질박하면 인에 가깝다."

"인은 멀리 있지 않다. 내가 원하면 인이 다가오는 법이다."

"사람이 인을 모르면 예(禮)가 무슨 소용이고, 악(樂)이 무슨 소용이더란 말이냐."

"지사(志士)와 인인(仁人)은 살기 위해 인을 해치지 않는다. 오히려 죽음으로 인을 이룬다."

마지막으로 또 한 가지,

"그것은 서(恕)이다. 내가 하기 싫은 일을 남에게 시켜서는 안 된다."

덧붙여 꼭 언강 선생의 가르침을 받고 싶은 사안이 하나 있습니다. 노의 도성에 있는 공자연구회를 통하여 다른 날을 잡아서 부탁드려야 하겠지만, 오늘 이 자리에서는 요점만을 간단히 전하겠습니다.

다름 아닌 우리 '인연구회'가 오늘날까지 수집한 '인' 관련 자료, 즉 공자의 말씀이나 문하생의 말씀, 대화, 좌담 형태의 자료 모두를 한번 읽어주십사 하는 것입니다. 매우 죄송스런 부탁입니다만, '인' 관련 자료는 이 세상이 아무리 넓다 한들 언강 선생이 아니면 누가 진위를 판별할 수 있겠습니까.

그럼 나의 발언은 여기서 그치기로 하겠습니다. 지금도 꿈을 꾸는 듯해서 앞뒤가 안 맞는 이야기를 한 것이나 아닌지 걱정스럽습니다. 그럼 다음 분에게 발언권을 넘기겠습니다.

그럼 다음 분, 가능하면 간단히 부탁드립니다.

나 또한 '공자연구회'의 창립 회원이고, 앞서 발언하신 분과 마찬가지로 '인연구회'에도 소속되어 있습니다. 나는 '지(知)와 인'을 연구하면서 별다른 성과도 내놓지 못하는 실정입니다만, 언강 선생을 모신 이런 귀중한 자리에 출석한 것을 계기로 인사말을 대신하여 간단히 의견을 피력할까 합니다.

먼저 언강 선생의 말씀을 듣고 감탄하지 않을 수 없었습니다. 선생은 공자의 말씀인지 아닌지를 판정하는 데 있어서, 공자의 말씀이라면 반드시 갖추어야 할 공자 특유의 격렬함, 아름다움, 당당한 울림, 팽팽한 긴장감을 들었습니다. 이야기를 들으면서 뭔지 모를 상쾌함을 느꼈습니다. 아마도 언강 선생이 아니고서는 아무도 할 수 없는 판정법일 것입니다. 그러나 애석하게도 언강 선생 외에는 통용되지 않는 판정법이라는 점이 문제가 아닌가 합니다.

어느덧 공자가 세상을 떠난 지 30여 년, 수많은 공자의 말씀, 대화, 좌담의 단편이 개인이나 연구회에 의해 수집되고, 또 앞으로도 수집될 것입니다. 그 속에는 진정한 공자의 말씀도 있는가 하면, 누구의 말인지 모를 말씀도 있을 것입니다. 나는 이러한 공자연구회의 실상에 대해 앞서 발언하신 분처럼 그리 비관적으로 생각지는 않습니다. 사실 공자의 말씀만을 가려 모으기란 불가능한 일일지도 모릅니다. 당연히 여러 가지 찌꺼기가 섞이게 마련일 것입니다. 그러나 탁한 물도 오래 흐르다 보면 깨끗해지듯 공자의 말씀도 언젠가는 순수한 결정체로 남을 것입니다. 이상으로 인사를 대신하여 공자연구회의 일원으로서 나의 의견을 밝혔습니다. 그리고 이번 기회에 나의 '지와 인'의 연구 조사에 대해서, 또는 연구의 현 상황에 대해 간단히 말씀드릴까 합니다.

연구니 조사니, 꽤 거창하게 말씀드렸지만, 우리 모임에서 편의상 사용하는 말이므로 흘려 들으시면 좋겠습니다. 내가 '인'과 '지'와 관련된 공자의 말씀에 관심을 품고, 자료를 모으고 연구 조사를 해보자는 생각을 한 것은 십 년 전의 일입니다. 마침 그때, 우리들 사이에서는 공자의 이런 말이 유행했습니다.

"지자요수(知者樂水) 인자요산(仁者樂山) 지자동(知者動) 인자정(仁者靜) 지자낙(知者樂) 인자수(仁者壽). 지자는 물을 좋아하고, 인자는 산을 좋아한다. 지자는 동적이고, 인자는 정적이며, 지자는 즐거워하고, 인자는 오래 산다."[47]

유명한 공자의 말씀인데, 여러 모임에서 참으로 어려운 주제를 많이 담고 있는 이 아름다운 말씀을 토론의 주제로 삼곤 했습니다. 나는

---

47 '옹야' 편.

공자가 이런 말씀을 한 이상, '지'와 '인', 또는 '지자'와 '인자'를 비교하면서 차이점을 설한 다른 말씀이 있으리라 믿었습니다. 반드시 있을 거라고 생각했지요. 그런 공자의 말씀을 모아서 평생의 연구 과제로 삼겠다는 뜻을 어떤 모임에서 밝혔습니다. 젊은 혈기로 그랬던 것이지요.

그로부터 오늘날까지 '인'과 '인자', '지'와 '지자'에 목을 걸고 그럴듯한 연구 결과 하나 내놓지도 못한 채 10년 세월을 이리저리 뛰어다니기만 했습니다. 사람들은 그런 나를 보고 '인자 미치광이', '지자 미치광이'라고 손가락질을 하기도 하였습니다.

이런 현실이지만, 10년 동안의 노력이 전혀 결실이 없었던 것은 아닙니다. 몇 가지 자료를 손에 넣었던 것이지요. 그 자료를 이 자리에서 발표할 생각입니다. 언강 선생은 물론이고 이 자리에 참석한 다른 분들도 들어보시고 평을 해주셨으면 고맙겠습니다. 가만 앉아서 공자 말씀을 주워듣는 것이 아니라 말씀의 파편을 찾아다니는 작업의 어려움과 보람을 실감해보시기 바랍니다.

자료가 어디에 있다는 보장도 없습니다. 단지 공자가 '지'와 '인', 또는 '지자'와 '인자'를 비교하면서 공자다운 명쾌한 어조로 논한 말씀이 있다는 것만은 분명한 사실입니다. 아마 한둘이 아닐 것입니다.

자료 수집 활동을 벌인 지 2년째였던가요, 번지(樊遲)라는 공자의 직전 제자를 만나게 되었습니다. 물론 그분은 이미 고인이 되셨습니다. 노나라 출신이라고도 하고 제나라 출신이라고도 하는데, 출생은 물론이고 현인인지 우인 중의 우인인지도 분명치 않습니다. 번은 성이고 이름은 수(須), 자는 자지(子遲). 공자가 늘 타고 다니시던 마차의 마부였다고도 하는데, 우연히 마차를 몰았는지, 아니면 원래가 마부였는지도 불확실합니다. 나이는 공자보다 서른여섯 살 어리다고도 하고, 마흔여섯 살 어리다고도 합니다.

이 번지라는 인물은 무슨 일이건 공자에게 물어서 대답을 듣는 것을 낙으로 삼는 사람이었습니다. 몇 사람으로부터 그런 인물평을 들은 적이 있습니다. 그래서 번지라는 인물 주변을 조사한 지 3년째, 공자와 번지가 주고받은 '지와 인'에 관련된 문답이 그 사람이 근무하던 관청 부근에서 발견되었습니다.

관청이 있는 지역에서는 공자와 번지의 문답이 이미 유명한 이야깃거리였는데, 제가 바로 이를 노의 도성에서 활동 중인 공자연구회에서 발표하여 분명한 공자의 말씀으로 자리매김했던 것입니다.

번지가 지(知)를 물으니, 공자께서 "사람이 지켜야 할 의(義)에 힘쓰고, 귀신을 공경하면서도 멀리 하면 지혜롭다 할 수 있다" 하셨다. '인(仁)'을 물으니, "인이란 어려운 것을 먼저하고 보답을 뒤로 미루는 것으로서, 그래야 인이라 할 수 있다" 하셨다.[48]

이 말을 쉽게 설명하면 이렇게 될 것입니다.

번지가, 지자(知者)라는 사람이 인민을 다스릴 때 어떤 방법을 취해

---

48 '옹야' 편.

야 하는지 물었다. 공자는 이렇게 말씀하셨다. 인민이 정의로 삼는 것을 존중하고 귀신이나 신앙에 관련된 문제에는 깊이 관여하지 말고 멀리 해야 한다. 이것이 바로 지자가 천하를 다스리는 태도이다. 다음으로 인자의 경우는 어떠한지 번지가 물었다. 공자는 이렇게 말씀하셨다. 인자는 남들이 가장 어려워하는 문제를 가장 먼저 실천하나, 보답이나 이익은 결코 생각지 않는다.

  이 말을 처음 발표했을 때는 정말 대단했습니다. 그날 모임을 경계로 하여, '귀신을 공경하면서도 멀리 한다'라는 구절은 공자의 많은 말씀 가운데서도 사람들이 가장 즐겨 암송하는 구절이 되었습니다.
  아마도 나는 그날 발표 이후에 역할을 다한 것으로 보고 뒤로 물러났어야 했는지도 모릅니다. 많은 사람이 공자의 말씀을 발굴하여 중앙의 공자연구회에 보고하고 발표하여 공인받기도 하였는데, 내가 발굴한 '귀신을 공경하면서도 멀리 한다'라는 말씀은 천지를 뒤흔들 만큼 큰 충격을 던졌다고 합니다. 그 정도로 사람들을 놀라게 한 말씀이었던 것입니다.
  '귀신을 공경하면서도 멀리한다'라는 말씀을 발표한 후로 중앙이나 지방의 여러 사람들로부터 공자의 '지'와 '인', 또는 '지자'와 '인자'에 관한 말씀이 있다는 연락이 들어왔지만 일급 자료와 만날 기회는 거의 없었습니다. 거기에다 공자의 말씀이라는 자료들이 과연 진실한지 아닌지, 원래 구전이라 판단하기도 힘들었습니다.
  그러나 그런 연락이 들어올 때마다 나는 아무리 먼 곳이라도 찾아가서 직접 조사했습니다. 공자 만년의 제자들 대부분은 지방으로 흩어졌기 때문에 요 몇 년 동안 사방으로 여행을 다녔습니다.

이런 생활이 10년 동안 이어졌는데, 그사이 '지'와 '인'에 관련된 일급 자료라 할 수 있는 세 가지를 입수하여 공자연구회에서 인정받기에 이르렀습니다. 세 가지 자료 가운데 두 군데에 번지가 등장합니다. 그러나 처음 발굴된 자료가 너무도 화려하고 대단해서 나머지 두 가지는 그리 주목받지 못하는 실정입니다.

그렇다 하더라도 두 가지 자료 또한 일급 자료로서 결코 부끄럽지 않은 내용을 담고 있습니다.

"번지가 인과 지를 물으니 공자 말씀하시기를, '인은 사람을 사랑하는 것이고, 지는 사람을 아는 것이다' 하고 말씀하셨다."[49]

이런 짧은 말씀입니다. 그다음에 공자의 말씀이 이어지고, 자하가 등장하며 거기에 대한 설명이 따르는데 현재로서는 이 부분까지 자료로 삼을지, 아니면 제외할지 결정을 내리지 못하였습니다. 그래서 이 자리에서는 '사람을 사랑한다', '사람을 안다'라는 짧지만 비수보다 날카로운 말씀만을 다루겠습니다. 그리고 최근의 일인데, 또 하나의 번지 관련 자료가 입수되었기에 여기서 소개하겠습니다.

번지가 '인'을 물으니 공자께서 말씀하기를, "일상생활에서 공손하며, 일을 할 때는 신중하며, 사람을 사귈 때는 충정을 다해야 한다. 이것은 설령 야만인이 사는 곳에 가서도 버려서는 안 된다"라고 하

---

49 '안연(顔淵)' 편.

셨다.[50]

  나는 이 말씀을 처음 대하는 순간 솟구치는 눈물을 주체할 수 없었습니다. 공자는 아마도 관직에 막 등용되어 지방으로 부임하는 사랑하는 제자에게 입이 닳도록 '인'을 설하고, 그것을 이해하지 못하는 제자에게 관리로서 반드시 지켜야 할 '인'의 요체를 힘주어 부연 설명한 것입니다. 그런 공자의 모습에서 진정으로 사람을 사랑하는 '인'이 가득한 마음을 읽을 수 있습니다.

4

  오늘은 바람이 불어와 참으로 여름 치고는 시원하고 쾌청한 날씨입니다. 비록 낮이 길다 하지만 이렇게 이야기에 열중하다 보면 어느새 저녁 어스름이 질 것입니다. '인'이라는 어려운 문제를 다루었지만, 언강 선생이 시종일관 자리를 지켜주셔서 정말 충실한 시간이었습니다.
  '인'에 대한 이야기는 이것으로 끝을 맺고, 아직 시간이 남았으니 아까 '일화 연구회' 회원 한 분의 희망에 따라 발언권을 드리겠습니다.

  발언할 기회를 주셔서 감사합니다. 우리 모임의 회원 열 명은 공자의 일화, 즉 공자가 일상생활에서 보여준 자세, 공자의 독창적인 사고방식이 엿보이는 주변 이야기를 수집하는 활동을 합니다. 우리 모임의

---

50 '자로' 편.

정식 명칭은 '공자 일화의 수집과 연구 모임'입니다. 공자의 사상에 대해서는 여기 계신 분들에게 맡기고 우리는 오로지 인간미 넘치는 공자에 관련된 일화만을 모읍니다.

열 명 정도의 회원이라고 말씀드렸지만, 노의 도성에서 활동하는 사람만 그렇고 우리 일을 도와주는 지방의 협조자까지 넣으면 세 배는 많을 것입니다. 또한 노나라뿐 아니라 공자가 유랑했던 중원의 다른 나라에도 눈을 돌려보긴 했으나 전란 통에 그쪽 사람들과 연락이 잘 닿지 않습니다.

창립 이래 우리 모임은 일관되게 공자의 일화를 모아 그 속에 흐르는 공자의 인간적 면모나 비범한 철인의 모습을 가려내 이해하려고 노력해왔습니다. 그러나 우리가 수집한 일화는 다른 사람과 나누는 대화도 아니고, 보조 인물이 등장하지도 않습니다. 그런 점에서 공자의 말씀을 연구 대상으로 삼는 여러분의 경우와는 많이 다르다 해야 할 것입니다. 여러분이 연구하는 공자 말씀은 언제 누구와 어떤 대화를 나누었고 어떤 상황에서 나온 말인지 명확히 드러납니다.

또한 공자의 말씀이 공자의 말씀이 되기 위해서는 자로나 자공, 안회 같은 문하생이 질문자나 청중으로 등장하여 칭찬받기도 하고 때로는 질책을 듣는 역할을 해야 합니다. 그에 비한다면 공자의 '일화'는 이야기의 구성도 약하고 박력도 없습니다.

처음 언강 선생을 중심으로 모였을 때 우리에게 중요한 의미가 있는 사건이 일어났습니다. 우리가 수집한 "나를 따라 진과 채에 갔던 사람들은 모두 관직에 오르지 못했다"라는 공자의 말씀을 전했을 때 언강 선생께서는 정말 기뻐하셨는데, 우리에게는 정말 큰 사건이라 하지 않을 수 없었습니다.

　우리는 말씀만 수집했을 뿐, 도대체 공자가 누구에게 왜 그런 말을 했는지, 또 몇 사람이나 들었는지조차 몰랐습니다. 공자의 말씀으로 추정되는 짧은 말 한마디가 있었을 뿐입니다. 틀림없는 공자의 말씀이라는 것을 입증해줄 사람도 없었습니다. 수집할 당시는 대단히 중요한 자료라고 생각했지만, 그것을 어떻게 증명해야 할지 막연하기 짝이 없었습니다.

　그런 상태에서 이 모임에 참가하였는데, 언강 선생께서 지난날 공자와 함께했던 고난에 찬 진·채 유랑 이야기를 해주셨습니다. 그 이야기가 끝나고 우리가 수집한 공자의 말씀을 전했을 때, 언강 선생은 이는 분명한 공자의 말씀이며, 진과 채를 함께 유랑했던 제자들에 대한 정이 듬뿍 담긴 감동적인 말씀이라고 몇 번이고 암송하셨던 것입니다. 우리 연구 모임이 시작된 이후로 처음 겪는 하나의 사건이었다 할 수 있습니다.

　이 언강이 한 말씀 드릴 차례인 듯합니다. 지금 나에게 가장 소중한 공자의 말씀 한마디를 들라 한다면 '일화연구회' 여러분이 발굴한, "나를 따라 진과 채에 갔던 사람들은 모두 관직에 오르지 못했다"일 것입니다. 그때 내가 공자를 모시고 진과 채를 유랑한 이야기를 하자, 오늘도 여기 참석하신 '일화연구회' 여러분이 그런 공자의 말씀을 수집하였다고 소개해주셨습니다.

그후로 이 말은 제자에 대한 사랑이 듬뿍 담긴 공자의 소중한 말로 가슴 깊이 새겨졌습니다. 안회도 자로도 세상을 떠난 후 말년의 공자가 지난날의 고생스럽던 진과 채의 유랑 때를 돌이켜보시고, 당시 고난을 함께했던 제자들은 한결같이 출세와는 거리가 멀었고 모두 고생만하다가 세상을 떠나고 말았다고 토로하는, 안타깝고 그리운 마음을 담은 말씀이라고 해야 할 것입니다.

이런 말을 하는 지금도 외로움에 젖은 공자의 얼굴이 떠오르고 따스한 마음이 전해져 옵니다. 나는 이 말씀을 암송할 때마다, 아, 공자를 모시고 진과 채나라를 유랑했던 시절이 정말 좋았다는 생각을 합니다. 공자와 함께했기에 그리도 따스한 공자의 마음을 접할 수 있지 않았느냐는 행복한 기분에 잠기는 것입니다.

나 언강 또한 진과 채의 유랑을 함께했던 문하생이라 감히 생각합니다. 그렇게 따스한 마음을 품었던 공자, 안회, 자로, 자공이 어떻게 이 언강만을 빼놓겠습니까. 아마도 이 공자의 말씀은 공자를 곁에서 모시던 한 제자가 듣고 감동하여 가슴에 새겨두었다가 어떤 경로를 거쳤는지는 모르겠지만 여러분의 귀에까지 전해졌을 것입니다.

말씀하신 대로, 공자와 함께 진과 채의 들판을 방황하던 제자들은 관직에 나아가지 않았지만 공자와 함께하는 것만으로 흡족한 삶을 살아간 행복한 사람들이 아니겠습니까. 지금은 자로, 자공, 안회도 세상을 떠나고 언강만이 홀로 이 깊은 산골 마을에 남았습니다. 진과 채의 들판을 함께 방황했던 그 세 사람에게 공자의 이 말씀을 전해줄 수 없어 너무도 안타깝습니다.

다시 언강 선생을 괴롭혀야 할 일이 있습니다. 우리 연구회가 수집한 자료에는 공자의 말씀 몇 구절이 있어서 이 자리를 빌려 밝힐 생각입니다만, 언강 선생의 의견을 듣고 싶습니다.

"공자는 위의 내란 소식을 듣고, 자고는 돌아오겠지만 자로는 죽을 것이라고 하셨다."

이런 구절이 있습니다. 물론 공자의 말씀대로 되었습니다. 자고는 내란에 빠진 위나라를 무사히 빠져나왔지만, 자로는 자신이 모시던 위의 대부 공리를 위해 적진 깊숙이 들어가 싸우다 관끈이 끊어지자, 군자는 죽을 때도 관을 버리지 않는다 하며 관끈을 고쳐 매고 예순세 살을 일기로 세상을 떠났습니다. 공자의 예견대로 되었던 것입니다.

방금 예시한 공자 말씀대로 '시(柴 : 자고)'는 살아서 돌아오고 '유(由 : 자로)'는 위에서 목숨을 잃고 말았습니다. 시와 유의 성격을 잘 아는 공자의 판단을 기록한 말인데, 실제로 공자는 유가 죽으리라는 불길한 말을 직접 입 밖으로 내지는 않았을 것입니다. 그런 말 한마디에도 매우 조심스러워 하는 성격이기 때문입니다.

이렇게 볼 때 이는 공자의 말씀이라기보다는 누군가 사건 후에 만들어낸 재미있는 이야기가 아닐까 합니다. 공자의 마음속까지 비추어 내는 아주 잘 만들어진 이야기이지만, 공자 자신의 말씀이라고 보기는 좀 어렵지 않을까 합니다.

정말 감사합니다. 공자의 말씀은 아니지만 공자의 마음을 아주 잘 비추어내는 말씀으로 받아들이겠습니다. 다음으로 이런 말씀이 있습니다.

"계강자가 약을 내리자 엎드려 절하며 받으시며, '저는 어떤 약인지 모르므로 맛을 볼 수 없습니다'라고 하셨다."[51]

너무도 공자다운 모습이 그대로 드러나는 일화인데, 아마도 곁에서 지켜보았던 사람이 간단명료하게 정리한 모양입니다. 공자 특유의 분위기가 풍깁니다. 이는 공자 말년에 실제로 있었던 일로 보이며, 스스로 판단할 수 없는 약은 누가 보냈건 결코 입으로 가져가지 않는 냉철한 자세를 보여주는 일화입니다. 범인이 흉내 낼 수 없는 공자의 엄격한 태도이며, 실로 감동적인 이야기입니다.

감사합니다. 그럼 이 일화는 실제로 있었던 일로 정리하겠습니다.
그리고 이런 문장도 있습니다.
"아름답구나, 저 도도하게 흐르는 강물이여! 내가 이 강을 건너지 못하게 되었으니, 이 또한 천명이로구나!"
이는 공자가 황하 강변에서 실제로 느꼈던 감정임에 틀림없을 것입니다. 이 문장을 암송할 때마다 내 가슴에도 감동의 물결이 이는 듯합니다. 그런데 공자는 언제 어디서 어떤 지경에 처하여 이런 말씀을 하셨는지, 우리로서는 도저히 가늠할 수 없습니다.

---

51 '향당(鄕黨)'편.

"아름답구나, 저 도도하게 흐르는 강물이여! 내가 이 강을 건너지 못하게 되었으니, 이 또한 천명이로구나!"

정말 아름답고도 슬픈 공자의 말씀입니다. 오랜만에 이 말씀을 접하니 가슴이 시원하게 씻겨 나가는 것 같습니다.

내가 처음으로 공자 일행에 합류했을 즈음, 그러니까 50년 전의 일입니다만, 당시 발랄한 젊은이였던 자공에게서 몇 번이나 들었던 말씀입니다. 공자는 진의 도성에 들어가기 전에 위의 도성에서 4년을 머물렀는데, 그때 진(晉)의 위정자를 만나기 위해 황하를 건너려 하였습니다. 그러나 황하의 나루터로 나갔을 때, 진의 정정이 불안하다는 소식을 접하고 황하를 건너지 않기로 하였던 것입니다.

"아름답구나, 저 도도하게 흐르는 강물이여! 내가 이 강을 건너지 못하게 되었으니, 이 또한 천명이로구나!"

그 순간에 터져 나온 공자의 감회입니다.

정말 감사합니다. 덕분에 일급 자료를 또 하나 얻게 되었습니다. 언강, 자공, 두 선생이 증명하는 일급 자료라 하겠습니다.

또 한 가지, 언강 선생의 감정이 필요한 자료가 있습니다.

"공자께서 제나라에 계실 때 소(韶)라는 음악을 들으시고 석 달이나 고기 맛을 잊으시고는 '음악이 이 경지에까지 이르렀을 줄은 생각지도 못했다' 하고 말씀하셨다."[52]

---

[52] '술이' 편.

이 자료를 입수한 지 몇 년이 흘렀는지 모릅니다. 그러나 아직도 정확한 판단을 내리지 못하였습니다. 공자가 누구에게 한 말씀인지, 또는 누가 이 말씀을 들었는지. 또한 이 짧은 문장을 정리한 사람은 누구인지. 명확히 밝혀진 것이 전혀 없습니다.

그럼 이 언강이 말씀드리겠습니다. 노소공이 제나라로 망명했을 때, 서른다섯 살이었던 공자는 소공의 뒤를 따라 제나라로 들어갔습니다. 이는 제자라면 누구나 아는 공자 일생에서 중요한 계기가 된 일입니다. 그때 순(舜) 시대의 음악인 '소'를 듣고 "미와 선의 극치를 이루었다"라고 격찬하셨다고 합니다. 나도 그 이야기를 몇 번이나 들었는데, 들을 때마다 감동하지 않을 수 없습니다. 내가 그 정도이니 공자께서 몇 달이나 고기 맛을 잊었다 해도 전혀 이상하지 않을 것입니다. 그렇기에 음악에 인간을 이토록 감동시킬 수 있는 힘이 있는 줄은 꿈에도 몰랐다고 말씀하신 것입니다.

이러한 공자의 주변 이야기는 공자가 누구에게 말했는지, 누가 곁에 있었는지 전혀 드러나지 않는 일종의 소문이라 생각합니다. 소문치고는 꾸밈이 없고 품위를 갖추었으니 사실을 전하는 이야기가 아닐까 합니다. 간단히 말해 아주 잘 짜인 공자 주변의 잡기 중의 하나가 아니겠습니까. 이번 기회에 공자 일화집이라도 하나 만들어 실어 두어도 좋은 이야기 같습니다.

감사합니다. 언강 선생께서는 오랜 시간 대화로 피로하실 텐데도 불구하고 공자에 관한 일화에 대해 귀중한 조언을 해주셨습니다. 아까도 말씀드렸듯이 '일화연구회' 회원에게 오늘은 모임을 창설한 이래로 가장 특별한 날입니다. 비로소 우리가 하는 일이 어떤 성격을 갖고 있고, 얼마나 가치 있는지 언강 선생께서 명확히 해주셨습니다. 그럼 끝으로 귀중한 시간을 우리에게 할애해주신 간사께 회원을 대표하여 감사드립니다.

그럼 간사로서 한마디 하겠습니다. 이 정도에서 오늘의 모임을 끝낼까 하는데 한 분이 꼭 발언을 하고 싶다 하십니다. '일화연구회'의 일과 다소 관련이 있기 때문에 짧은 시간이라도 좋으니 발언권을 달라는 것입니다. 이의가 없다면 발언권을 드리겠습니다.

간단히 말씀드리겠습니다. 오늘 이 자리에서 공자에 관한 일화를 처음으로 알게 되었습니다. 그런데 내가 입수한 자료에도 공자의 일화 하나가 들어 있습니다. 이렇게 발언권을 요청한 이유도 이번 기회에 공자의 이 이야기를 널리 알리고, 과연 이 일화가 진실한지 검증을 받고 싶기 때문입니다.

얼마 전 고령의 나이로 세상을 떠나신 아버님이 가르쳐주신 일화인데, 입에서 입으로 전해져온 것입니다. 아버님도 누군가에게 전해 듣고 기억하셨는지, 공자에 얽힌 이런 이야기가 있다며 때로 암송하셨습니다.

"도가 행해지지 않으니 떼를 타고 바다로 떠나갈까 하는데, 나를 따를 자는 유(由)일 것이다." 자로가 그 말을 듣고 기뻐하니 공자께서 말씀하셨다. "유는 나보다 더 용맹하지만 도대체 떼를 만들 나무는 어디서 구한담."[53]

아버님이 때로 암송하시던 공자의 일화입니다. 스승 공자가 자로의 경솔함을 나무라는 이야기로 보입니다.

여담이지만, 우리 일족은 현재 노의 도성 가까운 곳에서 농사를 짓는데 2~3대 전만 해도 동해의 작은 섬에서 고기를 잡는 어부였다고 합니다. 그런 연유로 아버지는 '떼를 타고 바다로 떠나갈까' 하는 구절을 그리도 좋아하셨던 것 같습니다.

지금까지 소개된 공자 관련 일화의 대열에 이 '떼를 타고 바다로 떠나갈까'도 포함해야 한다고 생각합니다. 그러나 오늘로서 세 번째 만나는 '일화연구회' 여러분께 이 '떼를 타고 바다로 떠나갈까' 이야기를 소개하였으나 일화로 인정해주지 않았습니다.

그리고 노의 도성에 본부를 둔 공자 연구의 본산이라고 할까요, 오늘 이 자리를 주재하는 '공자연구회'에도 몇 번이나 '떼를 타고 바다로 떠나갈까'를 들려주고 의견을 물었으나 마찬가지로 명확한 답을 주지 않았습니다. 기왕 이야기가 나왔으니 끝까지 말씀드리겠습니다. 내가 수집한 '떼를 타고 바다로 떠나갈까'라는 공자의 말씀이 이렇게 냉대를 받는 이유는 과연 무엇인지, 알고 계시는지요? 내 생각으로는, 이 이야기 가운데 공자가 자로를 놀리는 듯한 구절이 있어 자로를 좋아

---

[53] '공야장' 편.

하는 사람들의 심기를 건드리지 않았나 합니다.

다시 한 번 말씀드리건대, 언강 선생을 중심으로 한 이 모임을 주재하는 '공자연구회'도, 오늘 이 자리에서 중심 역할을 담당하고 있는 '일화연구회'도, '떼를 타고 바다로 떠나갈까'라는 공자의 말씀을 진정한 자료로 인정하지 않습니다. 누군가 제멋대로 지어낸 이야기에 지나지 않는다, 어딘지 모르게 공자답지 않은 면이 있다, 그런 생각으로 이 일화를 냉대하는 듯합니다. 정말 애석하고 슬픈 일이 아닐 수 없습니다. 여기서 본인의 발언을 마치겠습니다.

이 언강이 말할 차례가 온 것 같습니다. 계곡과 숲에도, 언덕 위 마을에도, 또한 이 오막살이 주변에도 저녁 어스름이 내리고 있습니다.

오늘 열심히 발표를 하신 분이나, 열심히 발언을 들으신 분 모두 피로하시리라 생각합니다. 이즈음에서 오늘 모임의 막을 내리는 인사말을 할까 합니다.

방금 오늘 모임의 마지막 발언으로, 중요하면서도 심각한 문제를 내포한 '떼를 타고 바다로 떠나갈까'라는 말이 소개되었습니다. 이 이야기를 들으면서 이 언강은 너무도 큰 감동으로 몸을 떨어야 했습니다.

몇 년 전인가 제나라에서 자칭 공자 연구가라는 인물이 이 깊은 산골까지 나를 찾아와 공자에 관련된 자료 하나를 남기고 갔습니다.

그 사람이 남긴 자료는 이렇습니다.

"공자께서 동쪽 오랑캐 땅에 살기를 원하시니, 어떤 사람이 '누추한 땅에서 어떻게 살려 하십니까?' 하고 묻자, '군자가 사는 데 누추함이 무슨 문제가 되겠느냐'라고 하셨다."[54]

  몇 년 전에 입수한 이 자료를 입 밖으로 내어보니, 공자의 시원스런 인품이, 그리고 밝고 폭넓은 사고가 먼 바다 위를 불어가는 바람처럼 가슴에 스며드는 기분이 듭니다.

  바다에 관련된 이 두 가지 일화를 생각해볼 때, 떼를 타고 바다로 나가고 싶다는 말도 공자의 진심이며, 미지의 민족이 사는 섬으로 가려 했던 것도 공자의 진심이었음을 알 수 있습니다.

  일화 하나만 들어서는 미지의 땅이나 저 먼 바다 외로운 섬에 대한 공자의 관심이 어느 정도인지 가늠할 수 없지만, 두 가지 일화를 동시에 생각해보면 공자의 절절한 마음이 전해져옵니다.

  공자의 마음이 바다로 많이 이끌렸다는 사실은 오늘날까지 아무도 몰랐습니다. 하나, 오늘 이 자리에서 공자에 관련된 두 가지 일화가 동시에 밝혀짐으로써 '공자와 바다'라는 새로운 연구 주제가 우리 앞에 펼쳐졌습니다. 바다에 관한 이야기로 오늘 모임을 끝맺겠습니다.

  오늘 하루 이 한적한 산골에 새롭고 중요한 과제를 남겨주신 여러분께 감사드립니다. 오늘밤 이 오두막은 감동에 겨워 밤새 웅웅－울음을 울 것 같습니다.

---

54 '자한' 편.

5장

1

감사드리며 간단한 인사말을 덧붙입니다. 지난 5월 모임 때부터 4개월 가까운 시간이 흘렀습니다. 곡부(曲阜)에서는 오늘에야 비로소 가을이 왔다는 느낌을 받았습니다만, 언강 선생의 거처를 찾아오니 이 부근의 산과 들에는 이미 가을 색이 완연하여 맑은 바람과 아름다운 단풍에 마음이 씻겨 나가는 느낌마저 듭니다.

오늘은 참가자 대부분의 요청으로 언강 선생께 공자의 인간적인 풍모에 대한 이야기를 듣겠습니다. 이미 열흘 전에 사람을 보내 이런 뜻을 전한 결과 선생께서는 기꺼이 우리의 제안을 받아들이셨습니다.

이미 세상을 떠난 공자라는 인물에 대해 우리들이 이렇게 소동을 벌이는 것만 보아도 분명히 위대한 분임에는 틀림이 없겠지만, 과연 인간 공자는 어떤 인물인지를 언강 선생의 말씀을 통해 알아보겠습니다. 성인 공자가 아니라, 언강 선생이 잘 아는 인간 공자에 대한 이야기를 청하겠습니다. 지금까지 여러 각도에서 이야기를 들어왔는데, 정리하는 차원에서 이야기를 해주셨으면 합니다. 공자라는 인물의 비범함에 대하여, 매력에 대하여, 우리가 이런 강의 요청을 할 수 있는 사람도 이제 언강 선생뿐인 것 같습니다.

오늘은 나 언강의 마음에 새겨진 스승 공자에 대해 이야기하겠습니다. 다소 준비는 해보았으나 얼마나 여러분을 만족시킬 수 있을지 몹시 걱정스럽습니다.

지난번 모임 때 '인연구회'로부터 '인간 공자의 매력'에 대한 이야기를 들었습니다. '타인의 슬픔과 고통을 이해하는 사람', '타인에게는 너그럽고 자신에게는 준엄한 사람' 등, 17개 항목이 나열되었는데 그 속에 모두 포함돼 있다고 해야겠습니다. 그러나 이 자리에서는 나 언강이 나름대로 생각하는 공자관을 밝히겠습니다.

"자왈(子曰) 지자요수(知者樂水) 인자요산(仁者樂山) 지자동(知者動) 인자정(仁者靜) 지자락(知者樂) 인자수(仁者壽). 공자 말씀하기를, 지자는 물을 좋아하고, 인자는 산을 좋아한다. 지자는 동적이고, 인자는 정적이며, 지자는 즐거워하고, 인자는 오래 산다."[55]

공자의 많은 말씀 가운데서도 가장 유명한 구절로 이 모임에서도 다룬 적이 있습니다. 공자가 언제 누구에게 한 말씀인지는 확실치 않지

---

55 '옹야'편.

만, 공자를 좋아하는 사람이라면 누구나 아는 구절이 아닐까 합니다. 지난번 모임 때 어느 분이 이 공자의 말씀이 처음으로 '공자연구회'에 소개되자 널리 유행하기에 이르렀다 하였습니다.

'지와 인'이라는 어려운 주제를 '물과 산', '동과 정' 같은, 누구나 알 수 있는 자연현상을 들어 설명한다는 점에서 시적이라고나 할까요, 직관적 예지에 넘치는 말이라나 할까요, 어쨌든 이 말씀에는 암송하는 자의 마음을 사로잡는 힘이 있습니다.

오늘 이 시점에서 그 먼 옛날 공자와 함께했던 날을 돌이켜보면, 공자 자신이 바로 지자이며 인자였음을 절실히 느끼게 됩니다. 공자는 늘 지자와 인자를 구별하여 말씀하셨는데, 지자를 설하는 공자를 바라볼 때면 나는 '아, 공자는 자신의 이야기를 하고 계시구나'라고 생각했습니다. 그리고 인자에 대해 설할 때도 '아, 공자는 자신의 이야기를 하고 계시구나'라고 생각했던 것입니다.

이렇게 볼 때 공자는 지자이며 인자였다 해야 할 것입니다. 공자는 지자로서 물을 좋아하고, 인자로서 산을 좋아했던 것입니다. 그리고 지자로서 '동(動)'하였고, 인자로서 '정(靜)'하였으며, 하늘이 준 일생 동안을 지자로서 충분히 즐기셨고, 인자로서 여유롭게 하나 남김 없이 자신을 불태웠습니다.

지금부터 지자이면서 인자였던 공자에 대해 살펴보겠습니다만, 아마도 먼 옛날의 공자를 그리워하며 이야기하는 바와는 다소 다르게 흘러가지 않을까 싶습니다. 왜냐하면 공자가 세상을 떠난 지도 어언

30년 세월이 흘렀지만, 나는 매일 밤 공자와 만나고 있기 때문입니다. 정말 시건방진 말이 될지도 모르겠습니다만, 실제로 나는 너무도 자연스럽게 그렇다고 말씀드리지 않을 수 없습니다.

매일 밤 공자의 말씀에 대해 생각하다가 피로해지면 그냥 자리에 누워 잠드는 세월을 보내고 있습니다.

이 산골에 들어온 지도 어언 30년, 요 몇 년간 부쩍 공자를 생각하는 일이 많아졌습니다. 어떤 주제에 대해 공자와 대화를 나누는 밤이 있는가 하면, 먼 옛날 공자의 입에서 나온 말씀을 떠올려 새삼 밤 새워 공자와 대화를 나누는 경우도 있습니다. 인간에 대해, 인간이 살아가는 현세에 대해 이런저런 생각을 하다 보면, 나의 생각을 고쳐주시기도 하고 격려해주시기도 하는 스승의 목소리가 때로 멀리서 때로 가까이서 들려오는 것입니다. 그러다 나름대로 하나의 결론에 이르고 공자의 승인을 받은 기분이 들어 만족하게 되는 것입니다. 결국 이 누추한 방 한구석에 몸을 눕히고 눈을 감는 시각은 초목도 모두 잠든 깊은 밤입니다. 하늘이 비좁아 보일 정도로 총총 빛나는 별들이 지붕을 뚫고 비처럼 쏟아지는 느낌을 받는 순간입니다.

매일 밤, 이도 저도 아닌 것 같고, 공자와 상상 속의 대화를 통해 생각을 바로잡기도 하면서 하나의 결론에 이르기도 하고, 처음으로 돌아가기도 하는 사색의 시간을 보내면서 이루어낸 공자의 말씀에 대한 이 언강의 해석을 들려드리겠습니다.

사람으로 이 세상에 태어난 이상 스스로 믿는 한 길을 걸으며 삶의 의의를 뚜렷이 해야 한다. 또한 자신의 길에 대한 하늘의 사명감을 느낄 수 있다면 더 없이 멋진 일이다. 그러나 하늘은 어떤 도움도 주지 않는다. 불행이나 억울한 박해를 막아줄 어떤 배려도 하지 않는다.

이런 점을 이해하는 것이 바로 '천명을 안다'는 말의 참뜻이 아닐까 합니다. 내가 나아갈 길에 대해 사명감을 가지고 진실한 자세로 걸어가야 한다. 그러나 아무리 진실한 마음으로 나아간다 해도 생각지도 못한 장애를 만나거나 길이 뚝 끊어져버리기도 한다. 사명감을 가지고 있느냐 그렇지 않느냐는 또 다른 문제이다.

인간은 큰 하늘 아래서 살아간다. 더 정확히 말하자면, 삶을 부여받았다. 삶을 부여받은 이상, 하늘의 마음에 따라 살아야만 한다. 하늘은 아무 말도 하지 않지만, 우리는 그 마음을 이해하고 그에 따라 살아야 한다. 마음을 비우고 모든 사념을 지우면 하늘의 마음을 읽을 수 있다.

공자는 이 문제와 관련하여 '천', '명', '천명' 같은 말을 사용하였는데, 구체적인 설명은 전혀 하지 않으셨습니다. 생각해보면 당연한 일입니다. 배워서 몸에 익히는 것이 아니라 스스로 생각하고 또 생각하여 깨달아야 하는 문제이기 때문입니다.

인간은 위대한 하늘 아래서 살아갈 수 있는 생명을 부여받았습니다. 고맙다는 인사를 해야 하는데 과연 누구에게 해야겠습니까. 마음을 비우고 생각해보면, 상대는 머리 위에 넓게 펼쳐진 하늘 외에 달리 없지 않겠습니까.

"생사는 운명이요, 부귀는 하늘에 달렸다."

이는 자하의 말로 널리 알려졌는데, 자하가 공자로부터 들은 말씀이 아닌가 생각합니다. 이 짧은 말씀 속에 공자의 마음이 고스란히 담겨 있습니다.

삶과 죽음, 부귀영화도 결국은 천명이며 사람의 힘으로는 어찌할 수 없는 것입니다. 그러나 인간은 살아가기 위해 노력해야 하고 큰일을 이루기 위해서도 노력을 아끼지 말아야 합니다. 그런 노력을 다한 후에 비로소 하늘과 운명을 생각해야 하는 것입니다.

공자는 이 미증유의 난세에서 절망에 가까운 심경으로 사셨을 것입니다. 인간은 이런 난세에서도 올바르게 살아야 한다는 것이 공자의 기본적인 생각이었습니다.

이런 난세 철학의 근본에 '천명'을 두고, '천명'으로 모든 것을 설명하려 하였습니다. 인간이 살아가는 과정에서 맞닥뜨리는 길흉화복은 올바르게 살건 그렇지 않건 아무 상관이 없습니다. 단지 난세에 그런 점이 뚜렷이 드러날 뿐입니다.

앞에서도 말씀드렸듯이 인간은 위대한 하늘의 섭리 속에 자신을 던져 넣고, 모든 것을 하늘에 맡기고 자신의 운명을 믿으며 앞에 놓인 길을 걸어가야 합니다. 바로 이것이 아무런 질서도 없이 흐트러진 난세에서도 인간이라면 반드시 지켜야 할 삶의 태도입니다. 다른 삶은 있을 수 없습니다.

돌이켜보건대, 공자는 늘 사람의 일만을 마음에 담았습니다. 인간의 행복에 대해, 불행에 대해 고심했습니다. 특히 이런 난세에 태어난 인간이 행복하게 살려면 어떻게 해야 하는지를 사색했습니다. 늘 공자는 이 땅에 태어난 인간에 대해, 인간의 행복한 삶에 대해, 보람 있는 삶에 대해 생각했습니다. 이 세상에 태어난 이상 인간에게는 행복할 권리가 있다는 것이 공자 사상의 근본입니다.

인이란 모든 인간이 행복하게 살아가기 위한, 인간이 인간을 대하는 기본 사고방식입니다. 진실, 따스한 마음, 인간의 길, 어떤 이름을 붙여도 좋은데, 요컨대 인간은 서로가 서로를 위해주는 마음으로 서로 도우며 이런 난세에도 태어나기를 잘했다고 생각할 수 있도록 살아가야 한다는 것입니다. 그런 사고방식이 '인' 사상으로 나타났던 것입니다.

정치가나 관료처럼 사회를 움직이는 위치에 있는 사람은 일반 백성들의 삶의 질을 결정하는 힘을 가졌습니다. 그렇기에 같은 '인'의 마음이라 해도, 이 인을 서민과는 달리 개인의 차원을 넘어 사회적으로 살아나게 해야 합니다. 따라서 같은 '인'이라도 사회 지도층에 있는 사람은 남을 생각하는 마음을 정치에 도입하여 사회 속에서 살려내야 합니다.

우리 서민은 아픈 사람이 있으면 그의 마음이 되어 조금이라도 고통을 덜어주려 노력합니다. 그러나 모든 사람이 '인'의 마음을 가진다 해도 이 난세를 살아가는 인간의 불행이 죄다 사라질 리는 없습니다.

정치에 참여하는 사람이 '인'의 정신을 구현하여 사회를 운영하는 가운데 살려낼 때, 사회구성원의 불행을 최소화할 수 있는 것입니다.

요컨대 스승 공자에게 '인'이란, 자기완성의 종착점인 '덕(德)'과는 달리 난세를 살아가는 인간이 반드시 갖추어야 할 자세를 가리키는 말이었던 것입니다. 위에 선 사람이 반드시 가져야 할 '큰 인'이 있는 반면에 우리처럼 세상의 저변에서 살아가는 서민들이 가져야 할 '작은 인'도 있습니다. '인'이란 사람에 따라 여러 모습으로 나타납니다. 마을 아주머니의 거지에 대한 동정도 '인'이라 할 수 있고, 관리가 주민 입장에서 세금을 부과하는 일 또한 '인'이라 할 수 있습니다.

'인인(仁人)'이라는 말이 있는데, '인'을 의식적으로 행하는 사람을 가리키는 말이 아닐까 합니다. 정치가나 관리 가운데는 때로 '인'의 의식을 가지고 실천하는 사람이 있습니다. 물론 드물기는 하지만 그런 사람이 있다는 것 자체가 난세의 희망이 아닐까 합니다.

그리고 당연하다면 당연한 일이겠지만, 공자에게는 절망이란 말이 존재하지 않았습니다. 자신의 사후, 언젠가는 '성천자(聖天子)'라는 말로 상징되는 밝은 평화의 시대가 오리라 믿었습니다.

그런 신념을 가졌기에 마지막 순간까지 사람들이 행복하게 살아가는 현세를 꿈꾸고, 그런 믿음으로 조금이라도 빨리 그런 세상을 구현하는 데 도움이 되려 했던 것입니다.

공자는 세상을 떠나기 2년 전에 이런 말씀을 하셨다 합니다.

"봉황새도 오지 않고 황하에서 그림도 나오지 않으니, 나도 끝장인가 보다."

이전에도 말했다시피 이것은 절대로 공자의 입에서 나온 말일 수 없습니다. 아마도 착오가 있었던 것 같습니다. 만일 공자의 말씀이라면, 아마도 말년의 공자께서 기분이 좋으실 때 장난삼아 하신 말씀이 아닌가 합니다. 이것은 중요한 문제이므로 다시 한 번 말씀드려야겠습니다.

매일 밤 공자를 만나 대화를 나눈다고 말씀드렸습니다만, 어느덧 공자가 세상을 떠난 지도 30년이란 세월이 흘렀습니다.

만일 누군가 공자의 어떤 점에 가장 매력을 느꼈느냐고 묻는다면, '냉철한 지성'이라고 대답하겠습니다. 공자는 언제 어떤 경우에서도 자신의 이성을 잃어버리는 법이 없었습니다. 공자는 어느 하나의 개념으로 간단히 규정할 수 없을 만큼 다양한 개성의 소유자셨지만, 30여 년이 지난 지금 나 언강이 생각건대, 공자의 가장 큰 특징은 냉철한 의식입니다. 그 냉철함에서 비롯된 말씀이 있습니다.

"귀신을 공경하면서도 멀리하면 지혜롭다 할 수 있다."

이는 문하생 번지가 '지의 정치'에 대해 질문했을 때 하신 말씀입니다. 알기 쉽게 해설하면 이렇게 될 것입니다.

"올바르게 살아가려는 백성을 존중해주고, 귀신을 숭배하는 신앙 문제의 경우 반드시 경의를 표해야 하나 깊이 관여해서는 안 된다. 이것이 바로 '지의 정치'이다."

"사람도 제대로 섬기지 못하는데 어찌 귀신을 섬길 수 있겠느냐."

이는 자로가 귀신을 모시는 방법에 대해 물었을 때 하신 공자의 대답입니다. 지금 살아 있는 인간도 잘 모시지 못하는데 어떻게 귀신을 모실 수 있는가! 참으로 냉철하고 합당한 말씀이 아니겠습니까.

"아직 삶을 모르는데 어떻게 죽음을 알리요."

이는 앞의 문답에 이어서 자로가 죽음이란 무엇인가 하고 물었을 때 공자가 한 대답입니다. 아직 살아가는 일도 모르는 판국에 어떻게 죽음을 알 수 있겠느냐!

그리고 공자 자신의 말씀이 아니라 누군가 공자를 논한 말인데, "공자는 괴력난신(怪力亂神)을 말하지 않았다"와 "공자가 가장 근심한 것은 제(齊), 전(戰), 질(疾)이었다"[56] 가 있습니다. 이 자리에서 모두 논의된 말씀들입니다.

전자는 괴이, 폭력, 배덕, 신비에 관련된 것을 절대로 화제로 삼지 않는 공자의 냉철한 면을 전하고, 후자는 금기, 전쟁, 질병을 조심했다는 세심하면서도 대담하고 냉정한 공자의 자세를 전합니다.

또 하나 예를 든다면 이런 것이 있습니다.

"계강자가 약을 내리자 엎드려 절하며 받으시며, '저는 어떤 약인지 모르므로 맛을 볼 수 없습니다'라고 하셨다."

이 또한 '일화연구회' 회원이 소개한 이야기입니다. 자신이 알지 못하는 약일 경우 어떤 권력자가 보냈다 해도 결코 입에 대지 않는 공자의 냉철한 성격과 결벽성을 부각시키는 훌륭한 일화라 해야겠습니다.

이런 종류의 말씀이나 일화는 헤아릴 수 없이 많지만, 이쯤에서 공자의 냉철한 지성과 자세에 대한 이야기는 접을까 합니다.

다음으로 공자의 매력에 대해.

한번이라도 공자의 풍성한 교양과 인격을 접해본 사람은 평생 곁을 떠날 수 없습니다. 자로도 자공도 안회도 여기서 이야기하는 나 언강도, 그리고 초기 중기 후기의 문하생들도 모두 이런 공자의 바다 같

---

[56] '술이' 편.

은 포용력과 매력을 접한 후로 곁을 떠날 수 없어 노의 도성에 마련된 강학당 주변에 모여들었고, 공자의 가르침에 따라 살았던 것입니다.

그렇다면 공자의 넓고 깊은 포용력은 과연 무엇이며 어디서 오는 것일까요. 격렬함과 너그러움. 따스하면서도 서릿발 같은 냉철함. 이런 상반된 성격이 함께하는 공자의 매력입니다. 공자의 곁에서 특이한 매력에 접하면 결코 곁을 떠날 수 없게 됩니다. 산처럼 높은 교양, 바다처럼 깊고 넓은 지혜 사이를 오가며 흔들리다보면 곁에서 한 걸음도 뗄 수 없게 되는 것입니다. 여기에 대해서는 자로는 자로대로, 안회는 안회대로 서로 다른 이유를 댈지도 모르겠습니다.

나 언강의 경우는, 공자의 생명력 넘치는 진솔하고 실천적인 삶과 학문의 태도를 들겠습니다. 그러나 겉으로는 공자에게서 결코 발랄한 생명력을 느끼기 힘들 것입니다. 그냥 여유롭게 살면서 사색을 즐기는 사람 정도로 보일 테지요. 그러나 공자는 자신이 반드시 이루어야 할 일이라는 판단이 서면 기꺼이 목숨을 던질 각오를 하십니다. 난세를 살아가는 순수한 교육자이며 정치가였습니다. 그런 공자였기에 살아 있는 말로 가르침을 펼 수 있었던 것입니다.

공자가 말씀하기를, "주나라는 2대를 본받았으므로 문물 제도가 찬란하였다. 나는 주를 따르겠다."[57]

이 말씀을 해설하면 이렇게 될 것입니다. 주는 하(夏)와 은(殷)이라는 두 왕조의 전통을 이어받아 아름답고 조화로운 문화를 이루었다.

---

57 '팔일' 편.

나는 그 주의 문화를 가장 높이 평가하고 거기에 따른다.

주 왕조의 권위가 땅으로 떨어진 난세에 이런 발언은 어떤 의미에서 목숨을 걸고 한 말이라 할 수 있습니다.

"공자께서 말씀하셨다. '심하도다, 나의 노쇠함이여! 오래도다, 내가 주공을 꿈에 보지 못한 것이.'"[58]

주공의 이름은 단(旦), 형 무왕을 보좌하여 은을 치고 무왕이 세상을 떠난 후 주 왕실의 기초를 다진 인물로 뛰어난 철학자이며 군인이고 정치가였습니다. 은의 신정정치를 혁파하고, 예를 사회의 기본으로 삼은 것도 주공이었습니다. 공자보다 500년 앞선 인물로, 공자는 평생 주공을 존경하였고, "나의 노쇠함이여!"라는 탄식은 주공에 대한 일편단심을 나타냅니다. 한 사람을 좋아하려면 이 정도는 되어야 한다고 생각합니다.

이것도 주나라 문화에 대한 찬탄에 못지않게 공자가 터뜨린 귀한 말씀이라 해야 할 것입니다. 나는 이 두 말씀을 고난으로 점철되었던 진과 채의 유랑 때 공자 곁에서 직접 들었던 것입니다.

"아름답구나, 저 도도하게 흐르는 강물이여! 내가 이 강을 건너지 못하게 되었으니, 이 또한 천명이로구나!"

공자는 노나라를 떠나 중원 유랑의 길에 들어서서 곧장 위나라로 들어가 4년을 머물렀으나 관직으로 나아갈 기회를 잡지 못했습니다. 그동안 황하 북방에 위치한 진(晉)의 권력자를 만나 정치의 길에 들어

---

58 '술이'편.

서려 하였습니다.

때가 무르익어 공자는 위의 도성 생활을 청산하고 진나라로 가기 위해 황하의 나루터로 나갔는데, 공교롭게도 바로 그때 진의 두 대부가 내란으로 목숨을 잃었다는 소식을 접하게 됩니다. 결국 진으로 가려는 뜻을 꺾어야 했고, 공자는 안타까운 마음을 "아름답구나, 저 도도하게 흐르는 강물이여!"라고 노래하셨던 것입니다. 공자가 진나라로 갈 수 없었던 이유는 공자가 탄식했듯이 그야말로 천명 때문이었습니다.

나는 진의 도성에 머물 때 자공에게 그 말씀을 전해 들었습니다. 물론 자로와 안회도 함께 있었지만, 그 말씀만은 자공이 홀로 다른 사람들에게 전했습니다. 지금 생각해보면 "아름답구나, 저 도도하게 흐르는 강물이여!"라는 공자의 말씀은 자공을 앞에 두고 한 말인지도 모릅니다. 지금은 모두 고인이 되어 확인할 길도 없어지고 말았습니다.

이외에도 공자의 말씀이나 공자에 얽힌 일화는 수없이 많습니다만, 이미 이 자리에서 다룬 일화 한둘을 들어 간단히 정리하고 잠시 쉬도록 하겠습니다. 그런 다음에 다른 측면에서 공자의 모습을 살펴보겠습니다.

진과 채 유랑 중에 우리 일행이 모두 피로와 배고픔에 지친 몸을 이끌고 양국의 국경지대에 있는 마을로 들어섰을 때의 일입니다. 그때 자로는 달려들 듯한 기세로 공자에게 물었습니다.

"군자도 궁할 때가 있습니까?"

공자는 태연자약한 태도로 이렇게 말씀하셨습니다.

"군자는 원래가 궁한 법이라네. 소인은 궁하면 흐트러진다네."

이때의 공자 말씀에는 천지를 뒤집을 듯한 힘이 있었습니다. 공자 말고 누가 이런 말을 할 수 있겠습니까. 이 말씀이 터져나온 현장에 함께할 수 있었으니 실로 이 언강의 큰 행운이라 하지 않을 수 없습니다.

또 하나의 일화는, 천명에 따라 공자가 중원에서 뜻을 이루지 못하리란 사실을 깨달은 날 밤, 오랜 세월 고국 노의 도성에 두고 온 제자들에 대한 그리움이 솟구쳐 힘차게 읊은 그 말씀입니다.

돌아가리라, 돌아가리라
내 고향 젊은이들은 큰 뜻을 품었고
비단처럼 바탕이 아름다우나
그 이루는 길을 모르나니.

공자가 결단을 내리는 순간을 지켜보았으니 이 또한 이 언강의 큰 행운입니다.

2
몇몇 분들은 이 오막살이 부근을 거닐었고, 나도 잠시 휴식을 취했습니다. 무엇 하나 내세울 것 없는 산골이지만 이 계절이 되면 경치가 정말 아름답습니다.

그럼 다시 스승 공자의 말씀을 살펴보겠습니다. 공자의 매력에 대해 말해달라는 사회자의 요청에 따라 휴식 전까지 딱딱한 이야기만 계속

했는데, 새로운 이야기로 방향을 전환하자는 제안도 있어서 이번 여름에야 숙원을 이룬 중원 여행 이야기를 해야겠다는 생각이 들었습니다. 젊은 시절 공자와 함께 걸었던 지역을 이번에 초나라의 상인 집단에 섞여서 3개월에 걸쳐 여행하고 돌아왔습니다.

5~6년 전, 우연히 이 마을을 지나다 병을 얻은 초나라 상인을 도와주었는데, 그 사람이 올 봄에 이곳을 찾아와서, "만일 옛날의 진과 채나라 지방으로 여행하고 싶으면 내가 안내하겠소이다"라고 하는 것이 아닙니까. 정말 고마운 제안인 데다 그 상인이 늘 예의 바르고 의리를 존중하는 사람이라 흔쾌히 응했던 것입니다. 아마 내 인생에서 마지막 여행이 아닐까 합니다.

내가 중원을 유랑하는 공자 일행에 섞여 들어 진의 도성에서 문하생들과 함께 생활한 것은 애공 3년 여름, 내 나이 스물다섯 살 때였습니다. 그로부터 어느새 46~47년의 세월이 흐르고 말았습니다.

돌이켜보건대 진의 도성에서 보낸 3년 세월은 내 인생에서 가장 즐겁고 그리운 시절이었습니다. 오와 초의 결전에 즈음하여 진의 도성을 빠져나와 진나라와 채나라 국경지대의 들판에서 굶주림에 직면하기도 하였는데, 지금 생각하면 이 또한 잊을 수 없는 그리운 추억입니다.

그리고 오나라 때문에 수도를 옮겼다가 다시 초의 지배하에 들어갔던 고국 채나라로 들어갔습니다. 다시 북에서 남으로 며칠을 걸어 예전의 도성 신채의 교외에 있는 여수를 건너 초의 땅으로 들어갔습니다. 초가 나라를 잃은 채의 유민들을 수용하기 위해 조성한 부함이라는 새로운 도시로 가기 위해서였습니다.

그런데 왜 그런 고난에 찬 여행을 해야만 했을까요. 스승 공자에게 물어볼 도리밖에 없지만, 지금은 만날 길 없는 스승이고 보니 대답을 들을 수도 없습니다. 우리 일행을 돌봐주던 사성정자가 권유하고 소개하긴 하였으나 제 발로 흉흉한 전쟁의 기운에 휩싸인 초나라를 찾아갔다는 것은 어떻게 생각해도 이해하기 힘든 일입니다.

부함에 도착한 것은 초여름, 별이 빛나는 아름다운 밤이었습니다. 그리고 장관 섭공의 돌봄을 받아 3개월 정도를 초의 거리라 할 수도 없고 채의 거리라 할 수도 없는 이상한 성격의 부함이란 곳에서 지냈습니다. 마치 꿈처럼 생겨난 거리에서 꿈같이 몽롱한 시간을 보냈다고나 할까요.

언젠가부터 우리는 그 거리에서 중원의 패자로 이름을 날리는 초소왕을 알현하기 위해 머문다고 생각했습니다. 공자도 그랬고, 자로, 자공, 안회, 그리고 나 또한 그러했습니다.

그토록 이상야릇한 부함에서 3개월간 체류…… 드디어 기다리고 기다리던 그날이 찾아왔습니다. 어두운 밤이었습니다. 깊은 밤, 길가에 서서 소왕을 맞이하였으나, 병단의 호위를 받으며 조용히 우리 앞을 지나간 것은 전장에서 병사한 소왕의 주검이었습니다.

40여 년 만에 먼 옛날의 슬픈 추억을 간직한 땅을 밟아본 것입니다. 이 여행길에서 느끼고 생각한 바를 있는 그대로 말씀드리겠습니다.

여행길에서 처음 느낀 점은, 주나라 제후국이었던 진, 채, 조라는 중원의 강대국이 모두 사라지고 말았다는 것이었습니다. 진과 채는 초에게 망했고, 조는 이웃나라 송에 병합되었습니다. 나라는 망해도 대개 백성만은 같은 지역에 옛날과 다름없이 살아가는데, 그런 느낌을 전혀 받지 못했습니다. 같은 사람들이 같은 장소에서 같은 생활을 하면서도 전혀 다른 느낌을 준다는 것은 참으로 이상한 일입니다. 마치 낯선 이국땅에 발을 들여놓은 것처럼, 전혀 다른 생활을 하는 낯선 사람들을 만나는 듯하였습니다. 이런 것이 바로 나라 잃은 이들의 모습이겠지요.

내 젊은 시절에는 중원 여기저기에 독립한 나라라고는 할 수 없지만, 독특한 자유와 명랑함을 잃지 않고 정치적으로는 자치권을 누리는 도시가 흩어져 있어서 여행자들에게 안식을 주었습니다. 이제 그런 도시는 어디를 가도 찾아볼 수 없고, 나라와 나라 사이에는 국경지대가 조성되어 무장한 병사들이 지키는 초소가 여기저기 흩어져 있을 따름입니다. 이번에 도움을 준 초나라 상인들 또한 왕년에 내가 여행했던 대로 노의 도성에서 송의 도성으로, 진의 도성으로, 채의 도성으로, 가능한 한 간선도로를 따르는 안전한 여행길을 택했습니다.

노의 도성, 송의 도성은 제각기 대국의 수도로서 품위를 갖추었으나, 진의 도성과 채의 도성은 나라가 망하면서 도시도 망해버리고 말았습니다. 지난날 사람들로 붐비던 화려하고 활기 넘치던 도시의 품격은 눈을 씻고도 찾아볼 수 없었고, 두 도성 모두 초의 군사기지로 변하여 살벌한 기운을 뿜어낼 따름이었습니다.

특히 나무 한 그루 풀 한 포기에도 추억이 서린 채의 도성은 나라가 망하면서 옛날의 풍경을 모두 잃고 말았습니다. 이미 그곳은 채의 백성과는 아무 관계도 없는 모래바람만 휑하니 불어오는 살벌한 병참기지로 변해버렸던 것입니다.

그런 진의 도성, 채의 도성이었지만 나는 이번 여행의 목적에 맞게 거기에 방을 빌려 며칠을 보냈습니다. 그 옛날 진의 도성에 있었던 공자의 강학당과 거처는 매일 사람들로 붐볐습니다. 생활상의 고민을 의논하고, 사업의 조언을 구하는 사람들이 모여들었습니다. 공자는 때로 마을의 젊은이나 관리들을 모아놓고 '인'이나 '예'를 강의하기도 하였습니다. 그리운 공자의 강학당을 도성 거리에 들어선 그 날 찾아보았습니다.

그곳은 내가 하루의 대부분을 보내던 일터이기도 하였습니다. 하나 애석하게도 그 일대는 지금 군 시설이 들어서서 일반인들은 접근조차 할 수 없었습니다. 또한 주위에 흩어져 있던 자로, 자공, 안회, 그리고 나 언강의 숙소도 찾아가서 확인해보고 싶었지만 이 또한 불가능한 일이었습니다. 그리고 지난날 우리에게 많은 도움을 주었던 고결한 정치가 사성정자의 묘소를 찾아가 절이라도 올릴까 했습니다만, 사성정자의 묘 위치를 아는 사람도 없었습니다.

우리가 오늘날 사성정자라고 부를 때의 '정자(貞子)'라는 이름은 그 분이 세상을 떠난 후 진의 왕실이 생전의 공을 치하하여 하사한 시호입니다. 그 시호가 생전의 이름처럼 널리 통용되는 관계로 그 분의 묘소 위치도 안개에 가린 것이 아닌가 하는 생각이 듭니다. 모두 다 나라가 망한 탓이겠지요. 또는 사성정자 자신이 진나라의 멸망에 앞서 자신의 생명을 거두고, 자신의 성 또한 지상에서 사라지게 했는지도 모를 일입니다. 그처럼 생각이 깊은 최고의 정치가라 할 수 있는 분입니다.

나는 진의 도성에 머물면서 매일 거리를 걸었습니다. 뒷골목을 걸어야 비로소 그곳이 아니면 맛볼 수 없는 분위기를 느낄 수 있기 때문입니다. 골목길을 걸어가는 사람은 한결같이 진나라 사람입니다. 언젠가 안회가 진나라 사람은 무속을 믿고 호색하다고 평한 적이 있었습니다. 어쩐지 그런 듯도 했습니다. 그런 남녀가 골목길을 걸어 다녔습니다.

나는 오랜만에 형제를 만난 기분으로 골목길만을 골라서 걸었습니다. 아, 여기가 바로 진의 도성이다…… 안도감을 느끼며 천천히 걸었습니다. 어떤 사람이 나에게 마실거리를 주기도 하였습니다. 골목길에 그냥 퍼질러 앉아 이국의 나그네를 손짓으로 불러 신세타령을 늘어놓으며 마실 것을 권하는 것입니다.

"초나라 놈들이 잘난 체 활개치고 다니는 꼴을 보면 울화통이 치밀지만 말이오, 그것도 오래가진 못할 게요. 고작 200년. 그때가 되면 초도 사라질 거라 하니, 놈들도 이제 이 나라를 떠날 때가 된 게요."

그런 말을 하는 것이었습니다. 초나라가 망한다는 것을 어떻게 아느냐고 물으니, 무당이 신을 불러 물어보니 고작 200년 남았다고 예언했다는 것입니다.

"원래가 중원과는 인연이 없는 변경지대의 야만족이 문명국인 진과 채를 멸망시키고 중원 땅에서 짧은 기간이나마 활개를 치고 다녔으니, 이제 놈들은 하늘에 감사의 예를 올리고 장강 건너편으로 물러가야 하오. 아직도 미련을 버리지 못하고 신의 뜻을 거스른다면 놈들은 분명 큰 화를 당하게 될 게요. 그런 험한 꼴을 보기 전에 장강 너머로 물러나는 쪽이 놈들에게도 좋은 일이 아니겠소이까."

진의 도성에서 닷새를 머물렀는데, 그동안 한 사람의 방문자가 있었습니다. 나와 동년배의 노인으로 그 옛날 진의 도성에서 공자의 저택에 물 항아리를 날라다 준 적이 있는데, 이런 인연으로 몇 번 공자의 말씀을 듣고 큰 감명을 받았다는 것이었습니다.

"'예'와 '인'에 대한 공자의 말씀이 내 인생을 바꾸어놓았어요. 그러나 공자가 중원 최고의 학자이며 교육자였고, 도탄에 빠진 이 세상을 도덕으로 개혁하려 했던 사람이라는 사실은 공자가 세상을 떠난 후 한참 지나서야 깨달았지요.

이 거리에는 짧은 시간이었지만, 공자의 가르침을 받은 사람이 꽤 있어요. 그런 사람들이 모여 공자연구회를 결성하기도 하였습니다. 공자의 말씀을 기억하여 정리하고 토론하는 모임을 열었는데, 애석하게도 오래 지속되지 못하고 지금은 유명무실해지고 말았지요.

이번에 우연히 선생께서 이곳에 온다는 소식을 듣고 가슴을 두근거리며 기다렸나이다. 꼭 한 가지 드릴 말씀이 있었기 때문이지요. 다름이 아니라 노의 도성에 있는 공자연구회에 우리 진의 도성에서 수집한 자료를 넘기고 싶어요. 우리 진의 도성에 거주하는 사람들이 모은 자료이고 보니 여러 가지 오류가 있을지도 모르겠나이다. 그러나 만에 하나 공자 연구에 중요한 자료가 들어 있다면 이보다 더 좋은 일이 어디 있겠습니까. 그래서 가까운 시기에 젊은 사람 하나를 선발하여 노의 도성에 있는 공자연구회로 보낼 생각이니 잘 말씀드려주세요."

그런 말이었습니다. 나는 머리 숙여 감사를 표하고, 노의 도성에 있는 공자연구회에 연락을 해놓을 테니 적절한 시기에 보내달라고 했습니다.

이윽고 초의 상인 집단과 함께 진의 도성을 떠나 채의 도성이었던 신채로 향했습니다. 공자와 함께 중원을 유랑했던 이후로 정확히 44년 만의 고국 방문이어서 감개가 남달랐다 해야 할 것입니다.

이전에는 초와 오의 전쟁에 휘말린 진의 도성을 탈출하는 길이었습니다. 우리가 방황했던 진의 도성 서쪽에 펼쳐진 대평원 또한 전란의 소용돌이에 말려들고 있었습니다. 대평원에 점점이 박혀 있던 촌락도 모두 텅 비어 식량을 구할 수 없었고, 거기에다 오나라 패잔병의 습격을 받아 고생이 이만저만이 아니었습니다. 진나라 들판에서 아사 상태까지 갔던 사건은 공자의 인생에서 특별한 경험이었음에 분명합니다.

그에 비하면 이번 여행은 너무도 조용하고 편안했습니다. 끝도 없이 펼쳐진 대평원에는 양을 방목하는 초지와 밭이 널려 있었습니다. 때로 크고 작은 병단과 조우하기도 하였으나 모두가 잘 질서 잡힌 초나라 병사들이었습니다.

그런 대평원을, 나를 포함한 초나라 상인 집단이 스무 마리가량의 말을 끌고 상품과 물자를 가득 실은 수레와 함께 천천히 나아갔습니다. 우리는 반드시 해가 지기 전에 촌락으로 들어갔고, 그때마다 촌락 유지들이 주연을 베풀어주었습니다.

이번 여행에서 처음으로 알게 된 일인데, 이 상인들은 초나라 국적의 국제상인으로서 새롭게 초의 세력권에 든 진의 도성, 채의 도성에서 큰 시장을 경영하면서 중원의 모든 물자를 거래할 수 있는 권한을 가지고 있었습니다. 그리고 노의 도성과 송의 도성에도 큰 도매상을 둔 것으로 보아 중원 일대의 무역권을 한 손에 장악하려는 초나라 정권의 명을 받은 집단인 듯했습니다.

이렇게 볼 때 초나라는 사방으로 이웃 나라를 정복하여 자기 판도에 넣으려는 의도를 품고 있음에 분명합니다. 이미 망한 진이나 채를 비롯한 다른 나라들이 꿈에도 생각지 못한 거대한 계획을 실행하고 있었던 것입니다.

옛날에는 진나라와 채나라 국경지대의 들판에서 우리 일행은 굶주림에 허덕였지만, 이번에는 굶고 싶어도 굶을 수가 없었습니다. 그 들판에서 촌락 아가씨들의 춤을 구경하고, 아가씨들의 전송을 받으며 진나라에서 채나라로 형식뿐인 국경을 넘었던 것입니다. 초의 병사들이 목적지를 간단히 물었을 뿐, 아무런 간섭도 조사도 없었습니다.

국경의 언덕을 넘어 상채 지구로 들어간 다음 여수의 흐름을 타고 내려갔습니다. 고도 상채의 거리가 지금 어떻게 되었는지, 나로서는 관심을 기울일 수밖에 없었는데, 이 자리에서는 이야기하지 않는 편이 좋겠습니다. 망국의 백성이 품을 수밖에 없는 슬픔이 파도처럼 일렁입니다.

여수의 흐름을 따라 신채까지 가는 도중에 나만 홀로 몇 개의 촌락을 방문하여 숙박을 했습니다. 초의 상인들이 편의를 봐주어서 아무런 어려움도 없었습니다. 여수 강변에서 둘째 날 밤을 보내면서, 과연 이곳이 예전의 채나라였는지 의심하지 않을 수 없었습니다. 남자도 여자도 채나라 사람은 극소수였고 거의가 초나라 사람이었습니다.

그러나 한마디로 초나라 사람이라 하기도 어려웠습니다. 여러 종족이 혼합된 탓인지 얼굴이나 차림새, 그리고 말이 모두 달랐습니다.

나흘째에 신채의 거리로 들어섰습니다.

"이곳은 나 언강이 태어나서 자란 고향이다!"

나는 소리 내어 그렇게 외쳤습니다. 그렇게 외치기라도 하지 않으면 내 고향이 사라져버릴 듯한 느낌이 들었기 때문입니다. 나는 중심지에서 멀리 떨어진 오동나무 숲 가까운 숙소에 여장을 풀고 채의 젊은이들을 초대하여 이런저런 이야기를 나누었습니다.

모여든 젊은이들은 모두 채나라 사람을 부모로 두고 채나라에서 자랐지만 하나같이 초나라 말을 썼고, 차림새도 초나라 사람과 다를 바 없었습니다. 나의 초대에 응해준 세 아가씨도 모두 초나라 노래를 불렀습니다.

"왜 채나라 노래를 부르지 않지?" 하고 물어보았더니 이구동성으로, "좋은 노래가 없어요. 부르고 싶은 노래도 없고요. 자연히 여수 건너편에서 유행하는 초나라 노래가 나올 수밖에요" 하고 대답하는 것이었습니다. 이미 채라는 나라는 이 지상에서 사라지고 없었던 것입니다. 초나라가 죄다 차지해버렸으니까요.

신채로 들어간 지 사흘째, 성벽으로 둘러싸인 지역으로 안내를 받았습니다. 이전에 공자를 모시고 이 거리로 들어섰을 때도 신채의 성읍까지는 가지 않았습니다. 초의 병참기지로 변해 접근할 수 없었던 것입니다. 그래서 나는 거의 50년 만에 성문을 지나 성벽으로 둘러싸인 도시 안으로 들어갈 수 있었던 것입니다. 옛날 그 지역으로 말입니다.

  수많은 추억이 서린 성입니다. 나는 어린 시절을 이 성읍의 일각에서 보냈기 때문에 그리운 얼굴, 그리운 일들이 참 많습니다. 갑자기 초나라 군대가 나타나 성을 포위하던 일도 잊히지 않습니다. 조금만 참으면 초나라 군대도 물러가리라 생각하는데, 어느 날 갑자기 오나라 군대가 성내로 난입하는 것이 아닙니까. 그리고 하루 만에 우리 백성들은 여수 강변으로 피난을 가야 했습니다. 그런 다음 위정자들의 명에 따라 주래로 천도해야 했던 것입니다.

  천도 후 텅 비어버린 왕궁에 시장이 섰습니다. 어두운 분위기는 찾아볼 수 없었습니다. 나라 잃은 중원의 모든 백성에게 누군가 집합 명령이라도 내린 듯, 서(徐), 주(州), 비(肥), 내(萊), 소(蕭), 서(舒), 용(庸), 양(梁), 형(邢), 강(江), 온(溫), 황(黃)나라 사람들이 왕궁 시장으로 모여들어 장사를 하는 것이었습니다. 딴 세상의 일처럼 느껴졌던 그 번성하던 시장은 도대체 무엇이었을까요.

  나는 거기서 해를 넘기고 새봄을 맞이하자마자 신채의 성읍을 버리고 길을 떠났습니다. 그렇게 길을 떠난 덕분에 중원을 유랑하는 공자 일행을 만나 공자를 모시는 행운을 누리게 되었던 것입니다. 나와는 끊을려야 끊을 수 없는 인연이 있는 신채의 성읍을 몇 십 년 만에 방문하는 감회를 말로 표현하기란 불가능할 것입니다. 그 옛날 나라 잃은 백성들이 무리 지어 힘껏 일하면서 자신의 인생을 새롭게 설계하던 국제시장은 어떤 경위로 형성되었는지는 모르겠지만, 지금 초나라 최대의 국제시장으로서 중원 전체에 이름을 떨치고 있었던 것입니다.

만일 이 시장에 내 멋대로 이름을 붙여라 한다면 '대용광로'라 할 것입니다. '대용광로'는 '진'을 녹이고, '채'를 녹이고, 앞으로도 많은 나라를 녹일 것입니다.

나의 고국 채나라의 도성이었던 신채에 와서 가장 보람을 느낀 일이라면, 여수 건너편의 초나라가 내가 아는 어떤 나라보다 강성하여 언젠가는 중원에 평화를 가져다줄지도 모른다는 생각을 하게 되었다는 것입니다. 나는 공자를 모시고 10여 일을 초나라에 머물렀습니다. 여수를 건너 넓은 평원을 가로질러 국경선을 넘어 강의 흐름을 따라 하류 쪽으로 내려갔습니다.

처음으로 우리 앞에 나타난 고을은 채의 유민을 수용하기 위해 만든 부함이었습니다. 하나의 도시라고 해야 마땅할 것입니다. 돌이켜보건대 부함이라는 도시의 출현도 정말 기묘한 일입니다. 초나라가 아니면 도저히 만들어낼 수 없는 도시였고, 도시의 책임자가 섭공이라는 사실도 우리에게는 큰 행운이었습니다.

우리가 공자를 모시고 부함으로 갔을 때는 중원의 패자로 불리던 유명한 소왕의 시대였는데, 공자는 그곳에서 오로지 소왕을 알현할 기회만을 엿보고 있었던 것입니다. 그러나 이제 공자도 떠나고 소왕도 섭공도 모두 저세상으로 가버렸습니다.

사실 나는 이번 여행길에 채의 땅을 밟아보려 했지만, 그보다는 왕년의 부함에 남았을 섭공의 흔적을 살펴보는 일에 더 큰 기대를 품었습니다. 소왕의 유해를 전송했던 부함이라는 이상한 거리의 칠흑 같은 어둠 속에 다시 한 번 서보고 싶었습니다. 거기에 서서 생각해보고 싶었습니다. 부함의 어둠 속에서만 사색해볼 수 있는 몇 가지 문제가 있었기 때문입니다.

공자가 어둠 속에 서서 생각했던 문제들 말입니다. 자로, 자공, 안회가 그냥 망연히 어둠 속에 서 있기만 했을 리 없었을 테니까 말입니다. 내가 이해하지 못했던 공자의 말씀, 오랜 세월 생각해보았으나 이것도 저것도 아닌 듯한 말씀들을, 별이 빛나는 부함의 어둠 속에 서서 생각해보고 싶었던 것입니다.

그럼 여기서 잠시 휴식을 취하겠습니다. 어디선가 낯선 새 울음소리가 들려옵니다. 잠시 쉬면서 무슨 새인지 한번 확인해보고 싶습니다.

3

이 나이가 되고 보니 어린 시절의 추억도 습성도 모두 잃고 말았지만, 단 하나 새 울음소리에 민감했던 감수성만은 여전한 것 같습니다. 여수 강변 마을에서 태어나 늘 철새를 보며 자라서 그런지 여수 위를 가로지르는 새의 날갯짓 소리, 울음소리에는 어린 시절부터 그리도 민감했습니다. 그래서 아까 여수를 건너 초의 땅으로 들어가는 이야기를 막 시작할 즈음에 새 울음소리를 듣고 잠시 휴식을 취했던 것입니다. 아, 새가 운다, 하고 생각하는 순간 이미 내 몸의 모든 감각기관은 새의 날갯짓에 감싸이고 마는 것입니다.

하지만 아까 내가 들은 새 울음소리는 아무래도 착각이었던 것 같습니다. 여수를 건너는 새 울음소리가 아니라 여수를 건너려는 이야기를 하려는 순간 내 머릿속에서 자연스럽게 울려 나온 새 울음소리와 날갯짓 소리였던 것입니다. 여러분의 주의를 흩트러서 송구스럽기 짝이 없습니다. 각본에도 없는 늙은이의 착각에 의한 소동이라고나 할까요. 그럼 여수를 건너는 이야기로 돌아가야겠습니다.

신채로 들어선 사흘째 되던 날 아침, 초나라 상인들을 실어 나를 몇 척의 큰 배가 여수 나루터에 정박해 있었습니다. 배는 하류 쪽으로 한참이나 내려가서 강의 흐름이 동쪽으로 크게 굽어드는 부근에서 진로를 바꾸더니 그곳 나루터에 정박했습니다.

상인들은 나루터 앞 넓은 광장에서 짐을 산처럼 쌓아 올린 마차를 끌고 부함을 향하여 대평원을 가로지르는 3박 4일의 여정에 돌입했습니다. 우리는 말을 타기도 하고 걷기도 하면서 평원을 가로질러 서쪽으로 서쪽으로 하염없이 나아갔습니다.

저녁나절, 마을로 들어서니 채나라 피를 이어받은 젊은 남녀가 나를 반갑게 맞아주었습니다. 그러나 젊은이들은 채나라 출신 부모를 두긴 하였으나 특별히 채나라에 대한 지식도 관심도 없었습니다. 어디를 보나 발랄한 초나라의 젊은이였습니다.

그런 젊은이를 보고 있자니 채나라는 이미 이 땅에서 사라져버렸다는 당연한 사실이 번개처럼 뇌리를 스쳐 가는 것이었습니다. 예전에 여수의 흐름을 안으로 끼고 번성하던 나라 하나가 있었다는 사실조차 사람들의 뇌리에서 사라져가고 있었던 것입니다. 한편으로는 그럼 또 어때라는 생각도 들었습니다. 내 마음속에서도 언젠가 채라는 나라의 그림자가 사라져버릴 날이 올지 모르는 일 아니겠습니까.

그런 감가에 젖은 채 나는 나대로 마을이 점점이 박힌 비옥한 대평원을 가로질러 초나라로 나아갔습니다. 여행을 나설 때는 신채의 거리에서도 여수의 강변에서도 철새들의 모습을 보지 못했습니다만, 첫날밤을 묵은 정양(正陽)이라는 마을에서 떼를 지어 하늘을 가로지르는 철새 무리를 보았습니다. 그리고 둘째 날 신안점(新安店)이라는 마을에서도, 셋째 날 명항(明港)이라는 마을에서도 북쪽으로 떼를 지어 날아가는 철새를 보았습니다.

부함으로 향하는 길은 40여 년 전의 그 길과는 확연히 달랐습니다. 옛날에 부함으로 갈 때는 삼각주 지대를 가로질러 남하했습니다만, 이번 여행길의 정양, 신안점, 명항 같은 마을은 더 북쪽에 자리 잡은 새로 조성된 가도의 말죽거리였고, 가는 곳마다 군수물자를 실은 마차가 눈에 띄었습니다.

셋째 날을 보낸 명항에서 부함까지는 시야를 가로막는 산 하나 없는 망망한 대평원이었는데, 그곳에서 북쪽으로 이동하는 수많은 철새 떼를 보았습니다. 철새는 철새대로 하늘에서, 남쪽으로 이동하는 우리를 내려다보았을 것입니다.

나흘째, 목적지 부함으로 들어섰을 때는 이미 어둠이 깔려 철새 떼를 보는 즐거움은 누리지 못했습니다. 어쨌든 우리 일행은 북쪽에서 대평원의 마을 안으로 들어선 것입니다. 40여 년 전과 마찬가지로 땅에는 칠흑 같은 어둠이, 하늘에는 희뿌연 어둠이 깔렸고, 대평원 한복판에 자리 잡은 마을 여기저기에는 등불이 밝혀져 있었습니다.

'아! 부함의 거리에 등불이 밝혀졌구나!'

나는 문득 어떤 느낌에 사로잡혀 사방을 둘러보았습니다. 하나 거기에는 공자도 자로도 자공도 안회도 없었습니다.

40여 년 전 공자 일행과 함께 부함의 거리에 등불이 켜지는 시각의 풍경을 본 적이 있습니다. 그 일행 중 이 세상에 아무도 남아 있지 않다는 사실을 깨닫는 순간, 바닥없는 외로움이 내 몸을 감싸는 것이었습니다.

이 부함이라는 이상한 거리는 공자를 중심으로 한 우리 일행에게는 마음의 고향이라고나 할까요, 어떤 특별한 의미가 있는 장소였습니다. 당시를 돌이켜보면, 그런 생각이 절절해지는 것입니다. 그 옛날의 등불이 지금 마을 여기저기에 켜진 것입니다.

나는 상인 대열에서 좀 떨어져 이런 광경을 하염없이 바라보았습니다. 그리고 '아, 내 마음의 고향 부함의 거리에 등불이 켜졌다', 이런 감격에 젖어 몸을 떨었던 것입니다.

상인 대열은 등불 켜진 부함의 거리로 들어섰습니다. 도중에 나만 홀로 떨어져 예전에 채나라 사람들만이 일하던 공방 쪽으로 나아갔습니다. 부함에는 열흘간 머문다고 했습니다. 그 동안 나는 거기에 머물기로 했는데 그리운 채나라 말이 들려왔습니다.

다음 날 비로소 깨달았지만, 부함이라는 거리는 이전과는 풍경이 완전히 달라져 있었습니다. 거리 전체가 성벽으로 감싸인 것입니다. 또한 성내도 내성과 외성으로 갈라져 있었습니다.

40여 년 전, 사방팔방으로 제멋대로 퍼져 있던 대평원의 거리, 그 독특한 풍경은 편린도 찾아볼 수 없었습니다. 웅장하고 튼튼한 성벽으로 둘러싸인 초나라 일류의 성읍 도시로 변신한 것입니다.

그로부터 이틀 동안, 나는 예전의 부함과는 다른 도시의 거리를 구석구석 살피며 돌아 다녔습니다. 그 옛날 공자가 섭공을 찬양하여 읊었던, "가까운 사람이 즐거워하면, 멀리 있는 사람이 자연히 모여든다"는 발랄한 정취는 이제 찾아볼 수 없는 도시로 바뀌어버렸습니다.

그 옛날 공자를 모시고 우리가 머물렀던 숙소는 외성 한구석에 지금도 옛날 모습 그대로 남았고, 공자를 모시고 몇 번 찾아갔던 섭공의 저택도 내성 한구석에 그대로 서 있었습니다. 창문에 용이 나타나 용을 좋아하는 섭공을 기절시켰다는 재미난 이야기의 무대가 된 섭공의 저택이지만, 지금은 그런 낭만적인 모습을 찾아볼 수 없습니다. 그 저택 어딘가에서 뭔가 나타났다면, 틀림없이 창검으로 무장한 병사일 것입니다. 경비병이 문 앞을 지키고 있었던 것입니다.

그런 분위기를 염두에 두고 지금의 부함을 한마디로 표현하면 이렇게 될 것입니다.

'철갑을 두른 대평원의 도시.'

어디를 가나 병사들의 주둔지가 눈에 띄고, 무장한 병사들이 바쁘게 오가는 초나라의 군사도시였습니다.

성벽 외부에 흩어져 있는 성읍 부함의 외곽 지역도 샅샅이 훑어보았습니다. 초나라에 정복당한 다른 나라 사람들은 제각기 무리를 지어 마을을 형성하여 생활하고, 성벽 가까운 지역에는 각 나라의 시장이 섰습니다. 성벽 내측의 시장보다도 외측의 시장이 몇 배나 더 크고 활기가 넘쳐흘렀습니다.

그런 모습을 두 눈으로 보고 있자니, 예전의 부함이면 어떻고 지금의 부함이면 또 어떠냐는 생각이 들었습니다. 옛날 이 거리를 방문했을 때는 소왕이 중원의 패자로 이름을 날리던 시대였는데, 공자가 이 부함에 체재한 이유도 오로지 소왕을 알현하기 위해서였습니다. 그러나 결국 뜻을 이루지 못하고 어두운 밤거리에 서서 소왕의 유해를 전송하게 되었던 것입니다.

지금은 소왕의 뒤를 이어 호시탐탐 중원으로 진출을 노리는 혜왕(惠王)의 시대입니다. 원래는 채의 유민들을 수용하기 위해 조성한 거리였지만, 지금의 부함은 성격이 완전히 달라졌습니다.

부함을 기점으로 하여 중원으로 이어지는 하나의 선을 그을 수 있는, 중원 진출을 노리는 초나라의 의지를 나타내는 거점 도시로 변한 것입니다. 또한 부함을 중심으로 한 평원 일대는 배후에 회수를 낀 작전상 요충지입니다. 그런 의미에서 부함이라는 거리는 섭공 시대의 부함과는 전혀 다른 성격의 도시라 할 것입니다.

거리를 걸으면 금방 알 수 있는 일입니다. 채나라의 피를 이은 사람도 많고 진나라 피를 이은 사람도 많습니다. 또한 어느 나라 사람인지 알 수 없는 남녀도 많습니다. 초나라에 망한 나라 사람들은 대체로 독특한 억양으로 초나라 말을 씁니다. 부함어라고 해도 좋을 말이었습니다.

그러나 모두가 잠든 조용한 밤에 외성 지역의 인가를 걸으면 40여 년 전의 부함과 똑같은 밤의 정적을 맛볼 수 있습니다. 밤하늘을 가득 메운 별들은 아름답고 차갑게 빛나고, 때로 하늘을 가로질러 긴 꼬리를 늘어뜨리며 아래로 떨어져 내리기도 하는 것입니다.

밤에 성문을 빠져나와 불야성을 이룬 외성의 시장으로 가보기도 하였습니다. 한 시장에서 다른 시장으로 이어지는 어둠의 띠를 두른 듯한 인적 드문 골목길을 걸어보기도 하였습니다.

그럴 때면 문득 대평원 위에 다리처럼 걸린 커다란 밤하늘을 느끼고 나도 모르고 발걸음을 멈추고 마는 것입니다. 그리고 40여 년 전과 마찬가지로 부함 지구의 독특한 정적에 휩싸여 뭔지 모를 경이감에 가슴이 뭉클해지는 것입니다. 하염없이 이 지상의 어둠 속을 걷고 싶은 충동에 휩싸입니다. 뭔가를 사색하게 하는, 사색하지 않을 수 없게 하는 부함의 밤은 40여 년 전이나 지금이나 조금도 변함이 없었습니다.

아마도 공자가 '천명'에 대해 사색했던 어둠이며, 자로, 자공, 안회가 제각기 삶의 의미를 사색하던 어둠이었을 것입니다. 또한 자로로 하여금 관끈을 고쳐 매고 기꺼이 목을 내밀 수 있는 삶의 자세를 견지하게 한 것도 바로 부함의 어둠이 아니었나 싶습니다.

과연 여기가 어떤 곳인지 확인하기 위해 한번 걸어본 다음, 밤이 오기를 기다렸다가 다시 숙소를 나와 성 바깥의 시장 부근을 걸었습니다. 그곳은 원래 이국인의 거리이기에 어디를 가나 딱히 수상쩍게 여기는 사람도 없습니다.

부함이라는 도시 속에서도 망국민이 모여 사는 특별지구이기 때문입니다. 장사를 하거나 농사를 지으며 살아가는 망국민의 거리. 그들에게는 신분의 상하도 없습니다. 어깨에 힘을 넣을 필요도 없고 고개 숙일 필요도 없습니다. 나라의 위엄을 등에 업고 살아 갈 수 없는 자유로운 사람들이었습니다. 나라를 잃은 사람들에게 그 지대는 너무도 편안하고 자유로운 특별한 땅이었습니다.

노의 도성을 출발해서 부함으로 들어가기까지만 해도 나에게는 나라를 잃은 유민의 서글픈 상실감이 얼마만큼은 있었습니다. 중원에서 내로라하던 수많은 나라가 흔적도 없이 사라졌습니다. 나의 고국 채나라도 과거에는 어디에도 밀지지 않는 힘을 가진 제후국이었기에, 오히려 망국의 슬픔이 더 컸던 것입니다.

그런 여행을 한 후, 나의 고국 채의 땅을 밟았습니다. 그리운 땅이었지만 그리 즐거운 기분만은 아니었습니다. 그러나 부함에 들어서는 순간, 여태 경험해보지 못한 편안하고 자유로운 기분을 느꼈던 것입니다. 그것은 초나라의 유연하고 훌륭한 유민정책 때문이기도 하였습니다.

물론 그 지대에도 치안과 경비를 위한 초나라의 관리가 있었겠지만, 전혀 눈에 띄지 않았습니다. 그만큼 망국의 유민들은 자신의 고국에서도 느껴보지 못했던 자유를 만끽하고 있었던 것입니다.

그리고 그 이상한 지대를 걸으면서 바라보는 밤하늘의 아름다움을 이야기하지 않을 수 없습니다. 별이 총총한 밤하늘은 황하 유역의 어디에서 보나 아름답지만, 이 부함의 성 바깥에서 바라보는 밤하늘만큼 아름다운 곳은 없을 것입니다.

"도가 행해지는 것도 천명이요, 도가 끊어지는 것도 천명이다."

나는 그 길을 걸으며 이런 공자의 말씀을 떠올려보았습니다. 그 말씀의 참뜻을 생각하면서 천천히 발걸음을 옮겼습니다.

낯선 나그네에게 마실 것을 권하는 길가의 가게 주인도 사색에 전혀 방해가 되지 않았습니다. 다소곳이 호의를 받아들이고 인사를 나눈 다음 조용히 떠나가는 것이 너무도 자연스러운 분위기가 형성되어 있었던 것입니다.

시장과 시장을 이어주는 지대라고 할 수도 있고 광장이라고도 할 수 있는 장소 여기저기에 선 오동나무, 떡갈나무, 은행나무 그늘 아래에는 햇빛을 피해 쉬는 사람들의 모습이 눈에 띄었습니다. 또 밤이면 밤대로 달빛을 받으며 나무 아래 모여 앉아 정담을 나누기도 하고 산책도 하는 것이었습니다.

그러나 나는 달빛 하나 없는 어둠이 더 좋았습니다. 한치 앞을 내다볼 수 없는 어둠 속이었지만, 시장과 시장을 연결하는 넓은 길에 서면 앞뒤에서 시장 사람들의 수런거림이 들려왔습니다. 밤길을 걸으며 사색을 즐길 수 있는 장소로 이보다 더 좋은 곳은 없을 것입니다. 사방에 깔린 어둠 저 위에는 부함 특유의 아름다운 별 하늘이 다리처럼 걸렸습니다.

오늘에 와서 그 여행을 돌이켜보니, 희뿌연 어둠이 부함 거리와 나를 따스하게 감싸주었습니다. 희뿌연 어둠이라니 정말 묘한 표현이라 해야겠습니다. 음습한 분위기가 하나도 없이 산뜻하고 맑은 부함 특유의 어둠을 나타내기 위한 말일 뿐입니다.

매일 밤 그 어두운 거리를 걸으며 사색했던 나의 주제는, 말년의 공자가 어떤 자리에서 불쑥 내뱉은 말씀이었습니다.
"도가 행해지는 것도 천명이요, 도가 끊어지는 것도 천명이다."
원래는 어떤 사람을 앞에 두고 하신 말씀이겠지만, 나는 오늘날까지도 언제 어디서 어떤 사람들 앞에서 그 말씀을 하셨는지 조사해보지 못했습니다. 어쨌든 함부로 흘려들을 수 없는 위대한 말씀임에는 틀림없을 것입니다. 인간이란 복잡한 존재를 한마디로 표현한 말씀으로 이해해야 할 것입니다.
이 "도가 행해지는 것도 천명이요, 도가 끊어지는 것도 천명이다"라는 말씀은 "생사천명, 부귀재천"처럼 인간 개인을 다룬 말씀과는 달리, 인간의 전체적인 모습을 다룬 큰 말씀입니다. 인간이 아무리 올바른 자세로 산다 해도 행복을 보장받기 힘들다는 뜻이 될 것입니다.
나는 부함에 머물렀던 열흘 동안 매일 밤 이 세상 것이 아닌 양 아름다운 별이 총총한 하늘 아래 성 바깥 거리의 어둠 속을 걸으며 이 문제를 사색해보았습니다. 생각하다가는 제자리로 돌아오고 다시 생각에 잠기는 과정을 수없이 반복했습니다. 그러는 사이에 문득 공자의 말씀을 있는 그대로 받아들여야 한다는 생각이 들었습니다.

공자의 말씀처럼, 인간사회에 올바른 도가 행해지는 것도 천명이며, 반대로 도가 끊어져 세상이 혼란에 빠지는 것 또한 천명이니, 인간이 할 수 있는 일이란 아무것도 없을지도 모른다. 다만 인간의 미약한 힘으로나마 자신이 옳다고 생각하는 길로 나아갈 따름이다.

이렇게 생각하면 될 것입니다.

인간이 자신의 힘으로 세상을 움직인다든지 움직이려 생각하는 것은 어리석은 일이다. 다만 거대한 천명에 따라 살아가거나 또는 천명에 대항하여 싸울 따름이다.

그것으로 족하지 않겠습니까? 인간이란 원래가 그런 존재일 것입니다. 천명을 깨닫고 옳다고 판단된다면 거기에 자신의 목숨을 걸면 되는 것입니다. 아무리 생각해도 그 천명을 받아들일 수 없다면, 천명과 싸워 쓰러지면 되는 것입니다.

"겸허한 마음으로 하늘을 우러러 모시자."

이것은 이 언강이 며칠 밤에 걸쳐 부함의 거리를 걸으며 사색한 결론입니다.

그런 결론과 함께 지금까지 뜻을 명확히 이해하지 못했던 공자의 말씀 몇 가지에 대한 결론도 끌어낼 수 있었습니다.

"하늘이 내게 덕을 내리셨으니 환퇴가 나를 어찌하리오."[59]

이는 송나라의 환퇴라는 자가 공자의 생명을 노린다는 말을 듣고, 우리 일행이 송의 도성으로 들어가려던 일정을 취소하고 진의 도성으

---

59 '술이' 편.

로 향했을 때 공자가 하신 말씀입니다.

　나는 진의 도성에서 자공으로부터 이 말씀의 연유를 전해 들었습니다. 내가 처음으로 뇌리에 새긴 공자의 말씀이기에 지금도 그 말을 들었을 때의 감동을 기억합니다. 그리고 또 하나, 공자가 광(匡)이란 곳에서 원주민에게 습격당했을 때 하신 말씀이 있습니다. 물론 우리 일행에게 용기를 주기 위해 하신 말씀일 것입니다.

　"문왕(文王)은 이미 돌아가셨지만 그 문화는 나에게 전해져 있지 않느냐. 하늘이 이 문화를 없애려 하였다면 뒤에 죽을 내가 이 문화에 참여할 수 없었을 것이다. 하늘이 아직 이 문화를 버리지 않으셨으니 저 광의 땅 사람들이 나를 어떻게 할 수 있단 말이냐."[60]

　가슴이 시원해지는 말씀입니다. 물론 여기 모여 있는 '공자연구회' 여러분도 잘 아는 구절일 것입니다. 따라서 오늘 이 자리에서는 이 두 말씀에 어떤 문제가 있는지도 잘 아실 것입니다.

　이 두 구절에 대해, 공자가 그런 오만한 말씀을 하실 리 없다는 견해가 있습니다. 그리고 실제로 그런 기분이었다 하더라도 공자는 결코 그런 말을 입 밖에 낼 리 없다는 것입니다. 공자가 그 정도로 자제심이 없었겠느냐 하고 미심쩍어하는 견해라 할 것입니다. 이외에도 의견이 분분한데, 여기 계신 여러분은 어떻게 생각하시는지요?

　지금, 이야기의 무대는 여기서 멀리 떨어진 초나라 땅 회수 유역에

---

60 '자한' 편.

위치한 부함이라는 성읍입니다. 40여 년 전, 공자를 중심으로 하여 자로, 자공, 안회, 그리고 내가 한 달 넘게 머문 땅입니다. 당시는 채나라 유민을 수용하기 위해 조성한 새로운 도시였으나, 지금은 초나라의 주요 군사도시가 되었습니다.

성벽으로 둘러싸인 부함이라는 군사도시에서 과연 공자가 그런 말을 했는지 안 했는지, 노의 도성에 있는 '공자연구회'가 문제 삼는 두 구절에 대해 며칠 밤을 두고 생각해보았습니다. 부함의 아름다운 별이 총총히 빛나는 밤 거리를 걸으면서 말입니다.

이국땅의 밤거리에서, 공자가 이국을 유랑하며 조우한 사건에 대해, 재난과도 같은 사건에 맞닥뜨린 자리에서 남긴 말씀의 의미에 대해, 며칠 밤에 걸쳐 생각해보았던 것입니다. 그리하여 나는 문제가 되는 두 구절이 공자의 말씀임에 분명하다는 확신에 이르렀습니다.

공자는 늘 확신에 찬 행동가였습니다.

이 또한 부함의 밤거리를 걸으며 비로소 뚜렷해진 생각입니다만, 흐트러진 세상을 구원하려는 공자 같은 철인이 어떻게 자신이 시대와 문화의 주역이라는 믿음을 갖지 않을 수 있겠습니까.

단, 공자는 그런 자신의 내면을 함부로 타인에게 보여주지 않았을 따름입니다. 그런 점에서 무척 신중했다고 해야 할 것입니다. 난세를 살아가면서 오로지 나 홀로 문화의 주역이라는 생각을 늘 마음속에 품고 있었던 것입니다.

부함에 머물면서 나는 또 하나의 수확을 얻었습니다. 바로 공자가 소왕을 만났더라면 도대체 어떤 일이 벌어졌을까 하는 것입니다.

공자는 진의 도성에서 자연스럽게 소왕을 알현하기 위해 4년이란 세월을 보냈습니다. 그런 바람은 예상치 못한 진의 내란으로 인하여 먼 초나라 땅 부함으로 흘러갈 수밖에 없는 결과를 낳았습니다. 당시의 나로서는 공자 일행이 무슨 연유로 부함 땅까지 가야 하는지, 이유도 모른 채 마냥 고국 땅을 밟을 수 있게 되었다고 가슴을 설레었지만, 공자는 홀로 전혀 다른 일을 생각하고 있었던 것입니다.

바로 초 소왕을 알현할 기회를 적극 마련하는 것이었습니다. 자로, 자공, 안회가 얼마나 그런 공자의 심중을 이해했는지, 애석하게도 지금은 알 길이 없습니다. 그러나 자로를 비롯한 자공, 안회와 같은 공자 문하의 수제자들이 그런 공자의 심중을 알았다면…… 내 생애에서 이 가정만큼 가슴 설레게 하는 일도 없을 것입니다.

나는 부함 성 밖 어둠 속의 큰 떡갈나무 아래서 갑자기 머리를 내밀기 시작한 하나의 가정을 어떻게 처리할지 몰라 어둠 속에 선 채 몸을 부르르 떨어야 했습니다. 자로가, 자공이, 안회가 지금까지 내가 생각했던 관점에서 완전히 멀어져가는 순간이었습니다. 나는 그날 밤, 부함 성 밖의 어둠 속에서 여태 상상도 못했던 심각한 문제들을 생각하기 시작했습니다.

나는 공자가 자신의 사상을 이 난세의 정치에 살려내기 위해 소왕을 만날 기회를 엿보았다고 믿었습니다. 하나 그것이 착각은 아니었을까 생각하게 되었던 것입니다. 이는 오로지 자로, 자공, 안회 세 사람을 중원의 비범한 지도자에게 천거하기 위한 기다림이었던 것입니다.

갑작스럽게 나를 엄습한 그런 가정과 확신에 나는 몸을 부르르 떨었습니다. 자로, 자공, 안회가 소왕을 모시고 능력을 마음껏 발휘했더라면…… 이는 내가 꾼 가장 위대하고 거대한 꿈이었을지도 모릅니다.

4

 짧은 휴식 시간을 가졌습니다. 그럼 부함 여행 이야기를 계속하겠습니다.
 매일 밤 성 밖의 별이 총총한 밤거리를 걸으며 공자에 관한 아스라한 추억과 공자가 남긴 말씀들의 의미를 생각해보는데, 어느 날 밤 전혀 다른 공자의 모습이 문득 떠올랐습니다. 이는 아름다운 별 밤이 보내 준 하늘의 소식이었습니다.
 '중원 유랑에서 공자는 자신의 생각을 정치에서 구현하기 위해 중원의 패자로 일컬어지던 초소왕을 만날 기회를 4년이나 참을성 있게 기다렸다.'
 이것이 지금까지 나를 비롯한 대부분의 사람들이 내린 해석이었습니다. 하지만 그렇지 않을지도 모른다는 생각이, 부함의 어둠 속에서 문득 '하늘의 소리'처럼 나의 귀를 두들긴 것입니다.
 공자는 소왕에게 자신이 아니라, 자로, 자공, 안회를 천거하려 했던 것이 아닐까. 그런 생각이 갑자기 저 먼 별 하늘에서 떨어져 내렸습니다.
 공자는 자신의 사상을 초의 권력자에게 강요하려 했던 것이 아니라, 자로, 자공, 안회라는 세 사람의 뛰어난 제자를 천거하려 했던 것은 아닐까. 그리고, 소왕의 힘에 기대어 세 제자를 어지러운 중원의 정치 무대에 올려서 그들의 이상을 마음껏 펼치게 하려 했던 것은 아닐까.

공자가 무엇 때문에 스스로를 권력자에게 천거하려 했겠는가. 이상에 불타오르는 뛰어난 세 제자를 전란에 휘말린 세상에 던져 넣어 마음껏 뜻을 펼치게 하려 하지 않았을까. 그 순간, 늘 공자를 모시던 세 사람의 제자들이 독특하게 생기를 띠며 새로운 모습으로 부각되는 것이었습니다.

또한 오와 초의 대전이 펼쳐지던 진나라를 떠나 초나라 부함이라는 신도시로 향한 목적도 뚜렷이 드러나는 것입니다. 부함 행이나 부함 체제의 배후에는 초의 권력자 소왕이 있었습니다.

그럼에도 불구하고 공자와 초왕의 만남은 실현되지 못하고 말았습니다. 믿을 수 없는 일이지만, 이것이 바로 천명입니다. 도를 행하는 것도 하늘이요, 도를 끊는 것도 하늘입니다.

그런 상념에 젖은 채 나는 하염없이 어둠이 깔린 부함의 거리에 서 있었습니다. 수많은 별들이 반짝이고 때로 떨어져 내리기도 하는 밤하늘 아래 지상의 어둠 속에, 하늘의 소리를 가슴에 품은 채 서 있었습니다.

'자로, 자공, 안회', 공자를 둘러싼 이 셋의 절묘한 구성에 대해서는 '대단하다!'는 말로밖에 표현할 길이 없습니다. 누가 그 세 사람을 한자리에 모았겠습니까. 바로 공자 자신이 아니겠습니까.

흩어져 있으면 '10'의 힘밖에 낼 수 없지만, 한자리에 모이면 세 배의 힘을 발휘할 수 있습니다. 그리고 셋이 협력하면 상상하기 힘든 힘을 낼 것입니다.

공자는 무인이 되었어도 뛰어난 역량을 발휘했을 것입니다. 자로, 자공, 안회라는 3개 군단을 거느리고 싸웠더라면 중원 제패에 성공했을지도 모른다는 생각마저 듭니다. 본진에 세 명의 문하생을 배치하면 그야말로 장관일 것입니다. 세 사람은 개성이 다르지만 모두 실전에 강합니다. 이런 점에서도 공자의 비범함이 내비칩니다.

그러나 애석하게도 공자는 무인이 아니었습니다. 그래서 자로, 자공, 안회 세 문하생을 하나로 뭉쳐 천하를 다스릴 수 있는 권력자에게 맡기려 하였던 것입니다. 그러나 세 사람의 가치를 올바르게 평가하고 받아들일 인물은 넓은 천하에 소공 한 사람뿐이었습니다.

그런 구상을 가지고 소왕과의 자연스런 회견 기회를 엿보면서 공자의 눈은 줄곧 초나라 쪽으로 향하고 있었습니다. 만일 소왕의 휘하에 자로, 자공, 안회를 참모로 배치되는 그런 날이 온다면…… 이 바람은 공자가 오랜 세월 가슴에 품었던 큰 꿈이 아니었을까요?

그런 상황이 실현되면 모든 것을 세 사람에게 맡기면 되는 것입니다. 자신이 나설 세상이 아니라고 생각했던 것입니다. 공자는 아마도 그런 생각을 하였을 것입니다. 그러나 예상치 못한 소왕의 죽음으로 모든 계획은 물거품이 되고 말았습니다. 40여 년 전, 부함에서 공자가 오랜 세월 가슴에 품어왔던 꿈이 무너져 내리던 날 밤, 이 언강도 그 자리를 지키고 있었습니다.

인적이 끊어진 깊은 밤 부함의 길가에서, 그곳을 지나 초의 도성 영

(潁)으로 향하는 소왕의 유해를 전송한 다음, 자로, 자공, 안회, 그리고 나, 네 사람은 공자를 모시고 숙소로 돌아왔습니다. 길을 가는 도중에 금방이라도 공자가 쓰러질 듯한 위태로운 모습을 보여, 나는 곁을 지키며 부축이라도 하는 심정으로 걸었습니다. 그러나 공자는 꿋꿋이 걸어 숙소에 도착하자, 자로, 자공, 안회, 그리고 내가 모여 있는 복도 한 구석으로 오셔서, "돌아가리라, 돌아가리라" 하고 노래하듯이 중원 유랑의 세월을 접고 고국 노로 돌아가리라고 알렸던 것입니다.

나의 이 보잘것없는 인생에서 그날 밤만큼 특별한 시간은 달리 없었습니다. 천명이란 무엇인지, 공자는 몸으로 보여주었습니다. 공자가 그토록 갈망하던 소왕 알현을 하늘은 관에 누운 소왕을 전송하는 사소한 일로 가차 없이 바꾸어버렸습니다.

천명의 그런 냉혹한 처사에도 불구하고 공자는 애써 밝은 목소리로, "돌아가리라, 돌아가리라" 하고 노래 부르며 마음을 달랬던 것입니다. 너무도 멋진 극복이며 방향전환이었습니다.

자로, 자공, 안회라는 세 제자를 큰 정치의 무대에 올려 중원의 평화를 달성하려 했던 꿈은 이렇게 하늘의 거부로 무산되고 말았습니다. 그야말로 도를 이루는 것도 하늘이요, 도를 무산시키는 것 또한 하늘입니다. 인간의 나약한 힘으로는 어쩔 수 없는 일입니다.

소왕이 사라진 지금, 공자에게 중원이란 아무런 의미도 없는 낯선 땅에 지나지 않았습니다.

"돌아가리라, 돌아가리라."

작년 가을이었던 것으로 압니다만, 이 '공자연구회'의 모임에서 공자가 세 명의 제자 가운데 누구에게 후사를 맡기려 했을까, 하는 문제가 제기되어 여러 의견이 나왔습니다. 안회를 좋아하는 사람은 안회, 자로를 좋아하는 사람은 자로, 자공을 좋아하는 사람은 자공, 제각기 달라서 결국 의견의 통일을 보지 못했습니다. 나 또한 마찬가지입니다.

그러나 지금이라면 명확히 대답할 수 있습니다. 이 또한 부함의 어둠 속에서 사색한 끝에 도달한 결론입니다.

공자는 세 명의 제자 가운데 한 사람에게 후사를 맡길 생각은 애당초 없었습니다. 자신이 세상을 떠나면 모든 것을 자로, 자공, 안회, 세 사람이 협력하여 결정하고 실행하도록 할 생각이었을 것입니다.

그렇기에 안회가 세상을 떠나자,

"아, 하늘이 나를 망쳤구나" 하고 탄식하셨던 것입니다.

자신이 세상을 떠나면 자로, 자공, 안회가 모든 문제를 알아서 잘 처리하리라 믿었건만, 그중 하나가 먼저 떠나고 만 것입니다. 이제 모든 것이 무너지고 말았다, 하늘이 나를 망쳤다! 이렇게 되는 것입니다. 그야말로 하늘이 나를 망쳤다는 말밖에는 무슨 말을 더 할 수 있겠습니까.

40여 년 만에 찾은 부함이라는 초나라 최전선 성읍도시의 어둠 속에서 매일 공자에 관련된 많은 문제를 생각해보았습니다. 다시는 경험하기 힘든, 공자와 함께한 충실한 시간이었습니다.

공자의 위대함은 특정인을 특별하게 대하지 않는 태도에 있다 할 것입니다. 자로, 자공, 안회라는 세 명의 수제자에 대해서도 어디까지나 평등하게 대했습니다. 장점, 단점을 정확하게 보고 있었습니다. 그렇기 때문에 세 사람 모두에게 후사를 맡길 생각이었다고 보아야 할 것입니다. 한 사람에게 특별히 애정을 쏟거나, 특별한 발언권을 주지 않았습니다.

자로에 대한 질책, 안회에 대한 연민, 자공에 대한 무시, 모두가 제자에 대한 애정 표현이었다 해야 할 것입니다. 공자는 질책이나 무시마저 애정의 표현으로 삼았습니다.

자로, 자공, 안회, 세 사람은 공자에게 선택되어 공자의 기대를 한 몸에 받은 사람들입니다. 세 사람에게 공자는 후사를 맡기려 하였고, 이는 다른 사람들 눈에도 자연스럽게 비쳤던 것입니다.

이번에 나의 부함 체제는 예정을 넘어서 한 달에 이르렀습니다. 이번 여행에서 나를 보살펴준 상인은 내가 부함에 머물 수 있는 시간을 열흘이건 한 달이건 마음대로 조절하도록 허락해주었습니다. 그런 포용력이 바로 초나라 사람의 특징으로 보였습니다.

그래서 결국 한 달이나 부함에 머문 다음 송의 도성과 노의 도성으로 향하는 초나라 상인 집단에 끼어 부함을 떠나게 되었습니다.

한 달 전, 이 성읍도시에 들어왔을 때는 북문을 거쳤지만 지금은 북문 사용이 금지된 듯, 우리는 남문으로 나선 다음 남하하여 회수를 건넜습니다. 그리고 강 건너편에서 진로를 북동쪽으로 잡아 신채 방면으로 나아갔습니다.

그런 여정이었기에 나는 40여 년 만에 다시 회수의 넓은 강변에 내려서서 여울목을 걷고 나무다리를 건너기도 하여 강 건너편까지 갈 수 있었습니다. 하늘 끝에서 흘러내려 하늘 끝까지 흘러갈 듯 유유한 강이었습니다.

40여 년 전 부함의 거리가 만들어질 당시에는 도시 안으로 들어 갈 때도 나올 때도 모두 회수를 건너야 했습니다.

소왕의 갑작스런 죽음으로 오랜 부함 생활의 막을 내리고 떠날 때는, 공자로 하여금 '돌아가리라, 돌아가리라' 하고 탄식하게 했던 좌절감과 외로움이 우리 일행을 지배했었습니다. 그런 울적한 마음으로 자로, 자공, 안회, 그리고 나 언강은 공자가 탄 가마를 사방에서 호위하며 얕은 여울목을 건넜습니다.

그것이 마치 어제 일처럼 떠오르는데, 그로부터 어언 40여 년의 세월이 흘러 어리석은 나만이 살아남았습니다. 지금은 저세상으로 가고 없는 분들을 대신하여 그 강물을 손으로 퍼 올려 하늘에 바쳤습니다.

이번 여행길에 정이 든 초의 상인 몇 사람이 강 건너까지 나를 전송해주었습니다. 물론 처음부터 끝까지 나의 여행을 지원해주었던 상인도 거기 있었습니다. 그중 한 사람이 이렇게 말했습니다.

"부함을 나설 때 북문을 사용하지 못한 이유는 열흘 전부터 오로지 병단의 이동에만 사용되기 때문입니다. 언제 해제될지는 알 수 없습니다. 한 달 전에 우리가 통과했던 철새 떼가 날아가던 정양, 신안점, 명항 같은 마을이 위치한 가도 또한 반달 전부터 병력 이동을 위한 군사도로로 변해 일반인들의 통행이 금지되었습니다."

그 상인은 이렇게 설명하고 다음과 같이 덧붙였습니다.

"중원의 한복판 송의 도성 북방 지대에서 큰 작전이 벌어진다는 소문이 들려옵니다. 실제로 중원 각지에 흩어진 병력들이 그쪽으로 모인다고 합니다. 어쨌든 중원 지대로 들어선 후로는 두령의 지시에 따라 행동하셔야 합니다. 단독 행동은 절대 금물입니다."

나는 전송 나온 사람들과 몇 번이나 아쉬운 작별인사를 나누고 헤어졌지만, 그들의 모습이 보이지 않을 때까지 세 번이나 발걸음을 멈추고 손을 흔들었습니다. 그 정도로 초나라 사람들은 인간미에 넘쳤던 것입니다.

내가 초나라 상인들에게 도움을 받았다고 해서 하는 말은 아닙니다만, 이번 여행을 돌이켜보건대 초라는 나라는 다른 나라와는 다른 민족적 의지나 신념이라고 할 만한 무엇인가를 가진 듯합니다. 자신들이 정복한 나라의 유민들을 다루는 정책 하나만 보아도 그렇습니다. 비록 유민들을 초나라 땅으로 강제 이주시키긴 하였으나 모든 점에서 평등을 보장하고 충분한 생활 터전을 마련해주었습니다.

이제 이야기를 공자가 만년을 지냈던 노나라 도성의 강학당 쪽으로 옮겨볼까 합니다. 공자가 여담으로 하신 말씀이지만 아직도 내 마음에 남은 이야기를 들려드리겠습니다.

나는 평생 평왕, 소왕, 현재의 혜왕에 이르기까지 3대에 걸친 초의 위정자를 보아왔다. 3대에 걸쳐 모두가 지혜로운 정치가이며 뛰어난 무인이지만, '오'라는 경쟁국이 있어서 오랜 세월 고통받으며 살아야 했다. 그러나 현재는 '오'에 못지않은 힘을 가져 오만 밀어내면 마침내 중원을 호령할 수 있는 위치에 서게 될 것이다.

그에 비해 강대국 오는 초와는 달리 원래 민족의 생명력으로 넘쳐 흐르는 나라이다. 현재 강력한 생명력을 발휘하여 패자의 위치에 섰지만, 이 생명력 뒤에는 어떤 어둠이 깔려 있는 듯이 보인다.

어쨌든 나는 평왕, 소왕의 뒤를 이어 열심히 노력하는 혜왕에게 행운이 있기를 빌 따름이다. 오에 대항하여 어려운 시대를 이겨내어 하늘의 뜻을 실현해내기를 바라고 있다.

공자는 그렇게 말씀하셨습니다. 공자는 그로부터 채 1년도 지나지 않은 노애공 6년에 세상을 떠나셨지만, 지금 돌이켜보면 공자의 혜안에 옷깃을 여미지 않을 수 없습니다.

그로부터 고작 몇 년 후에, 초의 원수였던 오는 월과의 전쟁에서 패하여 허망하게 지상에서 모습을 감추고 맙니다. 공자의 말씀대로 오는 자신의 강렬한 생명력과 거기에 내재된 어두운 힘 때문에 무너지고 만 것입니다.

초에게 오의 멸망은 커다란 행운이라 하지 않을 수 없습니다. 이는 하늘이 내려준 선물이었고, 그로부터 초는 모든 방면에서 힘을 발휘하여 오늘날의 번영을 구가하게 되었던 것입니다. 지금 돌이켜보면, 과연 공자의 예견에는 범인들이 따를 수 없는 무언가가 있었다 할 것입니다.

강렬한 생명력, 그 이면에 드리워진 어두운 그림자! 그 옛날 주 왕조의 일족이 남방으로 내려가 문신을 새기고 단발을 한 야만족의 수장이 되어 나라를 세워 '오'라고 하였는데, 탄생의 비화에 어울리게 슬그머니 지상에서 사라져버린 것입니다.

초에 대한 나의 생각을 조금 더 말씀드리겠습니다. 초는 강수(江水) 중류를 본거지로 한 민족으로 조상이 어디에서 유래하였는지는 알 길이 없습니다. 먼 옛날부터 중원에 나라를 세운 민족과는 언어도 풍속도 전혀 다릅니다. 따라서 중원의 나라들은 초를 이단시하였고 미개인의 나라로 멸시해왔습니다.

초나라 사람들 또한 스스로를 남방의 미개인이라 칭하기도 하였습니다. 공자를 중심으로 한 우리 일행에게 많은 도움을 준 부함의 섭공 또한 그런 말을 한 적이 있었던 것 같습니다. 40여 년 전의 일이라 확실히 기억나지는 않지만 말입니다.

어쨌든 그들은 남쪽 오랑캐 출신임에는 틀림이 없으나 그들의 말투에는 조금도 자신을 비하하는 기색이 없었습니다. 오히려, 우리는 남쪽 오랑캐족이지만 지금은 중원의 어떤 나라보다도 뛰어난 문화와 힘을 가졌다는 강한 자부심이 배어 있었습니다.

단, 중원의 많은 나라들 가운데서 나의 고국 채나라만은 초를 다르게 보았던 것 같습니다. 내 경우에 초나라는 어린 시절부터 불구대천지 원수이며, 저주스런 이웃이었습니다.

초는 대국이고 채는 소국, 초는 강국이고 채는 약소국, 도저히 대등한 관계를 맺을 수 없었기에 젊은이를 병사로 징발하고, 전쟁 물자를 공출해 갔습니다. 그러나 채는 초의 부당한 요구에 입술을 깨물며 참을 수밖에 없었습니다.

그리고 여러분도 잘 아시다시피 채는 오의 억지 요구에 떠밀려 수도를 저 먼 주래로 옮기게 되었고, 유민들은 초의 갑작스런 내습으로 부함으로 옮겨 살게 되었습니다. 그러다 어느새 나라 자체가 없어지고 맙니다. 우리가 그토록 경멸하던 미개인의 나라 초와 오에게 반반씩 나누어주고 사라져버린 것입니다.

나는 공자를 모시고 초가 채의 유민들을 수용하기 위해 건설한 부함이라는 새로운 도시에 들렀다가 거기서 비로소 초라는 나라의 성격과 민족에 대해 자세히 알게 되었습니다.

"가까운 사람이 즐거워하면, 멀리 있는 사람이 자연히 모여든다"라고 공자가 찬사를 아끼지 않았던 섭공이 새로운 도시 부함의 건설에 열성을 다하고 있었습니다.

당시 부함 지구의 장관으로서 몇 달에 걸쳐 우리를 돌봐주었던 섭공은 그후 어떤 인생행로를 걸었을까요? 당시 나보다 스물다섯 살 정도 연상이었고, 공자보다는 열다섯 살 정도 젊었을 것으로 생각됩니다. 어쨌든 지금은 이미 이 세상 사람이 아닐 것입니다.

이번 부함 체제 중에 그의 행적을 알기 위해 초의 상인들에게 부탁해보았습니다. 닷새 정도 지나서 섭공에 대한 소식이 들어 왔습니다.

"섭공은 만년에 초의 도성에서 사마, 영윤(令尹)의 자리에 올랐다. 공자가 세상을 떠나던 해 섭현(葉縣)에 은거하였고, 사망 연도와 묘소는 불명이다."

그런 간단한 조사 보고에 접했습니다.

진의 도성에서는 사마정자가, 섭현에서는 섭공이 아무 흔적도 없이 사라집니다. 마치 스스로 모습을 감추려고 행적을 지워버린 느낌마저 듭니다. 신기하면서도 쓸쓸한 이야기입니다.

이야기를 다시 돌리겠습니다. 한 달 정도 머문 부함을 뒤로하고 회수를 건너 전송 나온 사람들과 헤어져 2박 3일의 예정으로 신채를 향해 나아갔습니다. 초의 상인 집단은 열다섯 명 정도. 그러나 갈수록 수가 줄어들어, 송의 도성에서 노의 도성으로 향하는 마지막 여정에서는 열 명 정도가 될 것이라 하였습니다.

그로부터 일고여덟 명의 노인들 집단이 여행을 하게 되는 셈인데, 나 외에는 모두 도보였고, 짐만 가득 실은 몇 대의 마차가 있었습니다. 물론 짐 외에 무기도 실렸습니다. 경우에 따라서는 모두가 무기를 들고 싸워야 하기 때문에 눈에 띄지 않게 무기를 싣고 가는 것입니다.

나에게도 지팡이 대신에 짧은 창이 하나 지급되어 나는 그것을 마차의 자리 밑에 눕혀 두었습니다. 40여 년 전과는 여행의 분위기도 다소 변한 듯하였습니다.

첫날밤은 회수의 남안에 위치한 식(息)이라는 큰 마을의 유지에게 신세를 졌습니다. 40여 년 전에도 큰 집의 별채에 여장을 푼 적이 있는데, 거기서 은자로 보이는 사람을 만난 기억이 있습니다. 물론 그 은자는 이 언강이 아닌 공자에게 말을 걸었습니다. 그는 마치 사람을 놀리는 듯한 말을 남기고는 도망쳐버렸습니다.

40여 년 전 부함으로 가는 길에 회수의 지류를 따라 형성된 작은 마을 어귀에서 휴식을 취하는데 은자로 보이는 사람이 나타나 말을 걸어왔습니다. 그때는 자로가 응대하였는데, 대답이 궁해진 자로의 모습을 두 눈으로 보았기에 아직도 기억에 생생합니다.

은자라고는 하나 진정한 의미의 은자인지 아니면 나라를 잃은 채의 유민으로 부함에 살기를 거부하며 세상을 저주하는 성격이 비뚤어진 인물인지는 확실하지 않지만, 그 사람 말이 아직도 기억에 뚜렷합니다.

"천하는 큰 강에 실려 흘러가고 있소이다. 누구도 거기에 저항할 수 없고, 흐름을 바꿀 수도 없소이다. 권력자를 찾아 여기 갔다 저기 갔다 하는 사람을 따라 다녀 무슨 소용이 있겠소. 세상을 버린 은자 틈에 끼어 밭농사나 짓는 편이 더 낫지 않겠소."

이렇게 말하고 그 사람은 강변 밭에 씨를 뿌린 다음 흙을 덮는 것이었습니다.

오랜만에 40여 년 전의 일을 떠올려보니, 그때 은자의 입에서 나온 말이 하나도 틀림이 없다는 사실을 인정할 수밖에 없습니다.

회수 강변의 식이라는 큰 마을에서 나는 여행길 3개월 만에 처음으로 잠 못 이루는 밤을 보냈습니다. 온갖 생각들이 끝도 없이 떠올랐습니다.

나는 망연히 어둠을 응시하고 있었습니다. 회수 지류의 강변 마을 어귀에서 자로와 나를 비판하는 듯한 그 사람의 말은 40여 년이나 지난 지금도 통용될 수 있다는 생각이 들었습니다. 거대한 시대의 흐름은 오늘도 나라와 사람을 삼키며 흘러갑니다. 그로부터 내가 아는 나라만 해도 진, 채, 조가 격랑에 휩쓸려 사라져버렸습니다. 내가 가보지 못했던 대국과 소국들이 사라져갔습니다. 도대체 이런 나라와 나라의 투쟁과 정복이 언제나 끝날지…….

강물에 반사되는 달빛이 어렴풋이 비쳐드는 마을 유지의 저택 한 방에 앉아, 나는 살아 온 길과 생의 마지막 장면을 생각하면서 이 난세의 종말은 과연 어떤 모습일까 고뇌하며 밤을 지새웠던 것입니다.

5

잠시 휴식을 취했습니다. 해가 짧아졌으니 그후의 이야기를 서둘러 마무리해야겠습니다. 부함을 나서서 회수 강변의 아름다운 마을에서 40여 년 전에 만난 은자의 이야기를 떠올리며 잠 못 이루는 밤을 보낸 데까지 이야기했습니다.

부함을 나서서 나흘째, 신채에 도착하여 하룻밤을 지내고 다음 날 상채를 향해 출발했습니다. 우리 일행의 두령이 내게 신채에 머물고 싶다면 배려해주겠다고 하였으나 나는 호의를 거절하고 일행의 여정에 맞추기로 하였습니다.

신채는 내가 태어나서 자란 곳이긴 하나 거리의 사람과 주변의 자연환경은 옛날과 너무도 달랐고, 아는 사람 하나 없는 곳이 되고 말았습니다. 변하지 않은 것이 있다면 여수의 흐름 하나뿐이었습니다.

변함없는 여수의 흐름을 따라 상채까지 사흘을 나아갔습니다. 그러나 이미 예전의 채나라와는 아무런 관계도 없는 여행이었습니다. 분명히 과거에는 인근에 독특한 기풍과 관습을 지닌 채나라 사람들이 살고 있었습니다만, 지금은 그들도 풍습도 완전히 사라져버렸습니다.

한 달 전에 통과했던 같은 지대를 이번에는 정반대로 같은 여수의 흐름을 따라 상채에서 신채로 나아가는데 풍경이 너무도 낯설었습니다.

상채는 예전과 마찬가지로 도시 중심부까지 들어갈 수 없었습니다. 한 달 전에 처나라로 들어갈 때만 해도 국경지대임을 느낄 수 있는 지역을 통과했습니다만, 이제는 병단의 이동 때문에 접근할 수조차 없었습니다. 그래서 다른 길을 따라 옛날의 진나라 영토로 들어갔습니다. 공자가 '진과 채의 들판'이라고 불렀던 지대입니다. 하지만 그곳을 갈 때도 가도를 피해 낯선 북쪽 마을들을 거쳐 진의 도성으로 나아가야 했습니다.

마을에 들어설 때마다 자로가 공자의 말씀에 감격하여 춤을 추었던 오동나무 꽃이 만발한 연못이 있던 마을이 아닌가 하고 눈여겨보았습니다. 왜냐하면 마을마다 한결같이 커다란 연못이 있었고, 연못가에는 큰 오동나무가 서 있었기 때문입니다. 꽃이 피어나는 계절이면 정말 아름다울 것입니다.

상채를 나선 첫날 저녁에 강변으로 나섰습니다. 여수의 많은 지류 가운데 하나였습니다. 나는 여수의 강변에서 자랐습니다. 그리고 여수를 따라 북상하여 신채에서 상채로 나아가는 여정을 밟을 터였습니다.

그리고 상채에서 진로를 동쪽으로 바꾸어 진의 도성, 송의 도성, 곡부(曲阜)로 나아가야 합니다. 본격적인 여행길인데, 첫날밤을 여수의 지류에 펼쳐진 평원의 한 마을에서 보내게 되었습니다.

숙소가 정해질 때까지 나는 강변과 제방을 거닐었습니다.

'여수는 흐르고, 한 인간이 태어나고, 한 인간이 죽고, 한 나라가 일어나고, 한 나라가 망하고, 여수는 쉼 없이 흐르고……'

나는 속으로 그렇게 중얼거렸습니다. 실제로 여수는 흐르고 흘러 수많은 지류를 끌어안으면서 신채 부근에서 갑자기 강폭을 넓혀 마침내 회수로 나아갑니다. 회수는 중국을 남북으로 가르는 큰 강이고, 그 유역에서 수많은 나라가 일어나고 망해갔습니다.

그날 밤, 노인들은 잠자리에 들고, 젊은 사람들은 교대로 불침번을 섰습니다. 같은 진의 도성, 송의 도성으로 나아가는 여행길이라도 가도를 벗어나면 늘 조심해야만 합니다.

다음 날은 하루 종일 걸어서 대평원 속의 한 마을로 들어가 여러 집에 나뉘어 잠을 잤습니다. 우리 노인들은 촌장 집에 신세를 졌는데, 저녁 식사 후에 마을 사람들은 춤과 노래로 우리를 환영해주었습니다.

40여 년 전, 공자와 함께 배고픔과 피로에 지친 몸으로 어느 들판에서 야숙을 하던 밤, 공자가 금을 켜고, 자로가 음률에 맞추어 노래를 부르며 춤을 추던 일이 떠올랐습니다.

우리는 들소도 아니고 호랑이도 아니라네
그런데 왜 광야를 헤매는가

그날 밤 마을 사람들이 그 노래를 불러주었습니다. 나그네의 가슴을 쓸쓸하게 적셔주는 그 노래는 아직도 사람들 입에 오르내리고 있었던 것입니다. 병사로 징발되어 이름 모를 들판에서 이슬처럼 사라지는 젊은이들의 영혼을 위로해주고, 나라를 잃은 유민들의 쓸쓸한 마음을 달래주는 노래이기 때문일 것입니다.

사흘째, 우리는 주둔군에 의해 멈춰 서야 했습니다. 초의 상인이라면 늘 편의를 봐주던 그 군인들이 갑자기 우리의 길을 막아 깜짝 놀랄 수밖에 없었습니다. 대부분이 진나라 병사들이었지만, 어느 나라 출신인지 모를 병사도 섞여 있었습니다. 초에게 멸망당한 나라의 병사들인 것만은 분명했습니다.

그날 저녁 우리는 배를 타고 영수(潁水)를 건넜습니다. 그리고 진의 도성까지 반나절 여정을 남기고 한 마을에 머물렀습니다. 그날 밤, 우리 일행의 두령은 이런 발표를 하였습니다.

"현재 초는 국운을 건 대작전을 감행하고 있다 합니다. 기(杞) 나라를 친다는 것입니다. 기는 설명할 필요도 없이 중원 최고의 역사를 가진 나라로, 주의 무왕이 우(禹)의 자손을 제수(濟水) 지방의 남쪽에 봉한 데서 유래하였습니다. 나라는 비록 작지만 오랜 역사를 가진 나라이기에 어느 정도의 힘을 가졌는지 가늠할 수 없다 합니다.

현재는 19대 간공(簡公)이 통치하고 있습니다. 강국을 등에 업고 우리 초나라에 비협조적이었기 때문에 이번에 대군을 동원하게 되었습니다. 상대는 비록 기나라 하나이지만, 과연 어떤 나라가 지원 세력으로 등장할지 알 수 없는 노릇입니다. 그리고 기는 황하 강변의 나라이므로 전선은 회수에서 황하에 이르는 길고 넓은 지역에 걸쳐 있습니다. 초나라로서는 전력을 다할 수밖에 없습니다. 그런 의미에서 초의 국운을 건 대대적인 군사행동이라 할 수 있습니다.

이런 위급한 시기에 이 지역에 들어섰다는 것은 참으로 우리의 불운이라 해야겠습니다. 그렇다고 해서 전혀 움직일 수 없는 것은 아닙니다. 단, 진의 도성에 작전 본부가 설치되어 있기 때문에 작전이 끝날 때까지는 일반인의 입성이 금지되고, 물자의 운송과 거래도 금한다고 합니다. 따라서 우리는 내일 진의 도성을 떠나 송의 도성으로 향할 것입니다. 송의 도성에만 들어서면 아는 사람도 많으므로 전혀 걱정할 필요가 없습니다. 문제는 송의 도성까지 사나흘 동안의 여정입니다. 그 지대도 이미 전장으로 변했을 것이기 때문입니다. 젊은 병사를 고용하여 만일의 사태에 대비할 테니 지시에 잘 따라주기 바랍니다."

다음 날 아침, 우리는 숙소를 나서서 진의 도성으로 들어가지 않고, 송의 도성으로 통하는 가도를 동쪽으로 나아갔습니다. 어제까지와는 달리 크고 작은 병단의 행진과 몇 번이나 맞닥뜨리는 길이었습니다.

병사들은 한결같이 강건하고 민첩해 보였습니다. 질서정연하고 당당한 기세는 아름다울 정도였습니다. 모두가 초의 정규군으로, 어제까지 가끔씩 길에서 만났던 패전국의 병사들과는 분위기가 달랐습니다. 길가에 앉아 쉬고 있는 병사들도 있었습니다만, 그 모습도 질서정연하여 초나라 군대의 앞길을 예견할 수 있을 정도였습니다.

사흘째 낮에 회수의 지류 중의 하나인 복류(伏流) 하천을 따라 동쪽에서 서쪽으로 건너갔습니다.

그리고 그날 저녁에 나룻배를 타고 이름 모를 강 하나를 건넜습니다. 그때 배 안에서 우리를 보살펴주던 병사 하나가 이런 말을 하였습니다.

"이 강은 조금만 내려가면 물이 땅 속으로 숨어버리지만, 여기서부터 상류 쪽은 정말 아름답습니다. 강 양쪽에 큰 바위와 숲이 그림처럼 펼쳐진 아름다운 계곡이 있습니다. 그러나 지금은 다릅니다. 이 강 상류 지역에서 기와 초의 군대가 격렬한 공방전을 벌이고 있습니다. 이 강을 중심으로 전장은 점점 확대되고 있는 실정입니다." 그 말을 듣고 나는 감개에 젖어 새삼 내 몸을 싣고 흘러가는 강물을 내려다보았습니다. 그런 정세 때문에 인근에서 병단의 이동이 자주 눈에 띄었던 것입니다. 상류를 향하여 나아가는 병단도 있는 반면 상류에서 아래로 내려오는 병단도 있었습니다. 강의 흐름과는 무관하게 강변의 대평원을 가로질러 북쪽으로 향하는 병단도 있었습니다. 병사들은 한결같이 강건한 초의 정규군이었습니다.

초나라 병사 외에는 전혀 눈에 띄지 않았습니다. 목숨을 건 전장에는 반드시 초나라 사람으로 구성된 병사들만 내보내는 것이었습니다. 그것은 제삼자인 나에게는 참으로 산뜻한 풍경이었습니다. 공자도 이런 초의 모습을 보았더라면 찬탄을 금치 못했을 것입니다.

이름 없는 큰 복류 하천을 두 개나 건넌 그날, 우리는 예정과는 달리 송의 도성으로 향하던 발걸음을 돌려 상류에서 조금 내려간 지역의 강변 마을로 들어가 민가에 분산되어 숙박했습니다. 기나라에 대한 군사 작전 때문에 어쩔 수 없었던 것 같습니다.

다음 날도 같은 마을에 머물렀습니다. 저녁때가 되어 기의 성은 화염에 휩싸였고 기나라 위정자들은 사방으로 흩어져 도망쳤다는 소식을 접할 수 있었습니다. 밤에 바깥으로 나와 보니 저 멀리 상류 지역의 하늘이 붉게 물들어 있었습니다. 강변에는 나 외에도 몇 사람이 나와서 기나라의 성이 불타는 모양이라고 수군대고 있었습니다.

그날 밤, 나는 잠들 수 없었습니다. 중원에서도 역사와 전통을 자랑하던 그 유명한 기 일족이 성과 함께 남방의 오랑캐에 의해 멸망하는 순간이었습니다. 나는 어린 시절, 어떤 사람이 다스리는 어떤 나라인지도 모르면서 기라는 나라에 대해 경외심을 품었습니다. 중원에서 가장 작으면서도 유명한 명문 일족이 다스리는 나라이고 군주가 대단한 자존심의 소유자라는 사실은 들어 알고 있었습니다.

채나라도 중원에 흩어져 있는 몇 안 되는 제후국 중의 하나로서 결코 남에게 뒤지지 않는 자존심을 가지고 있었습니다만, 기나라에는 미치지 못하였습니다. 주의 무왕 때, 우왕의 피를 이어받은 일족의 나라로 탄생했기 때문입니다. 그런 나라가 19대 간공에 이르러 성이 불타면서 역사의 막을 내리고 만 것입니다.

그날은 중원의 특별한 날이었습니다. 기라는 명문 일족의 나라가 사라지고, 이를 대신하여 남방의 오랑캐국 초나라가 강력한 힘으로 중원에 진출한 것입니다.

초는 지금까지 진과 채라는 두 개의 제후국을 쳐부수긴 하였으나 이는 단순히 강한 나라가 약한 나라를 정복한 일에 지나지 않았습니다. 아직도 대의명분을 세우지 못하고 있었던 것입니다. 그러나 이번 기나라 정복은 중원의 어떤 제후국도 이룰 수 없는 일을 당당하게 해치우고 중원의 새로운 바람을 불어넣으며 역사의 무대에 등장한 거사라 할 수 있었습니다.

강변 마을에서 이틀 밤을 지내고 송의 도성으로 들어서는 날, 초의 군대가 기의 도성에 입성했다는 소식이 전해져 왔습니다. 초나라 군대가 기나라 주변의 모든 지역을 자유롭게 오가고 있다는 소식은 초와 적지 않은 인연을 맺은 나에게는 무척 기분 좋은 일이었습니다.

돌이켜보던 그런 영광은 이미 소왕 대에 맛보아야 했으나, 혜왕의 시대를 기다려야 했던 것입니다. 혜왕은 하늘의 뜻에 따라 멋지게 대업을 이루어냈습니다. 명군이라 해야 할 것입니다.

송의 도성에는 반달 정도 머물렀습니다. 노의 도성까지는 상인 몇 사람만 가기로 되어 있었는데, 출발일이 결정되지 않아 송의 도성에서 예정보다 오래 머물렀던 것입니다.

그동안에도 새로운 소식이 전해져 왔습니다. 초와 진(秦)이 조약을 맺었다는 것입니다. 신흥 강국 두 나라의 제휴는 중원의 정세를 바꾸는 큰 사건이라 하지 않을 수 없습니다. 어디서 어떤 형태로 조약이 맺었는지에 대해서는 전혀 알려진 바가 없지만, 송의 도성으로 모여든 모든 상인들이 전하는 바이므로 단순한 소문이 아니라 엄연한 사실임에는 틀림이 없을 것입니다.

　송의 도성에 오래 머문 덕분에 나는 새로운 소식을 안고 노의 도성으로 들어 설 수 있었습니다.

　노의 도성에 들어선 후에 오래 신세를 졌던 초의 상인들과 헤어져 노나라 백성의 신분으로 돌아왔습니다. 정확히 말하면 '채나라 백성'이라고 해야겠지만, 고국을 잃은 유민의 입장에 처한 나로서는 노의 백성이라 칭할 수밖에 없을 것입니다.

　노의 도성에서는 오래전부터 알고 지내던 사람에게 신세를 지게 되었습니다. 맨 먼저 내가 할 일은 공자의 묘를 찾아가 지난 3개월 동안 부함 여행길에서 보고 들은 일을 보고하는 것이었습니다. 좋은 소식이므로 공자도 기분 좋게 들어주리라 생각했습니다. 그래서 사흘 동안 노의 도성에 머물면서 하루는 도성의 북방 사수 강변에 있는 공자의 묘를 찾았고, 하루는 예전처럼 강학당의 한 방에 앉아 조용히 시간을 보냈습니다. 공자는 물론이고 자로, 자공, 안회와의 추억을 떠올리고 그들과 대화를 나누려면, 드넓은 공자의 강학당 가운데서도 안마당에 면한 작은 방이 가장 적격이라고 생각했기 때문입니다.

　그 방에만 앉으면 자연스럽게 자로가 나오고 자공이, 안회가 정원 쪽에서 다가와 말을 걸어오는 것입니다. 동문들 사이에 오가던 활발한 대화가 지금 일어나는 일처럼 살갑게 들려옵니다. 그런 추억이 가득한 곳입니다.

　안회의 죽음과 자로의 죽음도 나는 그 방에서 전해 들었습니다. 천지가 뒤집히는 듯한 충격 때문에 자리에서 일어날 수도 없었습니다.

사흘째는 '공자연구회'의 사무실에 들러 인사라도 할까 했습니다만, 후일로 미루기로 하고 강학당 지구를 중심으로 발길이 닿는 대로 걸어보았습니다. 걷는 것만으로도 마음이 즐거웠습니다. 역시 노의 도성은 중원의 어느 곳에서도 맛볼 수 없는 학문의 향기가 풍기는 곳입니다. 물론 그런 분위기는 공자가 만드셨고, 그 향기는 몇 십 년이 지난 오늘날까지 변함이 없는데, 물론 여기 계신 여러분이 강학당을 학문의 성지로 굳건히 지켜주신 덕입니다.

한낮이 지나 노의 도성을 나선 나는 평원에 점점이 박힌 마을을 지나가는 길에 아는 얼굴을 만나기도 하였습니다. 그때마다 오래 집을 비운 사연을 이야기하고, 상대의 이야기도 들어주어야 했습니다. 어느새 인가가 옹기종기 모여 있는 산의 입구에 이르렀을 때는 늦여름의 저녁노을이 지기 시작하였습니다.

계곡 길로 접어들어서도 몇몇 마을 사람들을 만났는데, 그때마다, "이번 여름은 잘 보냈습니까. 아, 그러셨군요. 나중에 천천히 이야기 듣도록 하겠습니다" 하는 인사를 나누어야 했습니다. 발걸음을 멈추고 천천히 이야기를 나눌 시간이 없었기 때문입니다.

여행지에서 받은 선물만 해도 상당한 양이라 대부분을 노의 도성에 있는 사람에게 맡겼습니다. 그러나 내 어깨에도 약간의 짐이 있었습니다. 저녁 어스름이 지기 시작하면서 그 짐이 어깨를 심하게 누르기 시작했습니다.

이제 언덕길도 끝날 참이었습니다. 그때, "할아버지, 그 짐 주세요.

내가 들어드릴게요" 하는 목소리가 들려왔습니다. 마을의 젊은이였습니다.

우리는 고개를 넘어 길이 끝날 즈음에 잠시 휴식을 취하였습니다. 그때 저 아래 분지의 내가 사는 마을에서 하나둘 등불이 켜지기 시작했습니다. 마치 약속이나 한 듯이 여러 집이 동시에 불을 밝히는 것이 아니겠습니까.

'아! 이제야 내 집으로 돌아왔구나!'

감동의 물결이 밀려오면서 나도 모르고 눈물이 솟구치는 것이었습니다.

"할아버지, 그 연세에 오랫동안 어디 갔다 오세요?" 하고 젊은이가 물었습니다.

그러나 나는 물음에 대답을 하는 둥 마는 둥 하고 그냥 서 있었습니다. 내가 살고 있는 60호가량 되는 마을의 갈림길에 대여섯 개의 등불이 밝혀져 있었던 것입니다. 조금만 더 있으면 등불이 점점 늘어날 것입니다.

갈림길 모두를 밝히지는 않겠지만, 틀림없이 가옥의 3분의 1이나 4분의 1은 불을 켤 테고, 부근 사람들은 등불 아래로 마치 불을 좋아하는 날벌레처럼 모여들 것입니다.

"이제 출발하시지요" 하고 젊은이가 말했습니다.

"서둘지 말게. 조금 더 쉬었다 가지 뭐."

나는 그렇게 대답하고 상념에 젖어들었습니다.

'아, 지금 내 고향에 등불이 밝혀졌다!'

그러나 내게는 고향이 없다는 사실을 금방 깨달아야 했습니다. 태어난 곳도 아니고 내가 자란 곳도 아닌 것입니다.

'그렇지만 고향이라고 해도 좋지 않느냐. 이곳 말고 내가 고향이라 부를 만한 데가 어디 있단 말인가.'

어느덧 이 산골 마을로 들어온 지도 33년이란 세월이 흘렀습니다. 오랜 세월 나를 부모처럼 생각하고 보살펴주고 있는 집 주인 부부도 이제 중년의 나이에 접어들었습니다. 어린 자식을 잃고 절망의 바닥에서 다시 일어서서 많은 난민의 아이들을 자식처럼 보살피는 데 삶의 보람을 느끼며 살아가는 부부입니다.

그런 부부에게 감동하여 국적 불명의 난민 출신 몇 사람이 같이 살면서 아이들을 키우는 일을 돕고 있습니다. 밭일이 바쁘지 않을 때는 나도 그 집을 찾아가곤 합니다. 거기서 만난 사람들은 나를 마치 어버이처럼 대해주고, 내 집까지 찾아와 나를 돌봐주는 것입니다.

그래서 이제 이 산골 마을은 내 고향이 되었습니다. 내가 태어나서 자란 신채는 이 세상에서 형체도 없이 사라져버렸습니다. 이번 부함 여행길은 그것을 확인하는 여행이기도 했습니다.

"할아버지, 이제 가요" 하고 젊은이가 말했습니다.
"잠깐만 기다려다오. 조금만 더 쉬고 싶구나."
나는 다시 나만의 상념에 빠져들었습니다.
그때, 내 가슴과 머릿속을 스치고 간 생각들을 여러분께 전하고 싶습니다.

저녁 어스름이 내리고 등불이 들어오기 시작하는 마을을 바라보는 것은 사람이 누릴 수 있는 많지 않은 행복 중의 하나가 아닐까 합니다. 신분의 높고 낮음이나 빈부의 격차와 관계없이, 사람이라면 누구나 누릴 수 있는 행복이며 무엇과도 바꿀 수 없는 즐거움입니다.

나는 그냥 바라만 보고 행복에 젖어들면 되는 것입니다. 등불은 저절로 켜집니다. 아무런 노력도, 어떤 조작도 없이, 가만히 내 고향 마을에 등불이 들어오는 것을 보고만 있으면 그만입니다.

그렇지 않습니까. 아버지가, 어머니가, 할아버지가, 형제가, 자매가, 숙부가, 숙모가, 이웃 사람이, 살아 있는 사람, 죽은 사람, 그리고 마을의 골목길, 실개천, 숲, 모든 것이 나를 맞이해주고 있지 않습니까. 고향의 등불을 바라본다는 것은 이 세상에서 가장 사치스런 행복이 아니겠습니까.

이 세상에 태어난 이상, 고향 마을에 등불이 들어오는 풍경만은 죽을 때까지 가슴에 간직해두고 싶습니다. 어떤 권력이나 정치도 인간의 이런 행복만은 빼앗아 갈 수 없을 것입니다.

공자는, 아무리 세상이 어렵고 어수선하다 하더라도 인간으로서 누려야 할 최소한의 행복, "아, 이 세상에 태어나기를 잘했다!" 하고 외칠 수 있는 행복만은 확보해두어야 한다고 말씀하셨습니다.

이 언강은 공자의 이 말씀을 가슴 깊이 새겨두고 있습니다. 이 말씀을 언강 나름대로 바꾸어보면 이렇게 될 것입니다.

"아, 우리 고향마을에도 등불이 들어오고 있다, 라는 감격만은 절대로 빼앗아서는 안 된다."

이는 다시 다른 말로 바꾸어 보면 이렇게 될 것입니다.

"아무리 세상이 어지러워도 사람에게 고향을 빼앗아서는 안 된다. 만일 그 고향을 불가피하게 빼앗을 때는 대신할 무엇을 주어야 한다. 그것이 바로 정치이다."

공자는 분명히 그렇게 생각하셨을 것입니다. 그렇기 때문에 저 섭공의 "가까운 사람이 즐거워하면, 멀리 있는 사람이 자연히 모여든다"는 철학에 기반한 도시를 만드는 일에 큰 관심을 기울였던 것입니다.

섭공은 고향을 잃은 많은 사람들을 위해 새로운 고향을 만들어주자는 생각을 했고, 공자 또한 섭공의 그런 뜻을 잘 이해하고 있었던 것입니다.

지금 부함은 군사도시로서 섭공의 생각과는 많이 다른 성곽도시가 되어버렸습니다만, 그러나 도시 특유의 분위기는 고향을 잃은 사람들의 마음에 새로운 고향으로서 깊이 새겨지고 있을 것입니다.

그럼 길고 긴 부함 여행길을 같이 해주신 데 대해 감사드립니다. 이것으로 여행 보고를 마치고, 아직 시간이 남았으니 공자에 대해 자유롭게 질문을 던져주시면 답하기로 하겠습니다.

감사합니다. 정말 재미있고 유익한 부함 여행 이야기였습니다. 마치 우리도 급변하는 중원 한복판에 서 있는 느낌을 받았습니다. 그에 비한다면 우리 노의 도성은 얼마나 평화로운지 모릅니다.

노의 도성에서, 국경을 초월한 제1회 공자 연구 모임을 열자는 기운이 일어나고 있습니다. 시대가 하수상하여 아무리 계획을 잘 세운

들 이루어지리란 보장이 없기에 아직 언강 선생께는 보고하지 않았습니다. 그러나 모임이 실현될 경우 어떤 주제를 내세울지 이제 결정할 때가 된 것 같습니다.

우리 연구회의 간부들 모임에서, 이 미증유의 난세에 대해 만년의 공자는 어떤 생각을 하셨는지, 또 어떤 생각을 하며 세상을 떠나셨는지, 인간의 미래를 어떻게 전망하고 계셨는지를 토론하는 모임을 여는 것이 어떻겠느냐는 의견이 나왔습니다. 참가자 전원이 자유롭게 이 주제에 대해 토론을 벌이는 것입니다. 결국은 공자가 남긴 많은 말씀 가운데서, 만년의 생각을 토로한 말씀을 찾아내는 작업이 될 것 같습니다. 이런 주제 설정에 대해 언강 선생께서는 어떻게 생각하시는지, 꼭 의견을 듣고 싶습니다.

내 생각을 말씀드리겠습니다. 초여름에 여기 모였을 때, "봉황새도 오지 않고 황하에서 그림도 나오지 않으니, 나도 끝장인가 보다"라는 공자의 말씀에 대해 토론을 벌인 적이 있습니다. 이전부터 문제가 된 구절인데, 공자나 되는 분이 "나도 끝장인가 보다"라고 하셨을 리가 없다. 따라서 이는 공자의 말씀이 아닌 다른 사람의 말이 섞여 든 것이다, 하는 견해가 일반적인 듯합니다. 한편으로는, 그것은 틀림없는 공자의 말씀이다. 만년의 공자는 이 세상의 현실에 절망하시고, 성천자의 출현에 모든 것을 걸고 있는 자신의 기분을 "나도 끝장인가 보다"라는 말로 나타냈다는 의견도 있었습니다.

거기에 대한 이 언강의 생각을 묻는 질문이 있어서, 나는 공자는 진심으로 "나도 끝장인가 보다" 하고 말할 분이 아니다. 만일 그런 말을 했더라면 뒤를 따르는 많은 문하생들에게 실망을 안겨주는 일이다, 라고 대답했습니다.

공자의 마음을 상상해보면 이렇게 될 것 같습니다.

"지금까지 성천자가 나타날 상서로운 징후가 보이지 않으니, 모든 희망을 성천자에게 걸고 있는 나는 어떡하면 좋단 말인가. 정말 미래가 보이지 않는구나. '나도 끝장인가 보다' 하고 탄식이라도 하고 싶구나."

공자는 절망하실 분이 아닙니다. 늘 여유로운 분이셨습니다. 생각해보십시오. 공자나 되는 분이 진심으로 "나도 끝장인가 보다"라고 했을 리가 없는 것입니다. 만일 그런 말을 했다 하더라도, 그때의 분위기를 고려한 장난기 어린 말이라고 보아야 할 것입니다.

공자는 인간의 미래를 늘 밝게 바라보았습니다. 인간이란 존재는 자신의 종족을 멸망시킬 정도로 어리석지 않습니다. 살아 있을 동안 좀 더 밝은 인간사회, 평화로운 국제관계를 기초로 한 사회를 볼 수 없어 애석하지만, 그런 시대는 자신이 죽은 후에 반드시 찾아오리라고 믿었습니다. 이것이 바로 공자의 기본 자세이며 사고방식이라는 것을, 공자 문하의 말석에서 가르침을 받았던 나 언강은 굳게 믿습니다.

나에게 공자는 절대적인 존재입니다. 어떤 일에도 공자는 잘못을 저지르지 않습니다. 공자는 결코 인간을 버리지 않습니다. 증거를 하나 들라 한다면, 이 언강은 공자가 많은 관심을 기울였던 규구(葵丘) 회담을 예로 들겠습니다. 이 또한 이 모임에서 이미 다룬 적이 있는데, 처음 오신 분을 위해서 다시 한번 이야기하도록 하겠습니다.

지금으로부터 200여 년 전, 송나라 국경의 규구라는 작은 마을에서 당시의 열강들이 모여 평화조약을 맺었습니다. 황하의 흐름을 바꾸거나 제방을 무너뜨리지 않겠다는 두 가지 서약을 주고받은 회담으로, 참가국은 노, 정, 위, 제, 송 5개국이며, 그 중심에 선 사람이 바로 제나라의 환공입니다. 환공에 대해서 공자가 어떤 평가를 내렸는지는 전혀 아는 바 없지만, 전하는 바로는 환공이 회담의 모든 것을 주재했습니다.

그로부터 오늘에 이르기까지 200년 동안, 다른 나라 백성의 생명을 빼앗기 위해 황하의 제방을 무너뜨리거나, 작물에 피해를 주기 위해 흐름을 왜곡시키는 일은 없었습니다. 적어도 오늘날까지 규구의 서약은 지켜져온 것입니다. 제후들의 약속은 중원의 여러 나라들이 반드시 지켜야 할 도리로 정착하였습니다.

만일 그 서약이 없었더라면 중원을 가로지르는 황하 유역의 나라들은 아마도 형태가 바뀌었을 것이며, 수많은 인민들이 불행에 허덕이며 살아야 했을 것입니다.

인간이 일구어온 역사를 깊이 살펴보면 가끔씩은 이런 멋진 일과 만나기도 하는 것입니다. 공자는 그런 인간의 진실을 제자들에게 가르쳐주기 위해 규구의 언덕을 찾아 함께 거닐었을 것입니다. 그런 멋진 일이 있었기 때문에 여기서 이야기를 하는 이 언강도 평생 공자를 곁에서 모실 수 있게 된 것입니다. 이 언강은 규구 회담의 당사자들에게 진심으로 경의를 표하는 바입니다.

그렇다고 규구 회담 이후 200년 동안 나라의 흥망이 없었던 것은 아닙니다. 오히려 중원 일대는 아침에 한 나라가 망하고 저녁에 또 한 나라가 망하는 사태가 벌어지는 전란의 중심이 되었습니다.

주 나라 초기에는 1000개에 달하는 제후국이 있었다 하는데, 지금은 약 100개국이 남았을 뿐입니다. 정확히 세어보지는 않았으나 이 정도로 추정됩니다. 내가 젊은 시절에는 '14대국'이라는 말을 많이 들었습니다. 진(秦), 진(晋), 제(齊), 초(楚), 노(魯), 위(衛), 연(燕), 조(曹), 송(宋), 진(陳), 채(蔡), 정(鄭), 오(吳), 월(越) 14개국. 그러나 지금은 조, 진, 채, 오 같은 나라는 사라지고 없습니다. 그렇게 간단히 사라질 나라가 아닌 것처럼 보였습니다만, 어쨌든 지금은 사라지고 없습니다.

그런 나라 외에도 내가 어릴 적에 들었던 작은 나라도 많이 있었습니다.

황(黃), 양(梁), 형(邢), 강(江), 육(六), 료(蓼), 용(庸), 서(舒), 소(蕭), 비(肥), 주(州), 서(徐), 기(杞).

이중에는 하나의 도시가 한 나라인 경우도 있었습니다. 정확히 세어보면 두 배는 많을 것입니다. 그러나 소리 소문 없이 사라져버렸습니다. 최근에는 '조'에 이어 '기'가 모습을 감추었습니다. 내가 어릴 적에는 분명히 존재했던 나라인데 어느새 사라져버린 나라도 있습니다.

그런 나라의 이름들이 채나라의 수도가 주래로 옮겨간 다음 신채의 성내에 형성된 국제시장에서 해당국 출신의 상인에 의해 새로이 등장하기도 하였습니다. 마치 어린 시절로 되돌아간 듯한 기분이 들었습니다. 나라라고 하기에는 너무도 작은 곳이었지만, 노인과 아가씨들이 모자, 구두, 바구니, 천을 비롯한 그 나라 특유의 물산을 늘어놓고 자신의 고국을 자랑하며 장사를 하고 있었습니다. '양(梁)', '후(厚)', '사(寫)' 같은 나라가 그랬습니다.

언뜻 생각나는 나라만 해도 이렇게 많습니다. 마치 앞을 다투어 사라져 간 느낌마저 듭니다. 그러나 나라를 잃는 사람은 너무나 커다란 고난을 겪을 수밖에 없습니다. 백성들이 하루아침에 생활 기반을 잃어버리기 때문입니다. 많은 사람이 죽고, 집이 부서지고, 가족이 뿔뿔이 헤어져야 합니다. 중원 전체가 큰 지진을 만난 듯이 흔들리는 사태라 해야 할 것입니다.

하나 그런 혼란 속에서 맺어진 규구 회담의 서약이 200년 넘게 지켜졌다는 것은 놀라운 일입니다. 왜 우리 인간이 서로 행복하고 평화로우며 활기 넘치는 사회를 이루지 못하겠습니까. 어떻게 미래에 그런 시대를 누릴 수 없다 할 수 있겠습니까!

아, 비가 내립니다. 아까부터 번갯불이 번득이더니 기어이 비가 내리기 시작합니다.

자, 여러분, 어서 방 안으로 들어오십시오. 사방이 구멍투성이라 비가 조금만 세차게 뿌려도 물이 새어 들어옵니다.

그럼 저는 마루 쪽에 앉도록 하겠습니다. 언젠가 이야기한 적이 있을 것입니다. 송의 도성 교외의 한 농가에서 공자와 함께 처음으로 천둥 번개가 치는 밤을 새웠는데, 그 이래로 천둥 번개만 치면 이렇게 앉는 버릇이 생겼습니다. 천둥 번개와 비바람에 몸을 드러내고, 마음을 드러내고, 천지의 마음이 조용해지기를 기다리는 것입니다.

여러분은 편안한 자세로 앉아 계십시오. 잠시 나는 이렇게 앉아 있겠습니다. 아, 여러분도 이렇게 앉으시겠다고요? 그럼 그 자리에서 무릎을 가지런히 하고 꿇어앉아서 마당 쪽을 바라보십시오.

천둥 번개, 세찬 비바람! 마음 놓으시고 그대로 앉아 계십시오. 이럴 때는 공자가 늘 그랬듯이, 몸과 마음을 단정히 하고 천지의 목소리에 귀를 기울여봅시다. 잠시 천둥 번개에 얼굴을 드러내고, 마음을 드러내고, 천지의 분노가 잠잠해지기를 조용히 앉아 기다리기로 합시다.

옮긴이의 말

　공자의 사상을 잘 드러낸 글이 『논어』이다. 그 『논어』를 읽어보면 아름답고 깊은 의미를 간직한 구절이 많다. 그러나 때로 무슨 말인지, 어떤 상황에서 무슨 뜻으로 이런 말을 한 것인지 모를 것들이 많다. 그리고 (내가 읽어 본 한에서는) 많은 구절이 너무 단편적이라 어떤 때는 『논어』를 편집한 누군지 모를 그 사람에 대해 화가 치밀 때도 있었다. 공자의 말씀을 모아 그 뜻을 널리 전하려면 좀 제대로 편집해서 알기 쉽게 해야 하지 않느냐는, 그때 사정을 알 길 없는 먼 후대의 어리석은 독자로서 불만을 품기도 한다.
　이 소설은 그런 아쉬움을 품었던 사람들에게 좋은 시사가 될 수 있을 것이다. 공자의 직전 제자도 아니고, 또는 제자가 아니라고 하기에도 어중간한 '언강'이라는 가공의 인물을 내세워 난세의 인간에게 삶의 진정한 의미를 가르치고, 더불어 사는 인간 세상을 이루고자 했던 공자의 진면목을 그렸다. '언강'의 말을 통해 분위기적으로 어떤 일관성을 가진 공자의 이미지가 떠오른다. 그리고 『논어』 외에 공자의 인간상이나 그 사상을 가늠할 자료가 없는 지금을 살아가는 우리는 어떤 의미에서 소설 속의 화자인 '언강'과도 같다. '언강'은 기억을 더듬으며 자신의 모든 능력을 발휘하여 사색하고 기도하고 갈구한다. 그런 과정을 거쳐 조금씩 공자의 모습을 다른 사람에게 전한다. 한 인간의 모습을 그 내면에서부터 사회적 문맥에 이르기까지 온전히 드러내는 작업이란 그렇게 어려운 모양이다. 작가는 그것 말고 달리 선택할 방법이 없었을 것이다.

작가는 강가에 서서 '가는 것은 이와 같으니 밤낮 쉼이 없구나'라고 영탄하는 공자의 체념과 초탈과 수용, 그런 자세를 중심에 두고 공자의 이미지를 형성해 나가는데, 그것은 죽음을 눈앞에 둔 작가의 자세를 나타내는 말로도 이해할 수 있을 것 같다. 공자는 결코 현실에서 떠나는 법이 없었다. 미약한 힘이나마 지금 여기서 할 수 있는 일을 하고, 고향 마을에 등불이 켜지는 광경을 지켜볼 수 있는 인간의 삶이 보장되는 사회를 이룩하려 노력한 사상가이고 정치가였다. 공자는 끊임없이 정치 현장에 뛰어들기 위해 권력자와 소통하려 애썼지만, 그것은 그런 자신의 뜻을 실현하기 위함이었을 따름이지 결코 권력에 대한 욕망이 아니었다. 작가는 그런 공자의 모습을 그렸다.

청년 시절에 읽었던 그의 소설 한 편이 기억난다. 몽골 침략에 고통받는 고려를 배경으로 한 『풍도』라는 소설이었다. 역사를 바라보는 엄격하면서도 따스한 시선을 느끼게 하는 글이었던 것으로 기억한다. 광기에 휩싸였던 일본의 현대사를 지켜보았던 작가가 역사에 대한 소망을 담은 글이 아니었을까 싶다.

자신의 삶에 대한 자세와 바람을 담은 글이기도 한 『공자』를 쓰고 이노우에 야스시는 세상을 떠났다. 그가 소설가답게 소설로서 자신의 인생을 마감하는 것을 보니, 뭔지 모를 운명적인 비장함 같은 것을 느낀다. 그리고 참 투철한 정신을 가졌던 분이었고, 행복한 삶이었다는 생각이 든다. 다음 글을 인용하면서 옮긴이의 글을 마감한다.

태사공은 말했다.
"『시경』에 '높은 산은 우러러보고, 큰길은 따라 간다'라는 말이 있다. 내 비록 그 경지에 이르지는 못할지라도 마음은 항상 그를 동경한다. 나는 공자의 저술을 읽어보고, 그 사람됨이 얼마나 위대한가를 상상할 수 있었다. 노나라에 가서 그 공자의 묘당, 수레, 의복, 예기를 참관하였고, 여러 유생들이 때때로 그 집에서 예를 익히는 것을 보았다. 그러고는 경모하는 마음이 우러나 머뭇거리며 그곳을 떠날 수 없었다. 역대로 천하에는 군왕에서 현인에 이르기까지 많은 사람들이 있었지만 모두 생존 당시에는 영화로웠으나 일단 죽으면 그것으로 모든 것이 끝나고 말았다. 그러나 공자는 포의로 평생을 보냈지만 10여 세대를 지나왔어도 여전히 학자들이 그를 추앙한다. 천자, 왕후로부터 나라 안의 육예를 담론하는 모든 사람들에 이르기까지 다 공자의 말씀을 판단 기준으로 삼으니, 그는 참으로 최고의 성인이라고 할 수 있겠다."(『사기세가』,「공자세가」, 정범진 외 옮김, 까치, 1994)

2013년 6월
양억관

공자

ⓒ이노우에 야스시, 1989

2013년 6월 20일 초판 1쇄 발행
2020년 7월 30일 초판 4쇄 발행

지은이 이노우에 야스시
옮긴이 양억관
펴낸이 박해진
펴낸곳 도서출판 학고재
등록 2013년 6월 18일 제2013-000186호
주소 서울시 마포구 새창로 7(도화동) SNU장학빌딩 17층
전화 02-745-1722(편집) 070-7404-2810(마케팅)
팩스 02-3210-2775
전자우편 hakgojae@gmail.com
페이스북 www.facebook.com/hakgojae

ISBN 978-89-5625-220-9 03830

- 이 책은 저작권법에 의해 보호를 받는 저작물입니다. 이 책에 수록된 글과 이미지를 사용하고자 할 때에는 반드시 저작권자와 도서출판 학고재의 서면 허락을 받아야 합니다.
- 이 도서의 국립중앙도서관 출판시도서목록(CIP)은 서지정보유통지원시스템 홈페이지(http://seoji.nl.go.kr)와 국가자료공동목록시스템(http://www.nl.go.kr/kolisnet)에서 이용하실 수 있습니다.(CIP제어번호: CIP2013007893)
- 잘못된 책은 구입한 곳에서 바꿔드립니다.